KB274293

연암 박지원의
풍자정치학

연암 박지원의 풍자정치학

김은정 지음

KSi 한국학술정보(주)

연암 박지원의 풍자 문학에 대한 정치적 독해 서설

연암의 작품은 우리의 과거였으나 결코 종료되지 않는 관성의 반복으로 인하여 거듭 새롭게 해석되는 우리의 현재이자 앞으로도 계속될 우리의 미래이다. 즉 그의 작품은 이미 우리에게 '오래된 미래'이다. 현재에도, 그리고 미래에도, 우리를 에워싸고 있는 많은 모순 상황들은 우리들에게 문제를 제기하게 하고 대책을 마련하게 하여 질서를 바로잡는 법을 이 같은 다양한 담론으로 펼쳐내게 할 것이다. 연암의 문학은 일련의 캠페인 활동처럼 이렇게 세상을 교정하려는 의지를 품고 저잣거리에 참여해 왔다. 특히, 연암의 많은 작품 가운데 「호질」, 「양반전」, 「허생전」은 '정자정야(政者正也)'라는 정치사상을 충분히 담아내고 있으며, 변화에 대처하는 정치지도자의 철학 및 지배 계층의 역할을 날카로운 풍자와 따뜻한 해학으로 드러내 보이고 있어 어느 시대를 기준으로 하여도 삽입되어 있는 캐릭터에 대한 재해석과 재구성이 가능하다. 이는 연암의 이 세 작품이 지닌 '비유'와 '상징' 때문인데, 이러한 기법은 연암의 작품이 문학의 영역에서 정치학의 영역으로 월장하여도 그 뜻이 손상되지 않고 오히려 그의 선구지적 면모를 더욱더 선명하게 드러내어 빛나게 하는 힘을 보여준다.

칸트(Immanuel Kant)가 말했던가? '감히 생각하라!' 그래서 나는 생각한다. 그리하여 이 책이 나왔다. 이 책의 목적은 연암 박지원(朴趾源, 1737 – 1805)의 작품「호질」,「양반전」,「허생전」이 세 작품을 대상으로 하여 그 속에서 정치적 상징을 분석한 이야기를 하려는 것이다. 이러한 분석 이야기는 작품 속에 침전해 있는 비유와 상징을 메리엄(C. E. Merriam)이 말하는 미란다(Miranda)와 크레덴다(Credenda) 개념을 원용하여 수행하려고 하며 이는 연암 당대의 정치적 현실을 살펴보는 일이 될 것이다. 연암에게 있어 그가 살던 시대의 정치적 현실은 그에게 작품을 낳게 한 바탕이자 자극제였기 때문이다. 게다가 그는 문장으로서 유희를 추구하고자 하였으므로 그에게 있어 작품은 '놀이 기구'이기도 하였다. 그리하여 이 책은 그의 놀이 기구였던 글쓰기가 무엇을 표현하려고 하였는지 그 내용을 살피고, 나아가 그 지향하는 바가 무엇이었는지를 탐구하는 데 그 목적을 두고 있다.

자유로운 삶을 산 연암 박지원은 정치란 자유인들의 공적 행위이며, 자유는 그 같은 공적 행위로부터 보호되는 개인의 프라이버시임을 보여주었다(한흥수·황주홍, 1998. p.7). 그리고 그는 아리스토텔레스(Aristoteles)가 지적했듯이 정치란 질서의 문제를 풀 수 있는 유일한 해답(only one possible solution)이라는 것을 문학 작품을 통해 말하려 했다. 이는 조선 후기, 닫힌 사회 속에서 연암이 자신만의 독특한 목소리로 무질서와 병리를 논하며 부조리한 세상을 꾸짖는 또 다른 정치 참여의 방법이었다. 홍영환은 "참여는 모든 정치 체제의 요소(ingredient)"라고 말한다(홍영환, 1987, p.17).

이러한 견해는 콘웨이(M. M. Conway)의 저술 속에서도 발견할 수 있다(Conway, 1985, p.3). 즉 그는 과두제든지 민주제든지 간에 누군가는 정치적 결정을 해야 하고 지도자를 임명하고 지지하고 해고해야 한다고 주장한다. 그리고 그러한 참여는 동의가 인정되고 치자가 피치자에게 책임지도록 하는 기본적 수단인 것이다. 그러나 연암은 정치에 직접적으로 참여하지 못함으로 인하여 정치에서 소외된 의식을 문학을 통하여 회복하고 연암 그룹을 중심으로 공론화하고자 하였으므로 이는 넓은 의미에서의 참여와 연결 지을 수 있다. 홍영환에 의하면, 정치참여는 일종의 우산개념으로 이해될 수 있다(홍영환, 1987, p.5). 그러므로 정치참여의 정의는 협의, 광의, 최광의로 나눌 수 있는데, 최광의의 정치참여 개념 가운데 밀브레이스(Lester W. Milbraith)와 고엘(M. L. Goel)의 개념이 연암의 정치참여를 설명하는 데 힘을 실어준다. 즉 그들에 의하면 "정치참여는 정부와 정치에 영향을 미치거나 지지하려는 사적 시민의 행동이다."는 것이다(Milbraith and Goel, 1977, p.2). 자르고 잘라도 재생하고 재생하는 플라나리아처럼 연암의 정치적 목소리는 문학이라는 옷을 입고 등장하여 정치에 참여한 것이다. 그러므로 우여곡절 많은 연암의 삶은 그 자체가 정치적이었으며 세상을 등지고서도 세상을 가르쳤던 결과를 낳았던 배경이라 하겠다.

이 책은 연암의 풍자 문학 작품, 「호질」, 「양반전」, 「허생전」 속에서 정치적 상징을 분석하여 연암이 지향하고자 한 바에 대하여 논의하는 것이다. 그렇다면 왜 「호질」, 「양반전」, 「허생전」인가? 연암의 작품은 이들 외에도 다수가 있고 그 다수가 모두 수려하긴 하지만, 이 책이 추구하는 연구 목적에 가장 부합하는 작품이 「호질」, 「양반전」, 「허생전」이다. 이 세 작품은 그 창작된 시기가 각각 다르기는 하지만 연암의 시대 비판의식과 개혁의지가 잘 나타나 있고 지향하는 바가 흡사하다. 즉 연암이 파괴하고 싶어 하는 세상이 있고, 연암이 건설하고 싶어 하는 세상이 있는데, 이 세상이 상징적으로 그 속에 등장해 있는 것이다. 이런 점은 연암의 작품을 단순히 소설로만 읽을 것이 아니라 정치사상이 소설의 형식으로 표현된 것이라 보는 것이 더욱더 타당함을 뒷받침한다. 그리하여 이 책은 연암의 작품 「호질」, 「양반전」, 「허생전」을 대상으로 하여 그 내용을 메리엄이 말하는 미란다와 크레덴다를 준거로 하여 분석하고 이 작품들이 향하고자 하는 세계, 즉 연암 풍자 문학이 지향하는 바를 기술해 갈 것이다.

이 책은 연암 박지원의 「호질」, 「양반전」, 「허생전」 속에서 정치의 개념을 파악하고 정치적 상징의 유형을 제시하며 문학에서의 정치적 상징을 활용하여 그 내용을 분석하는 것이다. 그러므로 이 책은 「호질」, 「양반전」, 「허생전」 속에서 정치적 상징이 어떻게 활용되었는지 문헌 자료를 통하여 탐구하고 분석하는 것을 원칙으로 한다. 이 책은 증명될 수 없는 데서는 증명하려고 하지 않으며, 개인적 관점일 수밖에 없는 데서는 과학적인 체하지 않는다(Popper, 이한구 옮김, 2006, p.5). 그리고 모든 연구의 목적은 메시지의 참뜻을 알아내고 그 의미를 전달하는 것이다(Anati, 이승재 옮김, 2008, p.83).

대체로 정치사상의 연구방법은 세 가지로 대별될 수 있는 것 같다. 첫째는 사상가 중심의 연구방법이고 둘째는 이론사 또는 교의사 중심의 연구방법이며, 셋째는 정치사 중심의 연구방법이다. 첫

8

째의 사상가 중심의 연구방법은 사상가 개개인에 대한 연구는 상세히 다룬다. 그러나 사상의 흐름이나 그 연계성에 관한 검토가 미약하다는 약점이 있다. 둘째의 이론사 또는 교의사 중심의 연구방법은 특정 사상의 흐름을 잘 분석하는 것이다. 예를 들면, 유학사상의 경우 유학사상의 전개과정을 전반적으로 다루는 것과 같은 방법을 말한다. 그러나 이 방법은 어떤 특정 사상의 흐름은 잘 분석하게 되지만 취급하는 영역이 제한된다는 단점이 있다. 셋째의 정치사 중심의 연구방법은 정치상황의 변동에 따라 정치사상이 달리 나타나는 면에 유의하여 사상을 검토하는 방법이다. 이 방법은 정치사상을 정치상황과 관련시켜 다각적으로 살펴본다는 장점은 있으나, 정치상황 위주의 사상 분석이 되어 정치사상이 정치상황에 주는 영향을 경시하는 단점이 있다(김한식, 2006, p.31). 이 책은 연암 박지원의 풍자문학에 나타난 정치적 상징을 분석한다는 특수성에 비추어 위의 세 가지 방법을 혼용한다.

이 책은 연암의 일대기와 그 주변, 그리고 수많은 작품에 관련된 문헌 자료들을 통하여 연암의 정치적 의도와 동기를 드러내는 특정한 의미가 있는 인물 및 사물, 문자나 기호, 그리고 특정한 내용을 내포한 문장 등을 이해하고 해독한다. 물론 연암이 아무런 의도 없이 저술하였으나, 우연히 간접적으로 현재의 연구자가 정치적 의도 및 동기를 내포하는 것으로 읽어내는 효과를 내고 있을 가능성도 없지는 않다. 그러나 연암이 다양한 정치적 의도를 가지고 창작하였거나 개인적 의도와는 전혀 상관 없이 저잣거리에 떠돌고 있는 이야기를 문집 속에 삽입하였거나 간에, 사회 개혁과 시대 변화를 염원하는 그의 정치적 의식 성향과 무관하지 않다는 증거들이 연암의 생애와 사상을 통하여 일관되게 드러난다.

　이 책은 메리엄이 말하는 정치적 상징 유형, 즉 미란다와 크레덴다를 이용하여 분석 틀을 만든다. 그리고 연암의 작품 「호질」, 「양반전」, 「허생전」을 대상으로 하여 좋은 사회와 좋은 사람을 염원한 연암의 정치사상을 들여다보며 그 분석은 미란다와 크레덴다 요소별로 시도한다. 내용분석은 「호질」, 「양반전」, 「허생전」의 정치적 내용별로, 유형별 분석은 메리엄이 말하는 정치적 상징의 유형별로, 즉 미란다와 크레덴다 요소를 중심으로 시도해 나간다. 그리고 요소별 분석은 메리엄이 제시하는 정치적 상징 유형 속의 요소들을 준거로 하여 「호질」, 「양반전」, 「허생전」 속의 인물, 사물, 그리고 문장 등의 의미를 밝히는 데 집중한다. 그러나 연암의 작품 속에는 정치권력을 유지하고 존속시키려는 미란다와 크레덴다보다는 정도(正道)를 벗어난 정치권력에 대하여 비판하고 이를 교정하고자 하는 성향이 연암 이전의 문학과는 다르게 독특한 모습으로 등장하므로 기존 정치권력에 대항하는 미란다와 크레덴다가 더 많은 비중을 차지한다. 이에 이 책은 이를 대항 미란다와 대항 크레덴다라 지칭하고, 이들을 정의한다. 그리고 연암의 작품 속에서 대항 미란다와 대항 크레덴다를 분석해 내어 그들에 대해서도 논의한다.

　이 책이 연암의 많은 작품 가운데 「호질」, 「양반전」, 「허생전」 이 세 작품을 분석 대상으로 삼은 것은 연암의 작품 중 이들이 조선 후기의 사회 현실과 인간상, 특히 선비관을 가장 직접적으로 문제 삼고 있기 때문이다. 「호질」, 「양반전」, 「허생전」 이 세 작품은 연암의 정치적 의도와 뜻이 담긴 정보를 포함하고 있고, 연암 이전이나 연암의 생존 당시 조선시대의 역사적 순간을 묘사하는 자료라고도 할 수 있다. 특히, 「양반전」과 「허생전」은 십수 년이라는 시간차를 두고 창작되었으므로 사회 변화와 더불어 연암의 정치의식 변모에 대해서도 추적할 수 있다는 이점이 있다. 즉 『연암집』 가운데 『방경각외전』에 수록된 「양반전」은 연암이 그의 나이 20대 후반에 창작한 것이고, 『열하일기』에 수록된 「허생전」은 40대 중반에 창작한 것으로 알려져 있다. 달리 말하자면, 「양반전」은 연암이 실학에 대해 본격적으로 관심을 갖기 이전에 창작한 작품이고, 「허생전」은 연암이 실학사상을 몸소 익히고 실천하는 가운데 창작한 작품이라는 것이다. 그러므로 「호질」과 함께 이 두 작품을 비교 논의하는 것은 연암의 정치사상과 선비 의식이 어떻게 변모해 갔고 어떻게 기존 사회에 대하여 지지하거나 저항했는지 그 양상을 분석하는 데 매우 효과적이라고 보이기 때문이다.

이 책은 연암의 작품 번역본 가운데 「호질」과 「허생전」의 출전인 『열하일기』의 경우 리상호가 번역한 보리출판사 2005년판과 2006년판을 활용한다. 「양반전」이 수록되어 있는 『연암집』 번역본은 신호열·김명호 옮김의 돌베개 출판사 2007년판을 활용한다. 그리고 보조 자료로 박정수 번역의 『호질/양반전 외』라는 제목의 청목출판사 2000년판과 돌베개 출판사에서 출간한 김명호 편역 『지금 조선의 시를 쓰라』 2007년판도 활용한다. 메리엄의 저작 『Political Power』는 Collier Books 1964년판을 활용한다.

이 책의 진행 순서는 다음과 같다. 먼저 이 책은 전체를 3부로 나누었다. 제1부에서는 정치적 상징과 문학, 제2부에서는 연암 박지원의 정치적 생애와 사상, 그리고 제3부에서는 연암 풍자 문학 작품에서의 정치적 상징 분석을 중심으로 논의를 전개한다. 이에 대해 좀 더 자세히 안내하도록 하겠다. 제1장에서는 정치의 개념과 정치적 상징의 정의를 살펴본다. 이어서 메리엄이 말하는 정치적 상징의 유형으로서의 미란다와 크레덴다, 그리고 이 책이 정의한 대항 미란다와 대항 크레덴다를 살펴보고, 이러한 정치적 상징이 지향하고자 하는 바를 점검하여 그 정치적 상징의 지향에 대하여 논의한다. 제2장에서는 정치적 상징과 문학에 대해 알아본다. 이때 문학에서 정치적 상징이 어떻게 활용되었으며 그 방법에는 어떤 것들이 있는지 검토해 본다. 나아가 정치적 상징과 문학에 대해 알아본다. 그리고 제3장에서는 정치적 상징에 관한 분석 틀을 제시한다.

제4장에서는 연암의 정치적 생애와 환경에 관하여 살펴본다. 연암의 생애가 연암의 사상을 만들어 냈다고 해도 과언이 아니므로 연암의 행적과 시대 그리고 연암 그룹 및 북학사상에 대해서도 알아본다. 이때 우리나라에 도래한 자본주의와 국제관계 사례도 연암의 행적과 관련하여 기술한다. 제5장에서는 연암 정치사상의 문학적 표현과 함의에 대해 살펴본다. 제6장부터는 연암의 풍자 문학 작품에 나타난 정치적 상징을 분석한다. 먼저 동일화의 상징으로서의 미란다와 권력의 정당화의 상징으로서의 크레덴다를 분석한다. 그런데 연암의 작품에는 메리엄이 말하는 정치권력 유지 수단으로서의 미란다도 있고, 그와는 역방향에 놓이는 성향을 지닌 대항 미란다도 있어 함께 논의한다. 다음으로는 권력의 정당화의 상징으로서의 크레덴다를 분석한다. 크레덴다의 분석도 미란다의 방법과 동일하게 진행한다. 즉 앞서의 미란다 관련 분석에서처럼 크레덴다 분석에 있어서도 연암의 작품이 드러내는 대항적 성격을 포착하여 논의한다. 제6장은 「호질」에서의 정치적 상징, 제7장은 「양반전」에

서의 정치적 상징, 제8장은 「허생전」에서의 정치적 상징을 분석한다. 그리고 마지막으로 제9장에서는 풍자 문학의 정치적 낭만에 대하여 기술하고 문학에 장착된 정치적 상징의 유의미성을 확인한다.

이 책의 출발은 저자의 박사학위논문이다. 저자는 '경계 없는 정치학'을 추구한다. 그러니까 저자는 영역과 범주를 넘어서는 정치학을 추구한다. 그래서 정치학과 문학, 그리고 사회과교육을 한 다발로 묶어 창의적인 논문을 제출하자 많은 긍정적 응시와 환영이 있었다. 경상대학교 사범대학 사회교육과 탄생 28주년 이래 가장 처음으로 수여하는 박사학위여서 더욱더 큰 채찍과 응원, 그리고 격려가 많았다. 게다가 새로운 옷을 입고 나타난 이가 겹겹으로 겪은 산고를 이미 짐작한 많은 분들이 그 응원의 표현으로 정치학과 문학을 접목하는 일에 대하여 더 다양하고 새로운 시도를 해 보라고 주문해 주기까지 하였다. 물론 예견했던 일이어서 그 반응을 겸허한 함박웃음으로 기쁘게 수용하며 인문학과 사회과학의 경계를 넘나들면서 그 정밀함을 유지하기 위하여 신독하고 쇄신 또 쇄신하였다. 갈릴레오 갈릴레이는 그의 저서 『황금계량자』에서 이렇게 말했다. "맛, 색깔, 냄새는 그것을 느끼는 존재 안에 있다."

정치학이라는 용어는 종종 부정적으로 사용되어 이따금씩 경애와 공경 및 애착, 그 사이에서 장애물 역할을 하기도 한다. 하지만 이 용어가 이 책의 재미를 감소시키지는 않을 것이라 본다. 무엇보다 먼저 재미있는 이 책의 탄생을 격려하고 자랑스러워한 나의 아들에게 감사한다. 그리고 나의 어머니, 나의 아버지께 감사한다. 나의 아버지와 나의 어머니는 나의 아들을 이 세상으로 데려오기 위해 나를 이 세상으로 먼저 데려오셨다. 모두 다 내 인생의 신호등이다.

차 례

contents

제2부 연암 박지원의 정치적 생애와 사상

contents

제 1 부

정치적 상징과 문학

연암의 풍자 문학에 나타난 정치적 상징을 분석하기 위해 이 장에서는 기본적으로 정치의 개념을 살펴보고 정치적 상징이 무엇인가를 알아본다. 그리고 이에 관한 여러 이론 가운데 메리엄의 정치적 상징, 미란다와 크레 덴다를 중심으로 논의를 진행해 나간다.

제1장

정치적 상징

정치적 의미를 함축하고 있는 특정한 사물, 사람, 현상, 사건 따위를 통틀어 정치적 상징이라 한다. 연암의 작품은 문학이면서도 정치학이라 해야 할 만큼 당시의 시대정신을 절묘하게 담아 이성적이고 논리적으로 기술하고 있다. 그리고 연암의 작품은 그 탄탄한 구조가 비유와 상징에 의해 건축되어 있고 이러한 상징과 비유는 문학적 영역뿐만 아니라 정치적 상징과도 일맥상통하는 특이성을 지닌다. 특히 연암의 작품에는 특정한 사물, 사람, 현상, 사건 따위가 정치적 상징 조작과 매우 연관이 깊어 이 책은 그가 활용한 비유와 상징 조작을 정치학적 상징 조작과 연계시켜 기술하고자 한다. 이를 위하여 이 책은 메리엄이 말하는 정치적 상징, 미란다와 크레덴다를 분석틀로 하여 연암의 작품을 논의하고자 그 이론적 배경의 핵심으로서의 정치적 상징에 대해 보다 더 깊이 탐색해 갈 것이다.

1. 정치의 개념

정치학 영역은 부분적으로 단어와 개념에 대한 정당한 의미를 둘러싼 논쟁 지대이다. 그러나 다양한 개념으로 인해 여러 개념들 간에 모호한 충돌이 일어나더라도 '정치란 무엇인가?'에 대해 논의하는 것은 매우 가치가 있다. 그리고 정치적 상징을 정의하기 위해서는 먼저 정치의 개념에 대한 논의부터 하는 것이 순서라고 본다.

정치(政治)란 나라를 다스리는 일을 일컫는다. 이는 국가의 권력을 획득하고 유지하며 행사하는 활동으로, 국민들이 인간다운 삶을 영위하게 하고 상호 간의 이해를 조정하며, 사회 질서를 바로잡는 따위의 역할을 한다. 어원적으로 볼 때 현대 정치학에서 말하는 정치란 고대 그리스의 폴리스(polis)라는 용어에서 비롯되었다. 폴리스는 당시의 도시 공동체를 의미하였고, 여기에 어원을 갖는 폴리틱스(politics)는 폴리스 내에 있어서의 어떤 특정한 활동을 지칭하였으나 그 활동이 구체적으로 어떤 것이었는가를 오늘날 알아볼 수가 없게 되었다고 한다. 단지 우리는 정치학의 시조로 알려지고 있는 아리스토텔레스의 『정치학』을 통해서 학문적으로 거론된 정치의 내용을 추측할 수 있을 뿐이다. 그러나 아리스토텔레스가 정치를 무엇으로 보았느냐는 여기서 그다지 문제가 되지 않는다. 왜냐하면 그 후의 정치학자들은 역사적 상황을 달리함에 따라서 제각기 다른 문제의식을 갖고 정치에 대한 다른 개념을 가져왔기 때문이다(서울대학교 정치학과 교수 공저, 2008, p.3).

실제로 정치에 대한 개념 정의는 매우 다양하다. 즉 정치의 이념이나 목적에 주안점을 두는 개념 규정, 물리적 강제력이라는 정치 특유의 수단에 주안점을 두는 개념 규정, 그리고 정치가 영위하는 사회적 기능에 중점을 두는 개념 규정 등이 그것이다. 1975년 한국정치학회가 중심이 되어 펴낸『정치학대사전』에 정의된 정치의 개념은 다음과 같다.

> 권력의 획득·유지를 둘러싼 항쟁 및 권력을 행사하는 활동을 정치활동(政治活動)이라고 말하고, 그 행동양상을 정치현상(政治現象)이라고 한다. 정치활동이 전개되고 있는 환경이나 정치적 활동을 전개하도록 하는 조건이 정치적 상황이다. 정치적 상황에 있어서 정치적 가치를 추구하고 있는 것이 '정치적 인간'이며, 정치가 일상화하는 것이 정치조직이다(한국정치학회, 1975, pp.1321 – 1322).

이렇게『정치학대사전』에서는 정치를 권력의 획득·유지를 둘러싼 항쟁 및 권력을 행사하는 활동과 직결시키고 있다. 정치에 대한 이러한 개념은 현대 정치학에서 일반적으로 인정되고 있기는 하나, 학자들 사이에는 견해의 차이가 많다. 일반적으로 통용되는 정치의 정의는 '통치와 지배, 이에 대한 복종·협력·저항 등과 같은 사회적 활동의 총칭'이다.

이에 대하여 정치를 국가에 국한하지 않고 정치를 모든 사회에 공통된 지배·피지배 관계로 파악하려는 학설이 생겼다. 이러한 학설에 의하면 정치현상은 권력현상이며 정치는 권력의 획득과 유지 및 확대와 관계를 갖는 모든 인간 활동을 의미하게 된다. 그리고 정치를 이같이 권력 현상으로 볼 때 그것은 정복·억압·대립·투쟁·갈등·타협·복종 등의 여러 현상과 관계가 된다(서울대학교 정치학과 교수 공저, 2008, p.6).

아리스토텔레스는 정치학을 '제1학문(master science)'이라 본다. 그 이유는 여러 가지 질문과 관계가 있다. 가령 누가 무엇을 어떻게 획득해야 하는가? 권력과 다른 많은 자원이 어떻게 누구에게 분배되어야 하는가? 사회는 상호 협력 혹은 갈등에 토대를 두고 있는가? 어떤 방식으로 집단적 의사 결정이 이루어지는가? 각 개인은 다른 개인 혹은 사회에 얼마나 많은 영향력을 행사하는가 등이다. 이러한 정치학은 앞에서 언급한 질문과 같은 인간의 활동에 기반하고 이러한 활동은 곧 정치가 되는 것이다. 그리하여 정치는 사회적 활동이 되는데, 이 때 정치는 항상 타인과의 대화와 관계 깊으며 상호 작용과 밀접하다. 그러므로 정치란 인간이 자신의 삶의 질을 향상시키고자 하는 활동이며, 좋은 사회(the Good Society)를 만들고자 하는 활동이 된다. 아리스토텔레스는 그의 저서『정치학』에서 "인간은 본래 정치적 동물이다."라고 하였다. 아리스토텔레스는 정치적 공동체 내에서만 인간이 '행복한 생활(a Good Life)'을 영위할 수 있다고 파악하였다. 그리하여 그는 이러한 파악을 바탕으로 정치학에 대하여 '제1의 학문'이라는 이름을 붙인 것이다.

그렇다면 이제 '과학으로서의 정치학'에 대하여 살펴보기로 하자. 사회현상에 관한 연구를 과학이라는 관점에서 논의하기 시작한 인물은 콩트(August Comte)이다. 그리고 그 시기는 대체로 그가 사회물리학을 제창한 1822년경으로 본다. 그 이후부터 사회분야 연구는 때로는 진화론적 관점, 그리고 때로는 생물학적 혹은 심리학적 관점에서 이루어져 왔고, 자연과학적 연구방법의 비중이 높아졌다는 것이 연구의 두드러진 특징으로 나타났다. 정치학의 경우도 이러한 흐름과 다르지 않다. 16세기 초 마키아벨리(Niccolo Machiavelli)의 사상이 등장하면서 정치학은 형이상학이라 할 수 있는 신학과 윤리학에서 분리되어 독자적인 영역을 구축했는데, 이는 자연과학의 발달에 따라 점차 자연과학적 방법론의 영향을 받기 시작한 것이라는 의미이기도 하다. 정치학이 급속도로 자연과학적 방법론을 받아들이게 된 이유 가운데 가장 특징적인 것은 20세기에 들어오면서 크게 부각된 실증주의의 영향이라 해야 할 것이다. 특히 20세기 중엽 이후, 케틀레(Lambert Adolphe Jacques Quetelet), 갈톤(Francis Galton), 피어슨(Karl Pearson) 등을 중심으로 한 계량주의 성향과, 왓슨(John B. Watson), 파블로프(Ivan p. Pavlov) 같은 심리학자들이 주장하는 행동주의적 성향, 카르납(Rudolf Carnap), 슐리크(Moritz Schlick), 러셀(Bertrand Russell) 등 분석철학자들의 실증주의적 인식론의 성향 등은 정치학 연구방법에 커다란 영향을 준 실증주의의 특징이다.

이들의 공통된 주장은 첫째, 사회과학 분야도 자연과학 분야와 접근 방법이 같다는 것이며, 둘째, 우리가 얻게 되는 자료는 근본적으로 인간이 환경과 접촉하면서 획득한 감각적 체험이 토대가 된다는 것이다. 정치학의 경우도 마찬가지로 이러한 과학적 접근 방법을 통해 제반 정치현상을 연구한다는 기반을 형성한 데서 태동했다. 즉 정치과학(political science)이 탄생한 것이다. 다시 말해 종래의 정치현상에 관한 포괄적이고 일반적인 연구인 정치학이 경험적, 실증적 연구를 강조하는 정치과학 중심의 정치학이 된 것이다. 물론 1871년 프랑스에서는 이미 '정치과학(L' École Libre des Sciences Politiques)'이라는 이름이 나타났고, 그 후 미국에서 크게 발전하여 미국 정치학의 주류를 이루어왔다. 정치과학에 대한 개념 논의를 살펴보면 다음과 같다.

> 정치과학은 현실의 정치현상을 자연과학적 방법에 따라 규명함에 최선을 다하고, 정치사상은 이데올로기 같은 가치성 문제에 유의해 어제 가졌던 이상을 오늘의 시각에서 분석·평가해 내일을 위한 계획으로 승화시키는 데 최선을 다한다. 여기서 우리는 스트라우스가 설정한 정치이론(political theory)과 정치철학(political philosophy)의 내용과 범위에 유의하여 정치철학과 정치사상을 다음과 같이 정의할 수 있다고 생각한다. 즉 정치과학은 "과학적 방법에 의하여 정치현상을 연구하는 정치학의 한 분야"로 규정하고, 정치사상은 "천(天: 神), 지(地: 自然), 인(人: 人間)의 상관관계를 인간의 입장에서 논리적으로 전개하는 일련의 정치적 이념체계"로 규정해 본다. 정치과학이 비교적 단기적이고 보다 정확성을 기하며 정치제도나 행태를 연구 대상으로 하여 일치성을 강조하는 데 비해, 정치사상 또는 정치철학은 비교적 장기적이고 정치 이념이나 가치 등을 연구 대상으로 하여 지속성을 강조하는 데 그 차이점이 있다고 할 수 있겠다. 그런 만큼 정치과학은 가능한 자연과학적 방법에 충실할 것이고 정치사상은 '지식의 전달성(transmissibility) qua knowledge)'에 유의해야 한다(김한식, 2006, pp.23 – 24).

하지만 때로는 정치학이 사회학의 여러 다른 분야에 비해 경험적 성향이 더 적은 것으로 보아 과학성이 낮다는 평가를 받기도 한다. 심지어 정치적 지식은 일반화될수록 더욱 추상적이고 정치현실(political reality)에서 멀어지기 때문에 이론적으로 설명하기 곤란해진다고까지 보는 것이다. 그리하여 정치학은 실증주의를 추구하는 과학의 비중을 높여 정치과학의 영역은 넓히고 정치사상의 비중은 낮추는 현상을 발생시키기에 이르렀다. 이러한 추이에 대해 김한식은 스트라우스를 인용하여 다음과 같이 논의하고 있다.

> 과학의 한계를 특히 정치학과 관련해서 예리하게 지적한 이로 스트라우스(Leo Strass)를 들 수 있다. 그는 사회과학이란 콩트(August Comte)에서 시작돼 공리주의, 진화주의, 신칸트주의를 거친 자연과학을 모델로 한 것인데, 콩트가 애당초 기대했던 사회과학이 근대사회의 지적 무정부상태를 극복해 줄 수 있을 것이라는 꿈은 이제 무너졌다고 단정하면서 사회과학에 있어 실증주의(positivism)의 이론적 약점을 다음 네 가지로 지적한 것은 매우 흥미롭다. 스트라우스가 말한 네 가지 사회과학적 실증주의의 약점은 다음과 같다. 첫째, 가치판단 없는 사회현상 연구는 불가능하다. 둘째, 가치 간의 상충은 이성으로 해결할 수 없다는 가정이 증명된 일이 없다. 셋째, 과학적 지식 외에 '과학 이전의 지식(pre-scientific knowledge)'도 인간의 고귀한 지식이다. 넷째, 실증주의(positivism)는 필연적으로 역사주의(historicism)로 빠진다(김한식, 2006, pp.21-22).

위의 내용에 따르면 정치학은 과학의 한계성을 많이 지닌 학문 분야라는 것이다. 이제 정치사상과 정치철학에 대해 논의해 보자. 정치사상이나 정치철학은 그 존재론적 범위의 국한으로 인해 지식으로서의 전달성이 결핍되어 있어 이론이 되지 못한다고 주장하는 경우도 있다. 그러나 이런 주장에는 문제가 있다. 지식으로서의 전달성이라는 개념부터가 논란의 대상이 되려니와 철학이나 사상의 존재론적 성립 자체를 광의의 이론으로 볼 수 있기 때문이다. '근원적으로 철학의 뜻은 과학의 뜻을 모두 포함하고 있으며, 동일한 범위인 것'이라는 브레히트(Arnold Brecht)의 표현은 매우 적절한 것이라 볼 수 있다.

정치철학과 정치사상은 취급하는 내용이나 방법상에 실질적인 차이가 없다. 정치철학이라고 했을 때 여기에는 정치학의 측면 외에 철학의 측면을 적잖게 유의해야 하는 부담이 따른다. 미래에 관해 논의할 경우 때에 따라서는 정치학의 조류 간에 서로 관점을 달리하는 경우도 있다. 그리고 정치사상이라고 했을 때 이론과의 관련성 문제에 영향을 받지 않는다. 정치사상의 연구에는 근거로 삼을 기준이 있어야 하는데 그 기준은 해커(Andrew Hacker)의 지적에 주목할 필요가 있다. 해커는 정치사상을 연구하는 기준으로 두 가지를 든다. 하나는 과거의 어떤 정치사상이 오늘날의 정치행위의 설명에도 효과가 있어야 한다는 것이고(timeless), 다른 하나는 언제나 고려될 수 있는 표준(nomes)이 있어야 한다는 것이다. 이러한 기준이 지금까지 검토한 '사상'과 과학, 그리고 이론의 관계나 정치사상의 개념 설정에 부합된다고 했을 때 활용될 수 있다는 것을 알 수 있다(김한식, 2006, pp.24 - 26).

모겐소(H. J. Morgenthau)는 "정치란 일반적인 사회와 같이 인간 본성에 기초한 객관적인 법칙에 의해 지배된다."[1]라고 말한다 (Morgenthau, 1955, p.4). 모겐소에게 중요한 점은 첫째, 이러한 법칙들의 존재를 인정하는 것이고, 둘째, 인간은 결함을 가진 존재라는 기본적 사실과 일치하는 가장 적절한 정책들을 고안하는 것이다(John Baylis · Steve Smith · Patricia Owens, 2008, pp.95 - 96). 그

---

1) "politics, like society in general, is governed by objective laws that have their roots in human nature"

리고 데이비드 이스턴(David Easton)은 정치를 "가치의 권위적 배분 (authoritative allocation of values)"으로 정의한다(Easton, 1981). 이러한 정의는 정치를 정책과 연관시킨다. 이러한 정의와 관련된 정치는 공동체를 위한 행동 계획을 확립하는 형식적 혹은 권위적 결정과 맞물리는 것이다. 하지만 정치는 어떤 정치체(polity), 즉 정부기구에 집중된 사회조직제도 내에서도 일어나게 된다. 그러하다 하더라도 이러한 정의는 정치의 범위를 축소시킨다. 즉 정치적인 것의 범위는 이념 추구에 의해 동기화되고 국가행위자에 한정되는 경우가 대부분이다. 다시 말하면 정치가의 정치적인 영역은 정치적인 것으로 해석되고 공무원은 중립적인 자세를 요구받으면서 전문적인 방식을 행하게 되지만 그 행위는 '비정치적인 것'으로 기술된다. 정치와 국가 업무는 동일할 수도 있고 동일하지 않을 수도 있지만 정치가 정치가의 활동일 경우는 정치적인 것으로 간주되고 그렇지 않을 경우에는 비정치적인 것으로 묘사되는 것도 이런 맥락이다.

이스턴은 비교적 명확하게 정치 현상을 다른 사회 현상과 구별하는 척도를 제시한 정치학자이다. 즉 이스턴은 국가나 권력 개념을 중심으로 정치현상을 설명하는 기존의 견해에 대하여 비판을 가하고 정치의 개념을 새로운 시각에서 정의하고 있다. 특히 그는 "정치 생활은 전체 사회체계의 일 국면으로서 하나의 구체적 정치 체계를 이루고 있는 것"(Easton, 1953, p.97)이라고 한다. 그리고 이스턴은 정치현상을 보다 포괄적으로 연구하기 위해서는 국가나 권력 개념을 버려야 한다고 주장한다. 대신에 그가 제시하는 개념은 '확대된 정치적 삶의 지평'과 '정치 체계(political system)'이다. 이스턴이 보는 인간의 정치적 삶이란 "한 사회의 권위적 정책의 수립이나 그 집행에 중요한 영향을 미치는 모든 종류의 활동"에 관련되어 있다. 즉 "우리는 우리의 행동이 어떠한 방식으로든 우리가 살고 있는 사회에 있어 정책의 형성과 집행에 관련되어 있을 때 정치적 삶에 참여하고 있는 것이 된다."(Easton, 1953, p.128). 이스턴이 말하는 정치현상은 다음과 같다.

> 정치현상은 여러 가지 사회적 가치를 둘러싼 갈등과 분쟁(conflicts and disputes)을 일정한 규칙에 따라 해결하려는 데서 발생한다. 문제는 이러한 사회적 가치는 유한한 데 대하여 그 가치를 원하는 인간의 욕망은 무한한 데 있는 것이다. 그러므로 유한한 가치를 둘러싼 갈등과 분쟁을 궁극적으로 해결하려면 갈등과 분쟁 당사자(개인이나 집단)를 구속할 수 있는 권위적 결정이 요청된다. 이것을 '권력을 매개로 한 가치배분' 또는 '사회적 제가치의 권력적 배분'이라 할 수도 있다. 그러므로 정치는 '희소 자원의 권위적 배분(authoritative allocation of scarce resources)'을 둘러싼 활동으로 나타난다(Easton, 1953, pp.133 – 137).

이스턴은 권력중심의 정치 개념은 정치현상을 규명하는 데 한계가 있다고 본다. 인간의 삶이 오로지 지배권을 위한 투쟁의 측면으로만 구성되는 것도 아니므로 다양하고 복합적인 정치적 활동을 간과하고 있다는 것이다. 그리고 한나 아렌트(Hannah Arendt)는 정치권력을 '공동행위(acting in concert)'로 정의하고 있다(Heywood, 조현수 옮김, 2007, p.23). '정치'라는 단어가 일상생활 속에서 사용될 때, 이 단어는 매우 다중적으로 해석되곤 한다. 이 단어는 수많은 연상(association) 작용을 불러일으키도록 이미지 축적을 해 왔다.

가령 대부분의 사람들은 언어학 또는 경제학, 그리고 지리학 혹은 역사학, 생물학 등에 대해서는 그저 학문적 주제로 생각하는 반면에, 정치학에 대해서는 어떤 선입견을 가지고 대한다. 즉 어떤 주관적 의도가 삽입되어 있을 것이라는 전제하에 말과 행동을 해석하는 것이다. 이는 정치가 오래도록 분쟁, 분열 그리고 폭력에 종사해 온 어떤 일련의 역사적 사건들이 낳은 결과와 무관하지 않다. 게다가 최근에는 책략, 조작, 그리고 거짓말과 협력하는 경우가 증가하였기 때문에 다양한 오해와 수많은 연상을 낳고 있다. 또 정치는 존경받는 권위자들도 주제가 무엇인가에 관해 의견을 같이 할 수 없다는 난점을 지닌다. 일반적으로 정치는 권력 행사, 권위 행사, 집단 결정 형성, 희소 자원 배분, 기만과 조작의 실행 등으로 정의되고 있다. 더욱이 정치는 수많은 종류의 정당한 의미를 가지고 있는데 '본질적으로 논쟁적인' 개념이라 볼 수 있다. 예를 들어, 통치로서의 정치, 공적 업무로서의 정치, 타협과 합의로서의 정치, 권력과 자원배분으로서의 정치 등이다.

그렇다면 동양에서는 정치를 어떻게 생각했을까? 공자는 "정치(政治)는 본래 바로잡는 것[正]이다."라고 한다. 바로잡는다는 것은 올바름을 추구한다는 뜻이므로 공자가 말하는 정치의 본질은 '정의'의 실현이라 볼 수 있다. 그리하여 공자는 "군자는 정의에 밝고, 소인은 이익에 밝다."라고 말한다. 공자는 유교의 이상적인 인간인 군자는 이익이 아니라 정의를 그의 행위나 정치의 표준으로 삼아야 한다고 한 것이다. 물론 동양의 정치사상가 중 이익에 대해 긍정적으로 거론한 사람도 있었다. 가령 묵자(墨子)는 이익에 대하여 정의를 실현하기 위한 기본 조건으로 보았다. 그리고 법가(法家)

사상가는 오늘날의 권력설을 주장하는 사람들과 마찬가지로 오직 권력의 획득, 유지, 행사, 확대가 정치의 본질이라고 했다.

앞에서 언급한 많은 정의들을 가지고 우리 사회를 거론하면 정치에 대한 개념을 정확히 세우기가 매우 어렵다. 사실 우리 사회는 정치가 국가의 위기를 조장하는 경우가 많다. 그리하여 대부분의 한국인들에게서는 '정치혐오증'이 발견된다. 앞에서 언급한 학자들의 정치에 대한 수사는 정치가 지지받을 만한 가치가 있다는 것을 표현하고자 한 것이다. 이러한 요약들은 현재까지 상당히 불편하게 인식되어 왔던 정치라는 용어를 정치혐오증으로부터 유쾌하게 구출해 내고자 하는 노력이라 볼 수 있다. 이런 측면에서 이진우는 정치문화 침식의 원인을 언급하는데, 그 첫째가 정치철학의 부재로 말미암은 정치적 비전의 실종이고, 그 둘째가 문화 자체에 대한 오해라는 것이다(이진우, 2000, p.6). 그리하여 홍영환은 "정치의 개념은 시대와 장소 그리고 그것을 언급하는 학자들의 처지나 가치관 또는 세계관에 따라 매우 다양한 논쟁적 개념이다."(홍영환 외, 2006, p.32)라고 말한다.

이상으로 다양한 정치의 개념에 대하여 살펴보았다. 위의 논의에서 정치의 개념은 정치권력을 통하여 좋은 사회를 실현하는 것이고, 다른 하나는 정의를 통하여 갈등을 조정하는 것임을 파악하였다. 이 책에서 저자가 주장하고자 하는 정치의 정의는 정치권력을 활용하여 정의를 실현함으로써 좋은 사회를 형성하는 활동이다. 이때에 정치권력의 효율성을 확보하기 위하여 정치적 상징이 활용된다. 따라서 정치적 상징은 좋은 사회를 위하여 갈등을 정의롭게 해결하는 정치권력의 은유적 행사가 된다.

2. 정치적 상징의 정의

정치 영역에서 작용하는 상징의 역할에 관한 연구는 라스웰(Harold Lassewll), 아놀드(Thurman Arnold), 사피어(Edward Sapir), 보울딩(Kenneth Boulding), 라스웰과 카플란(Harold Lasswell and Abraham Kaplan), 그리고 메리엄(Charles Merriam) 등에 의해 이루어져 왔다. 상징은 사회의 조직과 소통 과정에서 매우 중요한 역할을 한다. 퍼스(Raymond Firth)에 의하면, 인간은 상징 그 자체에 의해 살아가는 것은 아니지만 자신의 상징에 따라 현실을 질서화하고 해석하며 심지어 그것을 재구성하기조차 한다(Firth, 1973, p.20). 그러므로 상징적 관점으로부터 정치학의 연구에 접근하는 것은 집단 행동을 가능하게 하기 위하여 다양한 동기, 기대, 가치를 동시화해주는 특정한 문제를 인식하고자 하는 것이다. 상징은 이것이 행해지는 수단을 제공한다(Elder · Cobb, 유영옥 역, 1993, p.51).

에델만((Murray Edelman)에 의하면, 의사 결정가는 상징의 조종에 능동적으로 개입하며 그것을 통하여 그들의 행위를 합리화한다. 사람들은 고뇌와 보증의 원천을 그것에서 발견하면서 이러한 상징적 자극에 반응한다. '정치화'는 궁극적으로 국민이 지배적 가치를 수용케 만드는 수단이지만, 지배 권력에게 그것 못지않게 중요한 것은 국민이 정치적인 것을 비정치적인 이슈로 인식하게 만드는 것이다. 에델만은 테크닉에 관한 담화가 가치에 관한 담화를 대체하고 있다는 위르겐 하버마스(Jurgen Habermas)의 견해에 동의를 표하면서, 대중의 지지와 복종을 끌어내기 위해 정치적인 문제를 전문적이고 기술적인 문제로 돌리는 걸 가리켜 '반정치(antipolitics)'

라고 말한다(강준만, 2005, p.119).

이러한 반정치는 사실은 너무나 정치적이다. 그리고 이러한 정치는 더할 수 없이 상징적이다. 그러므로 이러한 정치적 상징 조작에 대해 연구를 계속하기 위하여 이제부터 상징에 대해 논의해 보기로 하자. 상징(symbol)이란 일종의 사인(sign)이다. 이는 추상적인 사물이나 관념 또는 사상을 구체적인 사물로 나타내는 일 또는 사물을 전달하는 매개적 작용을 하는 것을 통틀어 이르는 말이다. 이러한 상징은 인간에게만 부여된 고도의 정신작용의 하나라고 할 수 있다. 상징이란 대상 자체에 본질적으로 내재해 있거나 그것으로부터 식별할 수도 없는 의미를 지시해 주기 위하여 인간에 의해 이용되는 어떤 대상이다. 문자 그대로 상징이 될 수 있는 것으로는 말이나 구문, 제스처나 사건, 어떤 인간, 장소 또는 사물 등이 될 수 있다(Elder · Cobb, 유영옥 역, 1993, p.52).

상징은 그리스어 'symbolon'에 그 어원을 두고 있다. '부신(符信)'으로 옮길 수 있는 'symbolon'은 이후에 '기호(記號)'라는 뜻이 되었다. 우리가 살고 있는 세계는 오랜 세월 동안 이어져 내려온 상징체계들로 구성되어 있다. 융(Carl Gustav Jung)의 말에 따르면 "상징이나 원형은 인류의 심리에 깊이 뿌리박고 있어서 우리는 그것에 본능적으로 반응하게 된다."고 한다. 또 "상징은 중요한 이념을 나타내기 위한 방법으로 문자보다 먼저 생겨났다. 조각과 그림, 부적, 의복, 장신구에 새겨진 상징은 악을 좇거나 신의 비위를 맞추고 길들이기 위한 목적으로 활용되었다. 마법적인 형태로 신비스럽게 포장되었던 상징은 사회를 통제하는 도구이기도 했다. 사회를 통합하고 충성심과 복종 · 공격 · 사랑 · 공포와 같은 감정을 불러일으키는 데 쓰였던 것이다.”라고 한다. 이처럼 상징은 인간에게 없어선 안 될 도구이자 우리를 적나라하게 비추는 거울과도 같다. 그래서 상징은 '말로 설명할 수 없는 빈 공간을 가득 채우는 기호'로 불리기도 한다.

상징과 그 상징의 정치적 영향력에 대한 엘더와 콥의 견해는 다음과 같다.

> 상징이란 커뮤니케이션 과정에 통용되는 통화(currency)이다. 그것은 정치적 태도와 의견의 중심적 대상을 제시해 주며 정부의 절차적이고 실제적인 관심사를 규정해 준다. 이러한 상징은 한 사회의 정치문화를 규정하는 정치유산과 전통의 중요 부분이다. 무엇이 누구에게 전달되느냐를 이해하기 위해서는 이러한 정치 문화를 특징짓는 상징을 조사해 보는 것이 필요하다. 여기에서 관심사는 상징의 성격 자체뿐만 아니라 또한 그것이 사람들에 의해 이용되고 사람들이 그것과 관련된 방식이다.
>
> 정치에 관한 상징이 제기될 때 상징을 통하여 전달되는 것은 엄격히 볼 때 전달자의 의도의 기능이나 메시지의 명백한 내용의 기능이 아니다. 메시지의 의미는 개입된 상징의 수신자와 그의 의미의 해석에 의해 채색된다. 동일한 상징도 사람에 따라 다른 의미가 된다. 어떤 사람에 의해 인식된 것은 다른 사람에 의해 인식된 것과 실제로 다르다. 그러나 이러한 해석의 이질성은 조직화되기 힘들 것 같다. 왜냐하면 모든 것은 같은 객관적인 자극에 반응을 하고 있으며, 그들이 거기에서 찾은 의미는 개입된 상징에 본래적인 것이며 모두에게 공통적이라는 점을 가정하는 경향이 있기 때문이다.
>
> 만일 정치적 상징에 의해 전달되는 것이 상징 그 자체나 개개인에 따라 그 의미가 변하는 것이 아니라면 문제는 상징이 무엇을 의미하는 것인가라기보다는 오히려 그것이 어떻게 의미하는가 하는 것이다 (Elder · Cobb, 유영옥 역, 1993, p.25).

정치적 상징(political symbol)은 정치적 의미를 함축하고 있는 특정한 사물, 사람, 현상, 사건 따위를 통틀어 이르는 말이다. 다시 말해, 사회 목표를 설정, 달성한다는 정치적 행위 및 그것에서 생기는 정치현상을 인식하기 위하여 또는 사람들의 정치적 행위를 통제하고 조직화하기 위하여 상징이 사용된 경우, 그것을 정치적이라 한다. 이러한 의미에서 정치적 상징은 다른 상징과 분리되어 별개로 존재하는 것은 아니다. 일반적으로 정치적 상징은 정치과정에서 두 가지 중요한 기능을 수행하고 있다. 첫째는 정치현상과 정치적 행동 양식을 기술·분석·설명하는 기능이다. 즉 우리들은 상징을 매개로 하여 정치사회에서의 자기 위치를 확인하고 그것에 근거하여 행위하며 행동할 수가 있다. 또 반대로 일정한 사회에서 사용되고 있는 상징을 발판으로 하여 그 사회의 정치상황을 살필 수도 있다.

사피어(Edward Sapir)는 준거적 상징(referential symbols)과 함축적 상징(condentional symbol)을 개념화하였다. 준거적 상징이란 가장 기본적인 상징으로서 물리적 대상과 구체적인 운동물을 지시하기 위하여 우리가 사용하는 이름, 꼬리표, 부호 등을 가리킨다. 이때 상징으로 이용되는 대상과 상징화되고 있는 대상 사이의 관계는 단지 계약적 규정에 의해 확립된다. 이러한 상징은 단지 지침으로만 제공되며 지시적인 것에 불과하다. 그것들은 기호법의 약정이며 그것들이 지시하는 직접적인 대상이나 명확한 행동을 초월해서는 의미가 없다. 반면에 함축적 상징은 경험, 감정, 신념 등을 요약하고 함축해 주기 위해서 제공된다. 가령, 준거적 상징은 근거를 두고 있는 약정이 확립되어 있어서 사회적으로 상징 자체가 제한되어 있는 경우이다. 그런데 함축적 상징은 세밀하거나 직접 관찰할 수 있는 준거물을 갖지 않는다. 예를 들어 워터게이트 사건과 같은 것은 하나의 상징성을 갖고 있기는 하지만 가시적인 상징으로서의 준거물을 갖고 있지는 않기 때문에 경험, 감정, 신념 등을 요약하여 함축하고 있는 경우이다.

또, 정치학자 라스웰(Harold Dwight Lasswell)은 사람들의 감정을 결정화시켜 사회 통합을 이루는 데 중요한 구실을 하는 상징을 '키(key)상징'이라 하고, 그것이 사회에서 얼마만큼 자주 쓰이고 있는가를 살핌으로써 그 사회의 의식상황과 정치사상을 파악할 수 있다고 생각한다. 이때 정치적 상징은 사회 구성원에게 자기가 속해 있는 사회의 가치와 목적을 자각시키고 같은 가치나 목적을 가진 구성원과 연대되어 있다는 의식을 가지게 한다. 이를 '상징의 동일화 작용'이라 한다. 또 사회집단이나 조직, 그들의 행동양식에 정당성을 부여하거나 박탈하는 한편 새롭게 대두되는 사회집단에게 정당성을 부여하기도 한다. 이를 '상징의 정당화 작용'이라 한다.

따라서 동일화 작용·정당화 작용을 정치상징의 조직화·통합기능이라 한다. 정치상징의 이러한 기능에 주목하여 체계적으로 분석한 사람이 미국의 메리엄이다. 그는 사람들의 정서에 호소하고, 사람들의 마음속에 지배자나 지배질서를 찬미할 수 있는 감정을 환기시켜, 사회에 대한 귀속감·일체감·연대감을 만들어 내는 상징을 '미란다'라고 하고, 지배의 정당성을 합리화하고 정당성 신념을 육성하는 상징을 '크레덴다'라 한다. '미란다'에는 민족·계급 등의 언어 상징, 건조물 등의 물적 상징, 행진·시위 등의 행동적 상징 등이 포함되고, '크레덴다'에는 신에 의한 수권(授權) 등과 같은 비합리적인 교의(敎義)에서부터 국민의 합의와 같은 합리적인 논리 등이 포함된다.

3. 정치적 상징의 유형

정치적 상징은 정치에 대한 국민의 개입을 조직화하기 위하여 제공되는 것이라 할 수 있다. 그러므로 정치적 상징은 정치적 리더십과 정책 결정에 중요한 영향을 끼친다. 그리고 정치적 상징은 권력의 분배를 정당화해 줌으로써 그 권위를 지지해 주기도 한다. 일반적으로 권력이 미약하고 그 범위가 크면 클수록 권위를 수호하고 정당화하기 어렵기 때문에 상징을 이용할 필요성과 가능성은 그만큼 더 커지게 된다.

사회적 동물이자, 정치적 동물인 인간은 본래 고독을 두려워하는 DNA를 갖고 있다. 이러한 특성을 지닌 인간은 격리로부터 오는 불안을 극복하기 위해 어떤 정서적인 공감의 유대를 갈구함과 동시에 어떤 질서에 귀속되기를 원한다. 그리고 지배자는 이러한 심리를 바탕으로 정치권력을 작동시키고자 한다. 이러한 측면을 고려할 때 메리엄이 관찰한 바와 같이 상징은 권력의 효과적인 유지 존속에 공헌한 바가 크다.

> 크레덴다와 미란다는 신뢰받고 찬미되는 일련의 사물로 둘러싸인 권력의 통로이다. 권력이란 오로지 폭력에만 의존하여 지탱시킬 수 있는 성질의 것이 될 수 없다. 왜냐하면 권력이란 경쟁적이고 불만족한 사건에 힘으로만 대항하여 그것을 존속하고 유지하기에 충분한 것이라고 볼 수 없기 때문이다(Merriam, 1964, p.109).

메리엄은 그의 저서 『Political Power』(1964)에서 정치권력의 신비적인 측면과 비합리적인 측면을 권력의 '미란다'라 하고, 권력의 존재를 정당화하는 측면, 그리고 합리화하는 측면을 권력의 '크레덴다'라고 한다(Merriam, 1964, pp.109 - 135). 스포츠가 이용하는 수단이라 할 수 있는 상징, 동일화, 조작 등을 정치에 활용하는 측면이 미란다와 크레덴다의 전형적인 형태라 할 수 있다.

정치라는 것은 관습적 혹은 자발적 동의를 매개로 한 인간의 행동 조작이다. 이러한 동의를 획득하기 위해 지배자는 다양한 방법을 강구하게 되는데 그 핵심이 설득이다. 설득이라는 것은 강제에 의하지 않고 지배자가 피지배자의 이성이나 감정에 호소함으로써 복종을 이끌어 내려는 수단이라 할 수 있다. 이러한 수단은 비단 그들의 이성뿐만 아니라 감정이나 공리성에 호소하여 지지나 충성심을 획득하려고 할 때 유용하다. 따라서 이러한 수단은 '권력의 경제'라는 측면에서 보아도 피치자의 심정을 파악한다는 측면에서 보아도 힘에 의한 강제보다는 탁월한 수단이라고 할 수 있다. 메리엄에 의하면 권력을 획득하고 이를 유지 확대시키기 위해서는 남으로부터 신뢰를 받을 수 있는 것으로서의 크레덴다와 찬미를 받을 수 있는 것으로서의 미란다로 자신을 둘러싸야 한다.

이제 메리엄이 '권력 상황의 초석(corner stone of the power situation)'이라고 한 '미란다'와 '크레덴다'에 대해 살펴보고, 이를 파괴하여 새로운 세상, 즉 부패한 권력을 정당화하는 기존의 미란다와 크레덴다를 파괴하여 더 좋은 사회, 더 좋은 사람을 제시하려 했던 연암의 작품을 분석하기 위한 대항 미란다와 대항 크레덴다에 대한 정의를 하고자 한다. 그 기술은 첫째, 미란다와 크레덴다, 둘째, 대항 미란다와 대항 크레덴다 순으로 한다.

1) 미란다와 크레덴다

메리엄은 '권력을 신비롭고 성스럽고 웅대하고 감탄할 만한 것으로 미화시키는 측면'을 권력의 '미란다'라고 부른다. '미란다'라는 말은 본래 '감탄할 만한(admirable)'이라는 의미의 라틴어이다(Merriam, 1964, pp.109－118).

정치권력을 유지하기 위해서는 무엇보다도 피지배자가 그 권력을 정당한 것으로 받아들여야 한다. 그리고 지배자는 그 권력이 합리적이든 비합리적이든 피지배자의 복종을 이끌어 내야만 한다. 이를 위해서 노래, 제복, 포스터, 슬로건 등 다양한 노력을 기울이게 되는데, 이는 정치적 상징조작을 동원하여 권력을 미화시켜 피지배자의 복종을 유도하기 위한 것이다. 이와 같이 인간의 감성적·비합리적 측면에 호소하여 정치적 지배가 가능하도록 하는 것을 '미란다'라고 한다.

이러한 미란다는 정서적인 공감의 유대를 원하는 심리에 호소하는 상징으로 '동일시의 상징(symbol of identification)'을 일컫는다. 동일시의 상징이란 어떤 것을 함께 바라볼 때 또는 어떤 노래를 함께 부를 때, 어떤 동작을 함께 할 때, 모두가 동일한 집단의 일원이라는 일체감을 자아내게 하는 상징이다. 이것은 인간의 정서적인 면에 호소하는 상징으로써 구성원의 마음을 규합시키려 할 때 활용한다. 좋다[好] 혹은 나쁘다[惡]의 감정과 같은 정서적 태도는 동일한 감정을 느끼는 구성원들을 하나의 지점으로 모아 결속시키는 역할을 하게 된다.

전형적으로 권위의 행사를 조성하는 상황은 경외심과 존경을 고취시키기 위하여 도모된다. 리더십의 이상은 경외가 약속되는 특별하고 예외적인 특징을 나타내 준다. 재판정에서 찾아볼 수 있는 것과 같은 복잡한 의례와 복식, 그리고 기호들은 우연한 공중의 신뢰와 존경을 증진시키기 위한 정의, 존엄, 질서와 같은 정서를 전달해 준다. 이러한 것들이 바로 그가 소유한 직책에 의해 그가 어떤 사람들에게 득이 되게 되는 권력의 미란다이다(Elder · Cobb, 유영옥 역, 1993, pp.39 – 40).

예로부터 사람들은 권력에 대해서는 신비적 · 초월적 · 마술적인 그 무엇이 있는 것처럼 느껴왔다. 그리하여 권력은 그 자체를 신비적인 것으로써 장식하고 이것에 의해서 자체의 위대성과 영광을 사람들의 마음속에 아로새김으로써 사람들을 그 앞에 쉽사리 무릎을 꿇게 할 수가 있었던 것이다. 권력은 그 자체를 그와 같이 보이게 하기 위한 온갖 수단을 생각해 내고 있다. 이를테면 권력은 여러 가지 예술적인 방법, 각종의 의식과 제전, 대중 동원에 의한 위력의 과시, 역사와 권력자 자신의 생애의 미화 등등 온갖 수단을 동원하여 그 자체가 신비롭고 웅대한 존재라는 것을 사람들에게 상징 지우도록 힘을 쓰게 되는 것이다. 역사적으로 보더라도 정치권력은 종교나 종교적인 것과 서로 밀접한 관계가 있었으며 국가는 신에 가까운 것으로 생각된 적도 있었다. 이리하여 권력과 성스러운 것과의 결부를 강화시키려는 의식적인 노력이 권력을 위한 하나의 기술로서 행사되어 온 것이다(이극찬, 1994, p.225).

메리엄에 의하면, 권력의 미란다의 상징조작 방식으로는 대체로 다음과 같은 것이 있다(Merriam, 1964, pp.111 – 118).

① 기념일과 기념 기간(Memorial days and period)
② 공공광장과 기념관(Public places and monumental apparatus)
③ 음악과 노래(Music and songs)
④ 깃발, 훈장, 조형물과 제복의 문양(Artistic designs, in Flags, decorations, statuary, uniforms)
⑤ 일화와 역사(Story and history)
⑥ 교묘한 성격의 의전(Ceremonials of an elaborate nature)
⑦ 행진, 웅변, 음악을 동원한 군중 시위(Mass demonstrations, with parades, oratory, music)

권력의 미란다는 위와 같은 인적 상징(人的 象徵)뿐만 아니라 물적 상징(物的 象徵)에 의해서도 표현되는데, 그 인적·물적 상징을 자유자재로 이용함으로써 사람들을 자기의 지도에 따르도록 만들려고 하는 것이다. 위에서 열거한 사항에 대하여 메리엄은 다음과 같이 기술하고 있다. 그 첫 번째는 기념일과 기념 기간인데 여기에 대하여 메리엄은 다음과 같이 기술하고 있다.

정치 집단은 교회를 제외한 어떤 다른 집단보다도 달력의 날짜를 보다 더 많이 활용해 왔다(Merriam, 1964, p.112).

권력은 달력 위에서 동일시 상징을 보여줌으로써 사람들에게 집권자의 의도를 전달한다. 달력 위에는 각종 기념일과 기념 주간과 탄신일 등의 국경일과 추모일 등이 제정되어 있어 사람들의 마음을 한 곳으로 모은다. 달력은 권력과 매우 관계가 깊다. 둘째, 공공광장과 기념관에 관해서 메리엄은 다음과 같이 서술한다.

아마도 정치 집단은 공적으로 활용하기 위해 영토라 할 수 있는 가장 거대한 부분으로서의 공간을 인수했을 것이다. 그리고 거리들, 길들, 장소들에 권력 집단의 이름을 붙였을 것이고, 이와 같은 장소에 권력을 기념하기 위한 광고를 잔뜩 붙였을 것이다. 교회와 오늘날의 공장과 초고층 빌딩을 제외한 공공건물은 어떤 다른 집단의 건물보다 더욱더 인상적이다(Merriam, 1964, p.112).

예로부터 권력은 궁궐과 광장을 건축하여 집권자의 위엄을 강조하였고 공원을 조성하여 사람들을 결집시켰다. 그리하여 각각의 국가나 왕조는 그들이 자랑하는 최고지도자의 관저와 왕실 건축을 가지고 있다. 권력을 강화하고자 하는 정권은 언제나 이러한 미란다를 위해 대토목 사업을 기획하고 실행에 옮겼으며 완공하였다. 이후 이들은 일화와 역사를 낳고 문화재로 지정되어 다시 후대의 집권자가 권력을 강화하기 위해 활용하는 또 다른 미란다가 되기도 한다. 셋째, 메리엄은 음악과 노래를 중요한 미란다의 요소로 제시한다. 여기에 대해 언급하는 부분은 다음과 같다.

음악과 노래는 지금까지 인간이 창안한 것 가운데 권력집단을 찬미하는 데 가장 지대하게 기여했다는 점에서 교회 음악이나 여타의 음악과 좋은 라이벌 관계를 이루고 있다. 우리가 「라 마르세예즈(La Marseillaise)」, 「위대한 독일(Deutschland über Alles)」, 「인터내셔널(the Internationale)」, 「죠바네차(Giovanezza)」, 「아메리카(America)」, 그리고 「신이여, 왕을 구하소서(God Save the King)」 없이 무슨 일을 할 수 있겠는가?(Merriam, 1964, p.112)

메리엄은 음악과 노래에 대하여 좀 더 구체적으로 기술하고 있는데, 그것은 음악과 노래가 갖는 마법과 신성이라는 성향과 관련이 깊다. 그리고 그는 미란다적인 요소와 크레덴다적인 요소가 항상 분리되어 존재하는 것이 아니라 늘 혼재되어 있어 명징하게 구별하기가 어렵다는 데 대해서도 언급하고 있다. 그것에 대한 기술은 다음 내용을 통하여 알 수 있다.

> 원시시대에 상징주의의 대부분이 그랬던 것처럼 기타 많은 관습들은 성(sex), 국가, 농업, 그리고 종교와 혼합되어 존재하고 있었으며, 원시시대의 대부분의 전쟁 춤은 정치적 목적을 위해 동원되는 일이 많았다. 특히 전쟁 춤은 전승 축제에서 괄목할 만한 위치를 차지하고 있었다. 그리고 그 이후의 시대에 일어나는 행진과 시위에 곁들여진 동작은 참가자와 구경꾼 모두에게 깊은 인상을 심어 주었다.
>
> 마법은 인류 형성 초기 단계에서 다른 사회적인 국면에서는 물론 정치적인 국면에서도 매우 중요한 역할을 담당했다. 마법, 의학, 종교, 정부 등은 종종 서로 매우 밀접한 관계에 놓여 있었는데, 사회적인 사기와 통제의 목적을 위해 상호 간에 힘을 북돋아 주었다. 미란다와 크레덴다는 분간하기 어려울 정도로 혼합되어 있었다. 그리고 기능적으로도 그들은 종종 행동 유형에서 상당히 혼합되어 있었다. 세월이 흐르면서 좋은 마법과 나쁜 마법, 악마의 마술과 천사의 마술 등도 차별화되기 시작했다.
>
> 그러나 오늘날에도 마법은 좀처럼 사라지지 않고 있으며, 아직도 많은 정치적이고 사회적인 관계 속에서 중요한 요소로 그 기능을 수행하고 있다. 그것은 아직도 우리 시대에 의례와 의전의 형태로 나타나고 있다. 그리고 아직도 감성적인 차원에서 군중에게 접근하는 많은 유형들 가운데서 발견된다. 신성은 아직까지도 정치적인 통제 과정 가운데 기초적인 요소로서 여전히 쌍벽을 이루며 살아 있다(Merriam, 1964, pp.112−113).

메리엄에 의하면, 넷째, 예술적인 문양, 즉 깃발, 훈장, 조형물과 제복 속의 문양 또한 매우 중요한 상징으로 권력에 대한 찬미에 공헌하였다. 때와 장소에 따라 또는 즐거운 일과 우울한 일에 대해 정부가 표현을 해야 할 때 색깔은 다양한 의미로 차용되어 정부가 하고자 하는 일의 방향으로 대중들을 견인하였다. 이러한 방법은 어떠한 강제적 동원보다 더 효과적으로 정치적 활동을 보조하였고 그 결과는 긍정적이었다. 메리엄의 견해는 다음과 같다.

> 색깔, 형태, 동작 등은 권위의 주위에 후광으로 작용하고, 힘은 물론 아름다움을 가중시키기 위해 이용되었다. 붓꽃, 백합, 장미 등의 꽃으로 가득 찬 커다란 정원은 정치적인 장치로써 활용되었다(Merriam, 1964, p.113).

다섯째, 일화와 역사 또한 미란다로서 권력의 초석이 된다. 일화와 역사는 권력자와 권력 집단이 권력을 지속시킬 수 있도록 사람과 권력 상황 그 자체를 찬미하는 중요한 수단이다. 이에 대한 메리엄의 기술은 다음과 같다.

> 일화(story)와 역사(history)는 권력 집단에 소속해 있는 사람과 권력 상황 그 자체를 위한 찬미의 수단으로서 초기 단계에서는 일화가 유용하고 그 이후에는 역사가 유용하다. 성년기는 물론 유년기 일화가 갖는 마법에 가까운 영향력은 직접 또는 간접으로 권력에 대한 의례에 이르는 중요한 길을 열어놓고 있는데, 아마도 간접적인 방법이 더욱 효과적일 것이다. 심지어 그들은 자신들이 그 일화를 완전히 이해하지 못할 때에도 그 일화에 대해 귀를 기울이게 된다. 왜냐하면 처음에는 직업적인 내레이터의 목소리에 귀가 솔깃해지고, 나중에는 역사가의 과학적인 얼굴에 의해 비교적 쉽게 접근할 수 있는 그러한 분위기가 되면 넋이 나가 상황이 무엇을 요구하든지 간에 쉽게 주제에 몰입할 수 있기 때문이다(Merriam, 1964, p.114).

메리엄에 의하면, 만약 일화가 정말 좋은 것이면 그것이 사실이든 사실이 아니든 문제가 되지 않는다. 그리고 그 일화가 애국적인 것이라면 교과서나 역사책에도 수록할 수 있다. 게다가 모든 국가의 교과서나 역사책은 그 집단의 역사가에게 허용된 해석의 범위에 대해 논박할 수 없는 자료를 제공하고 있다. 그러므로 새로운 정치 체제가 들어서면 곧바로 해야 할 임무가 다른 성격의 역사책을 만들어 내는 일이다. 국가에 대한 찬미는 교과서나 역사책을 통해 보다 더 효율적으로 이루어질 수 있다. 역사적인 것은 자료이자 증거이고, 그 자료 혹은 증거물은 사건으로부터 찬미가 실현될 수 있기 때문에 일화와 역사는 미란다의 중요한 영역이 된다. 일화와 역사가 중요한 정치적 상징 요소로서의 미란다라면 교묘한 의전 또한 중요한 권력 이미지를 창출하여 권력 수호에 공헌한다. 여섯째, 교묘한 성격의 의전에 대한 메리엄의 기술은 다음과 같다.

> 정치적인 삶에서의 의전은 종종 아름답고 매력적일 뿐만 아니라 그것은 효과적인 상징성을 가지고 있기 때문에 광범위한 일상생활의 영역에까지 그 영향을 미친다. 실제로 세습적인 집단의 경우, 의전은 요람에서 무덤에 이르기까지 그 모습을 빠뜨리지 않는다(Merriam, 1964, p.113).

> 거대한 의전의 본질은 권력 심리에 숭배 요소를 강조하는 것과 같다. 이변이 없는 한 그 어떤 상황에서도 의식적인 발걸음의 정교한 연속은 의심할 나위 없이 준법과 복종의 신념을 갖게 할 것이다. 합리적인 관점에서는 비록 의전이 아무리 불합리하다고 할지라도, 그것에 관해서 논쟁하는 것은 분명히 어려운 일이다. 어떤 사람이 오른쪽으로 인사할 것인가 또는 왼쪽으로 인사할 것인가 또는 머리만 숙일 것인가 또는 무릎만 또는 온 몸 또는 앞으로 나서며 또는 말하며 또

는 침묵하며, 또는 관습에 따라 어떤 말을 할 것인가의 문제는 그가
어떻게 배웠는가, 그리고 어느 쪽을 따라야 하는가 그것을 준거로 하
여야 하는 것이다.

이 과정에서 그 어떤 어느 누구도 의전에 관해 논쟁할 수 없다.
심지어 의전이 불합리하다 하더라도 그것을 오랫동안 따라해 온 사
람들에게는 그것이 소중한 것이며, 그에 대해 생소함을 느끼는 사람
들이 퍼붓는 비판으로부터 자유로울 수 있다.

다른 권력 집단의 의전은 어리석게 보이지만 충성의 의무를 다하
고 있는 사람의 의전은 결코 어리석게 보이지 않는다(Merriam, 1964,
p.113).

교묘한 성격의 의전은 권력을 확대 해석하게도 하고 과대평가하
게도 하며 때에 따라서는 접근 용이성 및 접근 불가능성을 표현하
기도 한다. 권력의 신비를 이미지화하는 방법으로서 교묘한 의전은
언제나 활용되고 있다. 메리엄이 말하는 일곱 번째 미란다는 군중
시위이다. 여기에 대하여 메리엄은 이렇게 기술하고 있다.

만약 누군가가 권력에 대한 예찬을 유발할 수 있는 여러 가지 방
법 중에서 어떤 차별화된 것을 찾아내어야 한다면, 집단 숭배를 유발
하는 방법 가운데에서 군중 시위는 매우 인상적이고 효과적인 방법
중의 하나이다. 이것은 다음과 같은 이중 효과를 낳는다. 첫째, 개인
에게 권력에 대한 강한 이미지를 만들게 한다. 그리고 둘째, 그 시위
에 참여함으로써 개인에게 만족감을 낳게 한다. 심지어 매우 단단히
정신을 차리고 있는 사람이라 할지라도 자기가 적의를 품고 있는 정
치집단의 거대한 군중 시위에 빠지게 되면 그는 그 시위를 통해 권
력을 느낀다. 이를테면 수적인 면에서의 완전한 중압감, 귓전에 울리
는 음량, 군중의 결속, 목적의 단일함에 대해 깊은 감명을 받는다. 이
러한 현상들은 거대한 군중이 마치 전 세계인 것처럼 보이도록 만들
어 버린다(Merriam, 1964, p.115).

메리엄이 말하는 군중 시위는 매스게임과 같은 종류의 거대한 군중 잔치를 의미한다. 이러한 군중 시위는 거역할 수 없는 힘을 가지고 있고, 눈과 귀와 가슴 안에 있는 환희의 감정 등을 표출한다. 이 때의 환희의 감정 등은 찬미 혹은 예찬과 깊은 관계를 맺게 되며 미란다로서의 측면을 강하게 갖는다. 그러므로 권력에서의 미란다는 미학과 권위를 결합시키고 있음을 발견할 수 있다.

위에서 메리엄이 말하는 미란다의 유형을 일곱 가지로 살펴보았지만 그것만이 절대적인 것은 아니다. 위에서 열거하고 설명한 것들은 메리엄이 제시한 하나의 예시이기 때문에 이보다 더 많은 미란다 유형은 언제든지 발견될 수 있고 창조될 수 있다. 위의 내용은 변형 불가능한 틀이 아니며 미란다의 유형 및 요소는 위의 일곱 가지만 존재하는 것 또한 아니다.

이렇게 상징의 사회적 의미는 그것이 나타내 주는 공통적 의미뿐만 아니라 또한 그것이 초점을 제공해 주는 정서적 감정으로부터도 나온다. 우리가 보아온 것처럼 많은 사람들에게 정치 문화의 특징적 상징에 대한 부가는 잘 특화된 인지적 의미보다 정서 획득의 기능이 될 것이다. 특히 사회와 체제 상징의 관점에서 볼 때 이러한 정서적 연계는 주로 문화적으로 규정된다.

사실상 정치 문화의 영향이 가장 명확한 것도 바로 여기이다. 문화적 명령은 인지적 지향성의 관점에서 보다 적절한 정서적 감정에 대하여 더 명확하고 보다 명시적이며 덜 모호하다. 사회화 과정을 통하여 우리가 배운 교훈은 비록 그것의 오해에 관한 불확실성을 남길지라도 어떤 것이 좋으냐 나쁘냐 또는 긍정적이냐 부정적이냐에 관한 의문의 여지를 남기지 않는다. 이것은 분명히 실재적 주장이 존재하지 않는 데 반하여 정서적 단서가 쉽게 전달되며 쉽게 식별된다는 사실에 기인한다(Elder・Cobb, 유영옥 역, 1993, pp.123 - 124).

실제로 정치적 지향성은 문화적 명제와 규정을 단순한 형태로 압축한다. 결과적으로 사람들은 그가 기껏해야 모호하게 인식하는 정도나 그들 스스로는 표명할 수도 없는 문화적 대본에 의해 인도된다. 하나의 문화는 주로 그들의 저변의 철학적, 이념적, 역사적 정당화를 무시하는 사회적으로는 비중 있는 상징에 대한 적절한 정서적 지향성의 학습을 통하여 유지될 수 있다. 문화와 그에 상응하는 사회적 행위의 유지를 통하여 살펴볼 때 아마 상징에 관한 가장 중요한 것은 그것이 다소 보편적인 정서적 감정이라고 사회적으로 인식된 대상이라는 사실이다. 정치적 과정에 가장 능동적으로 개입하는 사람들 외에도 어떠한 의미의 동질성과 특수성은 상징이 공통적 정서의 대상으로서 폭넓게 인식되고 습관적 형태 유형을 지지해 준다는 사실보다 문화의 지속성 차원에서 덜 중요하다고 보아야 할 것이다(Elder・Cobb, 유영옥 역, 1993, p.124).

우리를 둘러싸고 있는 환경은 결코 미란다와 무관하지 않다. 메리엄이 제시하지는 않았지만 들풀 혹은 들꽃에서부터 성곽을 위해 자리하고 있는 주춧돌 하나, 그리고 광장 입구에 세워진 비석 혹은 비목 하나, 공설 운동장, 문화 회관, 교각, 시비, 동상, 석상 및 기념일을 위한 기념 노래 등 수많은 미란다가 공기처럼 우리와 함께 있다.

이제 '크레덴다'에 대해 살펴보도록 하자. 사회적 동물인 인간은 어떤 질서에 귀속되고자 하는 욕구를 가지고 있다. 이렇게 어떤 질서에 귀속되기를 원하는 심리에 호소하는 상징을 '합리화의 상징

(symbol of rationalization)'이라 한다. 합리화의 상징이란 어떤 것을 대할 때 이치적으로 생각하여 매우 타당한 것으로 보고 그 조직체에 대하여 동의하고 지지하도록 하는 것과 같은 상징이다. 이것은 인간의 이성적이고 지적인 면에 호소하는 상징으로써 구성원에게 그 권력의 정통성을 합리적으로 설명하고자 하는 상징이다. 이에 대하여 메리엄은 다음과 같이 말한다.

> 권력의 크레덴다는 권력의 미란다와 완전히 다른 것은 아니다. 그러나 권력의 크레덴다는 다른 차원, 즉 권력의 합리화를 위한 무대에서 발견된다. 크레덴다는 지식인들로 하여금 권위를 지속시키는 일에 어쩔 수 없이 동의하도록 하는 능력을 포함하고 있다. 이러한 동의는 일반적으로 정부에게 주어지는 것이며, 그렇지 않으면 특별한 권력의 소유자에게 주어지거나 또는 권력의 특별한 단위에서 특정한 시기에 유행하는 권력의 특별한 체계에 주어질 수도 있다. 인류 발전의 후기 단계에서는 집합 그리고 대중 동원은 충분한 설득력을 지니지 못한다. 권위에 대한 체계적인 설명은 권력 집단에게 또 다른 도움을 보충해 주는 수단으로 2천 년 이상이나 구상되어 왔다(Merriam, 1964, p.118).

위에서 메리엄이 말하는 능력(reason)은 사물을 옳게 판단하고 진실과 허위, 선과 악 또는 아름다움과 추함을 식별하는 능력에 가깝다. 그러므로 이는 이성과 관계가 깊은 것이다. 이성은 인간을 인간답게 하고 인간을 동물과 구분하게 하는 특별한 능력이다. 그리하여 이러한 측면이 '인간은 이성적 동물이다'라는 정의를 성립시킨다. 데카르트는 만인에게 태어날 때부터 평등하게 갖추어진 이성 능력을 '양식(良識)' 혹은 '자연의 빛'이라는 말로 표현하였다. 뿐만 아니라, 이성은 예로부터 어둠을 비추어 주는 밝은 빛으로서 상징되어 왔다. 본래 그리스어의 로고스(logos, 理性) 혹은 그 라틴어 역으로서의 라찌오(ratio)에는 비례와 균형이라는 의미가 포함되어 있었다. 이성에 의하여 우주에서의 모든 사물의 상(象)을 어떤 비례적 혹은 조화적 관계에서 바라볼 때, 어둡고 불분명한 혼돈(混沌), 즉 카오스(chaos) 속에서 어떤 법칙적 관계 속에 위치 정해져 있는 조화적 우주(調和的 宇宙)가 나타난다. 그러니까 코스모스(cosmos)가 출현하는 것이다. 밝은 빛으로서의 이성에 비한다면, 감성적 욕망이나 정념(情念)은 어둡고 맹목적인 힘이라 할 수 있다. 이런 의미에서 이성과 가장 날카롭게 대립하는 것은 광기(狂氣)라 하겠다. 기쁨과 슬픔, 분노와 욕망, 그리고 불안 등의 정념은 어둡고 비합리적인 힘으로서 내부로부터 폭발한다. 이것을 이성적 의지에 의하여 통제하고 방어하지 못한다면 정신의 자립성을 유지할 수가 없다. 여기에 이성에 의한 정념지배라는 도덕적 문제가 발생하는 것이다. 칸트(I. Kant)는 본능이나 감성적 욕망에 기인하는 행동에 대하여, 의무 혹은 당위(當爲, Sollen) 의식에 의하여 결정된 행위가 이성적이라고 하였다. 인간에겐 자율적으로 자기의 의지를 결정하는 이성적 능력이 있어서, 그것에 의하여 도덕적 행위가 가능하다는 것이다. 크레덴다는 칸트가 말하는 당위 의식과 도덕적 행위와 관계가 깊다.

권력의 미란다가 인간의 정서적인 측면과 비합리적 측면에 호소한다면, 권력의 크레덴다는 인간의 이성적, 합리적 측면에 호소한다. 그리하여 메리엄은 신조와 관련하여 다음과 같이 말한다.

정치적 생각으로 남다른 역사를 쓰는 것이 나의 목적은 아니지만,

크레덴다의 대표 유형을 다시 불러내는 것은 잘못이 아닐 것이다. 광범위하게 말해서, 크레덴다에는 수많은 변화와 중복된 형태가 있다는 사실에 대해 이해를 구하면서 크레덴다의 주요한 형태로 다음과 같은 것들을 지적하고자 한다.

1. 정치권력은 하느님이나 신들로부터 부여되었다(Political power is ordained of God or the gods.).
2. 정치권력은 전문적인 지도력을 가장 훌륭하게 표현한 것이다(Political power is the highest expression of expert leadership.).
3. 정치권력은 어떤 동의의 형식을 통해 표현된 많은 사람들 또는 다수의 의지이다(Political power is the will of the many or the majority, expressed though some form of consent.)(Merriam, 1964, p.119).

메리엄이 위와 같이 지적하는 바를 좀 더 자세히 다룰 필요가 있다. 실제로 메리엄은 앞에서 지적한 바를 항목별로 설명하고 있다. 첫째, '정치권력은 하느님이나 신들로부터 부여되었다'는 항목에 대한 메리엄의 주장은 다음과 같다.

권력의 신성은 권력의 가부장적인 특징과 역사적인 특징 그리고 권위의 전통적인 본질과 관계가 있다(Merriam, 1964, p.119).

영국의 왕 제임스는 그 자신과 그를 따르는 왕들을 위해 우아한 호소력을 지니고 있었다. 그러나 어느 정도 거리를 두고서 살펴볼 때, 신법(*jure divino*)의 학설이 지니고 있는 최대의 약점은 그들 권위의 궁극적인 본질에 관해 전면적인 논쟁을 전개할 의지가 약하다는 것이었다. 왕관의 신성은 그에 대한 논쟁이 최소화될 때만 가장 강력했다. 신성에 대한 논리는 종종 문제를 안고 있었으며, 합리적인 반대를 위한 수월한 길을 열어주었다. 마법이 논쟁의 대상이 되었을 때, 그것은 이미 마법이 아니다. 그리고 왕의 신성이 기적적인 증거를 제시할 준비가 되어 있지 않다면, 그는 왕의 권위에 대한 논쟁을 회피함으로써 그 자신을 잘 유지할 수 있다.

미란다와 크레덴다는 혼재해 있는 경우가 많다. "왕이 미란다의
향기에 의해 둘러싸이고, 논쟁의 여지도 없이 권력의 의미와 찬양
의 느낌을 주며, 왕이 태양계의 커다란 중심이라는 사실에 관해 논
쟁할 여지도 주지 않는 의전과 예식으로 둘러싸일 때, 왕과 그의
홍위병들은 가장 강력했다."는 것은 메리엄의 표현대로 미란다와
크레덴다의 접점을 상기시킨다. 게다가 미란다와 크레덴다의 구별
이 불분명하거나 중첩되어 존재한다는 느낌이 강렬하게 드는 순간
은 훨씬 더 많이 나타나게 된다.

이제 두 번째, '정치권력은 전문적인 지도력을 가장 훌륭하게 표
현한 것'이라 한 크레덴다에 대해 살펴보기로 하자. 이에 대한 메
리엄의 기술은 다음과 같다.

크레덴다의 가장 최근의 형태는 엘리트주의이다. 엘리트들은 모든
공동체(community)에서 필요로 하는 천부적인 지도자(natural leader)
이다. 그들은 그들의 천부적인 탁월함을 근거로 정부를 통솔할 권리

를 갖게 된다(Merriam, 1964, p.122).

메리엄은 엘리트주의 이전의 특별한 지도자, 귀족, 전문가에 대하여 설명하기 위해 플라톤의 『공화국』을 언급하고 가부장제 및 경로사상에 이르기까지 전통적인 권위에 대해 설명한다. 그리고 그는 다시 '정치권력은 전문적인 지도력을 가장 훌륭하게 표현한 것'이라는 크레덴다의 일면을 드러내기 위해 다음과 같이 서술한다.

> 고대 사회에서의 '지도자'의 책임은 특별한 집단의 신의 책임과 통했다. 즉 헌법적이거나 법률적인 방법이 없었다. 비록 그 결과가 엘리트에 의해 모색되거나 환영받지는 못했다 하더라도, 신성한 책임은 '전능하신 신(Almighty)'을 대신하는 교회의 대표를 통해 영향을 받는 경우도 있었다. 그리고 그러한 책임은 보댕(J. Bodin)과 다른 사람들이 쓴 '절대법(*leges imperii*)', 즉 지배 집단이 심각한 도덕적 모험이나 때로는 신체적인 위험을 무릅쓰지 않고서는 결코 위반해서는 안 되는 영토에 대한 기본법, 그것에 의해 보충될 수 있었다. 최후의 방법으로서는 고의적인 태업이나 낮은 의욕을 통해서, 심지어는 혁명에 의해서 확실하게 책임을 추궁할 수 있었다. 또는 오늘날의 경우 선거를 통해 책임을 묻는 모호한 형태가 있는데, 그들에게 아무런 불이익을 주지 않겠다는 몸짓과 통제의 방식으로 고정될 수도 있다. 이러한 현상 역시 너무도 분명한 모순(irony) 속에 있는 일임에 틀림없다(Merriam, 1964, p.124).

세 번째로, 메리엄은 '정치권력은 어떤 동의의 형식을 통해 표현된 많은 사람들 혹은 다수의 의지'라고 하는데, 이것은 민주주의를 지탱해 주고 있는 가장 중요한 크레덴다이다. 이와 같은 크레덴다에 대한 메리엄의 기술은 다음과 같이 이루어져 있다.

이와 같은 크레덴다는 때때로 종교 단체와 산업 노동자 계급의 운동에서 광범한 지지를 받고 있다는 점을 관찰하는 것이 중요하다. 더 나아가서 오늘날에는 교육, 여가, 산업, 정부와 같은 수많은 인간 사회도 인류 대중에게 폭넓은 기회를 끊임없이 열어주고 있다. 교회에서 임원을 선발하는 민주적인 원칙, 나폴레옹시대에 재능 있는 사람에게 길을 열어주던 경력 제도, 산업 세계와 노동 집단에서 지도력 있는 자에게 기회를 주는 일, 그리고 심지어 직함을 사고파는 것과 같은 사회적인 환경은 사회 조직을 재건하면서 군중의 중요성을 강조하는 경향을 보여주었다.

군중의 입장에서 볼 때 이러한 권력 신뢰 이론의 유형은 사회 집단의 중심부를 깊숙이 강타하고 있다. 왜냐하면 이러한 이론은 첫째, 모든 사람의 존엄성과 가치와 잠재력을 인정하고(recognizes the dignity, value, and potentiality of every man), 둘째, 개인의 지위를 보호하기 위한 제도적인 장치를 제공하며(provides institutional devices for the protection of his individual position), 셋째, 얼마 동안 정치적인 지도력을 위임받은 사람들의 책임을 규정하기 때문(prescribes the responsibility of those for the moment entrusted with political leadership)이다.

이러한 권력의 크레덴다 이론은 인성을 인정하는 문제에 대하여 호의적이도록 하는데, 이는 어떤 다른 형태의 크레덴다에도 마련되어 있지 않은 것이다. 그리고 상징주의와 참여는 매우 중요한 문제가 되어 가고 있기 때문에 크레덴다 이론은 거대한 군중 조직과 상징주의에 의존하고 있다. 심지어 이러한 이론은 군중에게 왕권신수설(the doctrine of divine right)을 전달하거나, 인민의 목소리를 신의 목소리로 만들 수도 있다(Merriam, 1964, p.125).

위와 같이 메리엄은 세 가지 측면에서 크레덴다를 설정하였다. 즉 정치권력은 하느님이나 신들로부터 부여된 것, 정치권력은 전문적인 지도력을 가장 훌륭하게 표현한 것, 정치권력은 어떤 동의의 형식을 통해 표현된 많은 사람들 또는 다수의 의지라는 것이다. 그리고 이러한 크레덴다는 주로 다음과 같은 현상과 원칙을 드러내 보이고 있다.

① 정부에 대한 존경—경의를 표하는 태도(Respect for government
   – deferential attitudes)
② 복종(Obedience)
③ 희생(Sacrifice)
④ 합법성의 독점(Monopoly of legality)

메리엄은 크레덴다 현상을 위와 같이 네 가지로 분류하고 있다. 첫째, 메리엄이 말하는 정부에 대한 존경, 즉 경의를 표하는 태도는 온갖 유형의 정부의 모든 체계가 기초하고 있는 중요한 원칙이다. 이러한 '존경'과 관련된 크레덴다는 그 정부나 국가가 가부장적이든, 우애적이든, 중앙집권적이든, 지방분권적이든, 다수나 소수로 구성되었든 간에 그 기본적인 태도는 철저하게 똑같다. 이러한 크레덴다에 대한 메리엄의 기술은 다음과 같다.

> 크레덴다는 권력을 장악하고 있는 사람과 그들 앞에서 전개되는 복종의 정도와 유형에 대한 태도에 따라서 폭넓은 변화의 범위를 보여주고 있다. 군대는 경례의 형태로써 밖으로 존경을 표현하는 표준 형태를 발전시켰는데, 이러한 형태는 눈에 보이는 권위의 존재를 끊임없이 생각나게 하는 제도화된 경의의 표현이다. "차렷!(Attention)"도 역시 경의의 표현이다. 그러나 규정된 복종, 절, 무릎 꿇기, 일어서기, 부복, 아첨, 조심스럽게 걷는 모습, 환호, 박수갈채, 그리고 그 밖에도 권위에 대한 내면적인 인정을 밖으로 증명하는 것 등 그 종류는 무수히 많다. 이와 같은 의사 표시를 강력하게 하지 않는다거나 이를 중지한다는 것은 현재의 권력에 문제가 있다는 것을 표현하는 것으로 이는 매우 중요한 색인이 된다(Merriam, 1964, p.128).

정부에 대하여 '존경을 표현하는 표준 형태'뿐 아니라, 다양한 형태로 '권위에 대한 내면적인 인정'을 밖으로 표출하는 것은 그 정부의 권력을 굳건히 하고 유지 존속시키도록 만든다. 둘째, 복종의 크레덴다는 필수적인 조건으로 사회의 대다수 사람들은 기존의 권위에 복종한다는 규범이다. 여기에 대한 메리엄의 주장은 다음과 같다.

> 크레덴다의 두 번째 규범은 그 권위가 어떤 방법으로 세워졌는가 하는 문제와는 별 관계없이, 기존의 권위에 복종하는 것이다. 복종은 실제로 권위의 '필수적인 조건(*sine qua non*)'이며, 사회의 대부분 사람들이 권력의 행위에 따른다는 가정 위에 모든 통치가 이루어진다.
> 그러므로 복종의 중요성은 인생의 맨 처음부터 최후의 순간에 이르기까지 각 세대마다 널리 알려져야 한다는 점이 필수적이다. 모든 이데올로기와 상징주의 체계는 이러한 원칙을 그들의 주요한 교훈의 하나로 내포하고 있다. 이러한 생각은 복종이란 의무이고, 계약의 결과이며, 편의를 주고, 심지어는 즐거운 것이며, 폭력에 대한 두려움의 결과로 나타나는 것이라고 설명할 수 있다. 그러나 최종적인 결과의 측면에서 본다면 본질적으로 복종에 대한 생각은 권력에 기인하는 부속물로서, 정치 행태의 역동적인 한 부분으로서 나타난다(Merriam, 1964, pp.128 – 129).

사회 구성원 모두가 권력에 복종할 수 있도록 이끄는 것은 지배자가 자신의 권력을 더욱더 굳건히 하는 바탕이 된다. 구성원의 복종이 곧 준법행위가 되어 권력을 수호해 주는 역할을 담당할 때 지배자의 권력은 안전하게 유지될 수 있는 것이다. 셋째, 크레덴다의 세 번째 규범은 공동체의 공공선을 위해서라면 기꺼이 희생한다는 정신이다. 여기에 대한 메리엄의 견해는 다음과 같다.

> 아마도 이러한 규범은 맹종일는지 모르지만, 단순히 획일적인 복종 이상을 의미한다. 시민 또는 신민은 심지어 재산과 자유와 생명의 손실을 무릅쓰고서라도 기꺼이 복종해야 한다(Merriam, 1964, p.130).

　그는 왜 이렇게 해야 하는가? 그러한 과정에 대한 정치적인 설명
은 몇 세기에 걸친 경험을 통해 수없이 다양하게 전개되어 왔다. 그
러나 이 시점에서 권력의 유사 개념들은 정치 집단들에 동조하게 함
으로써 희생에 대한 요구를 더 강력하게 하기에 이른다. 민족, 계급,
지역 등은 물론이고, 특히 가족과 교회는 희생이 집단 생존과 발전에
있어 본질적인 요소라는 사실을 주장하기 위해 평소보다 더 목소리
를 높인다. 단체 생활 속의 전체적인 관습은 시민들에게 더 커다란
전체의 이익을 위해 자신의 이익을 포기하도록 강요한다. 그들은 그
를 쇠사슬(a chain)로 칭칭 옭아매어 이러한 관습으로부터 탈출이 불
가능하도록 만든다(Merriam, 1964, p.130).

공동체의 공공선이라는 명목으로 둘러싸고 있지만 사실은 지배
층의 권력 유지를 위한 또 하나의 수단이 구성원의 희생이다. 희생
을 딛고 권력과 광영을 누리는 것이므로 이는 공공의 적일 수 있
다. 그러나 지배자는 이를 이성적으로 정당화하기 위하여 시민 전
체의 이익에 대하여 강변하게 되고 이에 대한 시민의 신뢰를 이끌
어 내어 합리화한다. 이러한 정치적 상징조작이 극단으로 치닫게
되면 전체주의가 발생하며 그 체제가 유지 존속된다. 넷째, 크레덴
다의 또 다른 규범은 합법성을 독점하는 것이다. 이에 대하여 메리
엄은 다음과 같이 기술하고 있다.

　정부는 '정치적인 것'이라고 불리는 사회적 권위 형태에 대해 독점
적 권리를 즐기는 단체인데, 복종의 규범은 이러한 정치 사회에서 끊
임없이 투입되는 크레덴다 중의 하나이다. 이러한 규범과 더불어 정
부의 독점을 침해하려는 다른 모든 집단의 시도는 사회에 의해 합법
적 방법으로 처벌될 것이라는 교의가 따라다닌다(Merriam, 1964,
p.131).

합법성에 대한 정부의 독점은 가장 강력한 지배의 구축을 의미한다. 체제를 지탱하고 정권에 대한 도전을 방지하며 나아가 현재의 권력에 대한 어떤 하극상도 방어할 수 있는 철벽이 된다. 이것은 근대국가의 물리적 강제 및 폭력의 독점과도 연관되는 요소이다. 그리하여 물리적 강제와 폭력은 언제나 국가와 그 국가의 정부에 의해서만 가동될 수 있도록 만든 지배 장치인 것이다.

하지만 크레덴다와 미란다는 혼합되어 있고, 눈과 귀는 감정과 지능에 따라 훈련되는 것으로서 국가의 특별한 신념과 의식에 관여한다. 오늘날 크레덴다와 미란다는 시민 교육의 거대한 체계 내에서 조직적으로 개발되는 경향을 보인다. 이는 어떤 국가 혹은 정치적 집단이 100% 완전한 국민을 양성하기 위해 애쓰는 모습이라 할 수 있다. 하지만 언제나 기존의 크레덴다에 대하여 대항하고자 하는 시민 또한 양성되기 마련이다. 이에 대한 메리엄의 기술은 다음과 같다.

실제로 가장 효율적인 저항은 전혀 아무 일도 하지 않음으로써 행할 수 있다. 침묵은 왕과 군주와 대통령에게 인사를 드리는 것이 될지 모르지만 그 이상 아무것도 아니다. 어떠한 갈채도 없고, 시끄러운 환호 소리도 들리지 않으며, 미천한 사람에게서 존경하고 있는 듯한 얼굴이 튀어나와 왕의 미소를 대하는 것이 아니라 오직 침묵과 찡그린 인상과 외면하고 있는 얼굴들뿐이다.

만약 왕이 자신의 시민을 감옥이나 교수대로 보낼 수 있다면, 아마 백성들도 똑같은 확신을 가지고 더욱 효과 있게 왕을 따돌릴 수 있을 것이다. 야유의 함성을 보내거나, 어떤 사람이 나타나면 문득 대화를 중단하거나, 화가 난 태도를 보이는 것은 부수적인 것이지만, 신뢰할 수 없다는 의사 표시로서 꼭 그렇게 심하게까지 의사 표시를 할 필요는 없다. 침묵은 지배자가 지난날과 마찬가지로 그가 주권자임을 합법적으로 인정하는 것이지만, 그 지배자로부터 그의 권력에 동의할 수 있도록 만드는 명분을 빼앗아버린다. 미소와 조소는 권위에 대해서 헌법에도 명시되지 않은 제약의 유형이다(Merriam, 1964, p.161).

지배자가 권력으로 시민을 억압할 수 있다면 시민 또한 지배자를 곤경에 빠뜨릴 수 있다. 즉 침묵, 일그러진 얼굴, 외면, 조소 또는 조롱을 동원하여 권력을 휘두르는 지배자를 우스꽝스러운 존재로 만들고 파멸시킬 수 있다는 것이다. 그리하여 메리엄은 권력의 부끄러운 측면에 대해서도 연구했다. 그에 의하면 사실상 권력은 매력적이라기보다는 혐오스러운 측면이 있다. 그리하여 권력에 대한 크레덴다와 미란다보다 권력이 드러내는 추한 모습도 발견할 수 있는데, 그것은 (1) 폭력성, 잔혹, 공포, 거만, (2) 위선, 기만, 음모, (3) 부패, 특권, (4) 경직성, 완고함, (5) 지지부진과 발전에 대한 느린 적응, (6) 우유부단함, 무기력 등이다. 그러므로 미란다와 크레덴다에 대한 메리엄의 다음과 같은 진술은 권력의 유지와 존속을 위한 상징으로 시사하는 바가 크다.

우리는 크레덴다와 미란다에 대하여 권력 상황의 초석이라고 결론지을 수 있다. 권력은 자신에게 위신을 투사하고, 위신은 다시 권력을 뒷받침하는 것으로 변화하려고 한다. 이데올로기와 상징주의와 집단은 결코 멀리 떨어져 있지 않으며, 그들은 여러 가지 방법으로 서로를 강화한다. 귀에 거슬리는 명령의 목소리, 권위 있는 태도와 거동, 뚫어지듯이 고정된 눈 등은 조금은 도움이 되지만 끝까지 도움이 될 수는 없다.

숙달된 권위는 신비한 방법으로 자신의 경이로움을 달성해 나간다. 권위는 음식으로 사람의 배를 채워주고, 황금으로 그의 주머니를 채울 수 있다. 권위는 사람의 목을 잡아당기거나 자를 수도 있고, 그를 웃길 수 있으며, 무서운 얼굴로 그를 복종하게 할 수도 있다. 또한 권위는 그의 눈과 귀를 음악과 아름다움으로 채워주고, 그의 영혼을 정열로 채워주며, 그의 마음과 정신을 영원한 신념으로 채워줄 수 있다. 권력의 신은 남의 기를 죽이고 파괴하는 방법은 물론 사랑을 얻고 승리하는 방법도 알고 있다. 거대한 대중 시위는 개인으로 하여금 감히 저항할 수조차도 없는 막강한 흐름을 따라 개인을 동요시킬 수 있고, 꽃과 노래와 리듬과 조각과 미술과 기념물 등은 권력의 미끼가 될 수 있다(Merriam, 1964, p.134).

이러한 것들은 정치 문화를 형성하게 된다. 하나의 문화는 사람들의 역사적 경험과 파생된 지혜를 구현한다. 그것은 자연, 인간, 사회에 관련된 다양한 신화, 가정, 규정에 의해 특징지어진다. 이것은 사회의 상속물이다. 그것은 외부적 실재와 인간의 경험에 의미를 부여하고 해석하는 문제에 대하여 역사적으로 파생된 해결책을 제시해 준다. 그것은 경험으로부터 학습되어 현재까지 세습되어 온 모든 것의 총체이다(Elder · Cobb, 유영옥 역, 1993, p.121).

미란다와 마찬가지로 위에서 열거하고 설명한 크레덴다 역시 절대적 유형이 아니며 절대적인 요소 또한 아니다. 게다가 시대가 변하고 삶이 변하고 인간의 지성의 높이 또한 상승하면서 이성에 호소하는 크레덴다 유형은 메리엄이 제시하는 유형보다 더 이성적인 유형으로 옮겨지고 있다. 그럼에도 불구하고 크레덴다 현상은 미란다 유형보다는 조금 더 전형적인 형태로 요약 정리될 수 있다. 하지만 미란다와 크레덴다의 경계를 선명하게 구분하기 힘들다는 점은 여전하며 더 다양한 크레덴다의 유형은 메리엄이 제시한 유형이 아니더라도 다른 양태로 나타날 수 있다.

2) 대항 미란다와 대항 크레덴다

앞에서 메리엄이 권력에 대하여 '신비스럽고 성스럽고 웅대하고 감탄할 만한 것으로 미화시키는 측면'을 권력의 '미란다'라고 정의한 데 대하여 살펴보았다. 그런데 미란다는 권력을 유지하고자 하는 세력들만이 활용하는 지배자들의 전유물이 아니다. 권력이 부패하면 그 권력에 대항하는 세력은 언제든지 등장하기 마련이고, 이들 역시 기존의 권력을 파괴하기 위하여 미란다를 원용한다. 이 책은 이렇게 기존 권력을 파괴하고자 하는 미란다에 대하여 메리엄의 미란다 개념을 원용하여 대항 미란다 개념을 정의하고자 한다.

정치권력을 유지하기 위해서 기존의 정치권력을 장악한 자들이 피지배자가 그 권력을 정당한 것으로 받아들일 수 있도록 미란다를 활용하듯이 피지배자 계층 역시 기존의 권력을 파괴하기 위하여 미란다를 동원한다. 그리고 지배자가 그 권력이 합리적이든 비합리적이든 피지배자의 복종을 이끌어 내기 위해 노력하듯, 기존 권력에 저항하는 자는 기존 권력에 대한 불복종을 이끌어 내기 위해 노력한다. 역시 미란다와 마찬가지로 이를 위해서 노래 혹은 제복, 포스터, 슬로건, 웅변, 행진 등 다양한 노력을 기울이게 되는데, 이는 정치적 상징조작을 동원하여 기존의 권력을 폄하시켜 피지배자의 불복종을 유도하기 위한 것이다. 이 책은 이와 같이 인간의 감성적·비합리적 측면에 호소하여 정치적 지배에 대한 저항이 가능하도록 하는 것을 '대항 미란다'라고 정의를 내린다. 이는 기존 미란다에 반대하는 미란다이다.

대항 미란다는 정서적인 공감의 유대를 원하는 심리에 호소하는 상징으로 미란다와 마찬가지로 '동일시의 상징(symbol of identification)'이 된다. 그리고 동일시의 상징, 곧 어떤 것을 함께 바라볼 때 또는 어떤 노래를 함께 부를 때, 어떤 동작을 함께 할 때, 모두가 동일한 집단의 일원이라는 일체감을 자아내게 하는 상징임을 메리엄이 말하는 미란다에 대하여 살펴볼 때 이미 논술하였다. 인간의 정서적인 측면에 호소하는 상징으로서의 미란다는 구성원의 마음을 규합시키려 할 때 활용한다. 좋은 감정 혹은 나쁜 감정과 같은 정서적 태도는 동일한 감정을 느끼는 구성원들을 하나의 지점으로 모아 결속시키는 역할을 하게 된다.

기존 권력과 권위의 행사장에서는 언제나 경외심과 존경을 고취시키기 위하여 경외가 약속되는 복잡한 의례와 복식, 그리고 기호들을 원용한다. 하지만 이러한 방법들은 권력에 저항하는 행사장에서도 똑같이 나타난다. 즉 대항 미란다이다. 공중에게 신뢰받는 분위기를 조성하며 존경심을 증진시키기 위한 정의, 존엄, 질서와 같은 정서 역시 권력에 대항하는 자들도 기존 권력을 파괴하기 위하여 원용한다.

오랫동안 기존 권력에 대해서 그 권력이 신비적·초월적·마술적인 어떤 힘을 지니고 있는 것처럼 느껴왔다 할지라도 기존 권력이 부패하여 피지배자들에게 염증을 느끼게 하여 신비적·초월적·마술적인 그 무엇이 거짓으로 포장되었다는 사실을 알게 되었다면, 그러한 권력을 파괴하고자 하는 이들 역시 신비적·초월적·마술적인 그 무엇을 동원하여 기존 권력에 대항하게 되는 것이다. 그리하여 그러한 노력 자체를 신비로운 것으로 장식함으로써 기존 권력의 위대성과 영광을 가슴속에 새기고 있는 사람들에게 기존 권력이 정당하지 못함을 인식시킬 수 있는 것이다. 다시 말해 기존 권력이 권력의 정당성과 유지를 위해 온갖 수단을 생각해 내고 있듯이 부패한 권력을 추방하고 새로운 사회를 건설하고자 하는 이들도 온갖 수단을 동원하여 기존 권력의 부당성을 드러내는 것이다.

미란다에서 권력이란 그 정당성 유지를 위해 여러 가지 예술적인 방법, 각종 의식과 제전, 대중 동원에 의한 위력의 과시, 역사와 권력자 자신의 생애의 미화 등등 온갖 수단을 동원하여 그 자체가 신비롭고 웅대한 존재라는 것을 사람들에게 상징 지우도록 힘을 쓰게 된다는 것을 알아보았다. 그런데 반면에 대항 미란다는 권력이 그 정당성을 유지하고자 하는 부당성을 고지하기 위해 여러 가지 예술적인 방법, 각종 의식과 제전, 대중 동원에 의한 위력의 과시, 역사와 권력자의 생애에 대한 과잉 미화 비판 등등 온갖 수단을 동원하여 기존의 권력 그 자체가 신비롭고 웅대한 존재가 아니라는 것을 사람들에게 상징 지우도록 힘을 쓰게 된다. 역사적으로 보더라도 정치권력은 종교나 종교적인 것과 서로 밀접한 관계가 있었으며 국가는 신에 가까운 것으로 생각된 적도 있었지만, 이러한 왕권신수설에 대한 절대적 믿음에 도전하여 기존 미란다에 둘러싸인 권력을 파괴하고자 하는 것이 대항 미란다이다. 즉 권력과 성스러운 것과의 결부를 강화시키려는 권력자들의 의식적인 노력은 권력 유지를 위한 하나의 기술로서 행사되어 왔지만, 대항 미란다는 이들의 기만을 대중이 알도록 하는 것이다.

이와 같이 기존 권력의 정당화에 대항하는 미란다, 즉 대항 미란다는 다음과 같다.

① 대항적인 기념일과 기념 기간
② 기존의 공공광장 혹은 기념관의 파괴 또는 대항적인 새로운 공
　　공광장과 기념관 설립
③ 대항적인 음악과 노래
④ 대항적인 깃발, 훈장, 조형물과 제복의 문양
⑤ 대항적인 일화와 역사
⑥ 대항적인 교묘한 성격의 의전
⑦ 대항적인 행진, 웅변, 음악을 동원한 군중 시위

대항 미란다는 메리엄이 말하는 권력의 미란다와 그 유형 면에서는 그리 다르지 않다. 그러나 미란다가 권력의 유지와 존속을 위해 원용되는 상징이라면 대항 미란다는 기존 권력에 저항하고 기존 권력의 질서를 파괴하고자 하는 상징이므로 그 내용은 동일하지 않을 수 있다.

기념일과 기념 기간을 활용하여 사람들에게 집권자의 의도를 전달하려고 하는 것처럼 권력의 정당성을 부정하는 이들도 달력 위에서 동일시 상징을 보여줌으로써 사람들에게 저항자의 의도를 전달하려고 한다. 즉 권력의 부당성을 교정하고자 하는 이들 역시 각종 저항일과 저항 기간 및 관련 인물 탄신일, 그리고 추모일 등을 제정하여 사람들의 마음을 한 곳으로 모은다.

우리의 경우 3·1운동, 중국의 경우 5·4운동 등은 원래 '저항일'이었으나 이제는 기념일이다. 이러한 경우 각국이 광복하기 이전에는 각각의 날들이 저항을 표현하는 날이었다. 그런데 광복 이후 대한민국 정부 그리고 중국 정부가 각각 들어서자, 이들은 정통성을 표현하는 미란다 유형으로서 이 날을 기념일로 도입하였다.

둘째, 기존의 공공광장 및 기념관 파괴 또는 대항적인 새로운 공

공광장 및 기념관 설립에 대해 살펴보면 다음과 같다. 기존 권력의 정당성을 파괴하고자 하는 이들 역시, 이러한 미란다를 위해 대토목 사업을 기획하고 실행에 옮겨 완공하고자 하는 기존의 권력에 대하여 저항한다. 기존 권력에 저항하는 이들도 특정한 장소를 만들거나 기존의 장소를 자신들의 저항 이미지에 맞게 활용한다. 그리고 극단적인 경우 저항자들은 기존 미란다에 해당하는 공공광장과 기념관을 파괴하려고 한다. 만약 건축물을 파괴하지 않는다면 그 건축물의 이름이라도 변경하려고 한다. 이것이 대항 미란다이다.

예를 들어 보자면, 조선 총독부 폭탄 투척 사건이 있다. 1921년 9월 12일에 상하이[上海]의 비밀 독립 운동 단체인 철혈단(鐵血團) 단원 김익상(金益相)이 국내에 잠입하여 조선총독부에 폭탄을 던진 사건인데, 실패하였다. 하지만 성공하지 못한 사건이라 하여도 이는 공공건물에 대한 파괴라는 형식으로 나타난 대항 미란다이다. 기존 권력을 상징하는 공공광장과 기념관에 방화하거나 폭탄 투척, 그리고 철거 등 대항 미란다는 파괴 혹은 기존 질서로부터의 탈피, 그리고 사회 교정을 도모하는 형태로 나타난다.

셋째, 대항 미란다 유형으로서의 음악과 노래 역시 메리엄이 말하는 미란다 유형으로서의 음악과 노래와 무관하지 않다. 저항 세력들의 음악과 노래는 매우 중요한 대항 미란다의 요소이다. 메리엄의 미란다는 기존의 권력에 저항하는 자들에게도 마음을 모으는 매개체, 즉 기존 권력에 저항하는 결사체를 더 단단하게 만들어 주는 데도 활용된다.

원시 사회부터 음악과 노래는 마법과 신성이라는 성향과 관련이 매우 깊다. 그러므로 기존의 노래와 음악을 패러디하거나 새로운 음악과 노래를 만들어 기존 권력에 압력을 가함으로써 기존 권력의 유지 관성을 파괴하려고 한다. 이것이 대항 미란다이다.

사례 하나를 들어보자. 1894년에 있었던 동학농민운동과 깊은 연관이 있는 노래가 있다. '파랑새요'이다. 이 노래의 가사는 "새야 새야 파랑새야/녹두밭에 앉지 마라/녹두꽃이 떨어지면/청포장수 울고 간다"이다. 당시 조선은 외세의 침략으로 나라의 운명이 바람 앞에 등불이었음에도 불구하고 관리들은 사리사욕만 채우면서 농민들의 고혈을 짜내며 억압하고 있었다. 마침내 고부 군수 조병갑의 폭정에 반기를 든 전봉준과 농민들은 곳곳에서 탐관오리들을 쫓아내고 농민자치기구인 집강소를 두어 외세를 몰아내면서 부패한 사회를 교정하기 위한 개혁을 추진했다. 그러나 오히려 외세를 등에 업은 지배계급은 동학농민군을 무자비하게 탄압하였다. 그리하여 결국 동학농민군은 우금치에서 결정적인 패배를 당하게 되고 지도자 전봉준은 내부 밀고자에 의해 붙잡혀 처형된다. 농민이 주인이 되는 세상을 열기 위해 분연히 일어났던 동학농민군과 전봉준의 운동은 이렇게 실패로 끝난 것이다. 그러나 당시 조선의 농민들이 전봉준을 생각하는 마음은 '새야새야 파랑새야'에 담겨서 지금도 '민요'로 전해지고 있다.

해석이 분분하기는 하지만, 파랑새의 파랑은 '청(青)', 즉 동학농민군을 진압하기 위해 조선 땅에 온 청나라 군사를 상징한다는 설이 있다. 녹두는 전봉준, 청포장수는 조선 농민을 상징한다고 해석하는 경우도 있다. 어쨌든 정확한 의미를 알기는 쉽지 않다 하더라도 이는 비유와 상징이기 때문에 시대를 초월하여 노랫말과 가락에 담긴 조선인의 마음은 동일시로 드러난다. 이 노래는 기존 미란

다에 저항하는 농민들이 불렀고 이후 민간에 꾸준히 구전되며 저
항하는 민심을 담아냈기 때문에 대항 미란다로 읽을 수 있다.[2]

넷째, 예술적인 문양, 즉 깃발, 훈장, 조형물과 제복의 문양은 매
우 중요한 상징으로 정치권력에 대한 찬미에 기여했다. 이러한 것
들은 기존의 권력에 저항하는 이들에게도 원용되어 저항 그 자체
를 찬미하는 데 기여한다.

다섯째, 일화와 역사 역시 권력을 찬미하도록 하는 미란다 유형이
다. 그런데 대항적인 일화와 역사는 권력에 대해 저항하는 자가 권
력 집단이 권력을 지속시킬 수 없도록 권력자와 권력 상황 그 자체
를 비판하면서 그 비판 자체가 찬미의 대상이 되게 하는 것이다.

여섯째, 교묘한 성격의 의전은 기존 권력을 과대 포장할 수 있는
데, 이러한 의전이 대항 미란다로서 저항자의 미란다가 되면 기존
권력은 매우 위축되는 분위기에 놓이게 된다. 예를 들면, 국가나 공
공단체의 회의나 행사에서 제일 먼저 행하는 국민적 의례를 국민의
례라 한다. 이 국민의례는 국기에 대한 경례, 애국가 제창, 순국선열

---

2) 멕시코의 민요 '라 쿠카라차'도 대항 미란다로 볼 수 있다. 이 노래 제목의 뜻은 '바퀴벌레'이
다. 이 노래는 흥겨운 멜로디, 유쾌한 노랫말로 전 세계 사람들의 사랑을 받고 있다. 하지만,
이 노래에 등장하는 '판초 비야', '에밀리아노 사파타'에 얽힌 이야기를 알아보면 흥겨운 멜로
디와 유쾌한 노랫말에 놀랄 정도로 대비되는 멕시코 농민들의 피울음을 알게 된다. '라 쿠카라
차'에 등장하는 '판초 비야'와 '에밀리아노 사파타'는 멕시코 혁명의 두 영웅이다. 멕시코 북부
에서 농민혁명군을 일으킨 판초 비야와 남부에서 활약하던 에밀리아노 사파타는 대지주와 독
재정권에 대항하여 승리를 거둔다. 즉 디아즈 독재정권을 무너뜨린 것이다. 하지만 이후 내부
분열과 미국의 은밀한 공작으로 인해 판초 비야와 에밀리아노 사파타의 농민혁명군은 전투에
서 패배한다. 그리고 얼마 지나지 않아 마침내 이 두 사람이 암살된다. '라 쿠카라차'의 뜻, 바
퀴벌레 역시 수많은 해석이 있다. 비참한 멕시코 농민을 상징한다는 해석, 멕시코 전통 의상인
판초와 솜브레로를 입은 농민혁명군의 모습이 바퀴벌레를 닮았다 하여 이를 상징한다는 해석,
농민혁명군의 끈질긴 생명력을 바퀴벌레에 비유하고 있다는 해석, 그리고 판초 비야가 타고
다니던 자동차가 바퀴벌레를 닮았다는 해석 등이다. 이렇게 수많은 해석은 모두 함께 노래를
부르는 멕시코 농민들을 결집시켜왔다. '라 쿠카라차'는 기존 미란다에 대항하는 노래로서 멕
시코 농민의 결집에 영향을 끼친 대항 미란다라 볼 수 있다.

에 대한 묵념 등의 순서로 진행되는 것이 일반적이다. 국기는 국가의 상징이므로 이에 대해 받드는 예를 갖춤으로써 국체에 대한 존경과 애착을 재확인하게 된다. 그리고 현재 복된 삶을 누리고 있는 이 국가를 지키기 위하여 목숨을 바친 순국선열의 영령(英靈)에 대하여 묵념함으로써, 묵념하는 자들 또한 순국선열과 같이 나라를 위하여 응분의 희생을 아끼지 말 것을 맹세하게 되는 효과도 있다.

또 애국심을 문자와 곡조로 잘 나타낸 애국가를 모든 참석자가 함께 봉창함으로써, 여러 국민이 이지적, 정서적으로 한마음, 한 뜻이 되는 효과도 거두게 된다. 이와 같이 국체에 대한 경애(敬愛)와, 국민으로서의 희생정신을 다짐하게 하고, 전체 국민의 단결심을 과시하게 하는 국민의례는 회의나 행사를 진지하고 뜻있게 하는 데 큰 효과가 있다.

그런데 이러한 의례를 기존 권력자들만 활용하는 것이 아니라 저항자들도 원용하여 단결심과 애국심을 과시한다. 미란다도 그러하지만, 대항 미란다 역시 애국심에서부터 비롯되기 때문이다.

일곱째, 메리엄이 말하는 행진, 웅변, 음악을 동원한 군중 시위는 매스게임과 같은 종류의 거대한 군중 잔치를 의미한다. 그런데 이러한 군중 시위가 권력의 부당성을 비판하는 힘을 가질 때 이를 대항 미란다라고 할 수 있다. 군중 시위는 기존 권력의 정당성 유지를 파괴하고자 하는 대항 미란다로 널리 원용되고 있다.

이런 경우는 미국의 흑인 인권운동가 마르틴 루터 킹(Martin Luthre King)의 사례를 들 수 있다. 그는 '흑인 간디'라는 별명을 가지고 있는데, 본격적으로 그가 흑인 인권을 위해 나서게 된 동기는 1955년에 '몽고메리 버스 보이콧 운동(Montgomery bus boycot)'

에서 찾을 수 있다. 하루 일을 마치고 지친 몸으로 집으로 가던 어느 흑인 여인이 버스에서 백인에게 자리를 양보하지 않았다는 이유로 체포된 사건이 있었다. 이에 흑인들이 반발하여 아무도 버스를 타지 않는 날을 정했다. 그리고는 모든 흑인들이 비폭력으로 대대적인 항의 데모를 했다. 이 흑백 분리에 대한 저항 운동은 미국 전역으로 퍼져 나가 1963년에는 마르틴 루터 킹이 주관하는 '워싱턴까지 가는 행진'에 25만 명의 인원이 참여하기에 이르렀다. 이 행진 속에는 백인이 전체의 사분의 일이나 되었는데, 이때 마르틴 루터 킹은 군중을 향해 '나에게는 꿈이 있습니다(I have a dream)'라는 연설을 했다. 그의 꿈은 물론 흑백의 차별이 없어져 모든 사람들이 평등하게 사는 날에 대한 꿈이었다. 마르틴 루터 킹 일행은 존 F. 케네디(John Fitzgerald Kennedy) 대통령을 만났고, 이후 린든 존슨(Lyndon Baines Johnson) 대통령을 거쳐 1964년 7월 2일에는 'Civil Rights Act'라는 법이 발효되었다. '나에게는 꿈이 있습니다(I have a dream)', '우리는 이겨낼 겁니다(We shall overcome)' 이 노래는 다른 인종에서조차 탄압받는 사람들이 부르는 노래가 되었다. 마르틴 루터 킹과 흑인들의 행진뿐 아니라 그의 연설은 모두 대항 미란다를 보여주는 강력한 사례이다.

위에서 이 책은 메리엄이 말하는 미란다의 유형, 일곱 가지를 원용하여 대항 미란다의 개념을 정의하였다. 그러나 메리엄이 제시한 일곱 가지의 미란다가 절대적인 것이 아니듯이 대항 미란다 역시 이렇게 일곱 가지만 존재하는 것은 아니다. 미란다와 마찬가지로 이보다 더 많은 대항 미란다 유형은 언제든지 발견될 수 있고 창조될 수 있다. 위의 내용은 변형 불가능한 틀이 아니며 대항 미란다의 유형 및 요소는 언제든지 증가할 수 있다. 우리를 둘러싸고 있는 환경은 미란다와 깊은 관련이 있으며 대항 미란다와도 무관하지 않다.

다음은 대항 크레덴다에 대하여 살펴보기로 하겠다. 메리엄은 권력을 정당화하고 합리화시키는 측면을 가리켜 권력의 크레덴다라고 부른다. 즉 크레덴다는 지식인들로 하여금 권위를 지속시키는 일에 어쩔 수 없이 동의하도록 하는 이유를 포함하고 있다. 이 때 이러한 이유는 사물을 옳게 판단하고 진위(眞僞)·선악(善惡) 또는 미추(美醜)를 식별하게 하는 능력이다. 그리하여 이는 이성과 관계가 깊다. 이성은 인간을 동물과 구분하여 인간답게 하는 특별한 능력이다. 앞서 기술한 권력의 미란다가 인간의 정서적인 측면과 비합리적 측면에 호소한다면, 권력의 크레덴다는 인간의 이성적·합리적 측면에 호소한다.

메리엄의 크레덴다는 기존의 권력을 파괴하려 할 때도 사용되고 있다. 즉 새로운 지도자를 등장시키려는 것이다. 다시 말해 시대가 요청하는 새로운 인물이 기존의 권력보다 더욱더 정당성이 있다는 것이다. 그리하여 메리엄의 크레덴다를 역으로 원용하면 대항 크레덴다가 된다. 메리엄이 말하는 항목을 중심으로 대항 크레덴다를 정의하면, 대항 크레덴다는 현재의 정치 권력자의 권력이 신으로부터 부여된 것이 아니라 새롭게 등장하는 저항자에게 신이 정치권력을 부여하고 있다는 것이다.

메리엄이 언급했듯이 미란다와 크레덴다는 혼재해 있는 경우가 많다. 미란다와 크레덴다의 구별이 불분명하거나 중첩되어 존재한다는 느낌이 강렬하게 드는 순간은 많이 존재한다. 대항 크레덴다 역시 그러하다. 기존의 크레덴다를 파괴하려는 대항 크레덴다 또한 새로 등장하는 왕 또는 정부에 대한 논쟁이 적으면 적을수록 새로 운 왕 또는 정부의 정당성은 더 크게 확보된다.

이제 두 번째, '정치권력은 전문적인 영도력을 가장 훌륭하게 표 현한 것'이라 한 크레덴다를 살펴보기로 하자. 메리엄은 크레덴다 의 가장 최근의 형태는 '엘리트주의'라고 역설하고 엘리트들은 모 든 사회에 필요한 '천부적인 지도자'이며, 자신들이 천부적으로 탁 월하다는 이유 때문에 '정부를 통솔할 권리'를 갖게 된다고 말한다 (Merriam, 1964, pp.120 - 122). 그리하여 새로 등장하여 기존의 크 레덴다를 파괴하며 저항하는 자 역시 엘리트주의를 표방한다. 즉 대항 크레덴다 역시 엘리트주의를 내세운다는 것이다.

세 번째로, 메리엄은 '정치권력은 어떤 동의의 형태를 통해 표현 된 많은 사람들이나 다수의 의지'라고 하는데, 이것은 민주주의를 지탱해 주고 있는 가장 중요한 크레덴다이다. 이와 같은 크레덴다 에 대해 메리엄은, 모든 사람의 존엄성과 가치와 잠재력을 인정하 고, 개인의 지위를 보호하기 위한 제도적인 장치를 제공하며, 얼마 동안 정치적인 영도력을 위임받은 사람들의 책임을 규정하기 때문 이라고 한다. 이러한 권력의 크레덴다 이론은 인성을 인정하는 문 제에 호의를 갖도록 되어 있다. 그리고 상징주의와 참여는 매우 중 요한 문제가 되어 가고 있기 때문에 크레덴다 이론은 거대한 대중 조직과 상징주의에 의존하고 있다. 심지어 이러한 이론은 대중에게 왕권신수설을 전달하거나, 인민의 목소리를 신의 목소리로 만들 수 도 있는 것이다.

그런데 이러한 크레덴다는 저항하는 자가 원용하면 대항 크레덴 다가 된다. 대중 시위를 통해 전달하는 인민의 저항의 소리가 신의 소리가 될 수 있는 것이다. 가령, 기존의 권력이 심각하게 부패한 경우, 기존 권력에 저항하는 자들이 다수의 의지가 작용한 거대한 대중 조직을 이루고 그 대중이 동의와 지지를 통해 정당성을 확보하면, 대항 크레덴다로서의 면모를 갖추게 된다. 이러한 대항 크레덴다는 메리엄이 세 가지 측면에서 설정하고 있는 크레덴다를 역방향으로 해석하여 수용한 것이다.

권력 집단의 공통적인 크레덴다에 동원되고 있는 더 기본적인 원칙들은 상호 모순되는 체계의 폭넓은 다양함을 통해 다음과 같은 현상을 드러내 보이고 있다. 그런데 이 역시 대항 크레덴다의 현상으로도 볼 수 있다. 메리엄이 말하는 크레덴다 현상은 정부에 대한 존경, 즉 경의를 표하는 태도, 복종, 희생, 합법성의 독점이다.

크레덴다 현상 가운데 제일 첫 번째는 메리엄이 말하는 정부에 대한 존경, 즉 경의를 표하는 태도로서 온갖 유형의 정부의 모든 체계가 여기에 기초하고 있다. 이러한 존경과 관련된 크레덴다는 그 정부나 국가가 가부장적이든, 그렇지 않든, 중앙집권적이든, 그렇지 않든, 다수로 이루어졌건, 소수로 구성되었건 간에 그 기본적인 태도는 모두 같다. 대항 크레덴다 현상 역시 크레덴다 현상과 마찬가지로 기존 질서에 대항하기 위해 나서는 사람, 사물, 법 등과 같은 상징에 대한 존경, 복종, 희생, 합법성의 독점 현상이라는 요소를 자연스럽게 발생시키게 된다.

둘째, 복종의 크레덴다에 반하는 크레덴다, 즉 대항 크레덴다는 불복종이다. 메리엄이 말하는 크레덴다의 두 번째 규범은 특별히 그 권위가 어떠한 방법으로 세워졌는가 하는 문제와는 상관없이, 기존의 권위에 복종하는 것이다. 메리엄에 의하면 실제로 복종은 권위의 '필수적인 조건(*sine qua non*)'이 된다. 그러므로 한 사회는 그 사회를 구성하는 대부분 사람들이 그 사회의 권력 행위에 복종한다는 가정 위에서 통치가 이루어진다. 그런데 이러한 권력과 권위에 대하여 불복종하는 것이 대항 크레덴다인 것이다.

셋째, 대항 크레덴다의 세 번째 규범은 희생에 대한 거부이다. 메리엄이 말하는 크레덴다의 세 번째 규범은 공동체의 공공선을 위해서라면 기꺼이 희생한다는 정신이다.

즉 대항 크레덴다는 희생하라는 강요에 대하여 불수용하는 것이 된다. 다시 말하자면, 메리엄의 지적대로 단체 생활에서 중요한 영역을 차지해 온 전체적인 관습은 시민들에게 더 커다란 전체의 이익을 위해 자신의 이익을 포기하도록 강요하게 되는데, 대항 크레덴다는 이러한 강요를 불수용하는 것이다.

넷째, 대항 크레덴다의 또 다른 규범은 합법성의 독점에 대한 파괴이다. 메리엄이 말하는 크레덴다의 또 다른 규범은 합법성을 독점하는 것인데, 대항 크레덴다는 이것의 반대이다. 메리엄에 의하면 정부는 '정치적인 것'이라고 불리는 사회적 권위 형태에 대해 독점적 권리를 즐기는 단체이다. 그리고 복종의 규범은 이러한 정치 사회에서 끊임없이 투입되는 크레덴다 중의 하나인 것이다. 그러므로 복종이라는 규범과 더불어 정부는 합법성을 독점하게 된다. 그리하여 정부의 합법성의 독점을 침해하려는 모든 시도는 합법적 방법으로 사회에 의해 처벌될 것이라는 교의가 따라 다닌다. 그런데 부당한 권력이 합법성을 독점하고 있다면 처벌을 감수하고서라도 이러한 기존 크레덴다를 침해하여 부당한 권력을 파괴하고자 하는 것이 대항 크레덴다이다.

이 책이 정의한 대항 크레덴다에 대해서 기술한 바를 종합하여 메리엄의 틀을 원용하면서 대항 크레덴다의 현상을 정리하면 다음 과 같다.

    ① 정부에 대한 경멸―불경을 표하는 태도
    ② 불복종
    ③ 희생에 대한 거부
    ④ 합법성의 독점 파괴

그런데 메리엄에 의하면 겉으로 매력적으로 보이는 권력도 부조 리한 측면이 많이 있다는 것이다. 그리하여 권력에 대한 크레덴다 와 미란다뿐 아니라 권력이 실추되는 모습도 자주 발견할 수 있는 것이다. 메리엄에 의하면 권력의 혐오스러운 측면은 폭력성·잔 혹·공포·거만, 위선·기만·음모, 부패·특권, 경직성·완고함, 느려터짐과 발전에 대한 느린 적응, 우유부단함·무기력 등이다. 그러므로 이렇게 혐오스러운 권력에 대한 대항은 늘 발생하게 마 련이다. 대항 크레덴다는 이렇게 부조리한 기존의 권력을 타파하고 자 하는 정치적 상징이다.

미란다와 크레덴다, 이들과 마찬가지로 대항 미란다와 대항 크레 덴다 역시 절대적 유형이 아니며 절대적인 규범 또한 아니다. 메리 엄은 미란다와 크레덴다를 권력 상황의 초석이라고 했지만, 이러한 미란다와 크레덴다에 절대적인 것은 없다. 즉 미란다와 크레덴다의 경계를 선명하게 구분하기도 힘들 뿐만 아니라, 메리엄이 제시하는 사례를 넘어서서 더 많은 미란다 크레덴다 유형은 등장한다. 권력 을 정당화하고 그 권력을 수호하고자 하는 권력 유지 세력은 끝없이 새로운 미란다와 크레덴다를 개발하려 할 것이다. 그러나 어떤 정치적 권력도 부패하지 않고 지속되는 경우는 없다. 이렇게 권력이 부패하게 되면 반드시 대항 미란다와 대항 크레덴다가 등장하기 마련이다. 대항 미란다와 대항 크레덴다의 출현은 기존 권력의 입장에서는 탐탁하지 않지만 이들 대항 미란다와 대항 크레덴다의 지향은 좋은 사회와 좋은 사람의 세상을 건설한다는 의미에서 긍정적일 수 있다. 부패한 권력으로 인하여 나쁜 사람이 등장하고 그 나쁜 사람들이 구성원인 나쁜 사회를 교정하여 좋은 사람, 좋은 사회를 이룩하려는 노력은 대항 미란다 그리고 대항 크레덴다를 등장시키는 요인이 된다.

4. 지향

메리엄이 말하는 정치적 상징은 무엇을 지향하는가? 권력의 유지 및 존속인가? 물론 대답은 '그렇다'이다. 다시 말하면, 메리엄의 정치적 상징은 조작을 통해 권력 유지를 지향하는 것이었다.

메리엄은 "어떤 의미에서 정치란 그들 사이에 이루어지는 형평이며, 가치 집단이나 개인 문제의 균형을 유지하기 위한 균형 중의 균형이다."라고 말한다(Merriam, 1964, p.192). 하지만, 또 메리엄은 "인간관계에서 정치권력에 대한 의지가 더 강한가 아니면 권력에 대한 거부가 더 강한가? 정복하려는 정신이 더 강한가 아니면 헌신하려는 정신이 더 강한가? 톨스토이(L. Tolstoy)가 더 강한가 아니면 제정 러시아의 황제가 더 강한가? 간디(M. Gandhi)가 더 강한가 아니면 무솔

리니(B. Mussolini)가 더 강한가? 이러한 질문을 통해 우리는 권위를 이해하면서 상당히 중요한 분야에 접근할 수 있지만, 정치학도들은 이 분야를 별로 개척하지 않았다."라고 한다(Merriam, 1964, p.223).

권력을 유지하고 존속하는 방법에는 여러 가지가 있다. 그런데 권력은 정당성을 확보해야 저항 없이 유지되기 마련이다. 그리고 정당성을 확보했다 할지라도 민심이 변하면 또다시 그 민심을 수용하여 그 민심이 원하는 정당성을 수립해야 권력은 유지 존속될 수 있으며 제 기능을 수행할 수 있다. 하지만 언제나 권력은 약해지기 마련이고 허약해지는 권력을 지속적으로 보전하는 데 부적절한 폭력을 투입할 수는 없다. 그러므로 권력을 유지하고 지속시키기 위해서는 폭력 또는 물리적인 힘이 아니라 그 이외의 방법이 필요하다. 이때 적절한 방법이 상징의 동원이다. 정치적 상징에는 다양한 것들이 있지만, 그들을 묶어 두 가지로 분류하자면 정서에 호소하는 찬미할 만한 상징, 그리고 이성에 호소하는 신뢰의 상징이 있다. 전자는 미란다, 후자는 크레덴다인데, 이 두 정치적 상징의 지향점은 권력의 정당화 및 수호에 있으며, 정치적 권력의 정당화의 궁극적 과녁은 좋은 사람과 좋은 사회에 있다.

그렇다면 연암은 무엇을 지향하였는가? 연암은 연암의 시대, 즉 정권이 조작해 온 상징을 유지하는 방향으로의 비유와 상징을 「호질」, 「양반전」, 「허생전」을 통해 드러내었고, 또다시 그 작품들을 통해 개혁과 대항 의지를 드러내었다. 이러한 면모는 그 자체가 모순적이어서 연암 또한 모순적인 인물로 보이기도 하지만, 그의 성향은 「허생전」에 이르러서는 개혁자로서의 대항 미란다와 대항 크레덴다 장치를 활용함으로써 개혁 제안자로서의 정체성을 굳건히

한 듯이 보인다. 그의 「허생전」이 지닌 비유와 상징성은 '오래된 미래'로서 손색이 없다. 그는 이미 조선 후기에 '변화의 쓰나미(surfing the tsunamis of change)'(Dator, 우태정 옮김, 2008, p.16)를 제안한 것이고 그것을 실천하려고 애썼다. 그러므로 그의 지향은 좋은 세상, 좋은 사회, 그리고 좋은 사람에 있었다고 볼 수 있다. 그는 부조리한 세상, 부조리한 정권, 부조리한 사회, 부조리한 인간에 대하여 풍자와 해학으로 대항했던 것이다. 즉 대항 미란다와 대항 크레덴다가 추구하는 바도 정치가 추구하는 바와 일치한다.

그러므로 연암이 지향한 정치는 유교적 가치관의 좋은 사회와 좋은 인간이었다. 먼저 좋은 사회에 대하여 살펴보자. 대학(大學)은 이상사회를 실현하는 정치적 방법에 대한 정치철학이다. 개인의 가치관은 바로 그 사람의 진면목이다. 대학의 핵심은 명명덕(明明德), 친민(親民), 그리고 지선(至善)이다. 덕(德)은 덕(惪)으로 '直＋心'인데, 이것은 곧게 발휘되는 마음의 능력이다. 이러한 능력이 발휘되는 사회가 이상사회라 할 때, 이 이상사회는 곧 연암이 말하고자 하는 좋은 사회가 되는 것이다. 즉 덕을 밝힌다는 것은 건강한 육체와 정신 그리고 타인과 최선의 상태를 유지하며 조화로운 삶을 추구하는 것이고, '친'은 하나가 된다는 뜻이다. 타인을 형제처럼 따뜻한 마음으로 대하면 상대방은 편안함을 느끼고 마침내 '하나[親民]'가 된다. 이것이 유교의 덕치론인데, 이렇게 덕이 공동체 안에서 제 기능을 발휘할 때 좋은 사회가 이룩되는 것이다.

공자에 의하면 좋은 사회는 정치가 만든다. 정치는 질서를 바로잡는 원리이기 때문에 공자는 '정(政)은 정(正)'이라고 단 한 글자로 규정하였다. 위정자의 정(正)과 부정(不正)은 그대로 원인이 되어 확산되기 때문에 오직 덕의 정치인 선정(善政)에 힘쓰면 국민들이 감화되어 좋은 사회가 도래한다 하였다. 이렇게 사랑과 정의의 조화로 충만한 상태의 사회가 바로 이인사회와 대동사회이다. 공자는 "당신이 착한 사람이 되기를 원하면 백성 모두가 착하게 될 것"이라 했고, 또 "군자의 덕이 바람이라면 소인의 덕은 마치 풀과 같아서 풀 위에 바람이 불면 풀은 눕게 되는 것과 같다."고 했다. 덕으로써 행하는 정(政)이 정(正)의 방향으로 갈 때 그 공동체는 좋은 사회라 할 수 있다.

이제 좋은 사람에 대해 살펴보자. 동양에서는 예로부터 좋은 사람의 특성을 '군자' 속에서 찾았다. 먼저 '군자'의 개념을 살펴보자. 좋은 사람으로서의 군자는 '보통 사람들이 학문과 수양을 통하여 도달할 수 있는 현실적인 이상적 인간형'이다(김학주, 1978, p.210). 또 군자는 '재능보다는 올바른 몸가짐과 훌륭한 덕을 지니고 세상을 바르게 살아가는 사람, 도덕수양에 힘쓰거나 도덕적 이상의 실현을 이룩한 완성자 또는 그 실현을 위해 노력하는 사람'이다(안병주, 1986, pp.20－21). 그리고 군자는 '동양에 있어서 이상적 인간의 상징체'라 할 수 있고(정종, 1975, p.11), '도덕을 갖춰 학문이 뛰어나고 상달을 추구하고 의를 중시하면서 예를 숭상하는 사람'이라 할 수 있다(진입부, 1986, p.44). 이 모두를 종합하여 좋은 사람으로서의 군자의 개념을 다시 정리하면 '인을 구현하고 언행일치를 위해 노력하는 실천궁행자(實踐躬行者), 지적인 교양과 고상한 인품, 잘못을 솔직히 인정하고 허물을 고치는 인격자'라고 할 수 있다(홍영환, 2001, p.4). 연암은 군자도 드물고 예도 무너진 당시 조선 사회의 모습을 「호질」, 「양반전」, 「허생전」을 통해 적나라하게

드러내어 자신의 본분을 다하지 못하는 사회구성원 및 덕과 조화
마저 실종된 사회에 대하여 문장으로 교정의 뜻을 펼쳤던 것이다.

제2장

정치적 상징과 문학

연암은 또 문학과 매우 긴밀한 관계를 갖는 학자, 정치사상가, 작가이다. 그는 역사적 사실을 묘사한 이야기를 통해서 과거의 사실을 추적하고 그 추적 내용을 바탕으로 판타지를 재구성하여 조선 사회 지식인 그룹에게 강력한 사회교육의 기능을 발휘하였다. 이 책은 이러한 이야기를 활용하여 정치를 분석하고 사회교육을 담당했던 연암의 문학이 정치적 상징과 어떻게 알레고리를 형성하는지 살펴보고자 한다.

1. 정치와 문학

정치는 정치고, 문학은 문학이라는 방식이 문학에서는 가장 순수한 태도일 수 있다. 그러나 인간의 모든 측면을 조명하려는 문학의 렌즈라는 입장에서 보면 세상 전체가 문학의 재료가 되므로 세상 전체를 관통하는 정치를 간과할 수 없다. 하지만 오래도록 문학과 정치는 맞서 있었다. 대립 관계라기보다는, 정치는 문학을 필요로 하나, 문학은 정치를 경멸하거나 피해야 할 어떤 더러운 덩어리처럼 표현해 온 것이 사실이다. 그리하여 순수를 지향한다고 표방하는 많은 문학가들은 정치에 대하여 기피증 혹은 그 이상의 혐오증이라는 용어로 정치로부터 멀리 떨어져 존재해 있었던 경우가 많다. 물론 이런 현상조차도 정치적이라 할 수 있다.

이 책은 정치학과 문학의 경계 영역에서 간학문적 연구 방법을 취한다. 정치학은 전통적인 문학 비평에서 많이 인용되어 왔으나 문학은 전통적인 정치학 연구에서 중요한 역할을 하지 못했다. 사실 문학 작품은 그 자체로 정치학 분석의 보고(寶庫)인데도 말이다. 다시 말하면, 정치학과 문학은 단순히 밀접한 관계에 있는 것이 아니라 동일한 현상을 그 대상으로 하고 있다. 위대한 작품은 거의 예외 없이 한 시대의 인간의 삶의 모습과 정치 상황을 소재로 하고 있어 정치학이라고 이해하더라도 대개는 손색이 없다. 토마스 모어의 『유토피아』에서 거론하는 유토피아의 조건, 셰익스피어의 『햄릿』에 등장하는 영국의 정치 상황, 빅토르 위고의 『레미제라블』이나 헤르만 헤세의 『데미안』, 윌리엄 골딩의 『파리대왕』도 모두 정치학으로 이해할 수 있다.

정치학 속에 내재한 정치보다 문학에 내재해 있는 정치가 훨씬 더 시대를 잘 보여주고 있는 경우가 많다. 이러한 양상을 보이는 문학은 대체로 비유와 상징을 동원하여 정치적 현실을 드러내고 있다. 즉 시대를 잘 반영하고 있음은 물론 시대를 초월하여 인간의 삶에 관여하면서 봉사하는 것이다. 그리하여 정치의 개념을 넘어 정치에 참여하고 있는 문학은 석탄이 강한 열을 받아 다이아몬드가 되듯이 시대를 태우는 숱한 위기와 극한을 이겨내고 그 시대를 넘어선 보편성과 특수성을 동시에 획득하여 마침내 금강석처럼 빛나는 명작으로 살아남게 되는데 이 자체도 정치적인 의미를 지니는 것이다.

정치적 상징을 포함하고 있는 문학은 매우 여러 가지의 양태를 보인다. 이 가운데 가장 정치적인 성향을 보이는 문학은 구전문학이다. 구전문학은 문자를 매체로 사용하는 문학과 크게 다를 바 없는 예술이지만, 구화, 즉 말을 매체로 사용하여 말과 행위로 구성되는 장르라는 점에서 차이가 있다. 구전문학은 대체로 이야기, 노래, 속담 등을 통해서 인간의 사랑과 증오, 행복과 고뇌, 희망과 절망을 담거나 일상생활에 있어서의 제반행위나 가족 관계를 묘사하고 자신들의 종족에 대한 근원, 초자연적인 힘에 대한 신앙, 그 사회를 오랫동안 결속시켜 온 규범과 가치관에 대한 창작을 시도한다(Thiong'o, 김윤진 역, 1998, p.361). 이 가운데 특히 이야기 형식은 다시 신화, 전설, 계략을 주제로 한 이야기, 사물의 존재나 의미 또는 관계를 설명하는 이야기, 난처하고 애매한 경우를 그린 딜레마 이야기, 괴물을 묘사한 이야기 등이 있다(Thiong'o, 김윤진 역, 1998, p.361). 구전 문학의 주된 기능 중에는 대중들의 사회적 저항이나 정치적 의식을 드높여 주는 기능이 있다. 이는 특히 정치적인 노래 형식을 통해 이루어지고 있으며 사회적 저항, 정치적 선동, 정치적 단합 등을 꾀하는 세 가지 형태로 분류된다(Thiong'o, 김윤진 역, 1998, p.365). 실제로 연암의 문학과 구전문학과는 그 관계가 매우 밀접하다.

「호질」은 청나라 여행 중에 베낀 것이라고 연암 스스로 『열하일기』「관내정사」에서 밝히고 있다. 「관내정사」는 관내에서 본 이야기로, 7월 24일 경자일부터 8월 4일 경술일까지 열하루 동안, 산해관에서 황성까지 도합 640리 견문록이다. 이 가운데 7월 28일 갑진일 기록에 「호질」이 나온다. 「호질」을 베껴 쓰는 부분은 다음과 같이 묘사되어 있다.

저녁에 옥전현에 닿았다. 무종산이 이곳에 있는데 혹은 연나라 소왕의 묘가 여기 있다고 한다. (중략)

바람벽 위에는 이상한 글 한 편을 써서 걸어 두었는데 흰 종이에 가는 글씨로 벽 한 면이 가로 차도록 족자같이 붙여 놓았다. 글씨가 또 해정하게 쓰였기에 벽 앞으로 다가서 한 번 읽어보니, 가위 세상에 없는 야릇한 글 한 편이었다. 나는 이내 돌아와 앉아 벽에 걸린 글은 누가 지은 글이냐고 물었더니, 주인은 누가 지은 글인지 모르겠다고 한다. 정군이 있다가,

"이 글이 요즘 세상 글 같아 보이는데 주인 선생이 지은 글 아니오?"

하니, 심유붕은,

"주인은 글자도 모르고 작자의 성명조차 없으니, 한나라가 있는 줄도 모르는 놈이 위나라, 진나라 이야기를 어떻게 할 수 있겠습니까?"

했다. 나는 물었다.

"그렇다면 이 글씨는 어디서 났는지요?"

"일전 계주 장날에 샀습니다."

"베껴 가도 좋겠소?"

심유붕이 머리를 끄덕이면서 무방하다고 하기에 나는 종이를 가지고 다시 오겠다고 약속을 하였다.

밥을 먹은 후에 정진사와 함께 다시 그 방으로 찾아 들어서니 벌써 촛불을 두 개나 켜 놓았다.

벽 앞으로 다가서서 족자를 벗겨 내리려고 드니 심유붕은 심부름 하는 사람들을 불러 막대기로 내려준다. 나는 다시 물었다.

"이것이 선생이 지은 글이지요?"

그는 고개를 흔들면서,

"그야 뻔한 일이 아니겠습니까? 제가 일상 부처님을 모시면서 어찌 함부로 거짓말을 하겠습니까?"

한다. 나는 장군에게 중간에서부터 시작해 베끼도록 당부하고 나는 대가리부터 베껴 내려갔다. 심유붕이,

"선생은 그것을 베껴서 무엇하십니까?"

하기에,

"고국으로 돌아가면 국내 사람들에게 한 번씩 읽혀 그들로 하여금 배를 틀어쥐고 넘어지도록 웃게 하되, 먹던 밥 티가 벌 날듯 튀고 갓끈이 썩은 새끼처럼 끊어지게 될 것이오."

하고는, 숙소로 돌아와서 등불을 켜고 훑어본즉 정 진사가 베낀 몫은 오자낙서가 허다하고 글귀는 문리가 통하지 않는 데가 많았으므로 내 뜻을 약간 붙여 엮어 한 편의 글이 되었다(박지원, 리상호 옮김, 2005, pp.364－366).

이러한 부분 때문에 「호질」의 작자 논란은 아직도 계속되고 있다. 즉 연암인가 아닌가 하는 것이다. 그리고 이는 「호질」에 대하여 다양하게 해석하게 하는 기반까지 조성해 주고 있다.

그리고 「허생전」 역시 오래전에 들었던 이야기를 재구성하여 창작한 것이다. 허생전의 서두는 다음과 같다.

옥갑으로 돌아와서 여러 비장들과 침상을 나란히 하고 밤이 깊도록 이야기를 하였다. ……(중략)

또 이야기하였다. ……(중략)

또 이야기하였다. ……(중략)

또 이야기하였다. ……(중략)

또 이야기하였다. ……(중략)

나 역시 이야기하였다. 윤영(尹映)이란 사람이 있어 늘 변승업이 재산 많은 이야기를 했는데, 그 재물이 옛날부터 국내에서 제일이라 하였고 승업의 대에 와서 좀 줄었지마는 처음 그의 재산이 불어 일어날 때는 운수가 없다고 할 수 없었으니, 허생의 이야기를 들으면 참말 이상하다 할 수 있다. 허생은 필경 그 이름을 말하지 않았으므로 세상에서는 아는 자가 없다고 했다. 윤영의 이야기를 들어보자(박지원, 리상호 옮김, 2005, pp.247 - 253).

이렇듯 『허생전』은 연암이 옥갑으로 돌아와서 여러 비장들과 침상을 나란히 하고 밤이 깊도록 이야기를 하였던 내용과 관련이 깊다. 이는 비장들과의 대화이니 만큼 정치적이라 할 수 있겠고, 작품으로 창작된 것은 연암의 기억과 사회의 기억이 합하여져 이루어진 것이니 구전문학과 관계가 밀접하다 하겠다.

사르트르(Jean - Paul Sartre)는 『문학이란 무엇인가』에서 "읽기란 인도된 창조이다."라고 규정하면서 작가는 인도에 "몇몇 푯말을 세워놓는 것에 불과하다."고 말하고 독자의 창조적 자유를 강조한다(Sartre, 정명환 옮김, 1998. p.66).

말라르메(S. Mallarme)는 "책은 독자에게 순수하고 투명한 블록이다. 그는 그 책의 내부를 읽어내고 그것의 비밀을 간파한다."고 했다(김웅권, 2004. p.35).

뒤라스(Marguerit Duras)의 경우는 "독자는 작가가 여기저기 흩뿌려 놓은 표지들을 주의 깊게 따라가고 남겨진 침묵과 여백을 통해 숨겨진 현실을 감지할 수 있을 따름이다. (……) 작가는 직접적인 태도 표명 대신 암시와 함축에 의해서 직접 말하지 않으면서도 교묘하게 드러내는 방식을 사용한다. (……) 뒤라스의 글쓰기는 사물을 직접 명명함으로써 친숙함이라는 장막 뒤로 사라지게 하고 마는 용이성을 목표로 하지 않는다. 독자는 표면에 드러난 의미로부터 거리를 취하고 늘 깨어서 숨겨진 심층의 의미를 탐색해야 하며, 은유가 그 열쇠이다."라고 한다(은희경, 2000, p.3).

문학은 본래 저항이며 사회로부터 소외당한 인물이나 계층의 아우성 혹은 장거리 고독 경주다. 그런데 문학에 있어서 표현대상이 주로 민족이나 종족 등 공동체와 국가·계급 등 사회적 통일의 정신이나 생의 운동일 경우에 광의의 정치와 문학을 생각할 수 있다. 이러한 분야에는 전쟁문학·혁명문학·사회문학·Utopia 문학·프로문학 등이 들어갈 수 있다. 그러나 협의의 정치와 문학을 논할 때에는 정치적 평론을 포함하여 정치를 소재로 한 문학 형식을 통해서 정치사상을 보급하려고 하는 것에 국한시킬 수 있다. 정치와 문학과의 관계는 오래전부터 문학 연구 가운데 매우 어려운 문제 중의 하나로 평가되어 왔다. 정치가 문학에 미치는 영향을 부정하는 사람은 없으나 그 영향의 정도·성질에 대해서는 항상 이견이 생긴다. 그러나 실제적으로 문학이 사회심리를 반영하고 또 그 사회심리는 정치에 의하여 영향을 받는다고 한다면 정치가 문학에 미치는 영향은 곧 정치가 사회심리에 미치는 영향이다. 따라서 정치가 자유민주주의일 때의 문학은 비교적 정치로부터 독립되어 자유로운 활동을 할 수가 있다. 즉 개인의 특질을 살리는 진정한 인간탐구와 생활의 심층을 파헤쳐 생의 가치를 추구하는 문학의 독자성을 확보할 수 있다. 그러나 독재적 사회에서나 그런 시대에는 정치와 문학의 관계에 있어서 그 밀도가 대단히 깊어진다. 즉 정권을 장악한 독재자의 의도가 반영된 문학과 독재체제의 합리화 및 당의 이상을 생활화하는 것을 나타내는 문학만이 인정된다. 이런

식의 문학이란 독자성을 갖지 못하고 정치의 선전도구로 전락하게
될 뿐이다. 따라서 문학은 획일적인 내용을 담게 되는데, 이러한
현상은 사회주의적 국가에서 심하게 나타난다. 순수문학의 관점에
서 볼 때, 이런 종류의 문학을 경향문학 중의 프로문학이라고도 한
다. 이러한 문학적 가치에 대하여는 논란의 여지가 있으나 여론을
유도, 결정하여 주고 인심에 자극을 주는 효과 면에 있어서 무시하
지 못할 점이 있다.

　다음으로, 정치소설에 대하여 살펴보자. 넓은 의미로는 16세기
이후 영국·프랑스·러시아 등지에서 당시의 정치사상을 소설의
형태로 집필한 문학을 말한다. 특히 프랑스 혁명 때에는 마레샤알
(Pierre－Sylvain Maréchal) 등이 중심이 되어 혁명 연극이나 혁명
소설을 유행시켰다. 모어(Thomas More)는 『유토피아』에서 이상국
을 묘사했고, 디즈레일리(Benjamin Disraeli)는 『코닝스비(*Coningsby*,
1988)』 등의 정치소설에서 휘그당에 대한 반감과 정쟁을 소설의
형태로 썼다. 우리나라에서는 1920년대 성행했던 프로문학작품들
을 들 수 있다. 그러나 이들은 문학정신을 드러내기보다 우선 정치
의식과 혁명의식을 내세웠다. 그리하여 이와 같은 소설을 쓴 인물
들은 정치운동의 일익을 담당하여 민중을 선동, 지배계급과 자본가
계급에 대항하는 투쟁까지 벌이는 목적을 가졌다. 이러한 정치소설
은 대체로 문학 본래의 독자성을 상실한 것이거나 정치의 예속물
에 지나지 않았다. 그리고 이러한 소설은 정치소설이라기보다는 사
회소설의 장르에 속한다. 일본에서는 명치헌법 이전의 민권운동과
결부해서 사회소설이 나타나게 되었다. 이 장르는 디즈레일리의 정
치소설의 영향을 받아 소설의 주류가 정치소설에 있는 것과 같은

양상을 보이기도 했다. 하지만 결국 손택(Susan Sontag)의 표현처럼 작가의 사후에는 작품만 남게 된다. 그리고 그 작품은 정치소설이라 명명되건 그렇지 않건 간에 결국 정치와 무관하지 않게 된다.

> 사랑하는 이들, 추종하는 사람들, 비난하는 사람들, 작품, 작업 그 뿐이다. 곧 왜곡되거나 각색될 기억보다도, 여기저기 흩어지고 뿌려질 소품보다도, 도서관, 문서 보관소, 육성 녹음, 비디오테이프, 사진들보다도, 아무리 유복하고 다정한 사람이었더라도, 아무리 뛰어난 사람이었더라도 사후에 남길 수 있는 것은 그뿐이다(Sontag, 홍한별 옮김, 2007, pp.13 – 14).

연암의 경우도 이에 해당한다. 그의 작품들이 수록되어 있는 『연암집』은 신활자본 17권 6책으로 그의 사후에 간행된다. 17권 6책으로 간행하기 이전, 1901년(광무 5년) 김택영(金澤榮)이 9권 3책으로 펴낸 바 있으나, 이것은 본집(本集)의 일부에 불과한 것이었다. 이후, 저자의 아들 박종간(朴宗侃) 등이 이미 편집해 두었던 57권 18책의 필사본을 바탕으로 1932년 박영철(朴榮喆)이 간행하여 17권 6책이 되었다. 『연암집』은 권1에 서(序)·기(記)·인(引)·논(論)·장(狀)·전(傳), 권2에 서(書)·묘지(墓誌)·묘갈(墓碣)·비명(碑銘)·탑명(塔銘), 그리고 권3에 서(序)·기(記)·논(論)·장(狀)·발(跋)·설(說)·소(疏)·책(策)·서(書), 권4에 시(詩), 권5에 척독(尺牘), 권6에 서사(書事), 권7에 서(序)·기(記)·발(跋)·묘갈(墓碣), 권8에 『방경각외전(放璚閣外傳)』, 권9에 장(狀)·기·진향문(進香文)·제문(祭文)·장계(狀啓)·서(序)·대책(對策), 권10에 기·발·에사(哀辭)·제문·서(書)·비(碑)·사장(祠章)·잡저(雜

著), 권11~15에 『열하일기(熱河日記)』, 권16~17에 『과농소초(課農小抄)』 등으로 구성되어 있다. 이후 1956년 서울 통문관(通文館)에서 이민수(李民樹)에 의해 『연암선집(燕巖選集)』이 발행되었는데, 이 책은 『방경각외전』 등에 수록되어 있던 단편들을 뽑아 국역한 내용을 담고 있다. 연암은 1737년에 태어나 1805년에 생을 마감했으니 그의 작품집 『연암집』이 1901년에 간행된 것은 그의 사망 이후 96년 만의 일이 된다.

또 연암의 『열하일기』는 26권 10책 규장각도서이다. 이 책은 1780년(정조 4년) 그의 종형인 금성위(錦城尉) 박명원(朴明源)을 따라 청(淸)나라 고종(高宗)의 칠순연(七旬宴)에 가는 도중 열하(熱河)의 문인들과 사귀고, 연경(燕京)의 명사들과 교유하며 그곳 문물제도를 목격하고 견문한 바를 각 분야별로 나누어 기록하였다. 이해 6월 24일 압록강국경을 건너는 데에서부터 시작하여 요동(遼東)·성경(盛京)·산하이관[山海關]을 거쳐 베이징[北京]에 도착하고, 열하로 가서, 8월 20일 다시 베이징으로 돌아오기까지 약 2개월 동안 겪은 일을 날짜 순서에 따라 항목별로 적었다. 이 책은 당초부터 명확한 정본(正本)이나 판본(版本)이 없었으므로, 여러 전사본(轉寫本)이 유행하여 이본(異本)에 따라 그 편제(編制)의 이동이 매우 심하다. 그리고 이 책에는 중국의 역사·지리·풍속·습상(習尙)·고거(攷據)·토목·건축·선박·의학·인물·정치·경제·사회·문화·종교·문학·예술·고동(古董)·지리·천문·병사 등에 걸쳐 수록되지 않은 분야가 없을 만큼 광범위하고 상세히 기술되어 있는데, 경치나 풍물 등을 단순히 묘사한 데 그치지 않고 이용후생(利用厚生) 면에 중점을 두어 수많은 『연행록』 중에서도 백미(白眉)로 꼽힌다. 하지만, 연암의 대표작인 이『열하일기』는 발표 당시 보수파로부터 극도의 비난을 받았다. 그러나 이후, 중국의 신문물(新文物)을 망라한 서술, 중국 실학사상의 소개로 수많은 조선시대 연경 기행문학의 정수(精髓)로 꼽히고 있다. 연암은 서거 200년이 지난 현재, 아무리 뛰어난 사람이었더라도 사후에 남길 수 있는 것은 그의 작품뿐이라는 손택의 말을 떠올리게 하는 인물이다.

2. 문학에서의 정치적 상징 활용

문학에서 사용하는 정치적 상징의 활용 기법은 대체로 우언, 우화, 풍자, 해학, 골계 등이 있다. 이 장에서는 그 가운데 우언과 풍자에 대해서 살펴보고자 한다.

1) 우언

이 장에서는 정치적 상징을 활용하는 문학의 기법으로서의 우언에 대해 살펴보고자 한다. 우언이란 인격화한 동식물이나 기타 사물을 주인공으로 하여 그들의 행동 속에 풍자와 교훈의 뜻을 나타내는 이야기를 일컫는다. 국립국어연구원에 의하면 우언은 우화와 동일시된다. 동양에서는 장자의 우언, 서양에서는 이솝의 우화가 가장 유명하다. 우언 혹은 우화란 인간이 아닌 인간 이외의 동물 또는 식물에게 인간의 생활 감정을 부여하여 인간과 꼭 같이 생각하고 말하고 행동하게 함으로써 그들이 빚는 유머 속에 교훈을 나

타내려고 하는 장르이다. 그리고 부조리한 권력에 대하여 비폭력의
저항을 실천하는 일은 우화나 유머 그리고 개그가 대표적일 것이
다. 물론 이런 방식으로 저항했던 이솝은 맞아 죽었고, 블랙 코미
디는 감시와 처벌의 대상이었다. 그럼에도 불구하고 여전히 이런
방법은 카타르시스까지 동반하는 '미학적인 절규'가 된다.

　우언은 보통 동양에서 회자되어 왔는데, 고대 중국의 우언은 그
수량이 최소한 2,000개 이상이다. 이는 『이솝 우화』가 307개의 우
화로 이루어진 것이라 할 때, 그 양적 방대함이란 타의 추종을 불
허하는 것이다. 『여씨 춘추』는 날카롭고 간결한 논리 전개로써 사
람의 감성과 이성을 동시에 자극하는 작품이다. 이 책은 중국의 여
러 가지 논리적 사유를 유기적으로 결합시켜 만든 선명하고 뛰어
난 이야기로 묶여져 있다. 『여씨 춘추』는 전국시대 말기 진나라 재
상 여불위(呂不韋)가 지은 것이다. 여불위는 장양왕 때 승상이 되
었고 이후 최고의 상국(相國)이 되었지만 태후의 밀통사건에 연루
되어 파면됨으로써 결국 자살하였다. 『여씨 춘추』는 매우 계획적이
고 체계적인 우언집으로, 크게 12개의 기(紀)와 8개의 람(覽), 그리
고 6개의 논(論)으로 구성되어 있다. 여불위가 살았던 춘추 전국시
대는 대동란과 대변혁이 일어난 시대로, 이 시대의 사회적 상황은
진보와 사상의 발전을 촉진시키기도 하였지만, 다른 한편으로는 생
산력의 파괴와 백성의 고난을 초래하기도 하였다. 그리하여 통일된
중앙 정권의 수립이라는 과제를 달성하는 것이 급선무였고, 그것은
이미 역사 발전을 위한 요구 사항이었으며 필연적 추세였다. 그러
므로 『여씨 춘추』의 탄생은 이러한 통일 봉건 정권을 위한 이론적
기초를 세우는 데 매우 유익한 자료를 제공하는 사건이 되었다. 『여

씨 춘추』는 이전 세대의 성과를 흡수한 기반 위에 진보적인 견해들을 섭렵하여 제시했던 것이다.[3]

우언이라면 또 『장자』를 거론하지 않을 수 없다. 장자의 사상은 대부분 우언(寓言)으로 풀이되었으며, 그 근본은 노자(老子)의 무위사상(無爲思想)을 계승하는 것이지만, 현세와의 타협을 배제한다는 점에서는 노자보다 더 철저하다. 바로 이와 같은 측면이 바로 분방한 세계를 구축하도록 한 것이다. 장자의 이러한 초탈사상은 자연주의 경향이 있는 문학과 예술에도 영향을 끼쳤다. 하지만 조선 전기에는 이단(異端)으로 배척받았기 때문에 산림(山林)의 선비들과 문인들이 그 문장을 애독하였다. 연암은 『장자』의 영향을 매우 많이 받았다.

『사기(史記)』 또한 중요한 우언집이다. 『사기』는 본기(本紀), 세가(世家), 열전(列傳), 서(書), 표(表), 이렇게 5부분으로 구성되어 있다. 본기, 세가, 열전은 주로 인물의 전기를 기술했는데, 소수민족과 인접 국가에 관한 역사도 기록되어 있다. 서는 문물제도, 천문역법, 사회 경제 생활에 대한 기술이다. 또한 역사적 사건들을 일목요연하게 파악할 수 있도록 표를 작성했다. 『사기』는 중국 역

---

3) 『여씨 춘추』 속의 우언은 유익한 정치 경험과 생활 경험을 많이 제공해 준다. 「귀직론」 옹새편에 기술된 '궁술을 좋아한 제의 선왕' 이야기가 그 한 사례이다. "제나라의 선왕은 무거운 활을 쏠 수 있다는 칭찬을 듣고 싶어 했다. 그래서 원래 세 섬밖에 안 되는 활을 좌우 사람들이 일부러 임금의 비위를 맞추느라 아홉 섬이라고 했다. 그리하여 선왕도 자신이 아홉 섬의 활을 쏠 수 있다고 믿고 죽을 때까지 실정을 깨닫지 못했다." 이 이야기는 윗자리에 있는 이의 허영과 아첨을 좋아하는 자들의 가소로움과 슬픔에 대해 우언의 기법을 도입하여 표현한 것이다. 또 「심응람」 구비편에 나오는 '철주' 이야기는 글씨를 쓸 때 옆 사람이 팔꿈치를 잡아당겨서는 안 된다고 기술했다. 이는 상급 부서가 하급 부서의 일을 지나치게 간섭함으로써 하급 부서의 인재가 재능을 발휘할 수 없음을 꼬집은 것이다. 즉 상급 부서의 지나친 간섭이 하급 부서의 정확한 대책 수립과 실행을 방해할 수 있음을 우언의 기법으로 지적한 것이다. 김근이 번역한 『여씨 춘추』 참조.

사뿐 아니라 주변의 인접국 역사까지 기록되어 있어 주변 국가들의 역사 연구에도 소중한 자료로 인정되고 있다. 『사기(史記)』의 원래 명칭은 『태사공서(太史公書)』로 총 130편이며, 황제(黃帝) 때부터 전한의 무제(武帝) 천한연간(天漢年間: B.C. 100 – 97)에 이르기까지 약 3,000여 년의 역사를 기록한 방대한 역사서이다. 사마천은 사고(史庫)에 보관된 「좌전(左傳)」, 「국어(國語)」, 「세본(世本)」, 「전국책(戰國策)」, 「초한춘추(楚漢春秋)」 등과 제자백가(諸子百家)의 책을 참고했고, 전국을 다니면서 채집한 기록을 기초로 삼았다. 「무제기(武帝紀)」, 「삼왕세가(三王世家)」, 「귀책열전(龜策列傳)」, 「일자열전(日者列傳)」 등과 무제 천한연간 이후의 역사는 사마천이 기록한 것이 아니라 저소손(楮少孫)이 저술하여 보충한 것이다. 『사기』는 단순히 역사적 사실을 나열하는 데 그치지 않고 역사적 사건에 사마천 자신의 관점에서 역사를 평가함으로써, 후대 동양의 역사가들은 역사를 기술하는 데 있어서 사마천의 자세에 큰 영향을 받았다. 서양에서 역사 철학이라는 개념이 도입된 것은 르네상스시대 이후라는 사실을 미루어 볼 때 역사적 사실과 철학적 평가를 분리 기술한 사마천의 역사 기록 태도가 얼마나 대단한지 알 수 있다. 사마천의 사기가 동서양을 통틀어서 가장 위대한 역사서로 평가받아야 하는 이유가 여기 있다.

이제 서양의 우언에 대해 살펴보자. 아리스토텔레스는 그의 저서인 『수사학』에서 우화를 독자적인 하나의 문학 형식으로 인정하지 않고 오로지 하나의 수사학적 도구로만 간주했다. 이 때문에 그는 우화를 시학에서 다루지 않고 수사학에서 다루었던 것이다. 즉 우화는 말하는 수단이거나 증거의 수단이다. 그러나 파에드루스

(Phdrus)4)는 아리스토텔레스의 생각과는 달리 우화를 하나의 문학으로 간주했다. 이러한 문학사적인 뿌리를 기간으로 하여 18세기에 프랑스와 독일에서는 우화가 하나의 문학 장르로 진지하게 다루어지기 시작했다(이규영, 1999, p.3).

크뇌리히(O. Knörrich)는 다음과 같이 우화를 정의하고 있다. 즉 "대립하여 변증법적인 구조를 조건으로 삼는 인간 대신에 말하는 동물들이 행동한다. 형식은 짧고 집약적이고 산문적이며 또한 대화적이다. 도덕, 비유적인 특성과 비판이 드러난다는 것이다(Knörrich, 1981, p.99)." 이러한 정의에서 우리는 오늘날 지배적으로 통용되는 우화가 지니고 있는 전형적인 특징을 찾을 수 있겠다. 그것은 첫째, 길이가 짧고 산문적이라는 점, 둘째, 우화에는 인간 대신에 동물들이 등장, 셋째, 도덕적 혹은 비유적인 특성과 비판이 나타난다는 점 등이다.

17세기 말 프랑스의 우화 작가 라 모트(La Motte)는 '비유적 사건 진행에 숨겨져 있는 교훈'을 우화라고 설명한다. 라이허(Richer)는 우화를 '하나의 비유적 이미지에 숨겨둔 그 어떤 규칙을 지니고 있는 작은 시'로 설명한다. 18세기 초 스위스의 문예학자인 브라이팅거(Johann Jakob Breitinger)는 라 모트의 주장을 바탕으로 우화란 '유사한 사건 진행을 아주 잘된 비유로 가장한 교훈과 가르침'이라고 정의한다. 프랑스의 미학자인 바투(Charles Batteux)는 우화를 '비유적 사건 진행의 이야기'라고 정의한다. 또한 바투는 "사건 진행이란 선택과 의도와 함께 일어나는 하나의 기도(企圖)이고, 그래

---

4) 로마시대에 아우구스트 황제에 의해 노예의 신분에서 자유인이 된 후 우화를 집필하고 연구했던 사람.

서 사건 진행은 이성적인 본질에 도달한다.”고 한다. 겔러(Christian Fürchtegott Gellert)는 우화의 본질과 성격을 “즐겁게 하는 동시에 유용하게 만들어진, 어느 특정 대상을 암시해 주는 짧게 지어낸 이야기”라고 설명한다. 신학자이며 인문주이자이고 종교 혁명을 주도한 루터(Martin Luther)도 우화를 “신앙심을 고양할 수 있는 하나의 예술이며 삶의 지혜를 모으는 저수조이며, 또한 사회 비평적인 인식을 얻게 하는” 문학 장르로 생각한다. 루터는 “우화가 덕목 교육에 이용되어야 한다면, 무엇이 진실이고 거짓인가를 가르치는 것(virtues intellectuals)이 중요한 것이 아니라, 죄, 거짓말, 미움, 아첨, 탐욕, 방탕 등과 대립되는 정의, 용감성, 절도, 진실, 우정, 공손함, 우아함, 인내(virtues morals) 등이 중요하고, 하느님은 우리 속에 덕의 씨앗을 뿌렸기 때문에 우리는 그것을 가꾸고 다듬어야 한다.”고 역설했다.

오트(Karl August Ott)는 유럽에서 우화는 우화사와 우화 이론사가 병행되었음을 인정하면서, 우화사에서는 구전을 통해 존재했던 시대의 우화와 우화가 문자화되어 문학이 된 시기로 구분하고, 우화 이론사에서는 우화가 하나의 수사학적인 수단으로서 수사학의 대상이 되었던 시대와 문학의 한 장르로서 시학의 대상이 되었던 시기로 구분하고 있다. 오트는 우화가 이론과 실제로 분열된 시기는 우화가 한 편의 문학이 되어 버린 시기와 일치한다고 규정하고 있다. 그러나 그 이후 이론이 실제로 존재하는 우화의 문학적인 특성을 인정하는 데 없어서는 안 되는 존재로 인식되어, 이제 이론과 실제는 새롭게 일치하게 되었다는 것이다(Ott, 1982, p.76).

오트는 이러한 전환을 이룬 사람이 바로 프랑스의 우화 작가인 라퐁텐(Jean de La Fontaine)이라고 본다. 그는 프랑스에서 '새로운 문학 장르를 발견한 자'로 라퐁텐이 인정되고 있음이 이를 입증하고 있다고 주장한다. 따라서 프랑스에서는 거의 한 세기 동안 라퐁텐의 우화를 모방하는 것이 유행하였다. 라퐁텐은 독자들이 자신은 물론 이솝이라는 사람으로부터 훈계를 받고 싶지 않을 것이지만, 그럼에도 불구하고 보편적인 의문이 독자의 관심을 자극할 수 있을 것이라는 점을 간파했다. 그는 '문학적인 거짓'인 우화가 '도덕적인 진실'을 전달하는 매개체라고 이야기했다. 이러한 라퐁텐의 우화가 지니고 있는 문체적인 특징은 첫째, 형식으로는 세련되었고, 둘째, 운문으로 확장되어 옛날 우화가 지니고 있는 세부적인 내용이 변형되어 나타나고 있다. 레싱(Gotthold Ephraim Lessing)은 다음과 같은 우화를 '완벽한 우화'의 범례라고 말한다.

> 쥐들은 그들이 지도자가 없는 탓에 족제비와의 싸움에서 늘 패배당했다고 생각해서 지도자를 선출하기로 했다. 명예욕에 빠진 쥐들이 생쥐들의 지도자가 되기 위해 얼마나 싸웠는지! 그들은 우쭐해 보이려고 머리에 뿔을 만들어 달았다. 족제비들은 쉽게 그 모습을 멀리서도 발견할 수 있어서 결국 쥐는 크게 패배를 당하고, 다른 생쥐들은 쥐구멍으로 쉽게 도망갈 수 있었으나 이들은 뿔이 걸려 구멍으로 들어가지 못하고 있다가 족제비에게 잡혔다(Lessing, 1992, p.90).

레싱이 이 우화를 대단한 작품이라고 평하는 이유는 도덕성 때문이다. 이 우화에서는 쓸모없는 욕망이 커지면 불행을 가져다줄 수 있다는 교훈이 부각되어 있다. 우화에서 등장인물의 내면적인 의도는 필수적인 것이 아니고, 오직 우화를 쓴 작가들의 의도가 무엇보다도 중요하다는 것, 이것이 바로 레싱의 생각이다. 우화 작가

는 극작가와는 달리 독자들의 인식과 밀접한 관계가 있기 때문에
도덕적 진실만을 확신시킬 의무가 있다는 것이다. 그리고 레싱은
우화가 '어려워서는 안 된다'는 생각이다. 또 독자가 그것을 인식
하려고 '애를 쓰거나 어떤 강박감에 빠지게 되면' 오히려 우화 본
래의 목적이 상실될 수 있다고 강조한다. 우화에 대한 레싱의 생각
가운데 가장 핵심적인 부분은 다음과 같다.

· 간결성
· <경우>의 삽입
· 동물의 등장

이제 다른 지역으로 눈을 돌려 보자. 이반 끄로일로프(Иван КР
ьVIoв 1769 – 1844)는 러시아 우화 장르의 대표적인 작가이다. 그
리스의 이솝에 의해 문학적 양식으로 출발한 우화 장르는 프랑스
고전주의 시대 때 근대적 문학 양식으로 부활하였고, 이것이 18세
기 중엽 러시아에 전래되어 19세기 전반기까지 대대적인 선풍을
일으켰던 장르이다(정명자, 2007, p.111).

창작 시점상 일차적 우의 시스템에서 출발하는 우화는 근본적으
로 작가의 목적성이 강하게 투영되는 양식이라는 점에서 작가 스
스로 부여한 우의를 기준으로 할 때 다음과 같이 세 가지 유형의
우의 양상으로 분류될 수 있다(윤승준, 1999, pp.119 – 133).

· 인간 본성에 대한 철학적 사유와 반성
· 정치 현실에 대한 비판과 반성
· 사회 현실에 대한 관심과 비판

우화는 "인격화한 동식물이나 기타 사물을 주인공으로 하여 그들의 행동 속에 풍자와 교훈의 뜻을 나타내는 이야기"(국립국어연구원, 2000, p.4672)로 설명하고 있다. 그리고 우화는 본래 민속 문화의 한 갈래인 민담의 하위 장르로 분류되어야 할 영역이다. 여기서 민담이란 언어로 전승되는 그다지 길지 않은 동화, 야담, 일화, 전설, 신화, 농담, 우화 등을 포괄한다. 흔히 민담은 어떤 사회공동체의 성격을 알아보기 위한 문화인류학적 기본 자료로서 간주되기도 한다. 아울러 그것은 민간의 소박한 예술적 표현 양식이라는 의의도 지닌다. 그중에서 우화란 인간의 정황을 인간 이외의 동물, 신 또는 사물들 사이에 생기는 일로 꾸며서 말하는 짧은 이야기로서 대개 단순하고 전형적인 형식으로 전개된다(정명자, 2007, p.112).

독일 문학에서는 '화벨(Fabel)'이라는 말이 '우화'를 일컫는다. 이 말은 독일 문예학에서 두 가지 의미를 지니고 있음을 유념해야 한다. 문예학에서 일반적으로 사용되는 개념으로서의 '화벨'은 산문이나 희곡 문학에서 중심적인 모티브를 보여주는 사건 진행에 주제적으로 나타나는 기본적인 요소의 의미를 지닌다. 영미 문학에서 흔히 쓰는 'plot'의 개념과 일치하는 용어인 것이다. 또 하나의 개념은 독립된 하나의 문학 장르를 지칭하는 개념이다.

> 작가가 어떤 특정한 의도를 가지고 만들어 낸 모든 이야기가 '화벨'이다. 그래서 산문에서 지어낸 이야기는 산문적 '화벨'이고, 극에서 지어낸 이야기는 극적 '화벨'이다. 그러나 여기에서는 이와 같은 '화벨'은 논구의 대상이 아니다. 여기서 다루는 대상은 이솝의 우화와 같이 어떤 목적을 겨냥하여 지어낸 이야기이다(Lessing, 1992, p.1).

우화를 "인간 이외의 동물 또는 식물에 인간의 생활 감정을 부여하여 사람과 꼭 같이 행동하게 함으로써 그들이 빚는 유머 속에 교훈을 나타내려고 하는 설화(說話)"(Lessing, 1992, p.1)라고 한다면 거기에 관한 이야기를 시작하려고 할 때 가장 먼저 나오는 것이 『이솝우화』이다. 시대적으로 보나 또는 작품의 우수성으로 보나 이솝은 동물 우화의 제1인자이다. 그러나 이솝의 모든 작품이 독창적으로 만들어진 것은 아니다. 작품 속에 나타나는 동물의 종류를 볼 때 그리스 이외의 곳에서까지 소재를 널리 구했다는 사실을 알 수 있다. 하지만 이솝은 이들 소재에 혼(魂)과 도덕관을 불어넣어 훌륭한 문학작품으로 가다듬었다. 그의 우화들은 간결하고 소박한 문체 속에서도 인간성에 대한 예리한 통찰력을 간직하고 있으며 교묘하게 인생기미(人生機微)를 찌르면서 일상생활에 도덕적 기조(基調)를 제공하고 있다. 그의 우화는 그리스에서 유행하였을 뿐만 아니라 파에드루스가 라틴어로 번역함으로써 로마시대에도 읽혔고, 학교에서 교과서로도 활용되었다. 이리하여 이솝 우화의 교육 활동 텍스트로서의 의미는 매우 크다고 볼 수 있다. 우화 작가에 대해서도 타의 추종을 불허한다. 그런데 근세에 와서 이솝의 바통을 이어받은 많은 우화 작가가 나타났다. 17세기에는 왕족들이 호화판 사치생활을 영위한 반면에 백성은 곤궁에 빠지고, 좋은 점보다는 결점이 더 많았다. 게다가 사자처럼 무서운 군주(君主) 밑에 원숭이 같은 궁정관리(宮廷官吏)는 이러한 우화 창작을 자극했다. 즉 17세기는 이러한 곤궁과 사치라는 극심한 대조 속에서 화려한 인간들의 모습이 전개된 시대였다. 그리하여 우화 작가들은 이러한 상황을 배경으로 세련된 기지와 유머 및 풍자를 활용하여 그 시대를 교정하기 위해 글쓰기를 했다. 비판의 문향을 날린 것이다.

2) 풍자

이제 우언이나 우화 혹은 소설 속에서 활약하는 풍자에 대하여 살펴보기로 하자. 풍자란, 정치적 현실과 세상 풍조, 기타 일반적으로 인간생활의 결함·악폐(惡弊)·불합리·우열(愚劣)·허위 등에 가해지는 기지 넘치는 비판적 또는 조소적(嘲笑的)인 발언을 일컫는다.

이 말의 출전(出典)은 중국의 시서(詩書)인 『시경(詩經)』이다. 『시경(詩經)』에는 "시에는 육의(六義)가 있는데 그 하나를 풍(風)이라 한다. 상(上)으로써 하(下)를 풍화(風化)하고 하로써 상을 풍자(風刺)한다."고 하였다. 또, "이를 말하는 자 죄 없으며 이를 듣는 자 훈계로 삼을 가치가 있다."라는 대목이 있는데 이것을 후세 사람들이 한마디로 풍자(諷刺)라고 표현하였다. 『시경(詩經)』은 "300여 편의 시를 공자가 정리하여 학생들을 가르치는 교과서로 삼았다."는 책이다(이기동, 2008, p.27). 또 한편으로는 라틴어의 satura에서 나온 영어, satire를 번역한 말을 이에 해당시켜서 사용한다. satura는 원래 '매우 혼잡함'이라는 뜻을 가지고 있다. 즉 서구의 경우, 풍자라는 말은 '가득히 담긴 접시'라는 뜻의 라틴어 'lanx satura'에서 유래한다는 것이다. 이 말은 뒤에 '혼합물', '인간의 어리석은 행위를 조롱하기 위해 각각 다른 주제를 잡다하게 다룬 것'을 뜻하게 되었다.

본래 이는 시의 한 형식이었으나 널리 산문 쪽에서도 발달하여 풍자소설 또는 풍자문학 등의 호칭이 생겼다. 또 전체 글이 풍자를 주로 한 작품은 아니더라도 부분적으로 풍자 정신을 느끼게 하는 경우도 있다. 또한 역사적으로 보면 문학 이외의 회화·영화 등에도 풍자적인 작품을 볼 수 있는데, 가령 아리스토파네스(Aristophanes ho Byzantios) 등의 그리스 희극(喜劇), 고대 로마의 루킬리우스(Gaius Lucilius), 호라티우스(Quintus Horatius Flaccus), 유베날리스(Juvennalis Ancina) 등 시인에 의한 풍자시와 같은 것들이다. 이후 풍자문학을 쓴 작가는 많지만, 프랑스에서의 라블레(Francois Rabelais), 부알로(Nicolau Boileau-Despréaux), 볼테르(Voltaire, Francois-Marie Arouet), 영국에서의 버틀러(Judith Butler), 스위프트(Jonathan Swift), 쇼(George Bernard Shaw), 헉슬리(Aldous Leonard Huxley), 오웰(George Orwell, Eric Arthur Blair) 등, 독일에서의 파울(Jean Paul, Johann Paul Friedrich Richter), 하이네(Heinrich Heine), 러시아에서의 고골(Nikolai Vasil'evich Gogol'), 시체드린(Nikolail Shchedrin, Mikhail Yevgrafovich Saltykov) 등이 그 대표적 작가라고 할 만하다. 그 밖에 셰익스피어(William Shakespeare), 세르반테스(Miguel de Cervantes), 몰리에르(Molière, Jean Baptiste Poquelin) 등의 작가도 풍자적 기법을 크게 활용한 사람들이다.

고대 서구 사회에서 문학의 한 분파였던 풍자가 모든 종류의 문학에 사용되는 표현기법으로 정착된 것은 18세기에 이르러서이다. 역사적으로 진단해 보면 풍자문학은 대체로 사회가 갈등으로 인해 이원화되는 시기에 발달하는 경우가 많다. 프랑스의 경우 보마르셰(Pierre-Augustin Caron de Beaumarchais)의 희극은 프랑스 대혁명을 불러일으킨 계기로까지 평가되고 있다. 스페인의 경우는 세르반테스(Miguel de Cervantes)가 『돈키호테』를 통해서 지배계급을 비판하고 조롱하는 풍자 문학을 보여주었다.

질 들뢰즈(Gilles Deleuze)는 "우선 언어는 표현되는 것의 상태들에 또 지시된 감각적 대상들에 뿌리 두지 못하며, 다만 그것에 참과 거짓의 가능성을 제공하는 이데아들에만 뿌리 두는 것으로 보인다."고 말한다(Deleuze, 이정우 옮김, 2007. p.239). 그는 무의미와 역설, 그리고 사건들 사이의 소통을 통해 '익살' 혹은 '유머'를 상정한다. 한국의 경우는 조선사회의 봉건체제와 가치관에 대해 비판하는 실학파의 문학이나 1930년대에 일제 강점하에서 창작된 여러 문학 속에서 그 풍자성을 확인할 수 있다.

이러한 풍자는 다음과 같은 성향을 갖는다. 첫째, 현실에 대한 부정적·비판적 태도에서 성립된다. 둘째, 대상과 대립하며 야유·조소와 공격하는 한편 대상의 부정성의 개혁이라는 교훈적 의미를 곁들인다. 셋째, 일단 거부를 앞세운다. 넷째, 웃음을 수단으로 이용하고 있다. 다섯째, 대화와 우회수단으로 사용할 때 예술작품 속에서 지속적인 흥미를 취하고 동시에 인간과 사회의 모순과 부조리를 파헤친다. 여섯째, 진정한 풍자는 인간성을 옹호하고 인간의 정신가치를 지켜 나가려는 휴머니즘에 근거한다. 일곱째, 풍자의 대상은 개인이 될 수 있고 어떤 형태의 인간이나 집단·협회·국가 또는 전 인류가 될 수도 있다.

그러므로 풍자 문학은 사회·인물·시대의 모순·불합리·죄악·불미스러운 점을 파헤치고 조롱하는 내용과 형식을 수반한다. 그리하여 이러한 문학은 첫째, 인간생활, 특히, 같은 시대의 사회적 결함·악폐·착오·불합리를 지적하여 일종의 익살 효과를 낳게 하는 문예물들이 그 주종을 이룬다. 둘째, 한 시대·사회·인물·

사건 등을 과장·비유·우화 등의 형식을 통해 비판하는 일반적인 비평을 특징으로 하고 있다. 셋째, 어떤 대상을 우스꽝스럽게 해서 그 대상에 대해 격렬한 경멸 및 분노 혹은 조롱감을 자아내도록 함으로써 그 대상을 비하시키는 기교를 많이 활용한다.

사실 현실 세계가 암울하고 부조리하면 할수록 작가는 할 말이 많다. 그러나 작가가 말하고자 하는 의지를 현실이 허락하기를 거부하거나 억압한다면 작가는 다른 방식을 모색하게 된다. 작가가 절필하지 않는 이상, 독자 혹은 청자를 감화시키는 것을 목적으로 적극적인 활동을 하게 되는 것이다. 이때 가장 적극적인 언어활동, 즉 발화(發話)를 실현하는 방법이 곧 '풍자'이다. 다시 말해 풍자는 어떤 주제를 우스꽝스럽게 만들면서 동시에 재미, 멸시, 분노, 냉소 등의 태도를 환기시키며 그것을 격하시킨다. 희극은 웃음 그 자체를 목적으로 하지만 풍자는 '조소' 혹은 '조롱'을 유발한다. 다시 말해 풍자는 웃음을 무기로 사용하면서 외부에 존재하는 어떤 과녁을 겨냥하게 된다. 그 과녁은 어떤 개인 또는 인물 유형일 수도 있고, 어떤 계층 혹은 제도, 국가, 인류 전체일 수도 있다. 대개 '허구'적 서술로서의 풍자는 보통 인간의 악덕과 어리석음을 혁파하려는 목적을 가지고 있고, 즐기는 이에게는 쾌감을 준다. 그러므로 풍자는 현실을 정면으로 비판할 수 없을 경우, 간접적으로 공격하는 한 방법으로 그 역사가 길다.

김학성에 의하면 '풍자의 성립 조건'은 다음과 같다. 첫째, 풍자는 풍자 주체가 풍자 대상(객체)보다 높은 위치에서 대상을 부정하는 것이므로 풍자 주체와 풍자 대상은 동질화될 수 없으며 자기 부정을 포함하지 않아야 한다. 둘째, 풍자는 안정된 사회가 아니라 자유가 제한되며 어떤 악덕이나 모순으로 넘쳐나는 암울하고 폐쇄된 사회에서 나타나는 문학 양식이다. 셋째, 풍자는 암울한 사회의 모순과 폐단을 개선하려는 강렬한 욕구를 가진 지성, 즉 새로운 가치관에 바탕을 둔 비판적 지성이어야 한다. 넷째, 풍자는 대상을 매도하는 독살스런 흉기의 역할에 그치는 것이 아니라 웃음의 요소를 포함함으로써 문학 작품 속에서 미적 양식으로 용해되어야 한다(김학성, 1990, p.282).

드라이든(John Dryden)은 풍자의 진정한 목적은 악의 교정에 있다고 했다. 다시 말하면, 풍자는 단순히 대상을 조롱 혹은 조소하는 데만 열중하는 것이 아니다. 웃음을 통해 사회의 부조리한 부분을 교정하고, '건강한 사회'로 회복시키려는 의지를 드러내는 것이다. 이 '교정 의지'는 세계에 대한 열정적 애정 표시일 수도 있다. 그러나 풍자의 개념은 아직도 혼란스럽다. 유머, 해학, 골계, 위트, 아이러니, 난센스 등과 같이 의미상의 혼용을 보이고 있어 정확한 구별은 쉽지가 않다. 굳이 구별하자면, 풍자는 "부정하고 있는 대상 속에 자기를 포함시키지 않은 부정 그대로의 웃음"이라 할 수 있겠다(최재준, 1993, p.289). 하지만 풍자문학 속의 웃음을 '소살(笑殺)'로 규정하기도 한다. 그러나 결론적으로 풍자는 웃음을 자아내게 하는 하나의 방편이라 할 수 있다. 풍자가 빚어내게 하는 웃음에는 다양한 인간적 내용이 담겨 있게 된다. 이러한 웃음을 야기하는 요인으로 신체적·생리적 원인과 심리적 원인, 그리고 타인과의 관계도 생각할 수 있다. 철학자들은 옛날부터 웃음의 성질에 대하여 규정지어 왔다.

고대에는 익살을 도덕과 관련시켜서 설명하려는 경향이 있었는데, 아리스토텔레스는 생리적 또는 도덕적인 추함과 저열함 속에서 익살을 보려고 했다. 이것은 이미 자신의 덕(德)을 실재보다 높다고 생각하는 인간의 무지 속에서 익살을 본 플라톤(Platon)의 문답에 나타나 있다. 또, 웃음은 질투의 감정에 쾌감이 가미된 것이라고 보는 플라톤의 대인적 관계에 바탕을 둔 고찰이 변화하여, 근대, 즉 홉스와 데카르트에 와서는 자기와 비교해서 타인의 단점과 불완전성을 보고 자신의 우월성을 느끼는 것이 웃음이 된다. 그런데 웃음이 자신과 타인을 비교하는 과정에서 생긴다면 웃음은 지적인 통찰의 결과도 된다. 이 지적인 인지(認知)를 중심으로 한 이론으로서, 쇼펜하우어(Arthur Schopenhauer)는 추상적으로 생각했던 일과 현실 사이의 불일치를 갑자기 파악했을 때에 웃음이 생긴다고 주장한 바 있다. 또한 살아 있는 인간에게서 무생명적·기계적 메커니즘을 생각하게 하는 그 어떤 것을 깨달음으로써, 생(生)의 메커니즘화, 즉 자연적인 것에 어떤 인위적인 것이 대치되는 것을 봄으로써 웃음이 나타난다는 입장도 있는데, 베르그송(Henri – Louis Bergson Bergson)이 그 대표적이다. 웃음은 내면적으로는 어떤 심적 과정의 결과로서 나타나는 반응이다. 그래서 칸트(Immanuel Kant)는 웃음은 한껏 부풀었던 기대가 갑자기 해소됨으로써, 즉 어떤 기대로 긴장하고 있던 마음이 갑자기 풀림으로써 생긴다고 한다. 또, 프로이트(Sigmund Freud)는 웃음을 자아내는 기지·익살·유머 등의 심리적 과정을, 심적 에너지의 억제와 소비, 소비의 차이를 일으키는 메커니즘에 의해서 포괄적으로 설명한다. 어쨌든 웃음에는 웃는 사람이 평정(平靜)한 마음을 가지는 것이 필요하고, 그 조건으로서 타인과 자신 사이에 일정한 거리를 두고 보는 자세가 필요하다. 불안과 공포에 시달리거나 격노했을 때, 그리고 누군가를 깊이 동정하거나 불쌍히 여기고 있을 때에는 웃음이 나오지 않기 때문이다. 그러므로 웃음은 안정감과 위험이 없다는 감정을 토대로 한 반응이고, 그중에서도 개인의 유쾌한 체험이며 불쾌감을 쫓아내는 표현이다.

이렇게 인간 사회 등의 허실, 모순, 부조리, 결함, 병폐 등을 비꼬아 웃음을 불러일으킨다는 점에서 풍자는 해학과 흡사하다. 즉 웃음을 유발시킨다는 점에서는 일치하고 있다. 그러나 해학이 여유 있고 따스하며 온정적인 데 비해, 풍자는 예리한 비판을 동반하고 있어 자칫하면 악담이나 독설에 빠질 위험성도 동반하는 것이다. 다시 말하자면, 풍자는 표리의 모순이나 부조리를 비판하거나 공격에 그치는 경우가 많고, 해학은 거기서 더 나아가 웃음으로써 인간을 해방시킨다. 그러니까 풍자는 아이러니와 해학의 중간에 놓인다고 볼 수 있다.

또, 현실에 대한 측면 공격이자 비판은 우화가 아닌 '유머'로 표현되기도 하는데, 유머는 '익살스러운 농담'을 뜻한다. 프랑스어로는 위무르(humour), 독일어로는 후모르(Humor)로 익살·해학·기분·기질로 번역된다. 본래 이 단어는 고대 생리학에서 인간의 체내를 흐른다고 하는 혈액·점액·담즙·흑담즙 등 4종류의 체액을 의미하였다. 당시에는 이들 체액의 배합 정도가 사람의 체질이나 성질을 결정한다고 생각하였던 것이다. 그리하여 이 말은 점차 기질·기분·변덕스러움 등을 뜻하게 되었다. 이후 다시 변화하여 인간의 행동·언어·문장 등이 갖는 웃음의 뜻, 그리고 그러한 웃음을 인식하거나 표현하는 능력의 뜻까지 붙게 되었다. 또, 비슷한 말에 위트(기지)가 있어 똑같이 웃음을 인식하고 표현한다. 그러나 위트가 순수하게 지적(知的) 능력인 데 비하여 유머는 그 웃음의 대상에의 동정을 수반하는 정적(情的)인 작용을 포함하고 있다. 이는 인간이 지닌 숙명적인 슬픔을 느끼게 하는 데 커다란 특색이 있다. 즉 유머는 높은 곳에서 초연한 태도로 내려다보며 인간의 어리석음에 대하여 웃는 웃음이 아니라 인간의 어리석음을 가가대소(呵呵大笑)하면서 그것이 자신을 포함한 인간들의 슬픈 천성이라는 데 연민과 사랑을 던지는 약간 복잡한 웃음이다. 그런 뜻에서 유머는 위트처럼 단순히 눈앞에 보이는 하나하나의 현상에 대한 반응으로서 나타나는 데 그치지 않고 보다 포괄적인 인생관조의 한 태도에 직결된다고 할 수 있다. 그리고 유머는 익숙한 것의 방향을 바꾸는 전략이며 여유다. 익숙한 것을 낯설게 보는 것은 유머의 발생 원리며 이는 창의성으로 연결된다. 창의성과 유머의 발생 원리는 정보와 정보들의 관계를 새롭게 만들어주고, 너무 익숙해서 우리가 느끼지 못하는 정보들의 맥락을 바꿔줌으로써 그 낡은 정보를 다시 새롭게 만들어주는 것이다. 덧붙이면 유머는 고도의 정신적인 산물임을 알 수 있다. 대문호 세르반테스의 유머 정신이 반영되어 있는 『돈키호테』는 결코 단순한 익살이나 풍자소설이 아니다. 프랑스의 비평가 티보데(Albert Thibaudet)는 '인류의 책'이라 불렀지만, 진정으로 '인간'을 그린 최초, 최고의 소설이라는 격찬이 더 어울린다. 이러한 찬사와 함께하는 대작에는 으레 가볍게 접근하게 하는 유머 속에 심오하고 예리한 차원이 도사리고 있어 독자는 그 정신적 지뢰를 찾아내어야 하는데, 그 정신적 지뢰는 곧 정신의 핵이 될 수 있다.

로버트 풀러(Robert Fuller)는 『신분의 종말』에서 '유머'에 대하여 다음과 같이 기술하고 있다.

> 유머는 언제나 우리의 개인적 정체성의 서로 다른 부분에 달라붙은 오점을 찾아내어 제거하는 방법으로 작용한다. 신분에 토대를 둔 유머에는 인종이나 성별과 관련된 유머와 마찬가지로 착한 사람에서부터 빈정거리는 사람, 잔혹한 사람에 이르기까지, 모든 부류의 인간상이 등장한다. 이런 면에서 사회적·정치적 풍자에 능숙한 사람들은 나름대로의 역할을 수행하는 셈이다. 부당한 억압을 밝은 빛 아래 드러냄으로써 견제하는 역할이 바로 그것이다. 권력의 남용을 우스갯소리의 소재로 삼는 코미디언은 과시욕에 빠진 사람들에게 일침을 가한다. 노바디(미미한 존재로 평가받는 사람)나 섬바디(명사)에 대한 유머가 확산되어 그 본질에까지 접근해 가면, 우리는 신분주의가 그 합법성을 잃어 가고 있다고 생각해도 된다. 우리는 토론을 시작하기 위한 서론으로 방 안에 들어온 코뿔소에 대한 농담을 꺼낸다. 그러나 한발 물러서서 낡은 이분법을 향해 웃음을 터뜨릴 수 있을 때, 그들은 우리를 분열시킬 힘을 상실하게 될 것이다(Fuller, 2004, pp.292 - 293).

알랭 드 보통(Alain de Botton)은 "위대한 예술은 구름 잡는 이야기이기는커녕, 삶의 가장 깊은 긴장과 불안에 해법을 제공하는 매체다."라고 한다(Botton, 정영목 옮김, 2006, p.174). 그리하여 오랜 세월을 견뎌 세월과의 게임에서 승리한 작품은 더욱더 많은 해석을 하며 넓게 읽도록 우리를 유혹한다. 이러한 측면에 대한 보통의 견해는 다음과 같다.

> 위대한 예술가의 작품을 보라. …… 모든 위대한 예술가들은 '세상을 사신이 처음 보았을 때보다 더 낫고 더 행복하게 만들고자 하는 갈망'에 사로잡혀 있다. 예술가들이 이런 갈망을 늘 노골적인 정

치적 메시지로 표현하는 것은 아니다. 심지어 스스로 그런 갈망을 의식하지 못할 수도 있다. 그러나 그들의 작품에는 현재의 상황에 대한 항의가 나타나기 마련이고, 이에 따라 우리의 시각을 교정하고, 아름다움을 인식하도록 교육하고, 고통을 이해하거나 감수성에 다시 불을 붙이도록 돕고, 감정이입 능력을 길러주고, 슬픔이나 웃음을 통하여 도덕적인 균형을 다시 잡아주려고 노력하기 마련이다. …… 예술은 '삶의 비평'이다(Botton, 정영목 옮김, 2006, p.174).

대체로 위대한 예술가들은 그들의 작품 속에 여러 다양한 인물들을 상정해 당대 사회와 정치를 비평하는 용기를 발휘했다. 더 멋지고 더 행복하고 더 많이 인간을 위한 세상을 만들고자 갈망한 그들이 상정한 인물은 대개 전형적이다. 전형적이라 함은 "특정한 사회와 계층을 대표할 수 있는 공통의 성격을 가진 인물을 말한다"(맹택영, 1998, p.139). 이러한 전형적인 인물이 '가장 행렬'을 보여주듯 읽는 이로 하여금 많은 연상을 하게 하여 통쾌하게 혹은 걸쭉하게 웃도록 만드는 것이다. 주인공과 그 주인공의 행위, 그리고 소설의 구조만이 전부가 아니다. 소설이라는 도구를 통해 인간의 희로애락을 그려내면서 '철벽'과도 같은 지배층의 부조리에 도전하는 지혜는 결코 문자나 문법이 말해 주지는 않는다. 예술 작품 속의 풍자에 대한 보통의 견해는 다음과 같다.

따라서 시대를 막론하고 아주 많은 예술가들이 어떤 식으로든 사회가 사람들에게 등급을 부여하는 방식에 문제를 제기하는 작품을 창조한 것도 놀랄 일이 아니다. 예술의 역사는 지위의 체계에 대한 도전, 풍자나 분노가 서려 있기도 하고, 서정적이거나 슬프거나 재미있기도 한 도전으로 가득하다(Botton, 정영목 옮김, 2006, p.175).

위의 말을 수용하여 우리가 벌일 수 있는 조정이 곧 유머나 개그일 것이다. 그리고 조금 더 구조화하여 표현한다면 우화가 될 것이다. 위트도 유머를 이해하는 데 중요한 공통점을 보여준다. 위트는 어떤 것을 표현하는 데 있어서 비범하고 신기하고 기발한 발상으로 적절하게 표현할 수 있는 재빠른 지적 활동을 말한다. 때때로 위트는 유머와 혼동하게 되는 경향을 보이고 있으며 또 그렇게 사용된다.

엘리엇 D. 코헨(Elliot D. Cohen)은 삶에서 싸움 혹은 복수보다 더 유용한 유머에 대해 다음과 같이 기술하고 있다.

> 되갚기 규칙을 받아들이면, 누군가 당신이 잘못된 일이라고 생각하는 행동을 할 때 그 사람에게 똑같은 행동을 해서 동점을 만들려고 하게 된다. '잘못을 갚는다고 원래대로 되지 않는다.'는 말을 들어봤을 것이다. 물론 상투적인 표현을 맹목적으로 받아들이지 않는 것이 좋은 일이기는 하지만, 이 경우는 잘 이해하면 꽤나 맞는 말이다. 1＋1＝2. 수학에서는 적어도 이 공식이 맞다. 잘못에 잘못을 더하면 잘못이 두 개가 되지 옳은 것이 되지는 않는다(Cohen, 김우열 옮김, 2006, p.113).

영국의 시인 드라이든은 위트를 '발상의 예리함'이라고 정의하였고, 포프(Alexander Pope)는 그의 『비평론』에서 '참다운 위트는 교묘히 꾸민 자연스러움'이라고 하였다. 영국의 사상가였던 칼라일(Thomas Carlyle)은, 진실한 유머는 머리로부터 나온다기보다는 마음에서 나온다고 했다. 그는 말의 노예가 되지 말라, 남과의 언쟁에서 화를 내기 시작하면 그것은 자기를 정당화시키기 위한 언쟁이 되고 만다고 했다. 유머 또는 위트는 그 어떠한 욕구 불만이나 갈등도 해소시켜 주는 매우 강력한 힘을 지니고 있는 것이 사실이다. 이 때문에 인간관계 속의 의사소통에 있어 위트 혹은 유머가 윤활유의 역할을 하고 있음은 두말할 나위 없다.

이러한 풍자는 사실 공론 영역과 관계가 깊다. 실제로 공론 영역의 부재는 시민을 억압한다. 정치적 억압은 '모든 혀에 대한 억압'으로 나타날 수 있으나, '잠들지 못하는 혀'는 다른 방법을 강구하게 된다. 정치적 우화의 출현은 바로 그 '혀'의 다른 모습이라 할 수 있다. 지배자는 불순한 혀를 절단하려 하고 불순한 지배자에게 복종하기를 거부하는 혀들은 지배자를 향하여 실정법을 위반하지 않는 범위 내에서 지혜를 동원하여 자신을 표현하고 저항한다. 자르고 또 잘라도 재생하는 플라나리아, 자르고 또 잘라도 다시 돋아나는 혀는 프로메테우스 신화와 닮아 있다. 그리고 아담과 이브에 관한 히브리 신화와 마찬가지로 프로메테우스에 관한 그리스 신화는 인간의 모든 문명이 불복종의 행위에서 시작되었음을 보여준다(Fromm, 문국주 역, 1987, p.17). 프롬(Erich Fromm)은 다음과 같이 말한다.

> 불복종하기 위해서는 홀로 있을 수 있고 잘못을 저지르고 죄를 지을 수 있는 용기가 있어야만 한다. 그러나 대부분 용기가 부족하다. 용기를 가질 수 있는 능력은 한 사람의 성장 상태에 달려 있다. 그가 어머니의 보호와 아버지의 명령으로부터 벗어나 충분히 한 개인으로 성장하여 스스로 생각하고 느끼는 능력을 가질 때만이 권력에 대해 '아니오'라고 말할 수 있는, 즉 불복종할 수 있는 용기를 가질 수 있다.
>
> 한 인간은 권력에 대해 '아니오'라고 말하는 것을 배움으로써, 즉 불복종의 행위를 통해 자유로워질 수 있다. 그러나 불복종이 자유를 위한 조건인 동시에 자유 또한 불복종을 위한 조건이다. 만약 자유를

두려워한다면 감히 '아니오'라고 말할 수도 없을뿐더러 불복종할 용
기도 가질 수 없게 된다. 사실 자유와 불복종의 능력은 불가분의 관
계이다. 따라서 자유를 외치는 어떠한 사회적·정치적·종교적 체제
도 불복종을 허락하지 않는 경우에는 결단코 진리를 말할 수 없다
(Fromm, 문국주 역, 1987, pp.21 - 22).

프롬에 의하면 불복종은 "원초적으로 무엇에 맞서는(against) 것
이 아니라 무엇을 향하는(for) 태도"이다(Fromm, 문국주 역, 1987,
p.31). 프롬은 다음과 같이 말한다.

볼 수 있고 본 것을 말할 수 있고 보지 않은 것은 이야기하기를
거부할 수 있는 인간의 능력을 향한 행위이다. 그러나 그렇게 하기
위해서 반드시 공격적이 되거나 반란자가 될 필요는 없다. 다만 눈을
크게 뜨고 완전히 깨어나서 아직도 반수 상태에 있어 멸망할 위험에
빠진 사람들의 눈을 뜨게 해 줄 책임을 기꺼이 떠맡을 필요는 있다
(Fromm, 문국주 역, 1987, pp.31 - 32).

이런 의미에서 풍자 작가들은 계몽철학자와 과학자 그룹의 '비판
적 분위기'를 체화하여 '눈을 크게 뜨고 완전히 깨어나서 아직도
반수(半獸) 상태에 있어 멸망할 위험에 빠진 사람들의 눈을 크게
뜨게 해 줄 책임을 기꺼이 떠맡은' 것이다.

프롬의 평가에 의하면 러셀(Bertrand Russell)만큼 사상의 혁명적
성격을 정확하게 표현한 사람은 없다. 러셀은 그의 저서 『사회 재
건의 원칙(*Principles of Social Reconstruction*)』(1916)에서 혁명적 성격에
대해 다음과 같이 언급하고 있다.

인간은 이 세상의 그 어떤 것보다도 (파멸이나 심지어 죽음보다도)

사상을 더 두려워한다. 사상은 혁명적이고 파괴적이며 전복적이고 두려운 것이다. 즉 사상은 특권과 기존 제도, 무사안일에 빠진 습관에 대해 무자비하다. 사상은 무정부주의적이며 다루기 힘들고, 권위에 무관심하며, 그 시대의 잘 훈련된 지혜에 귀를 기울이려 하지 않는다. 사상은 지옥이라도 조사하고자 하며 결코 두려워하지 않는다. 그것은 깊이를 헤아릴 수 없는 침묵에 둘러싸인 미약한 인간을 본다. 그러나 마치 전 우주의 주인인 양 꼼짝도 않은 채 당당하게 처신한다. 사상은 위대하고 신속하며 자유롭고, 세계의 빛이며, 인간의 가장 중요한 영광이다.

그러나 만약 사상이 소수의 전유물이 아닌 다수의 소유가 된다면 우리는 아마 두려워하게 될 것이다. 그것은 인간들을 망설이게 하는 두려움이다. 혹시 그들이 소중히 여기고 있는 믿음이 거짓으로 밝혀지지 않을까 하는 두려움, 그들이 의지해서 살고 있는 제도가 유해한 것으로 입증되지 않을까 하는 두려움, 혹시 스스로 생각하는 것보다 자신들이 존중받을 만한 가치가 없는 것으로 판명되지 않을까 하는 두려움이다. '노동자가 부에 대해서 자유롭게 생각하게 된다면 부자들은 어떻게 될까? 젊은 사람들이 성(性)에 대해서 자유롭게 생각하게 된다면 성도덕은 어떻게 될까? 군인들이 전쟁에 대해 자유롭게 생각하게 된다면 군사 훈련을 어떻게 시킬까? 사상이여, 물러가라! 편견의 그늘로 돌아가라. 그렇지 않으면 부와 도덕과 전쟁이 위험에 직면하게 될 것이다! 인간은 어리석고 게으르며, 억압을 당하는 편이 그들 사상이 자유로워지는 것보다 오히려 더 낫다. 왜냐하면 그들의 사상이 자유로워지면 우리와 다르게 생각할 것이기 때문이다. 따라서 어떤 대가를 치르더라도 이러한 재앙은 막아야 한다.' 사상의 반대자들은 그들 영혼의 무의식 깊은 곳에서 이렇게 주장한다. 그리고 그들의 교회에서, 학교에서, 대학에서 그렇게 행동한다(Fromm, 문국주 역, 1987, pp.32－33).

위의 인용문은 프롬이 러셀의 불복종이 삶에 대한 사랑에 뿌리를 두고 있다고 용기 있게 평하는 것처럼 보인다. 불복종에 대한 다음과 같은 주장도 우리에게 많은 시사점을 준다.

　　문학을, 문화를 만개시키지 못한 데 대해서는 정치적·사회적 금
기가 두텁게 깔려 있는 사회적 상황이나, 도덕주의적 허세가 만연한
사회에서 타락한 시대에 타락한 방법으로 진실을 드러내는 노력이
도처에서 가위눌리는 상황이 법치의 후진성보다 더욱 중요한 요인일
수 있다. (중략)
　　제정러시아의 숨 막힐 듯한 분위기 없이 도스토예프스키가 형상화
한 인물들이 생겨날 수 있었겠는가. 자유로운 땅 미국에서 솔제니친
이 작품다운 작품을 하나라도 쓸 수 있었던가. 혹은 1970년대의 엄
혹한 상황이 아니었던들 김지하의 풍자 담시 「오적」이 생산될 수 있
었던가를 생각해 보면 자명하다. 법치의 후진성은 문인들의 성취를
막는 한 요인일 수 있으나, 그러한 장애물이 작가에게 축복으로 다가
올 수도 있는 것이다(한인섭, 1995, p.329).

　　이는 위대한 예술가의 경우에 대해 표현하는 것처럼 들린다. 톨스
토이(Lev Nikolaevich Tolstoi), 도스토예프스키(Fyodor Mikhailovich
Dostoevskii), 솔제니친(Aleksandr Isayevich Solzhenitsyn) 등의 문호들
이 숨 막히는 분위기 속에서 작품다운 작품을 써냈듯이 다른 많은 풍
자 작가들 역시 숨 막히는 분위기 속에서 수작을 내놓았던 것이다.
비록 이들은 자신이 소속했던 내집단(in-group)의 부조리 척결을 위
해 직접 나서지는 못했지만 비유와 상징이 가득 담긴 문학 작품을 통
하여 호통 치며 자신을 현실에 접속하고 정치에 참여했던 것이다.

　　한국에서는 1930년대에 이 방면의 작품이 나왔는데 대표적으로
꼽을 수 있는 것은 이기영(李箕永)의 『인간수업』이다. 이 작품의
주인공은 서재에서 인간수업을 하겠다는 어리석은 시도를 하며 자
기가 철학서적에서 얻은 것을 사람들에게 설교한다. 그러나 이론보
다 실제의 농촌생활에서 인간을 배운다는 내용으로 되어 있는 이
소설은 인텔리의 비현실적인 사고를 풍자하였다. 이 밖에도 채만식

(蔡萬植)은 『사라지는 그림자』, 『레디 메이드 인생』, 『인텔리와 빈대떡』 등의 우수한 풍자소설을 썼으며 김유정(金裕貞)의 『금따는 콩밭』, 계용묵(桂鎔默)의 『백치 아다다』 등도 이 부류에 넣을 수 있는 작품이다.

대체로 풍자는 문학·회화·영화를 불문하고 퇴폐한 시기나 언론이 억압당하기 쉬운 시기에 걸작이 나오는 경향이 많다. 그러므로 이러한 풍자를 통하여 정치나 세상 돌아가는 방향을 불건전에서 건전한 쪽으로 교정한다는 효과도 기대할 수 있다.

풍자는 병리 현상이 난무한 시기에 걸작이 나오는 경향이 있으며 그 내용에는 어지러운 사회 질서를 교정하여 더 좋은 사회를 건설하고자 하는 의지 등이 포함되어 있다. 이는 풍자 문학 작품 속에서 미란다와 크레덴다 및 대항 미란다와 대항 크레덴다를 분석해 내고자 하는 이 책의 목적을 성취할 수 있는 근거를 제공하며 그 가능성에 대하여 청신호 역할을 해 주고 있다.

제3장
정치적 상징에 관한 분석 틀

연암의 풍자 문학 작품 「호질」, 「양반전」, 「허생전」에 대한 정치적 상징을 분석하기 위해서는 그 분석틀이 요구된다. 메리엄은 지배자가 현재의 권력을 정당화하여 지속적으로 유지하려면 미란다와 크레덴다라는 정치적 상징이 중요하다고 본다. 그러나 연암의 작품들에는 기존 권력의 부조리를 타파, 혁신 혹은 파괴하고자 하는 미란다와 크레덴다도 등장한다. 이런 정치적 상징은 미란다와 크레덴다라기보다는 오히려 대항 미란다와 대항 크레덴다의 성격이 더 강하다. 이것은 연암의 「호질」, 「양반전」, 「허생전」이 기존의 권력에 대한 찬미나 신뢰가 아니라 부패한 권력 혹은 부조리한 사회에 대한 비판과 저항 의식을 더 많이 담아내고 있기 때문이다. 연암 작품에서의 미란다·대항 미란다와 크레덴다·대항 크레덴다는 그 당시의 정치적 현실을 모사하고 투사하기 위한 정치적 상징의 역할을 한다.

메리엄은 만화가의 펜이나 작가의 풍자, 심지어는 뒷공론의 혀를 적절히 제어할 수 있는 것은 아무것도 없다고 한다. 어느 사회에서나 우상은 항상 있고 그것을 불태워 버리는 사람도 있지만 그 어느 쪽이든 간에 각각은 의미를 지니고 있다. 창의력 있는 열등한 자는 법의 어느 한 조문도 위반하지 않으면서 흥미 있는 공격을 감행할 수 있다는 것이다. 어떤 법령이라 하더라도 강제로 미소를 띠게 하고 갈채를 보내며 복종하도록 만들 수는 없다. 다시 말해, 어떤 법이라도 단합된 사람들의 의지와는 달리 강제로 그 결사체로 하여금 어떤 대상을 향해 갈채를 보내라고 강제할 수 없다는 것이다. 메리엄은 '권력의 빈곤'을 보완하여 권력을 풍부하게 해 주기 위해 등장하는 미란다와 크레덴다에 대한 파괴 욕구 또한 도처에 존재하고 있음을 기술하고 있는데, 이러한 저항이 곧 대항 미란다와 대항 크레덴다임을 읽어낼 수 있다.

메리엄은 가장 온건하고 가장 효과적으로 패배자가 자신을 보호하면서 사용하는 방법 중의 하나는 위정자로부터 응징을 당할 정도로 불경을 보이지 않는 동시에, 자기가 소속되어 있는 공동체를 불안에 떨게 하여 분노를 일으키는 일이 없도록 하면서, 분명한 몸짓과 어떤 표현으로써 불평을 토로한다는 것이다. 이러한 불경스러운 태도에는 비교적 비조직화된 불만과 불평이지만 명백한 불경, 이의, 즉 정치에 대한 신뢰가 요구하는 복종과 순종이 일종의 낮은 차원에서 이루어지는 경우가 있고, 또 우발적이거나 계획적인 폭력을 수반한 조직화되고 적극적인 저항을 하는 경우가 있다. 그리고 톨스토이의 방식과 간디(Mohandas Karamchand Gandhi)의 시민불복종에서 볼 수 있는 것처럼 비폭력적이며 조직적인 저항도 있다는 것이다.

메리엄에 의하면, 권력자에게는 왕좌와 왕관과 왕권이 있다. 또, 훈련된 계층과 무서운 살생 무기를 갖춘 군대, 그리고 불평하는 사람을 단단히 안전하게 가두어 놓은 감옥도 있다. 그러나 명령이 떨어질 때 일부만이 별로 내키지 않는 마음으로 복종할 뿐 저항이 확대될 수도 있다. 그리고 처벌이 가혹할수록 반대 역시 더욱 강해질 수 있다는 것이다.

권력의 미란다와 크레덴다 그리고 대항 미란다와 대항 크레덴다는 매우 상반되어 보인다. 그러나 미란다와 크레덴다를 권력 유지에 어떻게 기여하게 하는가, 부조리한 권력 파괴에 어떻게 기여하게 하는가 하는 질문을 던져 보면 미란다와 크레덴다, 대항 미란다와 대항 크레덴다는 어렵지 않게 구분된다. 하지만 그렇다고 하더라도 권력의 미란다와 권력의 크레덴다는 완전히 다른 것이 아니다. 그러므로 대항 미란다와 대항 크레덴다 또한 완전히 분리되지 않는다. 미란다와 크레덴다는 그 당시의 집권 세력이 정치권력을 정당화하는 의지 및 수호하고자 하는 의지와 관계되고, 대항 미란다와 대항 크레덴다는 기존 질서를 파괴하고자 하는 의지와 관련이 깊다고 하겠다.

메리엄은 기념일과 기념 기간, 공공광장과 기념관, 음악과 노래, 깃발, 훈장, 조형물과 제복의 문양, 일화와 역사, 교묘한 성격의 의전 그리고 행진이나 웅변과 음악을 동원한 군중 시위 등의 미란다로 상징조작을 할 수 있다고 여긴다. 이 책은 이러한 일곱 가지 상징을 분석도구로 하여 「호질」, 「양반전」, 「허생전」을 분석대상으로

하여 미란다를 분석하려고 한다.

또한 메리엄은 정치권력이 하느님이나 신으로부터 부여되었고, 정치권력은 전문적인 지도력의 가장 훌륭한 표현이고, 정치권력은 어떤 동의의 형태를 통해 표현된 많은 사람들이나 다수의 의지라고 본다. 그러한 논거를 바탕으로 정부에 대한 존경 혹은 경의를 표하는 태도, 복종, 희생, 그리고 합법성의 독점이라는 크레덴다가 발생한다는 것이다. 이 책은 네 가지의 크레덴다를 분석도구로 하여 「호질」, 「양반전」, 「허생전」을 분석대상으로 하면서 크레덴다를 분석하려고 한다.

연암 작품의 풍자성은 비판의식의 표현이므로 대체로 대항 미란다에 해당한다. 이 책이 정의한 이러한 대항 미란다에는 대항적인 기념일과 기념 기간, 기존의 공공광장 혹은 기념관의 파괴 또는 대항적인 공공광장과 기념관 설립, 대항적인 음악과 노래, 대항적인 깃발, 훈장, 조형물과 제복의 문양, 대항적인 일화와 역사, 대항적인 교묘한 성격의 의전, 그리고 대항적인 행진, 웅변, 음악을 동원한 군중시위 등이 있다. 이 책은 이들 작품에서 이러한 대항 미란다를 분석하려고 한다. 그러나 연암의 작품에서 모든 미란다와 대항 미란다가 표현되거나 풍자되어 있지는 않을 것이다. 그리고 크레덴다 현상은 지배자나 정부가 부패하여 더 이상 그 정당성을 지지할 수 없는 지경에 이르게 되면 그 수정이 불가피하다. 즉 기존의 권력에 대하여 대항하는 대항 크레덴다가 나타난다. 그러한 대항 크레덴다에는 정부에 대한 경멸 혹은 불경을 표하는 태도, 불복종, 희생에 대한 거부, 그리고 합법성의 독점 파괴 등이 있다. 또한 이 책은 이들 작품에서 네 가지의 대항 크레덴다를 분석하려고 한다.

그러면 이들은 무엇을 지향하는가? 권력은 동의와 지지에 의해 지속된다. 어떤 권력에 대한 동의와 지지가 강하다는 것은 그 권력이 좋은 사회와 좋은 인간을 위해 기여하고 있다는 것을 의미하며 권력에 의한 피해나 억압을 체감하지 않는 사회와 인간을 의미한다. 그리고 좋은 사회란 좋은 사람들을 구성원으로 하고 있을 수밖에 없으므로 공공선의 실현이라는 사회적 목표 달성은 어렵지 않은 일이 되고 그러한 사회적 환경 혹은 국가적 또는 정치 환경 속에서는 다시 또 좋은 사람이 재생산될 수밖에 없다. 그러므로 미란다와 크레덴다의 지향은 좋은 사회와 좋은 사람이 된다. 그리하여 좋은 사회, 좋은 국가 또는 좋은 정부하에서 사는 좋은 사람 혹은 좋은 시민은 미란다와 크레덴다에 대한 동의와 지지를 통해 현재의 권력에의 복종을 당연한 것으로 여긴다.

이상과 같은 논의를 근거로 정치적 상징에 대한 분석틀을 제시하면 표 1과 같다. 이 책은 제2부에서 연암이 생존했던 당대의 정치적 상황과 사상을 살펴본 후, 제3부에서는 이 분석틀에 준거하여 연암의 작품에 내재해 있는 미란다와 크레덴다 및 대항 미란다와 대항 크레덴다를 분석하려고 한다.

표 1. 정치적 상징에 관한 분석틀

기존 질서 유지를 위한 미란다·크레덴다	
미란다	크레덴다
① 기념일과 기념 기간 ② 공공광장과 기념관 ③ 음악과 노래 ④ 깃발, 훈장, 조형물과 제복의 문양 ⑤ 일화와 역사 ⑥ 교묘한 성격의 의전 ⑦ 행진, 웅변, 음악을 동원한 군중 시위	① 정부에 대한 존경 　－경의를 표하는 태도 ② 복종 ③ 희생 ④ 합법성의 독점

↕ (대항적관계)

현상 타파를 위한 대항 미란다·대항 크레덴다	
대항 미란다	대항 크레덴다
① 대항적인 기념일과 기념 기간 설정 ② 기존의 공공광장과 기념관 파괴 또는 　새로운 공공광장과 기념관 설립 ③ 대항적인 음악과 노래 ④ 대항적인 깃발, 훈장, 조형물과 제복의 문양 ⑤ 대항적인 일화와 역사 ⑥ 대항적인 교묘한 성격의 의전 ⑦ 대항적인 행진, 웅변, 음악을 동원한 군중 시위 　행진, 웅변, 음악을 동원한 군중 시위	① 정부에 대한 경멸 　－불경을 표하는 태도 ② 불복종 ③ 희생에 대한 거부 ④ 합법성의 독점 파괴

↓

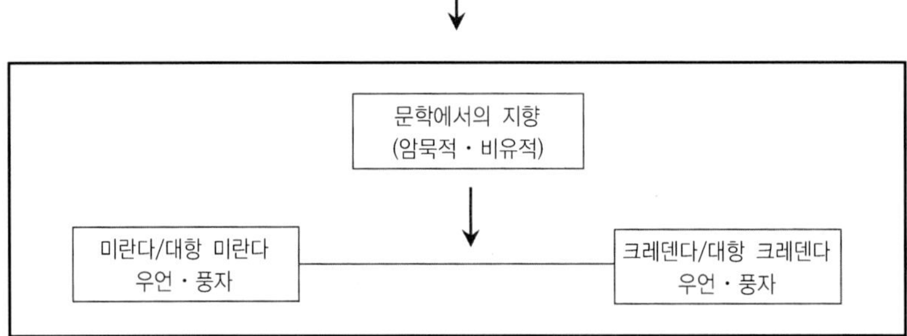

제 2 부

연암 박지원의 정치적 생애와 사상

　연암(燕巖) 박지원(朴趾源, 1737-1805)은 문학작품, 즉 소설이라는 장르를 활용하여 그 당시 현실의식과 사회적 모순을 날카롭게 비판하였다. 그는 부패한 관리와 학자들이 백성을 착취하여 타락한 생활을 하고 있음을 「호질」을 통하여 신랄하게 풍자하였다. 그리고 「양반전」을 통해서는 쇠락하는 양반들이 생산 노동이나 경제생활을 외면한 채 전통적 양반 생활의 형식에만 얽매어 급변하는 시대 조류에 적응하지 못하는 태도에 대하여 그들의 위기와 몰락 및 신분 구조의 붕괴가 불가피함을 드러내보였다. 또 「허생전」을 통해서는 '북벌론'이라는 허위의식과 집권 세력의 부조리를 비판하며 양반 계층의 중상적 사회 참여 등을 계몽하였다. 이 장에서는 이러한 연암의 생애와 당시의 사상 및 그의 정치사상을 살펴볼 것이다.

제4장

정치적 상황

연암 박지원이 생존했던 시기는 그야말로 다사다난했다. 이 다사다난은 연암의 사상을 태어나게 하는 데 이바지한 자원 역할을 했다. 먼저 연암의 생애에 대하여 살펴보자.

연암은 영조 13년 음력 2월 5일 서울의 서쪽인 반송방야동(般松坊冶洞. 지금의 새문안)에서 아버지 반남 박씨 사유(師愈)와 어머니 함평 이씨 사이에서 2남 2녀 중 막내로 태어났다. 자는 중미, 호는 연암으로 죽은 후 정경대부에 추증되었다. 연암은 5세 때에 그의 조부 박필균(弼均)에게서 양육되었다. 연암의 집안은 대대로 벼슬이 높던 명문대가로 선대의 충익공 박동량은 벼슬이 도승지 판의금부사까지 오르고 나라에 공로가 커서 금계군까지 봉해진 인물이다. 그 뒤 선조들도 대대로 대사헌, 판서, 참판 등의 관직을 지냈다. 그의 조부 박필균은 관찰사, 대사간, 지동녕부사까지 오른 인물로 연암을 직접 임지로 데리고 다니면서 가르쳤다. 연암은 어려서 부모를 여의고 큰 형 내외 밑에서 자랐으며 5세부터는 할아버지가 경기도 관찰사로 부임해 가자 따라다니면서 엄한 훈도와 초학 공부를 하였다. 연암은 어려서부터 약질인 데다가 잡병이 많아, 자애로운 할아버지는 이를 불쌍히 여겨 많은 시간을 종들과 같이 밖에 나가 놀게 하였다. 그래서 연암 전기에 보면 이 시절 실학했다고 적어 놓았다. 16세 때 이보천의 딸과 결혼하고 그 후, 장인에게서 『맹자』를 강의받았다. 이보천은 학문이 깊었으나 벼슬에 나가지 않고 유안처사라는 이름으로 오직 농사에 힘썼다. 이어서 연암은 처삼촌인 영목당 이양천에게서 수학하되 주로 실학을 공부했다. 이양천은 홍문관 교리 등 벼슬을 지내다가 상소문 사건으로 유배되었던 학자이다. 그는 문인으로 '문장은 한퇴지의 뼈를 깎고, 시는 두보의 살을 깎았다.'고 하는 실학사상이 농후했던 학자이다. 연암은 이양천에게서 『사기』를 배우면서 특히 「신능군전」도 배웠다. 이것은 연암이 소설을 쓰는 데 큰 영향을 주었다. 이 때에 「이충무공전」을 지었다. 1755년 연암이 19세 때 처삼촌이 귀양에서 풀려난 후 바로 사망하자 그의 정신적 방황이 시작되었다. 18세 되던 1754년 「광문자전」을 지어 여러 선배들에게 돌려가며 보여서 칭찬을 받았다. 이것이 소설을 더욱 잘 쓰게 된 동기가 되었다. 19세 되던 1755년에 그는 「마장전」과 「예덕 선생전」을 지었다. 20세 때 봉원사에 들어가 독서하면서 '허생'의 이야기를 들었고, 이것은 장차 「허생전」을 쓰게 된 모티브가 되었다. 21세인 1757년에는 「민옹전」을 지었고, 22세인 1758년에 「대은암창수시」의 서문을 썼다. 23세 때 장녀를 얻었다. 24세인 1760년에 조부 박필균이 76세로 사망하자 연암의 곤궁한 삶이 시작되었다. 25세인 1761년에 북한산에 들어가 독서를 하면서 김이소 등 10여 명과 만나 공부하는 한편 단릉 처사 이윤영에게서 주역을 공부했다. 이 해에 홍대용을 만났다. 28세 되는 1764년에는 「양반전」, 「광문자전」 후서를 썼다. 29세 때는 금강산을 유람하고 평소에 듣던 김홍기의 이야기로 「금신선전」을 썼다. 31세 되던 1767년에는 삼청동 백련봉 셋집으로 이사를 했고 이 때에 박제가, 이서구, 유득공, 이덕무 등과 교유하였다. 41세 때인 1778년에는 홍국영이 득세를 하여 그와 사이가 나빴던 연암은 신변의 위협을 느끼게 되어 황해도 금천 연암협(燕巖峽)으로 은거하였다. 박지원은 이 때부터 연암이란 호를 쓰기 시작하였다. 44세 때인 1780년(정조 4년) 2월 홍국영이 실각하자 연암은 서울로 돌아와 처남 이재성의 집에서 기거하였다. 이 해 연암은 진하별사(進賀別使) 정사(正使) 박명원(朴明源)의 자제군관(子弟軍官) 자격으로 청(淸)의 베이징[北京]에 갔다. 박명원은 영조의 부마로서 그의 8촌 형이었다. 5월 25일에 출발해 8월 1일부터 9월 17일까지 베이징에 머물렀고, 10월 27일 서울에 돌아왔다. 이 연행에서 청의 문물과의 접촉은 그의 사상체계에 큰 영향을 주어 이를 계기로 그는 인륜(人倫) 위주의 사고에서 이용후생(利用厚生) 위주의 사고로 전환하게 되었다. 47세 때인 1783년 『열하일기』를 완성하였다. 50세 때인 1786년에 친구인 이조판서 유언호(兪彦鎬)가 천거하여 처음 관직에 올라 선공감감역(繕工監監役), 한성부판관, 안의현감 등을 역임하였다. 이 때부터 과거의 반항적 생활에서 벗어나 출임(出任)하여 자신의 이상을 실천에 옮겨 보며 풍요로운 삶을 살아보려 했다. 안의현감 재직 시에 당시 문단에 신문체를 유행시

킨 장본인인 연암에게 정조가 정정한 문체로 속죄문을 지어 바치
도록 명령하는 유명한 사건인 '문체반정'도 겪게 된다. 1789년 사
복시주부(司僕寺主簿), 이듬해 의금부도사(義禁府都事)·제릉령(齊
陵令), 1791년(정조 15년) 한성부판관을 거쳐 안의현감(安義縣監)
을 역임한 뒤 사퇴했다가 1797년 면천군수(沔川郡守)가 되었다. 이
듬해 왕명을 받아 농서(農書) 2권을 찬진(撰進)하고 1800년(순조
즉위) 양양부사(襄陽府使)에 부임하였다. 그는 안의현감 시절에는
부역을 고르게 하고 공사를 공평히 하며 노비들이 내는 공포(貢布)
의 폐습을 없앴다. 이 시기에 「열녀함양박씨전」을 썼고 면천군수
시절의 경험을 살려 「과농소초(課農小抄)」, 「한민명전의(限民名田
議)」, 「안설(按說)」 등을 남겼다. 65세 때인 1802년 봄에 벼슬을
그만두고 연암 골짜기로 들어가 정자를 짓고 수개월 지내다가 서
울 집으로 돌아왔다. 69세 때인 1805년 10월 20일 서울 가회동 재
동 자택에서 별세했다(김지용, 1994, pp.11 - 27).

연암을 다면적으로 드러내 보이는 자화상으로는 「수소완정하야
방우기(酬素玩亭夏夜訪友記)」가 있는데, 그 내용은 "제 몸 알기로
는 양자 같고, 남을 위하기는 묵자 같고, 끼니 못 잇기는 안자 같
고, 숨어 살기는 노자 같고, 광활하기는 장자 같고, 참선하기로는
석가 같고, 촐랑거리기로 류하혜 같고, 술 마시기로 유영 같고, 남
의 밥 얻어먹기는 한신 같고, 잠을 잘 자기로 진단 같고, 거문고
타기로 자상호 같고, 저술하기로 양웅 같고, 자부하기로 제갈량 같
나니 이만하면 거의 성군이로군. 하지만 끈기가 조교만 못 하고 염
치도 어릉중자만 못 하니 그게 부끄럽구나."이다. 즉 그는 양자의
이기주의, 묵자의 박애주의, 안자의 안빈낙도, 노자의 무위자연, 장

자의 소요 광달, 석가의 제행무상, 류하혜의 완세주의, 유령의 장취불성, 한신의 기식 생애, 진단의 과거 거부, 장자에 나오는 자상호의 거문고 타기, 양웅의 광박주의, 제갈량의 영웅주의 등 이 모두를 다 지녔다고 고백하고 있는 것이다.

이러한 면모는 모든 장르를 넘나드는 그의 글쓰기에 그대로 드러나고 있다. 단편, 정론, 시화, 필기, 논설, 소품, 우화, 일기 등 종횡무진, 정치, 경제, 사회, 역사, 예술, 천문, 종교, 풍속, 건설, 문학 등 천하에 존재하는 모든 소재를 수용하여 총망라하고 있음이 그러한 증거를 뒷받침해 준다. 그러나 이렇듯 광활한 그의 저작들은 연암의 생애 당시 완고한 양반계층의 비방을 사서 금지된 서적으로 지목되어 오랜 기간 동안 간행되지 못하다가 그가 사망한 지 96년 이후에 공식적으로 세상에 나오게 된다.

이 장에서는 북학파의 거장 연암의 풍자 문학 작품을 낳은 배경이 된 극심한 당쟁과 그로 인한 정치적 환국, 그리고 자본주의적 요소의 등장에 대하여 알아보고 이어서 시민의 탄생과 신분의 변화에 대해서도 살펴보고자 한다.

1. 빈번한 정치적 환국

근대 국가 이전의 여러 국가 형태를 유형별로 분류했을 때 조선은 '중앙집권적 봉건국가'의 개념으로 분석된다. 즉 '아시아의 중앙집권적 봉건국가'라는 유형으로 특징지어지는데, 연암이 생존했던 당시 '아시아의 중앙집권적 봉건제국가'로서의 조선에 대한 기술은 다음과 같다.

　아시아의 봉건제 사회에서 농민층은 유럽의 봉건제 사회의 농민층
과 유사한 사회경제적·정치적 지위를 누렸다. 이 점에서 이들 농민
층은 공동체적 노동에 속박되어 있었던 아시아적 생산 양식하의 농
민층과는 구분되는 사회적·정치적 지위를 누린 사회층이었다. 또한
농민층의 그러한 사회 경제적·정치적 지위가 국가 체제에 의해 강
제된 것이기 때문에 그러한 생산 양식하의 국가 체제는 아시아의 생
산 양식의 국가 체제였던 '아시아적 고대국가'와 구분된다. 반면 유럽
의 봉건제 국가가 분권적인 영주적 지배 체제의 형태를 띠고 출현했
다면, 아시아의 봉건제 국가는 국왕이나 황제가 정치권력 행사의 중
심이 된 중앙집권적 봉건제 국가의 형태를 띠고 출현했다. 아시아의
중앙집권적 봉건제 국가체제하에서는 귀족이나 조선조의 '양반'과 같
은 신분을 지니고 국가 관료로서 활동하거나 그러한 관료가 될 수
있는 권리를 누린 지주 계급이 그 사회의 지배층이 되었다. 이 점에
서 이들 봉건제체제는 크게 보아 국가 권력과 지주 계급의 직접적인
융합 체제의 성격을 지닌 것이었다. 한편 그러한 성격을 기본적으로
지니면서도 아시아의 국가적 봉건제 국가는 정치권력이 황제나 국왕
에게 더 많이 집중되는가, 아니면 관료나 귀족들에게 더 많이 집중되
는가에 따라 '황제 내지 국왕 중심 체제'와 '관료 내지 귀족 중심 체
제'로 구분될 수 있다. 그리고 유럽의 봉건제국가체제하에서는 영주
와 영주 간의 전쟁이나 대립이 지배층 간의 가장 중요한 대립이었다
면, 아시아의 봉건제국가하에서는 국왕과 관료 간의 또는 관료와 관
료들 또는 지주층들 간의 대립·갈등이 지배층 내부의 가장 중요한
대립이었다.

　위에서 지적한 것처럼, 유럽의 봉건제적 질서를 특징지은 주권적
권력의 분산 등은 상품·화폐 관계 및 농촌과 연결된 도시 경제를
발전시키고 농민적 저항이 지배층의 양보를 받아내는 데에 유리하게
작용함으로써 봉건제의 해체와 자본주의의 발전을 크게 촉진시켰다.
그러나 아시아의 봉건제적 질서 속에서는 중앙으로 집중된 정치권력
이 상품·화폐 관계의 발전 등을 억제하고 농민적 저항 등을 보다
효과적으로 억압함으로써 봉건제의 해체가 크게 지연되었다. 이와 관
련하여, 우리는 아시아의 봉건제 사회가 자기 자신을 유지－재생산
시킴에 있어 유럽의 봉건제사회보다 훨씬 더 효과적인 정치적 기제
등을 지니고 있었던 '봉건제사회의 보다 발전된 형태'였다고 말할 수

위의 언급에서 보듯, 아시아의 봉건제국가하에서는 국왕과 관료
간의 또는 관료와 관료들 또는 지주층들 간의 대립·갈등이 지배
층 내부의 가장 중요한 대립이었다고 할 수 있다. 연암 생존 당시
의 조선은 관료와 관료들 간의 대립과 갈등이 심했는데, 이러한
'사색당파'는 관료와 관료들 간의 갈등과 대립, 그리고 제국의 병
리 현상을 말해 주는 대표적 사례이다.

조선의 당쟁은 숙종 때에 격화되어 노론과 남인이 혈전을 벌였
다. 그 혈전은 크게 세 환국으로 요약된다. 첫째, 숙종 6년 - 8년 경
신환국으로 노론을 남인이 숙청한 사건이다. 그 다음의 기사환국,
이는 경신환국으로 몰락 직전에 있었던 남인이 이후의 경종을 등
에 업고, 서인에 대해서 숙청을 단행한 사건이다. 기사환국(숙종 15
년, 1689)은 숙종의 왕권강화에 대한 열망과 그것을 실현하기 위한
의도, 즉 장희빈의 중전등극과 원자 책봉 문제를 상정하자, 집권당
인 서인의 영수 송시열이 중국의 선대왕의 예를 들며 불가함을 강
조했다. 하지만, 숙종의 입장에서 보면, 정비인 인현왕후는 자식이
없고, 숙종의 장희빈에 대한 애정은 극에 달하여 원자까지 생산했
으니 불가할 이유가 없다. 이에 숙종은 자신의 뜻을 펼치고 싶어
하는데, 신하들이 반대하니 이를 왕권에 대한 도전이라고 결론을
내린 것이다. 그래서 용사출척권을 행사, 서인들을 축출하고, 남인
들을 불러들인다. 기사환국의 후폭풍으로 노론의 영웅이자 시조와

도 같은 송시열이 사약을 받게 되는 사태가 발생하였다. 이렇게 한 번씩 제왕으로서의 힘을 과시하자, 자연스레 왕권이 강화되게 된다. 그리하여 신하들은 당권을 잡기 위해 경쟁하면서도 왕권을 두려워하게 되었다. 숙종은 이런 어부지리를 노린 것이다. 셋째, 숙종 20년(1694) 발생한 갑술환국 역시, 이런 맥락에서 이뤄진 것이라고 볼 수 있다. 서인이 남인에게 공격을 가한 사건으로 이 때의 탄청은 남인을 사실상 재기불능으로까지 몰고 갔는데, 장희빈의 사사까지 있어서 남인은 기댈 곳 없는 신세로까지 전락한다. 각 환국마다 타당한 이유가 있었겠지만, 숙종은 그것을 정략적으로 이용하였다는 평가를 받고 있다. 당쟁에 대한 기술을 하자면 다음과 같다.

이와 같이 기존의 서인당(西人黨)에서 완전히 이질적인 노론과 소론의 분열은 1701년, 이른바 무녀의 옥으로 장희빈(경종의 생모)이 사사될 때 이의 처리를 두고 강경파와 온건파의 대립으로 나타났다. 그러나 실질적으로는 이미 오래전부터 노선의 차이가 대두되기 시작했다. 숙종 9년인 1682년, 윤증이 숙종의 부름을 받고 상경하는 과정에서 비롯되었다고 보고 있다. 윤증은 서울로 올라오는 도중 지금의 경기도 과천에 있는 아버지 윤선거의 제자인 나량좌의 집에 잠시 머무르게 되는데, 이 때 이 소식을 접한 박세채가 바로 윤증을 찾아간다. 이 만남은 이 두 사람의 시국수습방안에 대해 많은 이야기를 나누는 계기를 마련한다. 즉 윤증은 조정에 출사하기 위한 선결조건으로 3가지의 전제조건을 제시하게 되는 것이다(숙종실록 10년 계해 5월조). 그것은 바로 첫째, 남인과 서인과의 화평, 둘째, 외척의 배제(이른바 3척가로 김석주, 김만기, 민정중의 세 외척), 셋째, 당색이 아닌 능력에 따른 인재등용이다. 이 때에 박세채 역시 윤증의 이 요구사항을 전적으로 인정하고 지지했으나 자신의 힘으로는 도저히 실현 가능성이 없음을 윤증에게 솔직하게 토로하게 된다. 결국 윤증은 끝내 서울에 들어오지 않고 고향으로 돌아가 버린다. 또한 박세채 역시 서인의 영수였던 송시열을 찾지 않고 고향인 파산으로 돌아가게 된다. 사실 이 때에 숙종의 부름을 받은 사람은 윤증을 비롯하여 박세채, 송시열 이렇게 세 사람이었는데, 두 사람은 고향으로 돌아가고 송시열만 조정에 남아 있게 되고 말았다. 물론 송시열도 곧바로 사직하고 고향으로 간다. 사실 송시열이 주도하던 서인은 많은 문제점을 노정하고 있었다. 남인의 재기를 막고자 소위 공작정치라 불릴 만큼 많은 역모고변 사건을 일으켰고, 원래 종친과 외척은 정치에 관여할 수 없는데도, 척신세력이었던 김석주, 김만기 등과 야합했으며, 시종 철저하게 자파중심의 인물들만 등용하였던 것이다. 이 때문에 윤증이 이러한 서인의 근본적인 개혁 없이는 당파 간의 화해와 정치발전이란 있을 수 없음을 지적하였던 것인데, 결국 이러한 서인 내에서의 송시열과 윤증, 박세채의 인식의 차이는 끝내 분당으로 이어지게 되고 말았다. 결정적으로 경신환국 이후 남인의 재기를 막고자 고변사건을 조작한 척신 김익훈을 놓고 서인의 젊은 선비들은 처벌을 주장하였으나 송시열은 오히려 김익훈을 옹호하게 되는 사태가 발생하면서 서인 내에서의 사류들 간에도 분당의 요인이 생기게 되어 버린다(1683년). 이 때에 서인의 영수이자 노장이었던 송시열이 노론(老論)이 되고 한 때는 송시열의 제자이기도 했던 윤증과 김익훈의 처벌을 주장하던 젊은 선비들이 윤증을 따르게 되면서 소론(少論)이 탄생되었다. 따라서 그 성향도 노론은 다분히 보수적이었고 소론은 개혁 지향적이었다. 당시의 노론 중심인물로는 송시열을 비롯하여 김석주, 민정중, 김익훈, 이선, 이수언, 이이명, 이여, 김수항 등이 있었고, 소론은 윤증을 비롯하여 박세채, 조지겸, 오도일, 한태동, 박태보, 임영, 이상진, 남구만 등이 있었다. 이후 1694년 이른바 갑술환국으로 재집권한 서인은 마침내 장희빈과 남인의 처벌을 놓고 노론, 소론으로 분당하게 된다. 노론은 적극처벌을 주장하였고 소론은 온건론을 폈던 것이다. 바로 이러한 노·소론의 대립이 명확하게 표면화된 게 바로 앞서 언급했던 1701년 이른바 '무녀의 옥'이다. 바로 경종의 생모가 되는 장희빈의 사사문제를 놓고 노론은 감행을 주장하였고, 소론은 어쨌든 세자의 생모인 만큼 목숨만은 보전해 주어야 한다는 입장을 고수했던 것이다. 이 시기를 기점으로 하여 노론과 소론은 완전히 서로 다른 길을 걷게 되었다.

이후부터는 노론과 소론의 혈전이 시작되었다. 경종은 남인 편이고 영조는 노론 편이었다. 그러나 경종이 왕위를 계승할 때에는 남인이 실세에 있었으므로 소론이 경종을 보호했다. 경종을 받든 자인 소론과 영조를 받든 자인 노론의 당쟁은 치열해서 '신임사화'가 일어났다. 신임사화의 발생 배경은 다음과 같다.

이미 숙종 대에 노론과 소론이 사문(斯文)시비를 벌이며 분기하였으나, 경종 대에 이르러 왕통에 관한 시비가 본격화됨으로써 기존의 사문시비는 충역(忠逆)시비로 논지가 바뀌게 되었다. 신임사화라는 용어는 화를 입은 노론 측의 입장이 반영된 용어이다. 노론과 소론 사이의 대립에 왕통문제가 개입된 것은 앞에서도 언급했듯이 장희빈(張禧嬪)의 아들인 경종이 세자로 책봉되고 뒤에 왕위를 이었기 때문이다. 역시 앞에서 갑술환국(甲戌換局)으로 남인이 축출된 뒤, 노론과 소론이 장희빈의 처벌문제를 놓고 대립하였음을 언급하였다. 노론 측은 장희빈이 정비인 인현왕후를 모해하였으므로 사사해야 된다는 주장을 한 데 반하여, 소론 측은 다음 왕이 될 세자를 위해 장희빈을 살려야 옳다고 주장하였다. 경종은 숙종 말년에 4년간 대리청정을 하다가 숙종이 사망하자 왕위를 계승했다. 노론 측은 경종 즉위 이후 1년 만에 연잉군(延礽君: 뒤의 영조)을 세제(世弟)로 책봉하는 일을 주도하고, 세제의 대리청정을 강행하려 하였다. 노론이 이 과정에서 두 차례의 태도 변화를 보임으로써 소론 측에게 공격의 빌미를 제공하게 된 것이다. 소론 측은 노론의 대리청정 주장을 경종에 대한 불충(不忠)으로 탄핵하여 정국을 주도하였고, 결국에는 소론정권을 구성하는 데 성공하였다. 신임사화는 이러한 와중에서 목호룡(睦虎龍)의 고변사건(告變事件), 즉 남인(南人)이 숙종 말년부터 경종을 제거할 음모를 꾸며 왔다는 고변을 계기로 일어났다. 소론은 노론이 전년에 대리청정을 주도하고자 한 것도 이러한 경종 제거계획 속에서 나온 것으로 이해하였다. 고변으로 인해 8개월간에 걸쳐 국문이 진행되었고, 그 결과 김창집(金昌集)·이이명(李頤命)·이건명(李健命)·조태채(趙泰采) 등 노론 4대신을 비롯한 노론의 대다수 인물이 화를 입었다. 이 옥사는 노론과 소론 간의 대립이 경종 즉위 이후 왕에 대한 충역 시비의 형태로 표출되는 과정에서 발생한 사건으로서, 그 자체는 경종 대의 문제였지만, 그에 대한 평가 문제는 영조 대에 탕평책(蕩平策)이 추진되는 과정에서도 논란이 계속되었다.

영조가 즉위할 때에는 소론이 세도를 잡고 있었다. 그러나 영조는 점차 노론을 등용했으며, 노론은 왕세자의 지위에까지 간섭하게 되어 마침내 임오사변이 발생했다. 영조는 즉위한 지 25년(1749)에 왕세자(사도세자)에게 정사를 맡기고 대리청정을 했다. 영조는 노론 때문에 왕위에 올랐으나, 경종은 노론 때문에 군주 노릇도 제대로 못 하고 사망했다. 당시 왕세자였던 사도세자는 이러한 경종의 억울한 사정을 알고 노론을 미워하였다. 게다가 노론의 은혜를 입고 영조가 왕위를 계승하긴 했지만 그 왕위는 노론에 의해 도리어 유린되었다. 영조와 왕세자는 비록 부자지간이었지만 국가 통치의 국면에 있어서는 서로 견해가 달랐다. 노론은 왕세자의 대리청정을 찬성하였고, 또한 영조에게는 자주 소론 탄압을 진언하였다. 이에 영조는 상왕으로서 이러한 진언을 지지하였으나, 왕세자인 사도세자는 차마 경종의 충신을 죽일 수가 없다는 태도를 보였다. 그리하여 영조는 대리를 맡은 지 14년(1762)이나 된 왕세자를 폐하여 서인으로 삼고 아사(餓死)시켰다. 이것이 임오사변이다. 이 사건을 계기로 시파와 벽파가 출현하게 되는데, 사도세자의 죽음을 반대하고 이를 원통하게 생각한 편을 시파(時派)라고 하고, 세자의 죽음은 당연하다고 주장한 편을 벽파(僻派)라고 한다. 시파에는 주로 소론과 남인이 가담했고, 노론도 일부는 시파가 되었다. 벽파는 노론의 집권층을 중심으로 구성되었다. 이와 같은 사건을 계기로 노론·소론·남인·북인 등이 시파 혹은 벽파로 양분되었다. 정조 이후에는 시파가 등용되었다.

이러한 사회적 모순 상황은 연암의 사상이 탄생하는 계기가 되었을 것이다. 즉『열하일기』「관내정사」중「호질」은 청을 여행할 때 복사해 온 글이라고 하지만, 이 내용은 '당쟁'을 다루고 있는 것으로 읽을 수도 있고, 더 자세히는 '시파'와 '벽파' 그리고 '정조'의

삼각 구도를 표현해 놓은 것으로 읽을 수도 있다. 실학의 시대인 17세기에서 18세기에 이르는 기간에는 풍부하고도 다양한 사상이 등장하였다. 그러한 사상적 흐름에는 지식인 공동체가 큰 역할을 하였다. 당시의 지식인 공동체는 크게 두 종류였다고 볼 수 있는데, 하나는 국가의 전략적 지식인 공동체와 재야의 자발적 지식인 공동체였다. 전자는 정조가 즉위하면서 만든 규장각과 홍문관, 성균관 등이라 할 수 있고, 후자는 연암이 중심이 된 백탑파(白塔派)가 그 대표적인 예라 하겠다. 백탑파는 지금의 탑골공원 원각사지 10층 석탑 주변에 모여 살면서 학문과 예술을 논하고 시문을 짓던 지식인 집단을 일컫는다. 백탑파의 주된 구성원은 박지원, 이덕무, 유득공, 서상수, 박제가 등이었는데 이들은 '북학파'로 더 많이 알려져 있다. 박제가는 백탑과 그 주변에 살던 박지원을 찾아 나섰던 일을 다음과 같이 기술하고 있다.

"도회지를 빙 두른 성의 중앙에 탑이 솟아 있어 멀리서 바라보면 으슥비슥 눈 속에서 대나무 순이 나온 것처럼 보이는데, 그곳이 바로 원각사 옛터다. 지난 무자년(1768), 기축년(1769) 여름에 내 나이 18, 19세 나던 때, 미중 박지원 선생이 문장에 뛰어나 당세에 이름이 높다는 소문을 듣고 탑 북쪽으로 선생을 찾아 나섰다. …… 무렵 형암 이덕무의 사립문이 그(백탑) 북쪽에 마주 서 있고, 낙서 이서구의 사랑이 그 서편에 솟아 있었다. 또 거기서 북동쪽으로 꺾어지면 유금 유득공의 집이 있었다. 나는 한 번 그곳을 방문하면 돌아가는 것을 잊고 열흘이고 한 달이고 머물렀다. 지은 시문과 척독(尺牘, 편지)이 곧잘 책을 만들어도 좋을 정도가 되었으며, 술과 음식을 찾으며 낮을 이어 밤을 지새우곤 했다."(박제가, 안대회 옮김, 2000, pp.26-28)

재야의 지식인 공동체는 대체로 서울과 경기 지역을 중심으로 광범위하게 형성된 순수한 동호인 집단들이었다. 이들은 이전의 조선 선비들과는 달리 수도권을 떠나지 않으려는 특징을 지닌 지식인들이었다. 정약용의 경우도 유배지에서 보내는 편지를 통해 자손들에게 '왕성(王城) 십 리 이내의 지역'에 거주하는 것이 가장 좋으며, 경제적인 이유로 서울에 살 수 없다면 "근교(近郊)에서 과실과 채소를 가꾸며 생활하다가 형편이 좋아지면 서울로 옮겨야 한다."라고 했다. 이렇게 서울과 경기를 중심으로 형성된 지식인 네트워크는 영조와 정조시대의 학문의 르네상스를 가능하게 한 사회적 인프라가 되었다.

그러나 이러한 현상이 지배자의 입장에서는 꼭 긍정적인 것만은 아니었다. 실제로 정조는 새로운 지식인 마니아들의 다양한 문풍을 바로잡기 위해 '문풍 혁신 운동'을 단행했다. 정조는 당시 유행하던 소설, 소품, 잡기 등을 '초쇄(礁殺)', '기궤(奇詭), 기환(奇幻), 경교(傾巧)', '파쇄(破碎), 경박(輕薄), 첨박(尖薄)'이라는 말로 비판했다.

2. 자본주의적 요소의 등장

연암이 태어나 살던 조선시대는 근대 사회의 여명기로서 그 이전 사회와는 많이 다른 점들이 등장하였다. 그 특징 중 하나는 상공업이 발달하여 서구처럼 자본주의가 싹텄다는 것이다. 상업화 모델 그리고 그 유산이 속속 등장하여 자본주의의 기원이라고 규정할 만한 여러 사실들을 발견하게 한다.

연암이 자신의 문학을 통해 드러내고자 했던 정치사상적 의미를 파악하고 그 상징을 분석하기 위해서는 그가 살았던 18세기 후반의 시대를 잘 들여다볼 필요가 있다. 당시의 정치적 상황을 잠깐 살펴보기로 하자.

1592년에 시작된 임진왜란 이후 50년간이나 지속된 전란은 이미 신분질서에 금이 가도록 하기에 충분했다. 이렇게 16세기 말부터 움트기 시작한 신분질서에 대한 거부는 상공업에 대한 새로운 인식을 낳고 18세기에 이르게 되자 매우 빠른 속도로 다양하게 퍼져 나갔다. 그리고 여러 가지 사회적 위기의식 때문에 인성 본연의 문제를 재조명하게 되면서 인간의 자아의식이 새롭게 싹트기 시작하였다. 게다가 이미 당시 서구의 과학 기술은 충격으로 받아들여지고 있었다. 이러한 상황은 서양과학문명에 대한 관심이 커지는 계기를 만들고, 통상의 증대, 부의 확장, 기술의 장려와 같은 대안을 정책적 과제로 제기하게 하는 견인차 역할을 했다. 그러므로 이용후생이나 국부론 등은 모두 이러한 시대적 배경이 있었기에 제기된 것이다. 즉 이러한 시대적 상황이 상공을 장려해야 한다는 주장이 나올 수 있게 만든 것이다. 물론 상공에 대한 강조는 신분제에 대한 회의 등으로 인해 계층의식이 거부되면서 삶의 가치에 대한 새로운 인식이 제기되고 인간으로서의 자아의식이 싹트게 된 것과 병행되었다.

이러한 사정은 당시 상공업과 수공업의 조용한 변화 속에서 잘 나타나고 있는데, 15세기 초에 편찬된 『경국대전』에는 당시 경공장(京工匠)의 수가 130종, 그 종사자는 2,841명이던(손종묵, 1988, p.69) 것이 그 이후 1785년에 편찬된 『대전통편(大典通編)』에서는 272명이 줄어든(손종묵, 1988, p.117) 경우가 그러하다. 이것은 관공장(官工匠)이 줄어들었음을 말해 주는 것이지만, 동시에 공장으로서의 그들이 사라진 것이 아니라 관에서 벗어나 자영의 형태로 탈바꿈했다는 것을 알려주는 것이기도 하다. 이는 대체로 대동법 실시 이후 화폐가 사용되면서 상공에 대한 관념에 큰 변화가 일어났음을 드러내주는 것, 즉 천업이라는 오래된 관념이 서서히 무너지기 시작했음을 말해 주는 것이다.

관에서 일하는 장인이 자영이나 사공장이 되면서 제품의 질은 더욱더 우수해지고 수요 또한 증가하면서 대량생산의 모습까지 보이기 시작한다. 그리고 당시 강하게 금지되었음에도 불구하고 계속하여 증가하기만 하던 장시(場市)는 유통범위를 확대하고 이윤추구의 노동 개념을 한층 더 촉진하였다.

장시(場市)란 농민과 수공업자 등 직접 생산자가 일정한 날짜와 장소에서 서로 물품을 교환하는 농촌의 정기시를 가리킨다. 장시는 15세기 후반 전라도 지역에서 발생하여 16세기에는 전국으로 확산되었다. 고려 시기에도 민인 사이의 교역은 물론 있었으나 15세기 이후에 등장한 정기시와는 동일하지 않았다고 볼 수 있다.

조선시대에 장시가 성립할 수 있었던 기반은 농민의 토지에 대한 소유권이 강화되고 안정된 데 있다. 물론 국가는 상업을 적극적으로 통제하고 독점하기 위해 장시를 폐지하려고 하였다. 그러나 농민들의 잉여 물자가 증가하고 유통이 활발해지자 흉년으로 인해 몰락한 일부 농민이 장시에 몰려들었기 때문에 정부로서도 무조건 금지할 수가 없었다. 그리하여 16세기 후반에는 5일장이 많이 섰고, 18세기에 이르게 되자 장시는 서로 간의 연계성을 강화하여 점차 전국 단위의 시장을 형성하게 되었다. 대부분의 장시는 정기 시장의 범주를 벗어나지 못하였으나, 대도시 및 그 주변의 경제 요충지와 지방의 행정과 상업 중심지에서는 점차 상설 시장으로 자리 매김해 갔다. 그리하여 서울의 3대시(大市)를 비롯하여 은진의 강경장, 평창의 대화장, 박천의 진두장 등의 대시장(大市場)이 대두하였다. 이 때 조선 후기 서울의 3대 장시로 종가(鐘街), 이현(梨峴), 칠패(七牌) 등을 꼽을 수 있으나 대개 노점이었다. 여기에는 각종 수공업자들이 조업한 다양한 상품을 판매하였다. 이 3대 장시를 중심으로 상인과 수공업자, 그리고 일반 소비자들이 모여 거래하였다. 이곳에서의 상품은 각 지방의 토산품은 물론이고 외국의 상품까지 거래되었다. 이러한 거래의 등장은 교역의 중심을 옮겼는데, 본래부터 영업 특허권을 가지고 있던 육의전에서 장시로 변화한 것이 그것이다. 자본주는 중인 신분으로 성장하고 상인은 대상인으로 성장하여 육의전의 상권을 자본과 조직 면에서 장악해 나갔다. 서울 이외에 장시가 활발하게 발달한 곳은 대도시 주변의 상업 중심지였다. 즉 송파·누원·송양(松陽) 그리고 한강변 등은 그런 예라 할 수 있다. 이곳은 모두 지방의 상품이 서울로 돌아오는 길목으로서, 서울 북쪽 도봉산록에 있던 누원은 어물 포물이 동북 지역인 원산에서 서울로 반입되는 길목이었고, 광주의 송파, 삼전도의 일대는 관동 지방과 삼남 지방에서 상품이 들어오는 곳이었다. 이 장시들은 정기시가 아닌 상설시였고 이를 근거로 사상인들이 성장하여 도성 내 시전 상인을 위협할 정도였다. 19세기 장시는 조사된 숫자만 1,000여 개소를 넘는다. 그리고 이들 장시는 18세기 말~19세기 초를 경과하면서 많은 소장시(小場市)가 주변의 대시장(大市場)에 통폐합되었다. 간혹 신설되기도 하였지만 지역 간·지역 내

연계가 긴밀해져 소장(小場)들이 대장들에 흡수되거나 소멸되어 시간이 갈수록 장시 수가 오히려 줄어들었던 것이다. 정기적인 장시의 경우, 1개월에 6개씩 장을 여는 게 대부분이었다. 흔히 5일장이었다. 보통 30∼40리 거리를 표준으로 하여 산재된 장시의 망을 이루어 상인, 즉 행상이 각 장시를 두루 돌아다니면서 활동하기에 알맞았다. 또한 각 지방마다 2·7일장 혹은 3·8일장 식으로 개시일을 달리하고 있으므로 상인의 순회는 가능했다. 장시와 장시를 연결하는 보부상은 순수한 상인층으로서 전국적으로 조직된 상인조합을 결성하고 엄격한 규율 밑에서 상행위를 하였다. 이들의 상행위를 배경으로 장시에는 여인숙·음식점을 경영하며 상품의 위탁판매, 보관업, 때로는 운수업, 금융업을 겸하는 객주 여각이 등장하였다. 이러한 장시의 발달은 국민 경제의 성장을 뜻하였다. 그러나 장시는 외국 상품의 침투로 쇠퇴하기 시작하고, 이런 마찰 속에서 격렬한 저항 운동도 일어났다. 민란이나 폭력운동의 거점은 대개 장시였다.

이런 장시의 경우, 영조 46년, 1770년에 간행된 『동국문헌비고(東國文獻備考)』의 경우 1,064개소, 순조 대에 서유구에 의해 간행된 『임원십팔지(林圓十八志)』의 경우 1,052개소, 순조 9년인 1809년에 간행된 『만기요람(萬機要覽)』의 경우 1,061개소로 소개하고 있다(손종묵, 1988, p.82).

또 눈길을 끄는 사항은 상업인구가 도시인구의 증가추세와 더불어 증가한 것이다. 1614년 이수광이 간행한 『지봉유설(芝峰類說)』에서 밝힌 서울의 인구는 8만이었다. 그런데 연암이 중국을 다녀오기 3년 전인 1777년에는 197,957명으로 기술되어 있다.[5] 이렇게 도시인구와 상업인구의 증가는 상공업의 중요성을 인식시키게 된 이유로 작용하였을 것이다.

17세기 이후 두드러진 외국과의 교역 역시 상품경제를 촉진하였다. 청국과의 무역이 주종을 이루었으나 광해군 원년인 1609년 기서조약(己西條約)으로 한일국교가 열리면서 대일무역 역시 증가되는 추세였다. 이러한 대청, 대일 등 대외무역이 성행하면서 의주상인, 송도상인이 생기고 두모포(豆毛浦)의 왜관(倭館)이 열리기 시작했다. 1691년부터는 경외(京外)의 30인에게만 무역독점을 허락함으로 생긴 내상이 나타나는 등 일부 독점의 거상들이 생기게 된다(김한식, 2001, p.127).

18세기 후반에 나타난 이러한 현상은 자본주의가 등장하는 초기의 징후라 할 만하다. 18세기를 전후하여 관공장이 자영으로 바뀌면서 이들은 서로 경쟁하며 이윤을 추구하게 되는데 이러한 분위기는 제품의 질을 더욱 높이고 디자인을 더욱 다양하게 하는 계기를 만들었다. 이러한 분위기가 고조될수록 자본의 규모는 점점 더 커져 일부 금융 자본이 제조업을 지배하는 현상까지 등장했다(강만길, 1993, 제1장). 15세기 후반 전라도 지역에서 발생한 장시가 16세기에는 전국으로 확산되고 금속화폐가 사용됨에 따라 상업권의 영역은 더욱더 넓어졌다.

이렇게 18세기를 전후로 하여 조선에도 자본주의적 요소들이 등장하고 있었다고 볼 수 있다. 조선조 후기 실학의 학풍을 배경으로 하면서 나타난 이와 같은 근대적 사회여건은 1770년대와 1780년대를 계기로 보다 이론적으로 설명될 수 있는 발판도 구축한다.

---

5) 영조원년. 『증보문헌비고(호구고)』 참조.

북학사상으로 불리는 그의 주장은 비록 적대적 감정이 쌓여 있기는 하지만 청의 문명이 조선의 현실을 풍요롭게 한다면 과감하게 받아들여야 한다는 내용을 골자로 하고 있다. 또한 청이 조선에 대해 가지고 있는 잘못된 인식을 비판하면서 그 개선책을 제시하고 있으며, 역대 중국인들의 한민족 및 조선에 대한 왜곡된 시각을 바로잡는 방법을 서술하기도 했다(박영규, 2008, p.445).

조선이 임진왜란·병자호란이라는 참혹한 전쟁을 치르면서도 망하지 않고 살아남을 수 있었던 이유 역시 경제에서 찾을 수 있는데, 그 밑바탕에는 중농주의와 중상주의를 통한 부국강병론이 있었다. 연암은 "충성이나 의리는 빈천한 사람의 일이요, 부귀한 사람은 논할 바가 아니다."라고 하며 정치의 목표가 부귀의 실현이 되어야 함을 역설하고 있다(박지원, 연암집 제1권 마일전 p.3). 이러한 시대적 상황은 『열하일기』「옥갑야화」중「허생전」속에서 그려내고자 하는 연암의 사상이 탄생하는 계기가 되었을 것이다.

3. 시민의 탄생과 신분의 변화

유럽의 봉건제적 질서를 특징지은 주권적 권력의 분산 등은 상품·화폐 관계 및 농촌과 연결된 도시 경제를 발전시키고 농민적 저항이 지배층의 양보를 받아내는 데에 유리하게 작용하였다. 이는 봉건제의 해체와 자본주의의 발전을 크게 촉진시켰다. 그러나 아시아의 봉건제적 질서 속에서는 중앙으로 집중된 정치권력이 상품·화폐 관계의 발전 등을 억제하고 농민적 저항 등을 보다 효과적으로 억압함으로써 봉건제의 해체가 크게 지연되었다. 이러한 상황에서 연암은 상품·화폐 관계의 발전 등을 촉구하고 부조리한 기득권층에 저항하며 봉건제 해체를 앞당기려고 노력함으로써 실학운동에 참여했다. 그러나 현실적으로 꿈을 펼치지는 못 하고 '판타지로서의 문학'에 자신의 사유를 드러냈다.

그러므로 연암을 당시의 '신인류'로 보는 것은 어떨까. 아니면 연암을 당시의 시대와 불화한 '새로운 시민'으로 읽는 것은 어떨까. 조선 사회 어느 시기 어느 문서에서도 '시민'이라는 단어 사용은 찾아볼 수 없지만, 그의 「허생전」은 근대 시민 사회로 진입하는 혹은 진입하지 않으면 안 되는 지식인의 모습을 보여주고 있기 때문에 이러한 질문을 던져 연암의 시대를 재조명하는 것은 의미 있는 일이라고 본다. 연암의 많은 저작들은 연암이 당대의 대다수 지배자 계층과는 차별화되는 학자로서의 면모와 사상, 그리고 정치가이자 작가로서의 정신을 소유한 것임에 틀림없다는 전제를 놓고 그의 일대기를 해독하게 하는 힘을 가지고 있다.

연암을 왜 '신인류'로 보아야 하는가 하면 당시 그의 세계관이 이미 당대를 넘어서 있었기 때문이다. 세계관 또는 우주관은 인간관 또는 인간론과 같은 맥락에서 논의될 수 있는데, 연암이 어떤 인간인가 하는 것은 연암의 세계관 혹은 우주관이 어떤 것인가와 동일한 차원일 수 있다.

『열하일기』에서 찾아볼 수 있는 「곡정필담(鵠汀筆談)」에는 다음과 같은 부분이 있다.

　기공(奇公)이 나를 이끌고 나가 같이 달구경을 하였는데, 달빛이

낮과 같이 밝았다. 내가 "달 속에 만일 또 하나의 세계가 있다면 달
에서 지구를 바라보는 자가 있어 난간 아래 기대어 서서 우리와 같
이 지구의 빛이 달에 가득함을 구경할 것입니다."라고 말하자, 기공
이 난간을 치면서 기이한 말이라고 칭찬했다.[6]

물론 당시의 연암이 달의 세계가 실제로 존재한다는 것을 말하
려 했는지는 알 길 없다. 하지만 지구의 빛을 설명하기 위해 '만약
[若]이라는 가설을 세워 '그 처지를 바꾸어 사물을 바라본다.'는
것을 설명하려 했던 의도로 읽기에는 큰 무리가 없어 보인다.

연암은 직접적으로 천문학을 연구한 사람은 아니었으나 연암에
게 6년 선배이자 가까운 벗이었던 홍대용으로부터 천문학적 영향
을 받았다. 연암은 홍대용을 통해 천동설에서 지동설로 이행된 우
주적 지식을 습득했을 가능성이 높은데 이러한 천체에 대한 관심
과 우주에 대한 인식의 변화는 사물에 대한 인식의 변화로 발전하
는 기반이 되었을 것으로 보인다.

카시러(Ernst Cassirer)의 말을 인용하자면, 코페르니쿠스(Nicolaus
Copernicus, 1473 - 1543)의 지동설은 "인간의 자기해방에로 나아가
는 최초의, 그리고 결정적인 일보"라 할 수 있겠고, 가히 "좁은 벽
틈에 갇힌 수인"이 밖으로 나오는 혁명으로 평가할 수 있겠다
(Cassirer, 1956, p.27). 이러한 지동설이 세상에 알려짐에 따라 깊은
자극을 받은 인간의 이성은 과학혁명을 일으키고 학문과 예술 분
야에도 새로운 변화가 모색되었다. 연암 역시 중국으로부터 유입된
지동설 우주관에 영향을 받아 기존 인식론에 대한 전회를 시도하

---

6) 연암집, 열하일기, 곡정필담.
  奇公遂余出 同看月時 月色如畫 余曰 月中若有一世界 自月而望地者 기立欄干下 同賞
  地光滿月邪 奇公拍欄稱奇語.

게 되는 것이다.

다시 「곡정필담」 속으로 돌아가 보자. 「곡정필담」의 기록을 보면, 먼저 곡정이 "요즘 와서 우리 학자들 가운데 땅이 둥글다는 설을 자못 믿는 것 같습니다. 땅이 모나고 고정되어 있으며, 하늘은 둥글고 움직인다고 함은 우리 유학자들의 명맥인데 태서인들이 이를 혼란시켰습니다. 선생은 어떤 견해를 따르십니까?"라고 묻는다. 이에 대하여 연암은 지구가 둥글다는 것, 자전한다는 것, 우리나라 김석문(金錫文)의 '삼대환부공설(三大丸浮空說)', 홍대용이 '지전설(地轉說)'을 창안했다는 것을 설명한다.[7] 다시 곡정은 "참으로 기이하고 상쾌한 이론이며, 이전 사람들이 일찍이 발명하지 못한 것"이라고 한다.

이러한 지전설을 통해 인식의 전환을 맞게 된 연암은 '그 처지를 바꾸어 사물을 바라보는' 자세를 획득하게 되고, 이는 '사물의 입장에서 나를 바라보게 되면 나 역시 사물의 하나에 불과한 것'이라는 인식논리를 수립하는 기반을 이룬다.

이러한 '신인류'로서의 '시민'이 등장했으니 연암의 인식론과 당대 현실은 불협화음을 낼 수밖에 없는 것, 그는 구시대와 새 시대가 만나는 난간 혹은 여울목에 서서 그 갈등구조를 추출하여 문학작품으로 창작하게 된 것이라 볼 수 있다. 그의 '그 처지를 바꾸어 사물을 바라본다.'는 인식론은 「양반전」과 「허생전」에서 전형적으

---

7) 삼대환부동설은 김석문의 학설에서 나온 것이다. 그러나 홍대용의 지전설은 홍대용이 창안한 것이 아니다. 하지만 누구의 학설이냐 하는 것은 여기에서 그다지 문제되지 않는다고 본다. 그 이유는 연암이 땅은 모나고 고정되어 있는 채 하늘이 움직인다는 유학자들의 일반적인 우주관에 대해서 태양과 달, 그리고 지구가 모두 허공에 떠 있고 이들이 같이 움직인다는 사실을 인식하였다는 것, 그것이 중요하기 때문이다.

로 드러난다. 그리고 「호질」을 통해 울리는 경종 또한 이러한 인식론의 바탕 위에 있다고 할 수 있다.

조선시대에는 사농공상의 직업적인 분화와 더불어 양반과 중인, 평민, 천민이라는 신분계층이 있었다. 이 신분계층 가운데 정치, 경제, 학문 등 모든 분야를 주도했던 층은 양반이었다. 양반들은 조선사회의 모든 실권을 장악했고, 그들의 입장에서 그들에게 유리한 방향으로 모든 일들을 처리하였다. 이와 같은 양반 계급의 삶의 방식은 땅은 고정되어 움직이지 않고, 하늘이 땅의 주위를 돈다는 천동설을 믿었던 유학자들의 사유방식에서 유래한다고 볼 수 있다. 그러나 실학자들은 그와 같은 유학자들의 입장에서 벗어나 삼대환부동설이나 지전설을 믿었다. 그리하여 그들의 인간에 대한 인식태도는 양반의 입장에서 양반을 중심으로 바라보는 것이 아니라, 다른 계층의 입장에서 양반의 위치를 바라보는 쪽으로 변하게 되었고, 더 나아가 제3의 위치에서 조선사회의 모든 계층의 실상을 객관적인 시각으로 바라보게 되었다. 이는 각 계층의 인간들에 대한 고정관념으로부터의 탈피를 의미하는 것, 카시러처럼 말하자면 인간해방을 위한 진일보라고 볼 수 있다. 앞에서 언급한 바와 같이, 실학자 가운데 특히 연암의 소설작품에는 이와 같은 인간관이 잘 반영되어 있다. 양반의 부정적인 측면을 발견하며, 소외당한 사람들의 현실을 직시하는 그의 소설 속의 인간에 대한 객관적 시각은 바로 이러한 우주관에서 연유한 것이라 할 수 있을 것이다.

시민(citizen)이란 원래 그리스어의 폴리테스(polites), 즉 정치와 같은 말이다. 이는 공동 결합체(common union)를 형성하기 위해 서로 협력하고 있는 사람들을 가리킨다. 이런 견지에서 볼 때 시민이라는 단어에는 이미 ‘정치 참여’의 뜻이 포함되어 있으며, 시민으로서의 지위는 공동 결합체를 위해 서로 협력함으로써 획득되는 것으로 파악할 수 있다.

피어슨(Christopher Pearson)에 의하면 시민은 본질적으로 정치 공동체의 생활에 참여할 자격을 부여받은 사람이다. 그리고 근대 세계에서 시민의 신분은 전형적으로 참여의 자격 또는 권한들의 총체와 그에 수반되는 일련의 의무와 책무들을 의미한다(Pierson, 박형신·이택면 옮김, 2003, p.49). 원래 시민은 도시의 자유민을 가리키는 말이었다. 그러나 이는 다시 역사적 개념으로서 도입 사용되어 왔다. 즉 새로운 자본주의적 생산양식에 기초한 근대사회를 산출한 근대의 민주주의 혁명의 담당자인 시민계급의 의미로서 쓰이고 있다(한국정치학회, 1975, p.911).

고전적 시민 개념은 고대 그리스에서 출발한다. 이들에게 있어서 시민이란 ‘외국인, 노예가 아닌 성인 남성’을 뜻하고 있다. 이들은 이런 권리를 유지하기 위해 사비를 들여서 중장갑 보병으로 무장하고, 전쟁에 참여함으로써 정치참여의 권리를 가지고 있었다. 간단히 말하자면 고대 그리스인에게 있어서 시민이란 정치참여가 보장된 남성을 뜻한다. 물론 현대적 개념에서의 시민도 이러한 정치참여와 관련이 깊다. 투표권을 가지고 있고, 국가의 의사결정에 의견을 반영할 수 있으며, 피선거권을 가지는 성인을 시민이라고 표현한다. 그러므로 고대나 현대나 시민의 가장 중요한 속성은 정치권이라 할 수 있다. 그 적용범위가 얼마나 넓은가, 그리고 성별에 관계없이 정치권을 가지는가 또는 빈부에 관계없이 정치권을 가지는가 등 차이가 있기는 하지만 시민에게 있어서 가장 중요한 개념은 정치에 관한 권리에 관한 것이다. 그리고 시민이 가지는 권리, 즉 시민권은 정치적 담론 중에서 가장 오래된 용어들 중 하나이다. 이것은 정치공동체(political community) 개념에 관한 것만큼이나 오래된 담론일 것이다. 시민권 주장은 1789년 프랑스 대혁명을 둘러싼 사건들과 더불어 근대 세계의 중앙 무대로 등장하였다. 대혁명 당시의 담론들은 시민권과 시민권리 선언(the Right of the Citizen)을 둘러싼 호소들로 가득 차 있었다(Pierson, 박형신·이택면 옮김, 2003, p.49).

중세시대에는 시민이란 용어가 그다지 활용되지 않았지만, 굳이 간추리자면 시민이란 일단 일반인들보다는 '좀 힘센' 인물들을 의미한다. 즉 상공업활동을 통해 자본을 소유했거나 그 자본으로 지식을 획득하여 인간의 존엄성을 터득했거나 하는 정도로 '힘센' 인물들이다. 그러므로 이 무렵의 시민들은 '근대 시민'이나 '현대 시민'과는 약간 다른 의미를 지녔다고 할 수 있다. 특별한 자격도 없거니와, 특별한 역할도 요구받지 않았다. 근대 시민은 인간의 기본권을 이해하고 자유와 평등을 추구하는 인물이라고 하겠다. 근대 시민 혁명이 발생하면서 국민의 자유가 보장되었고, 아울러 권리가 보장되기 시작했다. 근대 초기의 시민은 흔히 말하는 '부르주아(Bourgeois)' 같은 지식 계층 그리고 상공업에 종사하는 계층으로, 귀족과는 확연히 다른 인물들이다. 근대 중기에서 후기로 넘어가면서 시민들은 '선거권 등의 참정권을 가진' 인물들이 된다. 이러한 권리 획득 투쟁을 주도한 부르주아들은 '귀족 타도'를 통해 권리를 보장받기 위해 전력을 기울였다. 즉 시민들의 역할은 '인간의 기본권'을 확립하는 것이었다. 그런데 현대의 시민 개념은 거의 '국민'

과 일치하는 개념이라고 볼 수 있다. 인간의 기본권을 보장받고 정치에 참여할 권리가 있는 이들을 '시민'이라 정의할 수 있기 때문이다. 민주주의 국가와 같은 국민의 권리를 인정하는 국가에 태어났다면 이들은 태어나면서부터 시민의 자격을 획득했다고 볼 수 있다. 단, 선거권을 가지는 것은 성년이 되면서부터이다. 이들 시민의 역할은 '국민의 의무'를 다하고, 시민으로서의 책임감을 느끼면서, 정치에 잘못된 것이 있으면 바로잡는 것이라 볼 수 있다. 즉 '정자정야(政者正也)'와 통한다.

루소(J. J. Rousseau)는 국가와 시민권에 대한 공화주의적 접근방식을 다음과 같이 논하고 있다.

> 여타 모든 사람들의 동맹으로 형성된 …… 공인체(the public person)는 한때 도시(the city)라고 불렸다가 이제는 공화국(the republic) 또는 정치체(the body politic)라고 불린다. 그것은 그 비활동적 역할에 초점을 맞출 때는 국가(the state)라고 불리고, 활동적(active) 역할을 수행할 때는 주권자(the sovereign)라 불린다. 그리고 그 같은 종류의 다른 것들과 비교할 때는 권력(a power)이라 불린다. 거기에 관련되어 있는 사람들은 집합적으로는 국민(a people)이라는 이름을 갖고, 개별적으로 주권적 권력을 공유하는 경우에는 시민(citizens)이라는 이름을 가지며, 스스로를 국가의 법률에 종속시키는 경우에는 신민(subjects)이라는 이름으로 불린다(Rousseau, 1968, pp.61 - 62).

시민권에 대한 위와 같은 루소의 언급은 시민권은 주권의 이양과 관계가 깊다는 것을 표현한 것이라 볼 수 있다.

시민권(citizenship)은 국가와 개인과의 관계에 있어서의 권리·의무에 관한 것으로서 역사적으로 여러 가지 의미로 쓰이고 있다. 역사적으로 시민권은 폐쇄적 특권을 의미하고, 또 한편에서는 개방적·보편적 성격을 갖는 것으로 쓰이었다(한국정치학회, 1975, p.911). 폐쇄적 특권으로서의 시민권은 그 명칭과 내용에 있어서 로마의 키비타스(civitas)에서 유래한다. 고대 그리스나 로마의 도시국가에서는 국정에 참여하는 권리를 갖는 자유민과 그와 같은 권리를 갖지 않는 외국인 및 노예 등을 구별했다. 그리스 도시국가의 자유민은 신에 의해서 결합된 인적·혈연적 공동체였다. 그리고 이후 로마제국이 성립함에 따라 212년 시민권은 로마인 이외에도 확대되어 지연적 요소가 첨가되었는데 당시의 시민권은 특권적 신분이었다. 이와 같은 시민권의 특권성은 중세의 자치 도시에서도 유지되었고 자본주의가 성립하는 경우에도 시민계급의 권리가 시민권으로서 노동계급과는 신분적으로 차별화되었다. 시민권의 특권성은 현대에 들어와서도 찾아볼 수 있다. 민족주의의 성장과 더불어 자국민을 우대하고 타 국민을 차별 대우해서 귀화에 엄격한 제한을 두기도 한다. 독일의 나치가 유태인으로부터 공민권을 박탈했다든지, 도시의 내부에 있어서는 미국에서 흑인을 차별하는 것과 같은 것은 그 사례이다(한국정치학회, 1975, p.911).

또한 시민권은 개방적·보편적 성격의 것이기도 했다. 고대의 스토아 철학에 있어서 인간은 우주의 이법(理法), 즉 자연법의 담당자로서 평등한 것이었다. 그 뒤의 그리스도교에 있어서도 인간은 평등한 것으로 내면화했다. 중세의 자치도시에 있어서도 시민권은 위에서와 같이 특권적 신분을 의미하기는 했으나 도시의 내부에 있어서는 농촌에 비해서 자유로운 것으로서 농민은 자유를 얻기 위해서 도시에로 이주했다. 또한 17 – 18세기 계몽사상에 있어서도 인류의 보편원리로서 인권사상이 정립되어, 인권과 시민권은 대립하는 것으로서 자연법과 관련해서 자연권(natural right)과 대립하는 시민적 권리(civil right), 즉 실정법이 정하는 권리로 간주되었다. 또한 그것은 타면에서는 자연법에 관련한 시민권으로서 그것의 보편성이 주장되었다. 1776년 버지니아 주를 위시한 각 주의 권리선언, 1789년의 프랑스에 있어서의 최초의 인권선언이 '인간 및 시민의 권리에 관한 선언'이라고 명시했듯이 인권과 시민권의 구별 및 시민권의 보편성을 주장한 것이었다(한국정치학회, 1975, p.911).

터너(B. S. Turner)에 따르면 "왕으로부터 시민 정치체의 주권 이양은 …… 유럽 민주주의 역사의 주요 전환점"이다(Turner, 1990, p.211). 터너의 표현에 의하자면 거기에는 '두 가지 동시적 변화'가 존재한다. 가령, "신민이 시민으로 변모됨과 동시에 국가가 국민(a nation)으로 변모된다."는 것이다((Turner, 1990, p.208). 헬드에 의하면 시민권은 "원칙적으로 정치 공동체 내의 동등한 권리와 의무, 동등한 자유와 계약, 동등한 권력과 책임을 개인들에게 부여하는 일종의 신분"이다(Held, 1995, p.66).

앞에서도 인용했듯이, 1776년 버지니아 주를 위시한 각 주의 권리선언, 1789년의 프랑스에 있어서의 최초의 인권선언은 인권과 시민권의 구별 및 시민권의 보편성을 주장한 것이었다. '인간 및 시민의 권리에 관한 선언'이라고 명시한 것은 인권의 의미와 시민권의 의미가 구분되기 시작했음을 알리는 신호이다. 이후 시민권은 국가에 의해서 침해되지 않는 사적 자유권을 의미하게 되고 민주주의가 발달함에 따라 특권으로부터 배제되어 있었던 국민의 동의를 얻기 위해 참정권이 확대되었다. 그리하여 시민권과 공민권은

동일한 것이 되었다(한국정치학회, 1975, p.911). 피어슨이 기술하
는 시민권에 대한 내용은 다음과 같다.

시민권은 국가와 그 국민들 간의 관계를 구성하는 핵심적 용어로
사용되어 왔음에 틀림없지만, 시민권이 그것에 대한 무비판적 찬미자
들이 상정했던 방식과 항상 부합했던 것은 아니다. 이를테면 시민권
과 동일시되어 왔던 '보편주의'와 '참여'는 극도로 이중적인 의미를
지녀왔다. 첫째로, 시민권이라는 권리가 '자연권'이나 '인권'(종종 모
든 시기와 모든 상황에서 유효한 것으로 간주되고, 그럼으로써 그것
을 충족시킬 수 있는 사람들에게 일반적 의무를 부과하던)과 같은 의
미에서 보편적인 것은 아니다. 시민권은 보통 사람의 출생지 그리고/
또는 부모의 시민권 소유 여부와 같은 우연적 사건에 의해 획득된다.
어떤 국가의 영토 내부나 그 관할하에 사는 사람이라 할지라도, 모두
가 다 완전한 시민의 신분을 향유하는 것은 아니다. 시민권이라는 권
리는 운 좋게 시민의 신분을 누릴 수 있게 된 사람들에게만 적용되
며, 일반적으로 그 같은 시민권이 적용되는 특정 국가 내에서만 향유
될 수 있다. 현세의 정치세계에서, 시민권 분쟁은 주로 이러한 완전
한 시민 신분과 그에 수반되는 권리들을 확보하기 위한 수단을 둘러
싼 분쟁들이었다. 동시에 시민의 권리는 국가가 제공하는 일정 형태
의 도움이나 제약을 받을 자격을 의미하면서도, 시민권을 해석하거나
혹은 심지어 박탈할 수 있는 권한은 일반적으로 국가 당국에 귀속되
어 있다. 시민권을 누구에게 부여할 것이며 실질적 시민권의 요건을
무엇으로 할 것인가를 결정하는 것은 주로 국가 기구이다. 시민권은
또한 적어도 다음과 같은 두 가지의 부가적 의미에서 '배타적인 권
리'로 간주된다. 첫째, 몇몇 범주에 속하는 사람들이 시민의 신분에서
공식적으로 배제될 수 있다. 수 세기 동안 여성들이 바로 이런 경우
를 경험했다. 시민으로서의 권리(다양한 형태의 계약을 체결할 권리,
투표할 권리, 복지 혜택을 받을 권리)가 여성에게 허용된 것은 남성
보다도 훨씬 이후의 일이었다. 이 같은 공식적 배제는 현재에도 여전
히 심각한 문제로 남아 있다(특히 이민자들, 외국인 노동자들, 정치
적 난민들 등과 같은 경우에). 그러나 공식적 평등이 확대됨에 따라
시민권의 실질적(substantive) 차이가 보다 더 중요해졌다. 이는 예컨

대 현행의 시민권 형태를 비판하는 페미니스트들의 주장의 핵심을 이루고 있다. 정치 과정에 접근할 수 있는 공식적 권리는 남성과 여성이 동등하게 누리고 있을지는 몰라도, 사회조직의 실제 양상(상이한 노동생활 자녀양육문제, 가사노동의 분업)을 살펴보면, 남성이 시민권이라는 권리의 행사에 관한 한 체계적으로 특권적인 지위를 누리고 있음을 알 수 있다. 기존의 시민권에 대한 주장들은, 그것들이 공적 생활(시민권의 영역)과 사적 영역(정치적 '제한구역'으로 간주되는) 간의 관계를 바라보는 특이한 방식 때문에 적절치 못하다. 시민권은 공중(公衆)을 독특한 근대적 방식으로 개념화하는 데 도움이 되지만, 그렇게 개념화된 공중은 특정집단(성(gender), 인종, 성적 취향(sexual orientation) 등에 의해 규정되는)의 발언권이 배제된 공중에 불과하다(Pierson, 박형신·이택면, 2003, pp.50－52).

다음으로 '시민사회(civil society)'에 대하여 살펴보기로 하겠다. 시민사회는 '사농공상(士農工商)과 같은 신분적 구분에 의해 지배되지 않는 사회'이다. 이 용어가 처음으로 쓰이게 된 것은 17세기의 영국에서였다. 당초에는 교회지배에 대립하는 개념으로, 다음에는 절대왕정에 대항하는 개념으로 사용되었다. 유럽에서 18세기, 19세기에 성립한 사회를 경제 면에서는 '자본주의'라 부르고, 정치 면에서 보면 '민주주의', 역사적인 면에서는 '근대사회'라고 하는데, 이 용어와 동일한 뜻으로 사회적인 면에서는 시민사회로 부르고 있다. 시민사회는 근대적인 개인의 자유와 권리를 기초로 하며, 그 권리에 입각하여 이를 수호하는 것인 만큼, 중세적 신분사회나 절대주의와는 비교할 수 없을 만큼 진보적인 의의를 지니고 있다. 그것은 개인을 중심으로 한다는 뜻에서 '개인주의'이며, 따라서 '자유주의'인데, 국가주의에 반대하여 '세계주의(cosmopolitanism)'까지도 지향하고 있다.

시민사회(civil society, bürgerliche Gesellschaft, 市民社會)라는 용어
는 홉스(Thomas Hobbes)가 그의 저서 『리바이어던(Leviathan)』(1951)
에서 처음으로 사용했다. 당시의 홉스는 '로마교황으로부터 독립된
비종교적인 인간사회'의 의미로 이 용어를 사용했고, 정치권력은 이
사회가 존립의 필요상 스스로 설정한 것이었다. 이후, 시민사회라는
용어에 대하여 명확한 이론적 근거를 부여한 사람은 로크(John
Locke)이다. 그는 '자유롭고 평등한 개인이 사회계약에 의해 구성하
는 사회'를 시민사회라 정의하고, 이를 정부와 구별하였다. 시민사회
는 생명·자유·재산이라는 개인의 권리를 기초로 하며, 이를 수호
하기 위한 시민적 결합에 의해서 이루어진 사회이다. 그는 "국왕이나
정부는 이 시민사회로부터 권한을 위탁받은 통치자 또는 행정부일
뿐이며, 교회 또는 시민사회의 질서에 간섭해서는 안 된다."고 했다.
이 같이 로크는 시민사회를 모든 사회의 기초로 보았는데, 이 시민사
회를 역사적으로 고찰한 것이 퍼거슨(Adam Ferguson)이며, 또 시민
사회의 경제적 관계를 분석한 것이 스미스(Adam Smith)이다. 스미스
는 시민사회란 상업사회이며, 상품교환이 이를 지탱하는 기축(基軸)
이라고 생각하였다. 벤담(Jeremy Bentham)은 시민사회는 재산권의
안전을 기반으로 하고 있다고 보아 시민적인 법체계를 완성하였다.
그러나 19세기 초부터 시민사회의 기초로서, 특히 재산권이 중시되
면서 평등이나 자유도 이에 모순되지 않는 범위 안에서만 용인된다
는 경향이 나타나게 되었다. 이러한 경향에 대하여 반발한 것이 초기
사회주의인데, 그것은 다시 마르크스(Karl Heinrich Marx), 엥겔스
(Friedrich Engels)로 이어지게 된다. 반면에 프랑스나 독일에서는 루
소나 헤겔(Georg Wilhelm Friedrich Hegel)에 의해서 시민사회가 찬

미의 대상이 되는데, 헤겔은 시민사회가 '욕망의 체계'이며 '무질서를 가져오는 것'이므로 그것을 초월해야 한다고 하여 국가주의적인 방향을 제시했다. 즉 개인은 전체 속에 자리함으로써만 비로소 완성된다는 시민사회 비판이 나타난 것이다. 이에 따라 독일에서는 나치즘이라는 민족적 전체주의를 탄생시켰으며, 일본도 이 경향을 따라 국수주의로 가기에 이르렀다. 현재 시민사회의 원리는 이미 비판이 끝난 것으로 보는 견해와, 이 원리는 아직 살아 있으며 사회주의 사회에서도 계속 비판되어야 한다고 보는 견해가 대립하고 있는 상태이다.

특히, 연암은 「허생전」 속의 허생을 통하여 중세를 극복하고 근대를 지향한 자신의 의지를 담아내고 있다. 그는 18세기 조선 사회가 서구적인 시민 사회로 전환된 것은 아니라 할지라도 이미 그 이전 사회와는 다른 성향의 사회의 도래에 순응해야 하는 지식인의 고뇌를 상징적으로 형상화하고 있는 것이다. 물론 그러한 진입 이후에도 여전히 기존 사회가 상속한 유가적 덕목과 선비의 기득권을 포기하지 못해 결국 그가 건축하고자 했던 새로운 사회는 그의 당대에 전개되지 못하고 말았지만 말이다. 게다가 엄격히 평가하면 연암조차도 근대와 전근대 사이에서 근대에 대한 동경과 전근대에 대한 향수를 동시에 지닌 인물이라 할 수 있겠다. 개혁을 시도하긴 했으나 현실 정치에 반영할 수 없어 신세계를 현실에서 펼치지 못하고 문장으로 새 세상을 창조하여 구시대적 양상을 희롱하기는 했으나 결국 그 판타지 안에서도 과거로의 회귀, 즉 고매한 선비정신을 수호하려고 하였던 인물인 것이다. 그러하기에 연암이 그의 「허생전」을 통해 드러내 보이는 면모는 더욱더 의미가 있다.

연암의 '페르소나(persona)'8) 혹은 '아바타(avatar)'9)라고 할 수 있는 허생은 한낱 잔반, 즉 몰락한 양반이다. 그는 독서십년서생의 지위를 가지고 있다. 하지만 그는 일조에 상매(商賣)로 진출한다. 이러한 허생의 변신은 사회 변화와 맥을 같이한다. 농업만을 천하의 대본으로 여기는 전근대 사회에서 상업을 수용하는 근대사회로의 진입이 필수 불가결한 요소로 등장한 것이다. 이렇게 상매의 신분, 즉 상인이 된 허생은 다시 빈민구제자가 된다. 부국강병을 꾀하는 근대 국가 논리를 수용한 것이다. 물론 고구려 진대법 이후 빈민구제에 대한 지배자의 관심은 계속되어 왔으나 주류사회에서 소외된 계층으로서의 도적들에 대한 빈민구제를 '투자'로 인식하게 하는 것은 연암 사상의 독특성이다. 빈민을 구제하는 과정에서 연암은 허생을 통해 대전략가로 다시 변신한다. 변신의 변신을 통해 허생은 신분의 변화를 거듭하며 자신이 직면하고 있던 중요한 사회문제를 제시하고 그러한 문제점의 원인을 분비한 지배자 계층의 각성을 치열하게 촉구한다. 그리고 특정 부분은 어느 정도 공상에 가까우나, 그 문제에 대한 해결책까지 구체적으로 제안한다. 연암은 허생을 내세워 구시대의 모순과 정치적 부조리에 대항하고 현실적 개혁을 주장함으로써 최초의 근대인으로서의 실학자로 보기에 손색이 없는 면모를 갖추고 있다.

8) 라틴어로 '인격', '위격(位格)' 등의 뜻을 지닌다. 원래 연극배우가 쓰는 탈을 가리키는 말이었으나, 그것이 점차 인생이라는 연극의 배우인 인간 개인을 가리키는 말로 쓰이게 되었다. 철학에서는 이성적인 본성(本性)을 가진 개별적 존재자를 가리키는 용어이며, 인간, 천사, 신 등이 페르소나로 불린다. 즉 이성과 의지를 가지고 자유로이 책임을 지며 행동하는 주체를 말한다. 또 신학적으로는 의지와 이성을 갖추고 있는 독립된 실체를 가리키는 용어로서 삼위일체의 신, 즉 제1페르소나인 성부(聖父), 제2페르소나인 성자, 제3페르소나인 성령을 일컫는다.

9) 산스크리트 '아바따라(avataara)'에서 유래한 말로 분신(分身), 화신(化身)을 뜻한다. 아바따라는 '내려오다'라는 뜻을 지닌 동사 '아바뜨르(ava-tr)'의 명사형으로, 신이 지상에 강림함 또는 지상에 강림한 신의 화신을 뜻한다. 산스크리트 '아바따라'는 힌디어에서 '아바따르'로 발음되는데, '아바타'는 힌디어 '아바따르'에서 맨 끝의 '르'발음이 탈락된 형태이다. 아바타는 가상사회에서 자신을 대표하는 가상육체라고 할 수 있다.

연암은 마땅히 등장하여야 했으나 결코 발붙일 수 없었던 공론의 장으로서의 비정부적 기구, 시민사회의 역할을 톡톡히 해낸 '개인'이다. 그를 구시대에 저항하는 면모를 갖춘 '신흥시민'이라 지칭해도 될 만한 근거들은 연암의 작품 곳곳에서 발견되며 부각된다. 그것을 하나의 발언이라 할 때 그는 '글쓰기'를 통해 자신의 정치적 생각을 드러낸 정치비평가이며, 사회 전반에 걸쳐 강력히 요청되는 새로운 제도의 수요에 대해 매우 획기적인 기획안을 내어놓은 사회 문화 비평가이자 제안자라 할 수 있겠다. 그러나 최종 결재 사인을 받지 못한 기안문처럼 그의 발명품들은 지면이라는 평면 위에 머무르는 데 그쳤고 공허한 메아리가 되었다. 이는 우리의 후기 조선 사회가 근대적 시민성을 갖춘 지식인을 양성하는 양분을 지닌 공동체이기는 하였으나 그 시민성을 성숙시키지 못하고 시민사회를 생략하고 만 전제국가였다는 것을 다시 한 번 검토하게 한다.

게다가 연암은 개혁을 주장하고 혁신을 통해 새로운 세상을 열고자 하는 열혈선비이기는 했으나 혁명가는 아니었다. 그러나 그는 '시민'[10]이었다. 역사에 대해 가정법을 사용하는 것은 큰 무리가 따른다고 보지만, 만약 연암이 시민사회를 형성하는 정신적 기반을 현실화했다면 조선 사회는 일찍이 이탈리아의 안토니오 그람시(Antonio Gramsci)가 말하는 '유기적 지식인'(Gramsci, 이상훈 옮김, 2004, pp.13 - 14)의 사회처럼 식민화까지도 미연에 방지할 수 있는 힘을 지닌 강대국으로 성장했을지도 모른다.

---

10) 대한민국 헌법에도 시민은 없다. 헌법 제1조 2항은 "대한민국의 주권은 국민에게 있고, 모든 권력은 국민으로부터 나온다."고 되어 있다. 그리고 대한민국 헌법은 처음부터 끝까지 '시민'이 아니라 시민의 집합 명사인 '국민'으로 구성되어 있다. 능동적인 시민보다는 집단화된 국민이 있다고 보아야 할 것이다. 이남석, 『참여하는 시민 즐거운 정치』 책세상, 2007. pp.49 - 50. 참조.

제5장
연암 정치사상의 문학적 표현과 함의

연암의 정치사상은 대체로 문학에 의해 표현되어 있다. 그러므로 정치가 실현되고 정치적 의미가 발생하는 곳을 정치가나 기존의 정치 기구에만 한정한다는 것이 이제는 얼마나 시대착오적인가에 대해 생각해 볼 필요가 있다. 사람이 있는 곳엔 정치가 있으니 인간을 복원하는 곳엔 늘 정치가 있다고 할 수 있다. 그러므로 사람 이야기를 하는 장은 '생명'의 장이거나 '학살'의 장이거나 '부활'의 장이 될 수 있다. 그러므로 이런 다양한 장을 '표현'하려 했던 연암의 문학은 곧 '하나의 인공적 국가' 혹은 '하나의 가공적 인간'에 대한 염원 그 자체로서 의미가 크다. 그리고 그 상징성은 정치사상의 은유로서 사람과 세계에 대한 사랑을 보여주고 있다. 정치를 정치의 방법으로 드러낸 것을 정치의 '재현'이라 한다면, 정치를 정치의 방법이 아닌 방법으로 드러내 보인 '표현'의 방법은 상상과 해석의 가능성을 어디까지라도 열어놓고 있기 때문에 정치를 독자 그리고 수요자 혹은 소비자의 몫으로 남긴다. 사실 연암의 일대기를 보건대 연암의 담론으로서의 작품들은 연암의 탈출구 혹은 저항이라 할 수 있겠으나 푸코(Michel Foucault)와 마찬가지로 그 접점에 머무르는 것으로 끝나지는 않는다. 푸코는 담론이 "권력의 도구이자 동시에 결과일 뿐만 아니라 장애물, 제동장치, 저항점 그리고 정반대되는 전략을 위한 출발점일 수 있는 복잡하고 불안정한 과정"이라 본다(Foucault, 이규현 역. 1976). 푸코는 그 과정을 넘어 자신의 새로운 미학적 거점을 마련하고 그것을 추구하였는데, 연암의 작품에서도 이러한 미학을 엿볼 수 있다. 그리고 연암의 작품을 통해 만나는 '웃음'은 노자가 말하는 깨달음, 담론과 축제를 연결하는 고리로서의 가능성, 유토피아에 대한 무의식적 갈망을 건드리는 카타르시스 등을 포함하고 있어 매우 그로테스크하다. 연암의 이러한 다중적인 측면은 뒤르케임(Émile Durkheim)이 연구하였던 축제가 갖는 이중적인 이미지를 넘어서고 있으며, 재현의 정치의 출발점인 데카르트(Rene Descartes) 이론의 틀을 깨고 나아가 '표현의 정치'에 이르고 있다(홍태영, 2008, p.37). 연암의 표현의 방법, 표현의 정치는 우언, 풍자·해학·유머 등으로 나타나고 있다.

1. 표현 방법

대체로 문학의 표현 기술 방법은 두 가지가 있다. 그 첫째가 작품의 주제를 드러내는 주제적 표현 기술 방법이고, 둘째는 전달의

효과를 구성 방법에서 추구하는 구성적 표현 기술 방법이다. 수사
학적 비유에 해당하는 언어적 표현 기술 방법, 풍자, 아이러니, 역
설, 그리고 해학의 방법은 주제적 표현 기술 방법에 해당한다. 그
러므로 연암의 표현 방법인 우언, 우화 및 풍자 그리고 해학은 소
설의 주제적 표현 기술 방법에 해당하는 것이다. 이제 연암소설의
주제적 표현 기술 방법 가운데 우언과 풍자에 대해 살펴보자.

1) 우언

제2장에서 이미 우언에 대해 언급하였다. 이제 연암 작품에 나타
나는 우언적 요소와 성향에 대하여 살펴보기로 하자.

연암은 조선 후기의 변화하는 사회 현실과 인간 군상들을 탁월
하게 형상화한 작가이자 정치가, 이용후생학을 주창한 실학자이다.
그의 글쓰기는 많은 독서를 통해 체득한 지혜와 관련이 깊다. 그
중 가장 큰 영향을 받은 책은 『맹자』, 『사기』, 『장자』라 할 수 있
겠는데, 연암의 『열하일기』는 장자의 우언적 글쓰기가 '연암체'를
창조하면서 탁월하게 녹아 있는 저술이다. 그는 스스로 『역경(易
經)』과 『춘추(春秋)』를 예로 들어 글을 쓰는 방법을 다음과 같이
논하고 있기도 하다.

> 글을 써서 교훈을 남기되 신명의 경지를 통하고 사물의 자연법칙
> 을 꿰뚫은 것으로서는 『역경(易經)』과 『춘추(春秋)』보다 더 나은 것
> 이 없을 것이다. 『역경(易經)』은 미묘하고 『춘추(春秋)』는 드러내었
> 으니, 미묘란 주로 진리를 논한 것으로서, 그것이 흘러서는 우언(寓
> 言)이 되는 것이요, 드러냄이란 주로 사건을 기록하는 것으로, 그것
> 이 변해서 외전(外傳)이 이룩되는 것이다. 저서(著書)하는 데는 이러

한 두 갈래의 방법이 있을 뿐이다. …… 그리고 풍속이나 관습이 치
란(治亂)에 관계되고, 성곽이나 건물, 경목(耕牧)이나 도치(陶冶)의
일체 이용후생의 방법이 모두 그 가운데 들어 있어야만, 비로소 글을
써서 교훈을 남기려는 원리에 어긋나지 않을 것이다(이가원, 1977,
pp.13 - 15).

위의 글에서 『역경』과 『춘추』, 두 책을 글쓰기 방법의 예로 논
의한 것은 자신의 글쓰기 이야기를 끌어내기 위한 것이고, 그가 궁
극적으로 말하려 했던 것은 '진리를 우언으로 표현하는 일'과 '어
떤 사건을 드러내어 전(傳)을 꾸미는 일'에 대한 것이었을 가능성
이 높다.

연암이 사마천의 『사기(史記)』로부터 본격적인 문장수업을 시작
한 것은 이미 선행연구자들에 의해 연구되어 있다. 연암은 16세 때
처사 이보천(李輔天)의 딸에게 장가를 든다. 이때부터 그는 장인인
이보천에게서 『맹자』를 배우고, 처숙 이양천(李亮天)에게서 『사기』
를 통해 문장 쓰는 법을 배운다. 이양천은 『서경』과 『사기』를 매
우 좋아했고 문장이 매우 뛰어난 인물로 연암이 『사기』를 읽고 나
서 "하루는 「항우본기(項羽本紀)」를 모방하여 「이충무공전」을 지
었는데, 학사공이 크게 칭찬하시며 반고나 사마천과 같은 글솜씨가
있다고 하셨다."고 한다(박종채, 박희병 옮김, 2008, pp.17 - 18). 이
렇게, 장인 이보천은 연암에게 『맹자』를 가르쳐 유학자의 기본 교
양을 익히게 하고, 처숙 이양천은 사마천의 『사기』를 통해 문장 짓
는 법을 가르쳤으며, 손아래 처남 이재성은 평생의 지기이자 글벗
이 되었으니 연암의 문학적 생애는 풍요로웠다 할 수 있다. 그러므
로 연암의 글쓰기 작업 중 '외전' 형식은 이러한 바탕 위에서 형성

되었을 것이다. 그러한 가설을 입증하고자 하는 논의는 선행연구에서 많이 발견할 수 있는데, 다음과 같은 김명호의 언급은 설득력이 있다.

사마천은 이러한 '열전'의 형식을 빌려 사회의 각계각층에서 활약한 다양한 인간군상을 탁월한 솜씨로 그려 놓았다. 입전(立傳)의 범위를 상층의 영웅들에 국한시키지 않고 서민의 세계에까지 확대한 점, 그리고 민생에 공헌하고 의리에 투철했던 인물들에 치중한 서술 등에서도 그의 현실 비판적 태도를 엿볼 수 있다. 하지만, 가급적이면 자신의 가치 판단을 은폐하고 어디까지나 사실 자체를 통해 선악과 시비가 저절로 드러나도록 한다는 것이 서술적 기본 방침이었다. 그러나 단순히 일개인의 사적(史蹟)을 전달하는 데 목적이 있는 것이 아니라, 이를 통하여 그 시대의 진실을 밝혀 드러냄에 그 목적이 있으므로 사실의 평면적 나열에 그칠 수 없는 것이었다. 인간의 삶이 어떠한 시대적 환경하에서 운명 지어지는가에 주목하여 해당 사실들을 교묘히 편집·구성하고 여기에 간명한 논찬을 덧붙임으로써 저자의 견해가 자연스레 드러나도록 했다. 아울러 이러한 암시적 표현법은 때로 시휘(時諱)의 저촉을 피하는 효과적인 방편일 수도 있다(김명호, 1983, p.38).

이처럼 인간의 삶을 충실히 형상화하여 이를 통해서 그 시대의 진상과 이에 대한 자신의 견해를 비판적으로 드러내고자 한 형식으로서의 '외전'을 활용한 사마천의 정신은 연암의 정신과 일치한다. 다시 말하자면 사마천의 『사기』열전(列傳)에 나타난, 현실을 반영하고 진실을 표현하고자 하는 정신과 일치하는 것이다.

연암이 열하일기에서 『역경』과 『춘추』만을 언급하였다 해서 그 두 책의 영향만 받았다고 할 수는 없다. 연암에게 있어서 '외전(外傳)'의 창작에 대한 변으로 『역경』과 『춘추』에 대한 언급은 하나의 '보기'이고, 그 큰 영향을 받은 책은 오히려 『맹자』, 『사기』, 『장자』라 할 수 있다. 그 중 특히 사마천의 『사기』의 영향은 연암이 자신의 사상을 표현하기 위한 하나의 방편으로 '전(傳)'의 형식을 수용한 것과 관계가 밀접하다 하겠다. 뿐만 아니라 연암은 글 쓰는 심정을 드러내는 데 있어서도 사마천의 심정과 관련짓고 있다.

> 아이들이 나비 잡는 것을 보면 가히 사마천의 심정을 깨달을 수가 있습니다. 앞다리는 반쯤 구부리고 뒷다리는 비스듬히 추켜든 채 두 손가락을 벌리고 다가가서 손으로 잡을까 말까 망설일 때, 나비는 곧 날아가 버리고 맙니다. 사방을 둘러보니 아무도 없어 홀연히 웃다가 부끄럽기도 하고 화도 미치니 이것이 사마천의 글을 쓸 때의 심정이었습니다(박지원, 연암집 제5권).

연암은 사마천이 『사기』를 쓸 때의 심정에 대해 현실적인 행위가 좌절되었을 때 느끼는 수치와 분노를 표현한 것이라 보고 있는데 이는 자신이 글을 쓸 때의 심정을 사마천의 경우와 동일시하여 암시적으로 기술한 것이다.

특히, 『방경각외전』에 실려 있는 이야기들은 당대 사회 현실의 모순을 풍자함으로써 실학자로서의 박지원의 사상이 잘 드러나 있는 작품들이다. 이 작품집의 제목이 굳이 '외전'인 것은 주인공들이 정사(正史)와는 무관한 인물들이기 때문이다. 연암은 이런 인물들을 활용하여 주변의 현실적 이야기들을 진솔하게 담아내었다. 이는 연암이 자신의 사상을 표현하기 위한 하나의 방편으로 사마천의 『사기』에서 '전(傳)'의 형식을 수용한 것과 그 관계가 밀접하다 하겠다.

2) 풍자

풍자에 대해서는 제2장에서 이미 살펴보았다. 이제 연암의 풍자 문학과 관련하여 풍자에 대해 논의해 보자.

연암은 '이문위희(以文爲戱)'라는 말로 '글로써 놀이를 삼는다.'는 문학 본질의 비유를 그의 작품 속에 잘 녹여내어 고전 소설의 풍자 문학에 있어 제 일인자로 인정받고 있다. 조선시대 저작 가운데 '유머'는 단연 연암의 특허품이다. 뿐만 아니라 연암은 스스로를 '껄껄 선생'이라 했을 정도로 유머를 즐겼다.

고미숙에 의하면 "연암은 길 위에서 마주치는 모든 대상들에 강렬한 서사적 육체를 입힘과 동시에 봉상스(상식)의 기반을 와해시키는 패러독스(역설)의 그물망을 던진다. 그리고 그 서사와 역설의 기저에는 늘 유머가 수반되었다."는 것이다(고미숙, 2008, p.8). 이러한 사례로 삽입할 수 있는 에피소드는 다양하지만 그 가운데 가장 강렬한 것은 단연 「호질」이라 할 수 있다. 이를 뒷받침하는 논의들 가운데 고미숙의 글 일부를 살펴보도록 하자.

> 산해관에 들어서서 연암은 옥전현이라는 작은 마을을 지나게 된다. 무심하게 거리를 쏘다니다 한 점포에 들러 벽에 쓰인 기이한 문장을 발견하고는 촛불 아래 '열나게' 베껴 쓴다. 이 문장이 바로 그 유명한 「호질」이다.
> 점포 주인이 연암에게 묻는다. "선생은 이걸 베껴 대체 무얼 하시려오?" 연암은 이렇게 답한다. "돌아가서 우리나라 사람들에게 한 번 읽혀 모두 허리를 잡고 한바탕 크게 웃게 할 작정입니다. 아마 이 글을 보면 다들 웃느라고 입안에 든 밥알이 벌처럼 튀어나오고, 튼튼한 갓끈이라도 썩은 새끼줄처럼 툭 끊어질 겁니다." 사람들을 웃기기 위해 이런 수고를 마다않다니. 「호질」보다 연암의 행동이 더 배꼽 잡

을 일 아닌가(고미숙, 2008, pp.8 - 9).

연암은 '사람들을 웃기기 위해서'라고 했지만, 그 웃음은 뜻 없는 소모성 웃음이 아니라, 사유하게 하는 웃음인 것이다. 이렇게 홍소(哄笑)보다는 쓴웃음, 때로는 울다가 웃는 것, 이러한 종류의 웃음과 글쓰기를 관련지을 때, 영문학에서는 램(Charles Lamb)의 에세이 등이 그 대표적인 작품으로 꼽힌다. 이 밖에 『돈키호테』를 쓴 세르반테스 등에서도 왕성한 유머 정신이 보인다. 그런데 고미숙은 연암의 『열하일기』를 세르반테스의 『돈키호테』보다 더 높은 수준의 걸작이라 평가한다. 유머와 관련하여 연암의 풍자 문학을 고전의 진수로 꼽는 그의 평을 살펴보자.

> 『열하일기』에는 이런 식의 유머가 도처에 흘러넘친다. 그리고 유머에는 경계가 없다. 예측 불허의 돌발적 상황에선 말할 것도 없고, 중후한 어조로 벽돌, 수레, 온돌 등을 통해 '이용후생'을 설파할 때, 화려한 은유의 퍼레이드로 애상적 분위기를 고조시킬 때, 연암이 가는 곳에는 항상 유머가 흘러넘친다. 동서고금의 여행기 가운데 이토록 유머가 범람하는 텍스트는 결코 없으리라. 그 유명한 『돈키호테』도 연암의 유머 앞에선 무릎을 꿇을 정도니.
>
> …… 그의 유머에는 언제나 기존의 사유를 뒤흔드는 전복적 상상력이 내장되어 있다. 즉 한참을 배꼽잡고 웃다 보면, 어느새 이전과는 전혀 다른 배치 속으로 미끄러져 들어가곤 한다. 그런 점에서 당대의 보수적인 문장가들을 가장 많이 자극한 것도, 그리하여 가장 많이 삭제된 것도 이런 대목이라는 점은 실로 의미심장하다. 말하자면, 『열하일기』에 있어 유머는 단순한 웃음을 넘어 낡은 습속과 익숙한 사유를 비트는 고도의 글쓰기 전략이었던 것이다. 그리고 무엇보다 그것은 우정을 나누는 최고의 기술이었다(고미숙, 2008, pp.9 - 10).

연암은 낡은 사유를 창조적으로 파괴하여 그 속에서 새로운 것을 건져 올리기 위해 유머를 활용했고 그 유머는 곧 풍자가 되었다.

연암의 한문 소설 가운데 현존하는 작품 9편 중, 해학성이 농후한 것은 「양반전」, 「호질」, 「허생전」, 「광문자전」, 「마장전」, 「예덕 선생전」, 「민옹전」이다. 9편의 작품을 간략히 소개하면 다음과 같다. 먼저 『열하일기』에 수록되어 있는 작품은 「호질」, 「허생전」이 있다. 그 가운데 「호질」은 도학자 북곽 선생이 수절 과부 동리자와 정을 통하다 호랑이에게 들켜 꾸짖음을 듣고 잘못을 비는 내용으로 되어 있는 작품으로서 도학자의 거짓됨과 간악함을 풍자한다. 액자식으로 구성되어 있다. 「허생전」은 허생이 변 부자에게 만 냥을 빌려 특산물 장사를 하여 돈을 크게 번 후 무인공도로 가서 부랑자들을 위한 새 세상을 연다는 내용이다. 양반의 무능력 비판과 자아 각성을 고취시키려 했다. 『방경각외전(放瓊閣外傳)』에는 「우상전(虞裳傳)」, 「민옹전(閔翁傳)」, 「광문자전(廣文者傳)」, 「마장전(馬駔傳)」, 「예덕 선생전(穢德先生傳)」, 「양반전(兩班傳)」, 「김신선전(金神仙傳)」이 실려 있다. 작품 각각의 내용은 다음과 같다.

「우상전」은 일본의 초대로 간 통역관이 문장으로 일본인들을 놀라게 하여 운아 선생이란 칭호를 받았으나, 비천한 처우로 일생을 마친 일을 다루고 있다. 이는 나라의 인재 등용이 잘못되었음을 비판한 작품이다. 「민옹전」은 민유신이란 늙은이의 기이한 일화를 통하여 곡식을 해치는 메뚜기보다 무위도식하는 인간 메뚜기가 더 무섭다는 내용을 담고 있다. 즉 올바른 삶의 길을 소설의 효용에 실었다. 「광문자전」은 욕심과 악을 모르는 거지왕 광문이 순진하고 동정심까지 많아 많은 사람들의 인심을 산다는 내용으로 되어 있다. 거지 광문을 통해 가장 미천한 자의 의로운 삶을 칭송하고 있는 것이다. 「마장전」은 송욱, 조답다, 장덕홍 이 세 사람의 교제술에 관하여 논한 것이다. 미천한 자들의 교우(交友)를 통해 충의(忠義)에 대한 재래적 견해를 비판함과 동시에 양반 사회를 풍자하고 있다. 「예덕 선생전」은 인분을 나르는 엄행수를 선귤자라는 학자가 친구로 삼아 예덕 선생이라 부르고, 불의로 모은 재물은 똥보다 더럽다고 주장하는 글이다. 천인(賤人)의 성실성과 양반의 무위도식을 풍자하고 있다. 「양반전」은 상놈이 양반의 빚 천 석을 갚아 주고 양반권을 샀는데, 까다로운 양반 생활의 어려움과 양반의 무단적인 행위를 도둑의 행위로 느끼고 도로 양반을 내던진다는 내용으로 되어 있다. 양반의 가식과 타락, 무위도식을 풍자하는 소설이다. 「김신선전」은 김홍기의 신출귀몰하는 행색을 그리고, 신선이 곡식을 안 먹음은 불우한 선비가 굶주려 산에서 노는 일이라 풍자하고 있다. 신선 사상의 허무맹랑함을 풍자한 글이다.

이렇게 9개의 전(傳)을 창작한 연암의 정신에 대하여 그의 아들 박종채는 다음과 같이 표현하고 있다.

> 세상의 벗 사귐은 오로지 권세와 이익만을 좇았다. 그리하여 여기에 붙었다 저기에 붙었다 하는 세태가 꼴불견이었는데, 아버지는 젊을 때부터 이런 세태를 미워하셨다. 그래서 아홉 편의 전(傳)을 지어 세태를 풍자하셨는데, 그 속에는 왕왕 우스갯소리가 들어 있다(박종채, 박희병 옮김, 2008, pp.20 – 21).

특히, 「양반전」의 집필과 관련해서는 다음과 같은 내용을 찾아볼 수 있다.

명분과 절개를 힘써 닦지 않고
문벌과 지체를 밑천 삼아
조상의 덕을 파니
장사치와 뭐가 다를까?
이에 「양반전」을 쓴다(박종채, 박희병 옮김, 2008, pp.21 - 22).

그리고 풍자와 해학성을 가득 담은 연암 문체의 특이성과 관련해서는 다음과 같이 술회하고 있다.

이들 전(傳)은 그 체재가 자못 장난삼아 지은 것처럼 보이므로, 식견이 없는 자는 우스갯소리로 지은 글로만 알고, 식견이 있는 자라하더라도 얼굴을 찡그렸다. 그래서 나는 이 글들에 대해 지공께 한번 여쭈어 본 적이 있다. 공은 이렇게 대답하셨다.
"그 당시 선비인 체하며 권세와 이익을 구하는 자가 있었는데, '학문을 팔아먹는 큰도둑놈전'은 그 자를 풍자하기 위해 지으신 거지. 후에 그 자가 죽자 네 아버지는, '저 옛날 소순이 간사한 자를 비판하는 글을 지어 명성을 얻은 적이 있지만 내가 다시 그런 명성을 얻을 필요는 없지.'라고 하시고는 마침내 그 글을 불태워 버렸다. '봉산학자전'이 없어진 것도 아마 이때가 아닌가 싶어."(박종채, 박희병 옮김, 2008, p.23)

풍자와 해학성은 연암 문체라고 해야 할 만큼 연암 작품의 특성이라는 것을 다음을 통해서도 알 수 있다.

18세기에 접어들면서 당대 지식인들의 글 속에 우정에 관한 담론이 자못 활발해진다. 그 바탕에는 우정의 의미가 퇴색하거나 변질되어 가는 데 대한 개탄이 깔려 있다. 연암은 여러 글에서 벗을 두고 '제2의 나'니 '주선인(周旋人)'이라 말하고, '불실이처(不室而妻)', '비기지제(匪氣之弟)'라 하며, 우도(友道)의 소중함을 거듭해서 강조하고 있다. 이는 군자의 교유가 진정한 의미에서 도의(道義)의 사귐이 되

지 못하고 말 거간꾼이나 집주릅들이 손뼉치고 손가락질하며 흥정질
하는 것과 같은 세명리(勢名利)의 획득 수단으로 전락해 버린 현실에
대한 탄식에서 나온 것이다. 이러한 우도의 타락상은 연암의 「마장전」
과 「예덕선생전」에서 이미 신랄한 풍자의 양태로 개진된 바 있다(정
민, 2007, p.367).

신랄한 풍자로 사회에 대해 거론하는 연암의 많은 작품 중에서
도 가장 많이 알려진 작품은 「양반전」, 「호질」, 「허생전」이라 하겠
다. 연암 생존 당시는 유교 사회의 모순성에 대한 반성기에 접어들
어 실학사상이 대두하는 시대로 명분과 실리의 혼란을 인지하는
때였다. 이 때의 혼란 속에서 선견을 갖고 실용주의를 표방했던 실
학사상을 문학에 투영한 것이 위의 작품들이다. 연암은 이러한 활
동 영역에 있어서 대표적 인물이었다.

해학은 무한한 기도이며 확신이며, 희구라는 관점에서 이해되어
야 한다. 해학은 상대방에게 모호한 태도를 보여 일신을 도모하려
는 일시적인 것이 아니라, 상대자에 대한 노출되지 않는 공격이며,
억압된 상황에서 벗어나려는 의지의 표현이고, 자신이 처한 현실에
대한 비판이며, 미래에 대한 지표이기도 하다(윤충의, 2001, p.264).
이러한 문학적 성향은 문학이 문학이기만 하기보다 정치학에 더
가깝다는 증거와 면모를 드러낸다. 이 책은 이러한 사례를 연암의
문학 작품에서 찾고자 한다.

먼저 「호질」을 보자. 「호질」의 경우는 범의 입을 통해서 사회와
계층을 질타하고 있는데 이 또한 풍자와 해학을 함유하고 있는 작
품이다. 「호질」은 젊은이들에게 선망의 대상인 북곽 선생과 동리자
가 만든 부조리 상황을 통해서 당시 사회의 부패상을 여지없이 폭

로하고 있다. 「호질」 속의 범의 질타는 의원과 무당, 선비 등 당시 사회의 정신적, 육체적, 물질적 지주를 여지없이 무너뜨린다. 그러나 「호질」은 조선시대 부조리 질타로서만 영향력을 행사하는 것이 아니라, 어느 시대 어느 사회에서나 나타나는 인간의 본성, 본능에 대한 경고라고까지 확대하여 해석해 볼 수가 있다. 이는 「호질」이 우언 혹은 우화적 성격을 띠고 있다는 점, 그리고 작품 속 등장인물과 동물이 매우 상징적 성격을 갖는다는 점, 이러한 작품 성향이 만들어 내는 해석 영역의 확장이다.

다음으로 「양반전」을 보자. 「양반전」에서는, 몰락한 양반의 적나라한 모습과 양반이 되고 싶어 하는 상민(常民)들의 욕구를 사실적으로 보여주고 있다. 이러한 부분은 해학의 범주 내에서 파악될 수 있다. 상민이 이제 양반이 되고자 하고 그러한 계약이 나타나 있는 문서를 군수가 읽는데 그 내용은 양반이 지켜야 할 도리에 관한 것들이다. 상민은 이 도리가 어찌나 복잡하고 실행 불가능한 것인지 양반을 포기하지 않으면 아니 될 지경에 이르고 슬픔에 잠긴다. 양반이 된다는 기쁨이 담긴 웃음과 도저히 양반의 도리를 지킬 수가 없어서 포기해야 하는 슬픔은 대비를 이룬다. 이러한 상황에 나타난 측은함과 비장에서 인간 본연의 자세를 읽어내게 하는 것, 이것이 해학의 범주에 속하는 부분이다.

「허생전」은 당시 집권 사대부들의 편협성과 허위의식을 비판하면서 동시에 인재 등용의 불합리성과 부조리를 지적하고 있다고 볼 수 있다. 특히 북벌론의 허구성을 지적하는 부분은 당시 집권층의 무능으로 인해 백성들의 삶의 질이 무시되는 현실을 풍자한 것으로도 볼 수 있다. 즉 「허생전」은 당시 활발하게 진행되었던 실학

연구를 사상적 배경으로 하여, 그 시대와 사회가 안고 있었던 정치적, 경제적 제도의 맹점과 모순성을 지적하면서, 실학적인 세계관과 청나라의 실용적 문물을 수용할 것을 주장하고 있다.「허생전」은 다양한 판타지적인 요소를 가미하여 현실에서는 불가능한 일을 문학에서는 가능하도록 함으로써 카타르시스와 대리만족을 동시에 획득하고 있다.

2. 표현 내용

앞에서 연암 글쓰기의 표현 방법에 대하여 살펴보았다. 이제 그 표현 방법을 활용하여 연암이 자신의 글 속에 어떤 내용을 담아냈는가를 살펴볼 차례이다. 그는 문체와 정신에 있어서는 법고창신, 정치사상적으로는 이용후생, 지향하는 바는 이상향이었다고 요약할 수 있다.

1) 법고창신

18세기 후반 조선사회가 이룩한 높은 문화를 기초로 상대적으로 선진화된 청의 기술 문명을 도입하여 보완하자는 도모가 있었다. 연암 박지원은 변화하는 시대의 요청에 부응하는 모색을 한 가장 선구적 인물인데, 이러한 그의 정신은 '법고창신(法古創新)'이 대변해 주고 있다.

"옛것을 본받는 법고(法古)는 때 묻을 병폐가 있고 새로이 창조하는

창신(創新)은 상도에서 어그러지는 병폐가 있다. 법고 하되 변화를 알
고 창신하되 전거에 능해야 한다.”(『연암집』 권 1 『초정집』 「서(序)」)

이러한 연암의 말은 새로운 문장을 쓰기 위한 문장론으로 제시
한 것이지만, 변환기와 과도기에 있어서의 창조의 바탕은 기존 가
치 체계임을 강조한 것이라 볼 수 있다. 법고창신은 논어의 온고이
지신(溫故而知新)보다 진보적이고 논리적이다.

연암은 18세기 한문학사에서 매우 특이한 위치를 차지하고 있다.
그는 이전에 보지 못했던 새롭고 독특한 작품 세계를 보이며 한 시
대의 문단을 이끌었는데, 혜환 이용휴와 함께 당대 문단의 두 축이
었다 평가할 수 있다.

조선의 18세기는 우리 정치사뿐 아니라 문학사, 그리고 사회사
및 경제사에 이르기까지 매우 다중적인 꽃과 열매를 맺는 시기였
다. 이 가운데 문학사는 ‘법고창신(法古創新)’과 가장 관계가 깊다
하겠다. 즉 고려 이후 약 3백 년간 문인들은 송나라 시(詩)만 따라
배웠다. 그러므로 과거는 소동파 33인을 배출하는 관문이었다. 송
시(宋詩)는 격률의 삼엄함과 용사(用事)의 꼼꼼함을 요구했다. 그런
데 선조 때부터는 당시(唐詩)를 배운다고 난리를 떨어 소동파 시풍
은 하루아침에 사라졌다. 조선 문단에도 유행이 있어 싫증이 나면
또 다른 시작풍으로 변화를 꾀하였다.

18세기 문단은 또다시 새로운 양상을 선호하여 삶의 다양한 국
면을 사실적으로 포착했다. 문학 속에 인간적인 면모가 그대로 녹
아들었고 그 시대의 풍경이 그대로 배경이 되었다. 그리고 분노마
저도 왜곡하지 않고 분노 그대로를 표현하고자 했다. 그리하여 어

린 아이의 마음으로 돌아가자, 비슷한 것은 가짜다, 남을 흉내 내서는 안 된다는 말이 무슨 유행어처럼 일상생활 속에 자리 잡게 되었다. 이 시대의 문인들은 두보나 소동파에 이르지 못하는 것보다, 자신만의 목소리를 갖지 못하는 것을 더 큰 부끄러움으로 여겼다.

이렇듯 예전 사람들과는 생각이 다르다 보니 다른 작품들이 나왔다. 예전에는 본 적 없는 육언시가 나왔고, 칠언율시에 대한 집착이 사라졌으며 산문이 그 자리를 비집고 들어온 것이다. 시는 관념적 풍경을 복제하지 않았고 눈앞의 현실, 살아 숨 쉬는 인간들을 중시했으며, 사진을 찍듯이 존재하는 그대로를 정밀하게 묘사하고 역사가처럼 이야기를 재현했다. 이렇게 18세기 문단은 전통적인 형식에는 이미 미련을 두지 않았고 꼭 해야 할 말이라면 틀을 깨고서라도 절규했다. 주체할 수 없는 열정과 광기, 그리고 새로움에의 도전이 문단을 장악하는 정신이 되었다. 그리고 그 선구자의 자리에 연암이 있었다.

연암이 남긴 문학 작품은 당시 주조를 이루던 복고적 풍조에서 벗어나 문학이 갖는 현실과의 대립적 현상을 잘 조화시키고 있다. 즉 그는 그의 시대의 문제를 가장 첨예하게 수렴할 수 있는 주제와 그 주제를 어떻게 표현할 것인가를 깊이 생각하였던 것이다. 그의 사유는 고정관념에서 벗어나 일대 전환을 시도하였고 그 결과 당대에 맞는 문체 개혁을 주장하고, 언어를 매체로 하는 문학 작품의 매개체인 언어의 기능을 이해한 면모를 보여준다. 법고창신으로 표현되는 이 말은 시속문(時俗文)의 인정을 의미하기도 하는데, 그렇다고 해서 이것이 문승질박한 비평소품(批評小品)을 찬양한 것은 아니라고 본다. 고법(古法)을 버리는 이유는 새로운 현실을 인식하고 표현하는 새로운 문학을 창조하는 데 있었기 때문에 새롭기 위해서 또다시 새로운 것을 추구하려 한 것이다. 그리고 연암의 작품에 나타난 표현의 절제와 문장 조직 방법의 운용, 사실적인 표현 등은 그가 생각한 당대의 현실과 문학과의 관계를 연결 짓는 방법들이었다고 본다. 다음과 같은 사례는 이러한 방법들을 상기시킨다.

> 옛사람 중에 글을 잘 읽은 이가 있었으니 바로 공명선이요, 옛사람 중에 글을 잘 지은 이가 있었으니 바로 회음후(淮陰侯) 한신이다. 그것이 무슨 말인가?
> 공명선이 증자에게 배울 때 3년 동안이나 책을 읽지 않기에 증자가 그 까닭을 물었더니 공명선이 다음과 같이 대답했다. "제가 선생님께서 집에 계실 때나 손님을 응접하실 때나 조정에 계실 때를 보면서 그 처신을 배우려 하였으나 아직 제대로 배우지 못했습니다. 제가 어찌 감히 아무것도 배우지 않으면서 선생님의 문하에 머물러 있겠습니까."
> 병법에 물을 등지고 진(陣)을 치는 배수진(背水陣)은 나와 있지 않다. 여러 장수들이 불복할 것은 당연한 일이다. 그런데 회음후는 이렇게 말했다. "이것은 병법에 나와 있는데 단지 그대들이 제대로 살피지 못했을 뿐이다. 병법에 '죽을 땅에 놓인 뒤라야 살아난다.'고 나와 있지 않던가."(박지원, 초정집, 서(제1권), 설흔·박현찬, 2007, pp.142－143)

초기에 쓴 9편의 단편들은 대체로 당시의 역사적 현실이나 인간의 내면적인 세계 혹은 민족 문학의 맥을 연결하는 것들로서 강한 풍자성을 내포하고 있다. 「양반전」의 경우는 조선시대 봉건사회의 와해와 그 속에서 군림하는 사(士) 계급에 대한 올바른 개념을 정립하고 있어 많은 사유의 편린을 엿보게 한다. 「허생전」은 중상주의적 사상과 함께 북벌론과 관련된 허위의식을 배격하면서 이상향을 추구하는 내용을 담고 있다. 이는 당시의 사회가 안고 있는 문제점, 즉 국가와 사회의 환부를 잘 드러내고 있다. 이러한 연암의 작품들은 그의 정치사상을 문학 장르를 빌려 실제로 작품화한 사례가 된다. 연암은 「호질」에서 유학자 북곽 선생을 등장시켜 호랑이의 입을 통해 양반의 허위의식을 신랄하게 비판한다. 또, 그는 「허생전」에 허생을 등장시켜 당대의 사회적 모순을 극복하기 위해 애쓰는 실천적 지식인의 모습을 제안한다. 연암은 이처럼 현실의 모순에 대한 풍자 정신, 시대의 변화를 민감하게 포착한 사실주의 정신, 봉건사회의 테두리 안에서 봉건사회 개혁을 꿈꾸었던 시대정신을 함유한 소설로 자신이 지닌 정치적 견해를 피력했다. 이러한 연암의 사상은 다음과 같이, 『공작관문고』「자서」에 잘 나타나 있다.

　글이 잘 되고 못 되고는 내게 달려 있고, 비방과 칭찬은 남에게 달려 있는 것이니, 비유하자면 귀가 울리고 코를 고는 것과 같다. 한 아이가 뜰에서 놀다가 제 귀가 갑자기 울리자 놀라서 입을 다물지 못한 채 기뻐하며 가만히 이웃집 아이더러 말하기를, "너 이 소리 좀 들어봐라. 내 귀에서 앵앵 하며 피리 불고 생황 부는 소리가 나는데 별같이 동글동글하다!" 하였다. 이웃집 아이가 귀를 맞대어 들어보려 애썼으나 끝내 아무 소리도 듣지 못했다. 그러자 아이는 안타깝게 소리치며 남이 몰라주는 것을 한스러워했다.
　일찍이 한 촌 사람과 동숙한 적이 있다. 그 사람은 어찌나 우람하게 코를 고는지 그 소리가 마치 토하는 듯도 하고, 휘파람을 부는 듯도 하고, 한탄하는 듯도 하고, 숨을 크게 내쉬는 듯도 하고, 후후 불을 부는 듯도 하고, 솥에서 물이 끓는 듯도 하고, 빈 수레가 덜커덩거리며 구르는 듯도 했으며, 들이쉴 땐 톱질하는 듯하고 내뿜을 땐 씩씩대는 것이 마치 돼지 같았다. 그러다가 남이 일깨워주자 그는 "난 그런 일 없소." 하며 발끈 성을 내었다.
　아, 자기만 홀로 아는 사람은 남이 몰라줄 것을 항상 근심하고, 자기가 깨닫지 못한 사람은 남이 먼저 깨닫는 것을 싫어하나니, 어찌 코와 귀에만 이런 병이 있겠는가. 문장에도 병이 있으니, 더욱 심하다. 귀가 울리는 것은 병인데도 남이 몰라줄까 봐 걱정하는데, 하물며 병이 아닌 것이야 말해 무엇하겠는가. 코 고는 것은 병이 아닌데도 남이 일깨워주면 성을 내는데, 하물며 병이야 말해 무엇하겠는가 (박지원,『공작관문고』「자서」, 설흔·박현찬, 2007, pp.149-150).

연암은 내용뿐 아니라 형식에 있어서도 지금까지의 문인들과는 다른 방도를 취한다. 즉 시가 아니라 산문이라는 형식을 도입한 것이다. 산문 형식에 대한 옹호는 매우 정치적인 상징과 깊은 관련이 있다.

이러한 양상은 고대 희랍의 플라톤이 가졌던 야심과 불가분의 관계에 있고 그 이후 산문과 정치권력과의 관계는 크게 파괴되지 않았다. 그러나 연암은 미란다를 위해 산문을 선택한 것이 아니라, 오히려 기존 정치권력에 대항하기 위하여, 즉 대항 미란다를 위하여 산문을 선택했다고 보아야 할 것이다.

플라톤이 산문을 정의한 방식은 가장 단적으로, 매 시기 행해진 문학 형식의 고안과 장르의 옹호가 정치적인 입장을 반영한 결과일 뿐이라는 점을 적나라하게 드러낸다. 뿐만 아니라 부알로를 비롯한 시작술 작가들이나 고전 수사학자들의 정의와는 완전히 전도된 접근의 한 예를 보여준다.

단적으로 말해 플라톤이 시 대신 산문을 '신성화'한 것은 플라톤이 제기한 '이데아'의 이데올로기를 가장 효과적으로 반영하는 것이 바로 '산문'이었기 때문이다. 이데아 개념을 가장 집약적으로 드러낼 수 있는 방도로서 플라톤은 산문 개념을 고정시켰던 것이다. 플라톤이 수사학자나 시작술 작가들과는 개념에 접근하는 '근본적인 방식에서는 동일하면서도' 그들과는 완전히 상반된 입장을 보이는 것도 바로 이 때문이다.

플라톤에게서 '산문'의 정치적 입장은 공화국의 '지배의지'와 굳건
히 결속되어 있다. 즉 플라톤에게서 산문 개념은 호메로스를 비롯한
시인들에게서 공화국의 헤게모니를 쟁취해 오기 위한 주요 명분으로
기능하며, 시와 산문의 관계는 바로 이러한 정치적 배경에서 설정되
었다는 사실을 암시해 주는 주요 단서로도 작용한다. 즉 산문과 시의
관계 설정이야말로 권력이 시인들의 손아귀에서 빠져나와 철학자의
강한 의지 속으로 다져지게 되는 경로에 근본적인 정당성을 부여해
주는 역할을 한다.

이러한 점은 특히 플라톤의『공화국』에서 소크라테스가 글라우콘
에게 "시인이 아닌 사람들에게 산문으로 시를 변호할 것"(Platon,
p.514)을 허용하려 한 부분을 통해 드러난다. 왜 하필이면 정치 공동
체에서 쫓겨날 운명에 처한 시인들에게 '산문'의 형식을 빌려 자신을
변호하라고 주문했을까? 그 까닭은 한마디로 산문에 상정된 '합리성'
을 강조하고, 나아가 공화국의 질서와 권력을 유지하는 유일한 언어
가 산문적인 형태의 언어임을 공표하기 위해서였다.

따라서 플라톤에게서 산문은 르네상스시대의 고전수사학자들이 부
정성에 따라 단좌했던 진부한 언어가 아니라, 바로 권력의 언어, 이
성의 언어, 합리의 언어, 이 모두를 가능하게 해 주는 최고의 의사소
통 수단이었다(조재룡, 2007, pp.143－144).

산문과 소설은 동일하다고 정의한 바흐친(M. Bakhtine)은 시의
'독백적인 측면'과는 전적으로 대비되는 산문을 열려 있는 장르로
보았다(Bakhtine, 1978, p.117). 즉 '대화적 담론'의 상징이자 '무한
히 소통되는 다음성적 장르'처럼 인식한 것이다(Bakhtine, 1978,
p.112). 바로 이러한 이유 때문에 산문은 리얼리티를 가장 효과적
으로 반영하는 장르로 승격하게 되는데, 연암 또한 이러한 리얼리
티를 위해 산문을 선호한 것으로 보인다. 그는 현실을 그대로 반영
한 리얼한 글쓰기를 위해 자신만의 문체를 확립한 것이다.

연암의 자의식이 지향하는 가치는 옛날이 아니라 지금이었고 중

국 또는 청나라가 아니라 조선이었으며, 관념적인 도덕이 아니라 눈앞에 도사린 현실이었다. 연암은 조선 사람은 조선풍(朝鮮風)의 시, 조선풍의 글을 짓는 것이 마땅하다고 목소리를 높였다. 이러한 목소리는 다음과 같은 글에 잘 나타나 있다.

> 본분으로 돌아가라는 것이 어찌 문장뿐이리오. 일체 온갖 일이 모두 그렇지요. 화담 서경덕 선생이 외출하였다가 집을 잃고 길에서 우는 자를 만났더랍니다. "너는 어찌 하여 우느냐?"고 했더니 "제가 다섯 살에 눈이 멀어 지금까지 스무 해나 됩니다. 아침에 나와서 길을 가는데 갑자기 천지 만물이 맑고 분명하게 보이는지라 기뻐서 돌아가려고 하니, 골목길은 갈림도 많고 대문은 서로 같기만 하여 저의 집을 찾지 못하겠습니다. 그래서 울고 있습니다."라고 대답했답니다. 선생이 "내가 너에게 돌아가는 법을 가르쳐 주겠다. 도로 네 눈을 감아라. 바로 너의 집을 찾을 것이다."라고 하자, 이에 눈을 감고 지팡이를 두드리며 걸음을 믿고서 바로 돌아갔다 하였더랍니다. 이것은 다른 것이 아닙니다. 빛깔과 형상이 전도되고, 슬픔과 기쁨이 작용하여 망상이 된 것입니다. 지팡이를 두드리며 걸음을 믿는 것, 이것이 야말로 우리들이 분수를 지키는 관건이 되고 집으로 돌아가는 보증이 됩니다(박지원, 「답창애」 『연암집』 권5, 정민, 2007, p.114).

도로 눈을 감으라는 주문은 예전의 소경 신세를 그대로 유지하며 분수를 지켜 살라는 처방이 아니다. 잃어버린 지향점과 좌표를 제대로 찾은 뒤에 눈을 다시 뜨라는 조언이다. 자신이 자신의 발걸음의 주인이 되지 못한다면 길을 갈 이유가 없다. 도로 눈을 감으라는 것은 구시대에 안주하라는 요청이 아니라, 확장된 세계, 홍수처럼 쏟아지는 혼돈스런 정보들 속에서 주체성을 확립하라는 상징적 표현이다.

연암의 책이 그의 사후 거의 100년 동안 금서로 묶여 있었던 것도 이러한 혁신적인 근대지향성 때문이다. '한마디의 말로도 요령을 잡게 되면 적의 아성으로 질풍같이 돌격하는 것과 같고, 한 조각의 말로써도 핵심을 찌른다면 마치 적군이 탈진하기를 기다렸다가 그저 공격신호만 보이고도 요새를 함락시키는 것과 같다'는 글짓기의 묘리에 대한 설파는 17, 18세기 산문정신과 사상 표현의 한 경지를 보여주고 있다. 그리고 이는 그대로 정치적 상징을 드러내고 있으며 시대정신을 내포하고 있다.

2) 이용후생

18세기 새로운 사상 조류로 등장한 실학은 양난으로 피폐된 성리학적 풍토와 무능한 지배층에 대한 불만과 비판의식 속에서 근대 과학 기술 중심으로 도탄에 빠진 민생구제에 그 학문의 실용성을 고취시켰다. 이 학문은 경세치용파와 이용후생파로 나눌 수 있는데, 경세치용파는 이수광·유형원·이익 등을 중심으로 농본주의적 자급자족과 토지 및 각종 제도 개혁에 치중하며, 이용후생파는 홍대용·박지원·박제가 등을 중심으로 상공업의 유통 구조 개선과 서구의 과학 기술 발전에 치중하는 실증적인 태도를 취했다(윤사순·한국사상사연구회, 1996, pp.29 - 39).

즉 성리학의 폐단이 점증하자 성리학을 대신하여 실학사상이 대두한 것인데, 실학사상은 백성들의 구체적인 의사를 대변하기 위한 사상으로서 결국 부국을 지향하는 것이다. 이러한 사상을 실천하고자 한 학자들은 공통적으로 '이용후생(利用厚生)'을 통하여 현실적 문제를 해결하는 것이 시대의 급선무임을 주장하였을 뿐만 아니라 구체적으로 '이용후생'을 실천하기 위한 방법들도 함께 제시하였다.

'이용후생' 가운데 '이용'이란 백성의 쓰임에 편리한 것을 일컫는 말로 공작 기계나 유통 수단 등을 의미하고, '후생'은 의식주(衣食住) 등의 재물을 풍부하게 하여 백성의 삶을 풍요롭게 하는 것을 의미한다. 이러한 이용후생을 위하여 실학자들은 첫째, 봉건 지배 계급인 사족, 즉 선비 계층의 구태의연한 계급의식을 타파하고 공(工)과 상(商)으로의 전환을 모색해 상(商)을 중심으로 하는 국가 경제 체제의 확립을 꾀하려는 의지를 표현하였다. 그리고 둘째, 국내 경제 유통을 위한 도로망 정비 등을 제시하고 국부(國富) 증진을 위한 외국과의 교역 등을 강조하였다. 셋째, 사회 개혁과 부국을 지향하는 이용후생을 실천하기 위해 모든 학문 분야에서 실용적 기술의 습득이 필수적임을 주장하였다. 이 가운데 특히 기술에 대해서는, '진실로 백성에게 이롭다면 비록 그 법이 이적(夷狄)에서 나온 것일지라도 성인이 그것을 선택할 것'이라며 주자학적 명분론에서 탈피하여 청나라와 서양의 선진적 기술을 적극적으로 수용하려는 태도를 보였다. 실학자들은 대체로 당시의 관념론적 모화론자(慕華論者)들과는 달리 현실을 직시하고 접근하는 방법이 객관적이었으며 문제를 해결하고자 하는 경우에도 합리적인 태도를 견지하고 있었다. 그리하여 관념론과 명분론에 빠져 국익 증진과 민생의 고통이라는 현실적 문제를 외면하고 있던 당시 조선 사회에 대하여 개혁을 추진하고자 하는 의지를 실천하고자 했다. 이러한 실학자들 가운데 가장 의지가 굳었던 그룹의 영수가 바로 연암이다.

연암의 실학과 '이용후생'을 논의하기 위해 먼저 '실학의 개념'에 대해 살펴보자. 사실 실학이라는 용어는 우리나라에서 탄생한 것이 아니다. 이 용어는 우리나라뿐만 아니라 중국과 일본, 이렇게 동아시아 3국에서 통시대적으로 사용되었다. 그리고 그 용어의 사용 시기도 조선 후기 실학파를 지칭하기 훨씬 이전부터라 할 수 있다. 정옥자는 "우리나라에만 한정시켜 보더라도 고려시대에는 불교에 대응하여 유학을 실학이라 하였고, 여말선초에는 사장(詞章)에 대하여 성리학을, 조선 중·후기에 걸쳐서는 강경(講經) 중심의 경학(經學)을 지칭하기도 하였다."고 한다(정옥자, 2008, p.179). 그러므로 실학은 어떤 특정한 학문을 지칭하여 사용하는 용어라기보다 그 시대의 사상이나 학문이 공허해지고 학풍이 폐쇄적이어서 현실 극복과의 괴리가 발생하였을 때 거기에 대한 대안을 제시하고 문제 해결을 모색하려는 학풍으로 파악하는 것이 타당하다 볼 수 있다. 즉 시대나 상황에 따라 각각의 실학이 있을 수 있고 그 실학마다 담아내는 내용과 실체가 다를 수 있다는 것이다. 이렇게 볼 때 조선 후기 실학의 경우는 조선 후기의 현실에 문제를 제기하고 그 문제에 대한 극복과 해결책을 제안하는 학문이라 하겠다. 조선 후기 실학과 실학사상은 아직도 그 형성 시기나 과정 그리고 배경에 대한 해명이 불명확하다. 정옥자는 "다만 현재 1,000여 편이 넘는 방대한 연구물을 분리 분류하는 방법이 우선적이고 전진적 자세일 것"이라고 한다(정옥자, 2008, p.181). 그러나 지금까지 대부분의 학자는 조선 후기 실학사상을 3기로 분류하고 있다. 그것은 제1기 경세치용학파, 제2기 이용후생학파, 제3기 실사구시학파로서, 연암은 상공업의 유통과 생산기구 일반, 그리고 기술 면의 혁신을 지표로 하는 제2기 이용후생학파의 중심인물이다. 대체로 제2기는 중상학파로도 불리는데, 담헌 홍대용과 연암 박지원 등에 의하여 제창

된 북학 운동에서부터 출발하였다.

집권층인 노론 자체 내의 진보 운동으로서의 북학사상 형성의 내재적 요인은 18세기 초 노론학계 내에서 벌어진 '호락논쟁'에서 연유한다. 이 논쟁은 송시열(宋時烈, 1607 - 1689)의 직계제자들이 벌인 사상논쟁인데, 송시열의 수제자 권상하(權尙夏)와 그의 제자 한원진(韓元震)이 중심이 된 충청도 지방의 학자들이 주창한 이론을 '호론(湖論)', 권상하의 제자들 가운데 서울 주변에 거주하는 학자들이 주창한 이론을 '낙론(洛論)'이라 한다. 호론은 사람의 본성인 인성과 물질의 본성인 물성이 본질적으로 다르다는 '인물성이론(人物性異論)'으로 기존의 화이론(華夷論)적 사유체계를 그대로 계승한 것이다. 그리고 낙론은 사람의 본성인 인성과 물질의 본성인 물성이 본질적으로 다르지 않다는 '인물성동론(人物性同論)'으로 이간(李柬), 이재(李縡), 김창협(金昌協), 김창흡(金昌翕) 등을 주축으로 하였다. 이러한 흐름 속에서 담헌과 연암은 '낙론(洛論)'인 '인물성동론(人物性同論)'을 계승하였다. 이제 담헌과 연암의 사상적 교유 가운데 인물성동론 부분을 살펴보자.

담헌의 인성론은 연암과 초정에게 그대로 이어진다. 연암 박지원 (1737 - 1805)은 담헌의 경우보다 물지리(物之理)를 더욱 강조했다. 따라서 자연의 '합리적인 면'도 더욱 뚜렷이 부각시켰다. 연암 역시 "성인이 『역경(易經)』을 지을 때 상(象)을 (있는 바를) 취하여 그것을 드러낸 것이 만물의 변화를 연구하자는 소이(所以)"라고 하여 이(理)의 법칙성을 주로 자연과의 관련에서 말한다. 그는 "사람도 여러 벌레 중의 한 종일 것"이라 하여 인·물의 특이성을 명확히 말하지 않으면서도 만물의 구성요소인 오행(五行)을 "하늘이 준 것이고 땅이 가진 것이며 인간이 이용하는 것"이라 하여 인간을 자연의 이용주체

로 나타내고 있다. 모든 것이 물질로 돼 있다고 생각했으며, 충성이
나 의리는 빈천한 사람의 일이요 부귀한 사람은 논할 바가 아니라
하여 부귀의 실현이 정치의 목표임을 분명히 했다.

　이렇게 연암은 이(理)의 법칙성을 물지리의 자연법칙에 중점을 두
어 전개했고, 이러한 물지리의 자연법칙이 인간사회로 확대되면서 한
편으로는 보다 뚜렷한 인간 평등의 주장이 됐고, 다른 한편에는 자연
을 이용 대상으로 삼는 인간 우위의 입장이 됐다. 결국 자연의 이용
으로 부국을 이루자는 것이 당면한 정책목표로 설정된 것이다. 이렇
게 하여 이용후생(利用厚生)의 정치적 기능성이 중요시된 것이다(김
한식, 2006, pp.169 - 170).

담헌의 인물성동론을 계승한 연암은 자연과 더불어 살면서 부국
을 꾀하자는 주장을 하게 된 것이다. 이 책이 기술하고자 하는「호
질」,「양반전」,「허생전」은 모두 이러한 연암의 사상이 녹아 있는
작품이다. 그 가운데「호질」은 인물성동론이 잘 드러나 있고,「양
반전」은 여기에서 한 걸음 더 나아가 평등을 주장하는 그의 면모
가 잘 함유되어 있으며,「허생전」에는 중상주의와 이용후생의 철학
이 호방하게 내포되어 있다. 이제 이러한 연암의 북학사상과 이용
후생 및 글쓰기와 관련한 그의 노정에 대하여 논의해 보자.

연암은 44세 때 연행(燕行)의 기회를 얻어 청제(清帝)의 하별궁
(夏別宮)이 있는 열하까지 다녀오는 동안, 청조 문물에 대한 견문을
넓히고 청조인과의 담론을 통하여 북학파의 학문적 자세를 폭넓게
제시했다. 즉 그는 당시 청국을 높이 받들고 오랑캐를 거척하는, 다
시 말해 존화양이(尊華攘夷)의 대의명분에 사로잡혀 청나라 문물에
대해 적대시하는 일반학자들과는 달리 청조의 문물과 청국인의 생
활, 그리고 과학기술 등을 주의 깊게 관찰하였고, 많은 외국 학자들
과 문학, 역사 및 음악, 종교, 자연과학 등 광범위한 문제에 대해서

토론하였다. 이리하여 귀국 후에 그는 이용후생에 도움이 되는 청의 문명을 배워오자고 주장하였다. 즉 연암은 경농법, 양잠법, 도자기 제조술, 야금술 등 청나라의 선진 기술을 배워오자고 주장한 것이다. 이어서 그는 이용후생을 실현시키기 위하여 당시 이적(夷狄)이라는 이유로 청의 합리적 과학 기술까지도 거부하는 고루한 견해를 가진 이들을 비판하였다. 연암은 이용후생의 방법을 연마하고 농업 기술을 밝히고 상업의 유통을 원활하게 하고 공장(工匠)의 혜택을 이루어주는 실용의 개발을 선비의 과제로 삼고 있으며, 이러한 실용이 곧 실학임을 강조하였다(한국철학회, p.131).

연암의 실학사상 가운데 이용후생과 관련한 부분은 연암의 연행 시작부터 연암을 기죽게 만들면서 뼈저린 수용이 필수임을 자각하게 한다.

> 연암은 중국출입국관리소 격인 책문(柵門)을 넘으면서 눈이 휘둥그레졌다. 당시 조선에선 빨래터를 방불케 하는 널찍하고 펑퍼짐한 우물에서 아낙네들이 세숫대야만 한 바가지로 물을 퍼 쓰고 있었는데, 만주 사람들은 벽돌로 쌓은 우물 정(井) 자 모양의 우물에 먼지가 들어가지 못하도록 덮개를 씌운데다가 도르래를 달아 쇠를 두른 물통이 오르락내리락하는 게 아닌가. 어디 그뿐인가 우리는 머리에 똬리를 얹고 물동이를 이거나 지게를 지고 비탈길을 비척거리는데, 만주 사람들은 팔뚝만 한 몽둥이를 다듬어서 그 양쪽 끝에 물통을 거는 편담(扁擔)으로 좁은 길을 출렁거리며 속도를 낼지언정 자빠지지 않았다. 우리가 미투리나 짚신을 신는 데 반해 저들은 베로 만든 검은 신을 신었음을 지적했다. 이것들이 소소한 이용후생의 방법이라면 큰 것은 벽돌 굽기, 회 이기기, 기와 덮기, 기와 굽기, 구들 놓기, 굴뚝 세우기 등 더욱 후생적이고 구체적인 형태로 발전했다(허세욱, 2008, pp.38 - 39).

위의 글은 연암의 『열하일기』 내용을 풀어서 소개한 것인데, 연암의 이용후생 정신은 그의 글쓰기 도처에 표현되어 있다.

「허생전」은 그의 작품 가운데 이용후생의 사상이 잘 나타나 있는 경우에 해당한다. 「허생전」은 연암의 기행록 『열하일기』의 「옥갑야화」에 실려 있는 일화 중 한 편이다. 연암은 연경에서 돌아오는 도중 옥갑에서 여러 비장들과 역관으로부터 그들이 체험한 의협담과 회고담을 듣고 여기에 기록해 놓았다. 「허생전」은 전대의 역관 변승업에 대한 이야기에다 그가 윤영이라는 노인에게서 들은 허생 이야기를 가미한 것이라 할 수 있다. 허생이 실존 인물인지 아닌지는 확실하지 않지만 「허생전」은 전기적 성격을 지니며, 「허생전」을 통해서 독자들은 당시 지배층의 북벌론과 연관된 역사적인 상황과 그 시대정신을 엿볼 수 있다.

이 가운데 허생이라는 인물은 그 해석이 여러 가지 상징성을 지닌다. 가령, 첫째, 허생은 이용후생을 실천할 수 있는 모델로 제시한 인물이라 해석할 수 있다. 둘째, 허생은 양반이면서도 공(工)과 상(商)을 동시에 섭렵하며 백성을 계도하고 세상을 교정하는 탁월한 능력을 발휘하는 인물이니 시대의 요청에 적확하게 대처하는 리더로 해석할 수 있다. 셋째, 「허생전」은 떠도는 이야기를 채집하여 청나라 옥갑에서 비장들과의 대화 중에 삽입했던 하나의 이야기이다. 그러므로 허생은 연암의 자존심과 관계가 있는 인물이라 볼 수도 있다. 더 많은 「허생전」 관련 논의는 제8장에서 자세히 다루도록 하겠다.

정리를 해 보자면, 조선에서 붕당과 관련한 다양한 갈등이 야기되었던 원인은 '의(義)'와 '이(利)' 가운데 어느 것을 우선시할 것인가와 관련이 깊다. 즉 환국과 붕당은 이러한 가치 판단의 문제를 저변에 둔 때문이었다. 조선의 성리학은 수용 당시 유학의 목적과는 다르게 그 경향이 점차 주자학적 관념론 쪽으로 기울면서 지나치게 의리론에만 집착하게 되어 균형을 잃었다. 그 결과 물질적 이로움과 관련된 실용적인 것을 천시하는 분위기가 고착되면서 백성들이 당면하고 있는 현실적인 문제마저 외면하게 되었다. 어느 사회나 진정 의로움을 중시하는 가치관이 확립되기 위해서는 최우선적으로 물질적 가치가 적당하게 충족되어 있어야 한다. 다시 말해 '의(義)'를 이루기 위한 선결 조건이 '이(利)'라는 것이다.

이런 측면에서 볼 때 실학사상은 맹자의 항산 정책과도 일맥상통한다. 그러므로 주자학적 명분에 집착하는 위정자들의 허울뿐인 유교적 관념론에서 벗어나 백성을 치국의 중심에 두고 경세제민을 통해 백성들의 삶을 풍요롭고 바람직하게 만들려고 했던 북학파의 이용후생 사상은 근본적 유교의 이상주의 실현에 대한 실천 사상이라 할 수 있다. 그리고 폐쇄 상태에서 침체하기만 하는 조선 사회에 변혁의 공기를 불어넣고자 한 실학 운동의 중심인물이 바로 연암 박지원이다.

3) 이상향

연암은 글의 내용에 있어 세상의 어지러움을 교정하는 일과 이용후생의 방법이 글 속에 들어 있어야만 글을 써서 교훈을 남길 수 있다고 역설한다. 이러한 그의 정신은 글 속에서 '연암의 유토피아'를 창조하는 바탕이 된다. 그리하여 유토피아를 희구한 연암의 걸작들은 '사회적 위기(social crisis)'를 재료로 하여 탄생한 것이라 볼 수 있다. '위기를 기회로'라는 말이 있지만, 위기를 기회로 삼아 더 좋은 세상을 열어간다는 것은 결코 쉬운 일이 아니다.

사회는 일정한 사회질서를 갖고, 따라서 일정한 가치관이 일관하고 있지만, 사회질서나 가치관이 동요하고 변동하는 일도 있다. 어지러운 세상을 교정하는 이야기, 먼저 「호질」속에서 이상향을 살펴보자.

맹자에 의하면 백성이 가장 귀중하고 그 다음이 사직이며 군주는 가벼운 존재이다. 그는 민심의 지지를 얻을 수 있는 자만 왕이 될 수 있다고 하였는데 이는 곧 주권자가 왕이 아니라 백성, 즉 민(民)이라는 주장이다. 「호질」은 분명 범의 질타를 논의한 작품이긴 하지만, 연암이 그려낸 이상향 지도를 상정할 때, 백성의 소리를 신의 소리로 수용하는 세상을 제안한 것으로도 읽을 수 있는 것이다.

주권 개념의 역사에서 가장 오래된 유형이 바로 군주주권이다. 「호질」의 경우, '범'이 군주를 상징한다고 보는 것은 매우 자연스러운 일이다. 그리고 '범'이 정의를 정의롭게 관장하는 것에 대한 강조만으로도 연암이 추구하고자 한 이상적인 세계에 도달한 것으로 보일 수도 있다. 그러나 최고성과 절대성을 갖는 주권이 군주에게 있다고 하는 원리를 넘어서서 최고성과 절대성을 갖는 주권이 백성에게 있다고 했을 때는 그야말로 그 자체가 이상향이 된다. 프랑스의 보댕(Jean Bodin)이 『국가론: Les Six Livres de la Rëpulique』(1576)에서 처음으로 주권(souverainetë)이라는 말을 사용하였으나, 그 이전의 동양에서는 왕도정치와 민본정치, 그리고 정자정야라는 사상이 이미 지배적이어서 보댕을 모른다 하여도 나라의 주인에 대한 논의는 얼마든지 가능했다. 그리고 대체로 동양의 대개의 국가 주권도 실질적으로 군주주권이었다. 그런데 '범'을 법으로 보거나, 백성으로 볼 때는 문제가 달라진다. 보다 더 이상적인 정치 제도와 사상에 근접하게 되는 것이다. 그것은 곧 바람직한 국가의 정치 형태를 최종적으로 결정하는 권력이 국민에게 있다는 원리와 직결된다. 이는 군주주권에 대응하는 것이며 대항하는 것이다. 연암이 백성의 소리에 귀를 기울여야 한다는 설, 즉 국민에게 주권이 있다는 주장을 펴고자 했다고 가정할 때, 여론에 대하여 살펴보는 일은 연암을 보다 더 큰 각성자로 보게 하는 데 보탬이 된다.

여론(public opinion)이라는 용어는 프랑스에서 가장 먼저 사용되었는데, 프랑스 혁명 직전 재무장관으로 있던 네케르(Jacques Necker, 1732 – 1804)가 최초의 사용자이다. 네케르의 생존 시기는 연암의 생존 시기와 일부 일치하고 있는데, 연암의 생몰 시기는 1737년부터 1805년이다. 네케르가 이렇게 여론을 중요시하게 된 것은 파탄에 빠진 왕실재정의 책임자였던 그가 신흥 부르주아로부터 좋은 평판을 획득하여 원조를 받아야만 했기 때문이다. 이렇게 여론의 개념은 피통치자에 대한 신중한 배려와 함께 민주적 토양에서 싹트고 민주적 사상과 함께 성장했다고 할 수 있다. 옛날부터 민의, 즉 백성의 뜻, 곧 피통치자의 의지나 소망 자체를 무시하고 지배자가 좋은 정치를 할 수는 없는 것이었다. 사실 지배자의 압제와 불법, 그리고 우행(愚行)에 대해서 야유 등으로 비판하거나 항의 및 폭동 등으로 반항하거나 하는 의사 표시는 먼 과거로부터 계속되어 왔기 때문이다. 하지만 이러한 행동들은 모두가 비합법적이고 단락적(短絡的)인 의사표시에 지나지 않았고 공식적인 정치적 발언이 권리로서 인정되고 제도에 의해 보장되었던 사례는 극히 드물었다. 이러한 권리가 확립된 것은 겨우 근세 말기에 이르러서 이고 근대 중기에 이르게 되면 광범한 정치적, 사회적 운동의 성과로 나타난다. 여론을 중요시하게 된 초기 단계에서는 주로 민의가 변혁을 지향함으로써 지배자와 대결하는 전투적인 성격을 수반하였다. 이 때문에 오늘날에도 반권력성과 전투성을 여론의 본질적인 속성으로 생각하는 경향이 남아 있다.

연암 사상의 진보성을 염두에 둔다면 호랑이보다 더 무서운 것은 백성이어야 함을 주장하고도 남을 근거가 많으므로 그가 제안한 개혁안과 같은 대항 문학인 「호질」에는 국민주권이 내재해 있다고 분석할 수 있다. 「호질」 자체가 그의 기원이자 기도이며 소망한 바의 판타지적 실현이므로 분명 연암의 무게중심은 백성 쪽에 있었다고 보인다.

다음으로 「양반전」에 대하여 살펴보자. 「양반전」의 경우는 조선시대 봉건사회의 와해와 그 속에서 군림하는 사(士) 계급에 대한 올바른 개념을 정립하고 있어 많은 시사점을 던져준다.

「양반전」에서는 연암의 '사회개혁' 의지를 추출할 수 있다. 먼저 '사회개량과 거의 같은 의미를 갖는 사회변혁의 한 개념'(한국정치학회, 1975, p.762)인 사회개혁(social reform)의 정의를 살펴보자.

> 사회개혁은, ① 사회구조의 전체적인 변혁이 아니라 부분적인 변혁을 목적으로 한다. ② 현존의 사회구조·정치체제 또는 사회의식을 규정하고 있는 지배적인 원리를 긍정하며, 그 원리에 따라 변혁을 시도한다. ③ 변혁의 과정이 점진적으로 기존의 사회제도나 사회구조의 테두리 안에서 행해진다. ④ 따라서 계급투쟁에 의해 지배계급

의 정치권력을 부정하는 것이 아니며, 또한 사회를 새로운 단계로 추진시켜 가는 것도 아니다. ⑤ 지배계급에 자기의 지배권력과 지배체제의 유지를 위한 피지배계급의 사회운동의 변화에 따른 혁명적인 사회변혁을 회피하는 수단으로서 이루어진다. ⑥ 그러므로 사회개혁은 피지배계급의 요구에 대한 지배계급의 양보이며, 기존의 사회구조와 지배권력이 유지되는 한계 내에서 이루어진다(한국정치학회, 1975, p.762).

위와 같은 사회개혁의 개념과 걸맞은 연암의 의지가 부분적으로 녹아 있는 작품이 바로 「양반전」이다. 그리하여 「양반전」은 조선시대 사회계층이론의 문화 기술적 연구로 읽혀진다. 이는 조선시대 사회구조 속에서의 부조리와 불평등 및 비효율을 고찰한 수작이다. 사회계층은 사회적 불평등을 의미하고, 이러한 사회적 불평등을 담아 표현하는 용어로는 계층·계급·신분·서열·카스트·양반 등이 있는데, 연암은 은밀한 '양반' 사회의 내부를 발칵 뒤집어 공개하고 있다. 이는 연암에게 현실에서 실현할 수 없었던 그의 개혁 의지를 문학을 빌려 실현하는 판타지 작가라는 사회적 지위를 부여하기보다는 마치 카메라처럼 제3의 렌즈로 관찰하여 작성한 보고서를 제출하는 사회과학자라는 지위를 부여하도록 만든다. 그리하여 연암의 문학은 하나의 문화 기술적 연구로서의 면모를 보이며 경험적이며 개혁 지향적이다. 그는 '환자로서의 국가' 그리고 '환자로서의 양반사회'를 풍자 기법으로 진단함으로써 사회개혁 및 교정의지를 드러냈다. 이는 그가 양반사회의 유효성에 대해 엄격한 자세로 검토하고 있었음을 보여주는 사례이다. 그리고 당대의 부조리를 쟁점화함으로써 더 좋은 사회를 원하는 백성의 뜻을 반영하고 그 자신이 갈구하는 세상을 향한 의지를 서술했다는 증거이기도 하다.

마지막으로 「허생전」에 대하여 살펴보자. 조선 후기에 접어들면 비정치적이며 운명적인 공간으로서의 유토피아보다는 동태적이고 정치적인 색채를 가진 유토피아가 등장하기 시작한다.[11] 그 가운데 가장 훌륭한 유토피아론이 박지원의 「허생전」에 등장하는 '섬'이다. 「허생전」은 중상주의적 사상과 함께 허위적 북벌론을 배격하면서 이상향을 추구하는 내용을 담고 있어 당시 사회가 안고 있는 문제점을 잘 지적하고 있다고 볼 수 있다.

연암의 「허생전」은 영국의 정치가이자 사상가인 토마스 모어의 『유토피아』를 연상시키기에 부족함이 없다. 유토피아는 모어가 헨리 8세의 절대왕정에 참여하기 이전에 창작된 작품이다. 이는 봉건적 구질서의 붕괴와 자본의 원시적 축적이 진행되고 있던 당시의 영국을 고찰하면서 인문주의적인 해결책을 모색한 하나의 안이라고 할 수 있다. 거기에서는 종획 운동에 의해 토지로부터 추방당한 농민의 빈곤화가 적나라하게 묘사되어 있다. 또한 귀환병의 실직, 부랑자와 도적의 격증과 이에 대한 지배계급의 사치·낭비, 그리고 국가의 이들에 대한 가혹한 탄압이 대치되어 있다. 그리고 이와 같이 부패한 사회로부터 벗어나 공산주의 사회를 건설하는 것이 그 해결책으로 제시되어 있다. 이 때의 공산주의 사회는 사유재산제를 부정하는 공존제도를 토대로 한 것이었다. 그것은 플라톤의 영향을

---

11) 우리 전통 사회에서 유토피아는 중국의 이상 사회 모델들, 이를테면 『산해경』의 이상향, 『도덕경』의 소국과민의 이상향, 『장자』의 서왕모적 이상향, 그리고 도연명의 『도화원기』에서 상징적으로 나타나는 도교적 이상향 묘사의 영향을 많이 입었다. 그 가운데서 조선시대 유자들의 꿈은 특별히 도가적 영향을 많이 입었는데, 그것은 주로 문학적 서술을 통해 표출되었다. 이를테면 고려시대 이인로가 묘사한 「청학동」 설화를 위시한 이 땅 전반의 십승지(十勝地)적 도피향의 추구가 대표적인 것이다. 배병삼, "박지원의 유토피아: 「허생전」의 정치학적 독해", 「정치사상연구」, 제9집, 2003. pp.30－31.

받은 것으로 보이지만, 공산 제도가 전체 인민을 포괄한다는 데서는 차이가 있다. 또한 모어의 유토피아는 중세적인 수도원의 생활에서 크게 영향을 받았다. 그러므로 인문주의에 의한 사회비판만을 토대로 한다는 것은 유토피아에 대한 절대적인 것이 아니다. 또한 『유토피아』에서는 공산주의 사회를 실현하는 방법에 관해서 전혀 논급하지는 않고 있다. 이것은 모어의 유토피아가 지닌 또 하나의 특색이다. 근대의 사회주의 사상이 노동자계급의 대중운동을 전제로 하고 있다는 것과는 커다란 차이가 있다.

연암의 저술, 『열하일기』는 연암의 시대와 현재 모두 대체로 문학작품으로 대접받지만 실은 '국제정보자료집'으로서의 존재감이 더 강하다. 그의 유토피아론도 이런 실제적 국제정치경제의 자료를 토대로 형성되었다고 볼 수 있다. 사실 그의 유토피아는 과거의 도교적 혹은 낭만적 또는 비정치적 면모를 지닌 정형화된 틀에서 탈피하여 18세기 후반의 동북아 정세를 바탕으로 한 새로운 양상을 띠게 된다. 연암의 「허생전」에 등장하는 이상사회는 한국정치사상사에서 가장 빛나는 유토피아 모델이라 평가할 수 있다. 근거를 살펴보면 다음과 같다.

> 「허생전」은 유자의 상인화 또는 유교적 가치의 상업화를 강조하는 것이 아니라, 상업 사회로 전변되는 현실상의 변화에도 불구하고 견지하는 유교적 가치, 예컨대 신의를 천양하려는 주제의식을 갖고 있다. 이런 점에서 「허생전」은 사상적으로는 유교 사상, 가령 덕치, 도덕적 리더십을 바탕으로 그 표현상에 노자, 장자적 기법을 차용한 작품으로 볼 수 있다.
> 「허생전」의 주제는 선비정신의 승리에 있다. 오연하고 유능한 지식인의 승리로 귀결되고 있는 것이다. 이런 점에서 이것은 근대 지향

적 소설이기는커녕, 마지막 봉건소설이다. 한편 박지원의 유토피아 묘사와 그 이전 전통적 이상향과의 차이점을 대조하면, (가) 폐쇄: 개방, (나) 천상: 지상, (다) 자연: 작위, (라) 노장: 유자, (마) 낭만주의: 리얼리즘, (바) 탈정치적: 현실(국제)정치적, (사) 운문적: 산문적 등등의 대칭적 나열을 서술할 수 있을 것이다(배병삼, 2003, p.31).

연암의 유토피아는 유교적 강대국가였다. 그 첫째는 인재와 재화가 소통되는 열린 국가이다. 둘째는 유교 문명을 바탕으로 한 군신(君臣) 관계가 관철되는 계급사회이다. 셋째, 넓은 영토와 비옥한 토지를 바탕으로 한 농업 국가이자, 이를 거래하여 부를 축적하는 무역국이다. 요컨대 연암의 이상 국가는 영토가 사방천리(四方千里) 정도는 되고, 정치지도자는 유교적 덕성을 갖춘 인물이며, 그의 덕치에 감화된 인재와 재화가 몰려들어, 궁극적으로 정보 문화의 네트워크가 형성되는 강력한 문명국가이다. 요컨대 연암의 꿈은 노자적 이상향이 아니라는 점을 분명히 해야 한다(배병삼, 2003, p.31).

그러면 이제 「허생전」 본문으로 들어가 허생이 찾아 건설한 공간이 이상향으로서의 면모를 갖추었는지 살펴보기로 하자.

허생은 웃으면서 말했다.
"자네들은 도적질을 하면서 어째서 돈 걱정을 하나? 내가 자네들을 위해 변통해 주겠네. 내일 바다에 나가보면 붉은 깃발을 단 배가 모두 돈을 실은 배일 터이니, 마음대로 가져들 가게!"
허생이 도적 떼와 약속을 하고 간 후에 도적들은 모두들 미친 사람이라고 비웃었다. 그 이튿날이 되어 도적들이 바다에 나가 보니 허생이 돈 30만 냥을 싣고 왔다. 모두들 눈이 휘둥그레져 죽 늘어서서 절을 하면서,
"그저 장군의 명령대로 하오리다."
하였다. 허생은 그들에게,

"그저 힘대로들 지고 가게나."

했더니, 이때야 여러 도적들이 다투어 가면서 돈 짐을 지는데, 애달프게도 한 사람이 백 냥 이상 지지 못하였다. 허생이,

"자네들 힘이 부족해서 백 냥밖에 들지를 못하니 그러고야 무슨 도적질을 하겠나. 비록 자네들이 지금 양민이 되려 해도 이름이 도적 명부에 실려 있고서 돌아갈 수도 없겠구나. 내가 여기서 기다릴 터이니 자네들은 각각 백 냥씩만 가지고 가서 여편네 한 명, 소 한 마리씩만 데리고 오려무나."

하니, 여러 도적은 "네." 하고는 다 흩어져 갔다.

허생은 2천 명이 한 해 동안 먹을 양식을 준비해 가지고 기다리고 있었다. 여러 도적들은 한 사람도 남김없이 다 돌아왔다. 그들을 함께 배에 싣고는 빈 섬으로 들어갔다. 허생이 이같이 도적 떼를 몰아간 뒤에 나라에서는 마음을 놓게 되었다(박지원, 리상호 옮김, 2006, pp.258 – 259).

격리된 공간에서 최초의 사회가 이뤄지기 위해서는 삼생(三生)이 갖춰져야 한다. 즉 생존(生存)을 위한 일 년치의 식량, 생산(生産)을 위한 도구인 소, 그리고 생식(生殖)을 위한 배우자이다. 허생은 이 세 조건을 갖추고 섬으로 온다. 그리고 이 '삼생'이 지속되기 위해서는 풍요한 자연의 도움이 있어야 한다. 고맙게도 허생의 섬은 그 자연 조건이 이미 구비되어 있었다. '해도(海島)/ 토비(土肥)/ 천감(泉甘)'이라는 세 자연 조건이 그것이었다. 이리하여 허생의 섬은 이제 자연적, 사회적 조건을 갖춘 이상적 공동체를 구성할 참이다 (배병삼, 2003, p.20). 이러한 이상적 구성체와 관련하여 플라톤은 그의 '이상 국가'에서 이렇게 기술하고 있다.

국가의 각 구성원은 자신이 타고난 능력에 따라 나름대로의 특별한 공헌을 하고, 그들은 상호 간의 우정과 협조 속에서 결속된 사회를 함

께 형성하고 있다. 그런 사회는 사회로서 탁월하고 효과적일 뿐만 아
니라, 각 구성원들에게는 그들에게 주어질 수 있는 최상의 그리고 궁
극적으로 가장 쾌적한 삶을 마련해 준다(Field, 양문흠 역, 1989, p.87).

하지만 허생의 유토피아 건설은 결국 성공했다고 볼 수 없다. 그
이유는 물론 연암이 지닌 시대정신의 한계에서 찾을 수 있겠는
데,12) 연암의 자의식이 환골탈태하여 자신의 신분과 유가적 덕목을
초월하지 못한 것이다. 선비에게 빈이락(貧而樂), 즉 청빈의 즐거움
이라는 족쇄를 내린 유교를 숭앙하는 연암은 실용적 학문을 바탕
으로 새로운 세계를 건축하는 '목수로서의 허생'을 자신을 대변하
는 인물로 내세웠으나, 현실의 초월과 새로운 세계 건설 의지 사이
에서 분열해 버린다. 즉 연암의 페르소나인 허생의 세계관이 분열
해 버리는 것이다. 그 양상은 대체로 다음과 같다. 첫째, 막상 유토
피아를 건설하려는 단계에서 너무나 도덕지상주의적인 유교관과
정치이념이 고개를 든다는 것, 둘째, 무역을 통해 백만 냥을 벌어
놓고도 이를 바다에 빠뜨리는 탈상업주의적 태도를 보인다는 것,
셋째, 섬으로부터 돌아온 후 "나를 장사치로 대접하지 말라"며 호
통치는 것 등이다. 이는 연암의 정신세계가 현실적이면서도 이상적
이고, 실용주의를 취하면서도 노장적이며 유교적인 가치관에서 빠
져나오지 못하고 있음을 보여주는 것이다. 그리고 그는 '새로운 문

---

12) "그렇다면 道는 장차 어디에 있는가? 公에 있다. 公은 어디에 있는가? 空에 있다. 空은 어
  디에 있는가? 行에 있다. 行은 어디에 있는가? 至에 있다. 至는 어디에 있는가? 止에 있다.
  止는 어디에 있는가? 平에 있다. 平은 어디에 있는가? 正에 있다. 正은 어디에 있는가? 中
  에 있다. 中은 어디에 있는가? 道에 있다." 이는 연암이 행도(行道)의 관념을 비유적으로 표
  현한 것이다. 논리의 우회·답보를 보여주는 대표적인 예다. 이동환, 연암 사상의 한계에 대
  하여, 대동한문학, 23집, 2005, pp.11 - 12. 이에 이러한 우회·답보적인 논리가 「허생전」
  에서도 작용하여 결국 귀환과 환원, 순환하는 고리 속에서 탈출하지 못하는 한계를 보이는
  것 아닌가 한다.

자 창제'의 소망도 가지고 있었다. 하지만 그것에 대한 구체적인 제안이 없었고 그 문자를 통해 이룩할 국가의 문화에 대한 어떤 설계도도 준비하지 않았다. 물론 새로운 세계는 카오스에서부터 출발한다. 그러나 연암은 그 카오스로부터 구체적 비전을 추출해 내지 못했고 종결에 가서는 장자적인 '꿈'을 넘어서지 못했다. 이는 연암이 시대의 변화에 따라 선비정신이 쇠락해 가는 데 대한 아련한 향수를 삽입한 게 아닌가 하는 시선을 갖게도 만든다. 그럼에도 불구하고 김태준이 "조선 농촌의 구제와 미래 사회의 예언이라고도 볼 수 있으며, 유생도 상고(商賈)와 실업을 경영할 수 있다는 것은 연암의 독특한 평등사상의 발로"(김태준, 1997, p.149)라고 「허생전」을 평한 부분은 여전히 값지다.

오늘날 서구 재물관의 관점에서 보면 『열하일기』「옥갑야화」 중 「허생전」을 통해 조심스럽게 드러낸 연암의 경제관은 자본주의적이면서도 사회주의적이라고 말할 수 있다. 다시 말하면 '자본주의+사회주의'라는 코드를 추출할 수 있도록 하는 「허생전」은 오늘날 구성원 모두를 위한 복지정책이 훌륭히 구현된 '혼합경제' 체제에 대한 어떤 구상을 이미 가지고 있었던 거장 연암의 유토피아론이다. 재물보다는 덕의 구현에 초점을 맞추고자 한 것은 여전히 유학자적 기질이, 가진 자보다는 없는 자에 대하여 더 많은 비중을 두고 있다는 점에서는 개혁적 기질이 보이는 것 또한 사상적 혼합과 맥락을 같이한다고 볼 수 있다. 게다가 재물을 가졌느냐 재물을 가지지 못했느냐 하는 재물의 유무에 따라 계층 간 갈등을 그리는 것이 아니라 개인이든 집단이든 각 개체 간에는 서로 다른 기능이 있는데 이러한 서로 다른 기능의 조화야말로 사회 운영 원리가 되어야 한다는 논급은 특별히 이채롭다. 이러한 언급은 파슨스(Talcott Parsons)를 비롯한 구조 기능론자들의 사상과 일치하는 것이다. 말하자면 어떤 계층이냐가 중요한 것이 아니라 어떤 기능을 가진 계층이냐가 더 중요하며, 또한 이들 기능은 각기 그들의 필요에 따라 서로 도움이 되기 마련이라는 협동의 상호작용 논리에 기초하고 있다. 이에 반하여 서구 근대 사상이 경제 논리를 중심으로 한 이데올로기적 성격을 띠면서 계층 또는 계급은 서로 적대의식으로 나타나 적자생존의 각축장으로 치닫는 것이라는 갈등론적 입장도 존재하는데 연암의 기능론적 입장은 이와는 매우 다른 모습이라 할 수 있다.

제 3 부

연암 풍자 문학 작품에서의 정치적 상징 분석

정치적 상징은 특정한 사물, 사람, 사건 등이 정치적 의미를 함축하고 있는 것을 뜻한다. 이 장에서는 메리엄의 미란다와 크레덴다를 분석틀로 하여 연암의 「호질」, 「양반전」, 「허생전」의 정치적 상징을 분석하려 한다. 그 순서는 「호질」, 「양반전」, 「허생전」으로 한다. 그러나 연암의 작품에서는 기존의 권력과 질서를 찬미하는 미란다와 신뢰하는 크레덴다의 요소 이외에도 그들에 저항하는 대항 미란다와 대항 크레덴다의 특성도 있다. 따라서 이 책은 그 작품들이 이러한 특성을 갖게 만든 정치적 현실을 먼저 논의하고 난 후 그 작품들의 미란다와 크레덴다, 그리고 대항 미란다와 대항 크레덴다를 분석하려고 한다. 그 다음에 세 가지 작품들이 지향하고자 하는 바에 대하여 논의하고자 한다.

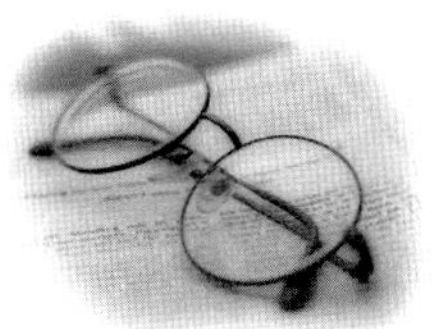

제6장

「호질」에서의 정치적 상징

이 책은 연암의 「호질」을 정치학적 텍스트로 읽는다. 그리하여 「호질」을 하나의 독해 단위로 보고 이 단위에 중첩 혹은 압축되어 있는 비유와 상징을 찾는다. 「호질」은 하나의 암호문 또는 암호문으로 엮어진 직물처럼 존재하고 있는데, 그 속에 연암은 매우 은밀한 기호들을 지뢰로 숨겨두었다. 번역 혹은 정치적 상징 해석은 단어 및 문장, 그리고 단락에서 그치지 않는다. 텍스트 전체이다 (Meschonnic, 1999, p.34).

이 책은 연암의 작품 「호질」을 텍스트로 하여 읽어가며 메리엄이 말하는 미란다와 크레덴다 개념을 준거로 하여 숨겨진 차원을 탐색함으로써 보다 더 새로운 정치적 해석을 시도한다.

1. 정치적 현실

연암은 44세 때 연행(燕行)의 기회를 얻어 청제(淸帝)의 하별궁 (夏別宮)이 있는 열하까지 다녀오는 동안, 청조 문물에 대한 견문을 넓히고 청조인과의 담론을 통하여 북학파의 학문적 자세를 폭넓게 제시했다. 즉 그는 존화양이(尊華攘夷)의 대의명분에 사로잡혀 청나라 문물에 대해 적대시하는 일반학자들과는 달리 청조의 문물과 청국인의 생활, 그리고 과학기술 등을 주의 깊게 관찰하였다. 그리고 많은 외국 학자들과 문학, 역사 및 음악, 종교, 자연과학 등 광범위한 문제에 대해서 토론하였다. 그리하여 귀국 후에 그는 이용후생에 도움이 되는 청의 문명을 배워오자고 주장하였다. 즉 연암은 경농법, 양잠범, 도자기 제조술, 야금술 등 청나라의 선진 기술을 배워오자고 주장한 것이다. 이어서 그는 이용후생을 실현시키기 위하여 당시 이적(夷狄)이라는 이유로 청의 합리적 과학기술까지도 거부하는 고루한 견해를 가진 이들을 비판하였다.

연암은 이용후생의 방법을 연마하고 농업 기술을 밝히고 상업의 유통을 원활하게 하고 공장(工匠)의 혜택을 이루어주는 실용의 개발을 선비의 과제로 사고 있으며, 이러한 실용이 곧 실학임을 강조하였다(한국철학회, 1999, p.131).

「호질」은 청나라 연행 때 관내정사에서 채집해 온 글이다. 그런데 그 배경이 중국임에도 불구하고 조선 후기의 정치적 현실과 아주 잘 들어맞는다. 「호질」이 창작된 시기는 이 무렵으로 왜란과 호란, 즉 양난 이후의 피폐해진 현실과 관계가 깊다. 가장 큰 피폐는 기존의 질서를 건강하게 지탱하고 있던 성리학적 질서가 겨우 그 명분만을 유지한 채 더 이상 실질적인 정치적 사상으로서의 기능을 수행하지 못하고 있다는 것이었다. 이러한 정치적 현실 속에서 집권층과 민중들의 삶은 보다 더 괴리되고 급기야 정치는 민중을 소외시키기에 이르렀다. 이러한 상황은 연암이 「호질」에서 드러내고자 했던 그의 정치 사상적 배경일 수 있다.

조선 후기 성리학은 현실에서 공자의 '정명사상'을 실현하지 못하고 있었다. 명분과 그에 대응하는 '덕'을 실현함으로써 '예'의 올바른 질서가 이루어지는 정명사회의 실현을 추구하지 못한 것이다. 국가의 정치를 도모하는 대신들은 성리학적 지배적 구조만을 강조할 뿐 양난 이후의 피폐해진 백성들의 현실을 직시하지 못하였고 대안을 내어놓지도 못하였다. 이 때문에 백성들은 자신들의 생존을 위해 이농을 하거나, 산에 올라가 도적이 되는 등 공동체적 삶에서의 일탈을 보임으로써 조선의 현실은 더욱더 부정적으로 피폐화되었다.

성리학의 본질은 자신의 자리에서 자신의 일에 최선을 다하는 것을 일컫는다. 그리고 성리학자들은 이러한 본질의 가장 이상적인 형태가 자연이라고 보았다. 자연은 '이'와 '기'가 한쪽에 치우침이 없는 형태로 완벽한 존재로 그려지고 있다. 그에 반해 인간은 너무나 불완전한 존재이다. 인간은 극기와 수양을 통해 자연을 닮아 이상적인 존재가 되어 가야 하지만 이를 이행하지 못할 뿐 아니라 인식조차 하지 못함에 연암은 개탄하고 있다. 이러한 그의 사상은 「호질」 속에서 우화의 기법으로 다음과 같이 드러나 있다.

비위란 짐승이 범을 잡아먹고 죽우란 짐승이 범을 잡아먹고 박이

라는 짐승이 범을 잡아먹고, 오색사자가 큰 나무 둥치 구멍에 있다가
는 범을 잡아먹고, 자백이란 짐승이 범을 잡아먹고, 표견이란 짐승이
날아서 범을 잡아먹고, 황요라는 짐승은 범이나 표범의 염통을 끄집
어내 먹고, 뼈가 없는 활이라는 짐승은 범이나 표범이 삼키면 뱃속에
서 그 간을 먹고, 추이란 짐승은 범을 만나면 짓찧어서 씹어 먹고,
범이 맹용이란 짐승을 만나면 눈을 감아 감히 쳐다보지를 못한다. 그
러나 사람들이 맹용은 무서워하지 않고 범을 무서워하고 보니 범의
위엄이란 대단하지 않은가. 범은 개를 잡아먹으면 취하고, 사람을 잡
아먹으면 귀신이 붙는 법이다(박지원, 리상호 옮김, 2005, p.367).

이렇게 먹고 먹히는 관계에 대해 비유와 상징의 기법을 동원하
여 표현하고 있다. 비위가 누구인지 죽우가 누구인지 오색 사자가
누구인지 자백, 표견, 황요, 맹용 등이 누구인지 아는 사람은 알 것
이다. 그러나 대부분은 도대체 무슨 소리 하는지 모르겠다는 사람
들일 것이다. 그러므로 연암의 작품은 알아듣지 못하는 이들에게는
매우 잘 쓴 한 편의 우화에 지나지 않는다. 하지만, 알아듣는 자들
에게는 매우 위험한 한 편의 정치적 비리를 상징적으로 표현한 또
다른 정치이다.

연암은 『열하일기』「관내정사」에 삽입한 「호질」의 후기에 이런
말을 덧붙여 놓고 있다.

　연암 씨는 이르노라.
　이 글에는 작자의 성명이 없지마는 대체로 보아 근세의 중국 사람
들이 비분강개해서 지은 글로 보인다. 세상 운수가 한밤중으로 들어
가게 되자 오랑캐로부터 받은 재화가 맹수의 피해보다도 더할 새, 소
위 선비 나부랭이로서 염치를 못 차리는 자들이 글줄이나 꿰어 맞춰
가지고 시속 세상에 아첨을 하니, 범도 물어 가지 않을, '무덤 파는 선
비'보다 나을 것이 있으랴.

……(중략)……

이 글에는 본래 제목이 없었는데 이제 글 가운데 있는 '범의 꾸중'을 제목으로 삼아 중국이 맑아지기를 기다리는 바이다(박지원, 리상호 옮김, 2005, p.379).

위에서 보듯이 조언을 넘어선 경고와도 같은 문장은 '범의 꾸중' 속의 문체와 별반 다르지 않다. 그리하여 범과 연암은 여러 모로 동일시되는 듯한 분위기여서 이는 '연암의 꾸짖음'이 아닐까 하지만 그 증거는 분명하지 않다.

2. 정치적 상징

「호질」은 연암이 조선 지배층의 부조리를 우화적 기법으로 비판한 소설이다. 200년이 지난 지금까지도 연암의 비판이 빛을 잃지 않는 이유는 「호질」 속의 비유와 상징 때문이다. 그리고 연암의 작품 「호질」이 세상에 공개된 뒤 수많은 연구가 있었지만 대부분은 문학 작품이라는 범주 속에서만 이루어져 있다. 이 책은 200년 전에 제작된 「호질」이 소설로서만이 아닌, 현재를 살아가는 사람들에게 꼭 필요한 정치적인 이야기를 하고 있다고 해독하고 이를 텍스트로 선정하여 그 정치적인 의미를 비유와 상징의 측면에 초점을 맞추어 재해석하고, 그 이야기에 담긴 정치적인 상징을 메리엄의 정치적 상징을 분석틀로 하여 탐색한다.

1) 미란다와 크레덴다

조선 후기 사회는 충(忠)·효(孝)·열(烈)이라는 인륜에 집중한 관념적인 가치 체계에서 이용후생이라는 물질적이며 역동적인 가치 체계로 변화하면서 많은 모순을 탄생시켰다. 이 시기의 인륜적인 부조리를 질타한 소설, 당대 지식인의 허위의식에 대한 통렬한 질책을 가한 우화 소설「호질」속에서 미란다를 분석해 보도록 하겠다.

제1장에서도 언급했지만, 미란다는 정치권력을 장악하고 있는 지도자가 발휘하는 매력이 국민을 지도하고 영도하는 매개체가 된다는 것이다. 정치권력의 저변에서 흘러나오는 상징주의의 다양성에서 국민은 지도자를 신뢰하고 경외하게 된다. 즉 미란다는 대중들의 정서적인 공감을 얻을 수 있는 다양한 방법을 통해서 심리에 호소하는 것으로서, 모두가 동일한 집단의 일원이라는 일체감을 자아내는 '동일시의 상징'이라고 할 수 있다.

메리엄의 미란다 요소를 원용하여「호질」속에서 그 요소를 분석하면 다음과 같다. 첫째, 기념일과 기념 기간, 그런데 이러한 미란다는 나타나지 않는다.

둘째, 공공광장과 기념관, 이는 동시대 인간의 이상과 목표 그리고 활동을 위해서 만들어진다. 이러한 특성을 고려할 때,「호질」에 등장하는 공공광장과 기념관은 네 가지로 분석해 볼 수 있다. 먼저, 다음 내용을 보도록 하자.

"동문께에도 먹을 차반이 있는데 이름은 의원이라고 하며 입으로

는 가지각색 풀을 뜯어먹어서 살에는 향내가 풍긴답니다. 서문께에도
먹을 차반이 있는데 이름을 무당이라고 합니다. 온갖 잡귀신에게 아
양을 떨기 때문에 매일같이 목욕재계를 한답니다. 이 두 가지 중에
어느 고기 차반이나 골라 잡수시지요." 하니, 범은 수염을 떨치고 얼
굴빛이 금방 달라지면서(박지원, 리상호 옮김, 2005, p.369)

위의 문장 속에는 '동문'과 '서문'이 나온다. 그리하여 이 책은
미란다로서 첫째, 동문과 서문을 분석한다. 이는 그야말로 동문과
서문을 가리키는 것이기도 하고, 동대문과 서대문을 상징하는 것이
기도 하다. 그리고 이는 동쪽 세력과 서쪽 세력에 대한 비유와 상
징이 내재해 있는 상징이라고도 볼 수 있다. 이 '동문'과 '서문'은
양반 계급을 드러내는 비유이자 상징이다. 원래 양반은 국왕이 조
회할 때 남향한 국왕을 중심으로 문반(文班)은 동쪽에, 무반(武班)
은 서쪽에 섰는데, 이는 이 두 반열을 가리킨다. 또, 이는 양반을
지칭하는 어휘이면서 양반이 사는 지역을 지칭하는 미란다이기도
하다.

그리고 또 '정나라'라고 하는 특정 지명이 나온다. 이 정나라도
공공광장 또는 기념관의 성격을 가진 미란다로 분석할 수 있다. 그
대목은 다음과 같다.

정나라 어떤 고을에 벼슬에 뜻이 없는 한 선비가 있어 북곽 선생
이라고 불렀다(박지원, 리상호 옮김, 2005, p.370).

위의 문장은 리상호의 번역본에서 인용한 것이다. 그런데 리상호
의 번역본이 아닌, 연암의 「호질」 원문에는 정나라가 '정지읍(鄭之
邑)'으로 표기되어 있다. 정(鄭)은 중국 춘추시대 나라 이름이다. 이

나라는 주(周)나라 선왕(宣王)의 아우 우(友: 恒公)를 시조로 한다. 서기전 375년 23대 432년으로 한(韓)나라 애후(哀侯)에게 망한 나라이기도 하다. 정은 유학의 나라인 동시에 음탕한 나라이다.[13]

공공광장과 기념관에 해당하는 또 다른 미란다는 '동리 과부의 마을'이다. 「호질」 속의 문장은 다음과 같다.

> 그 고을 동쪽 마을에는 일찍이 혼자된 인물로 잘난 과부가 살았는데 '동리자'라고 했다. 역시 천자는 동리자의 절개가 놀라운 것을 칭찬하고 제후들까지도 그가 현숙하다고 떠받들어 그 고을의 몇 리 둘레를 잡아떼어 아주 동리 과부의 마을로 정해 주었다(박지원, 리상호 옮김, 2005, p.371).

위의 동리 과부의 마을은 기존의 권력이 기존의 질서를 유지 존속하기 위해 관철시키고 있는 충, 효, 열 가운데 열을 찬미하도록 설립된 공공장소라 할 만하다.

열녀란 남편을 위하여 정성을 기울여 살아가는 아내를 일컫는 말이다. 유교에서는 충, 효와 열을 중요한 덕목으로 정하고 이들을 실천하기를 권유했는데 충은 임금이나 국가에 대해 정성을 기울이는 것, 효는 자식이 부모를 잘 섬기는 것, 열은 아내가 남편을 잘 섬기는 것이다. 고려 말까지는 남편이 사망한 이후, 재혼을 하지 않고 수절한 여인은 무조건 국왕이 열녀로 정표(旌表)하였는데 이는 그 당시까지만 해도 남편이 사망한 이후 아내가 재혼하는 일은 일반화되어 있었기 때문이다. 그러나 조선시대에 오면 양상이 달라진다. 즉 남편이 사망하면 재혼할 수 없도록 법제화하여 1485년(성

종 16년)에는 『경국대전』에 재가부녀(再嫁婦女)와 서얼의 자손은 벼슬길을 막는다는 조항을 삽입하여 중종 때는 개가 자체를 범죄시하였다. 동리 과부의 마을은 조선이 추구하고자 하는 유교 덕목 가운데 열을 강요하는 상징이다. 이 상징은 국가가 추구하고자 하는 열이라는 이념을 찬미하는 데 복무하며 이러한 이념으로 국가의 정치 질서를 유지하고자 하는 기존 권력자들에게 철옹성 역할을 한다. 정치적 상징은 지배자가 확산시키고자 하는 어떤 메시지를 소리 없이 전파하여 그를 따르지 않는 자들에게 죄의식을 갖도록 하나의 틀을 만든다. 동리 과부의 마을은 지배자인 천자가 기존의 질서를 유지하는 수단으로 하사한 공공광장이다. 이는 무력이나 폭력이 아닌 방법으로 기존 질서를 유지하는 정치적 상징 조작, 미란다라 할 수 있다.

셋째, 메리엄이 말하는 미란다, 음악과 노래는 나타나지 않는다. 넷째, 깃발, 훈장, 의장, 조형물과 제복의 문양 등이라 할 수 있는 미란다는 의장에 견줄 만한 먹으로 나타난다. 먹에는 지배층을 상징하는 미란다가 숨어 있는데, 그 대목은 다음과 같다.

> 날마다 먹을 아무리 갈아대고 연장을 아무리 벼려대도 그놈의 나쁜 버릇들을 막아 낼 재주는 없을 것이다(박지원, 리상호 옮김, 2005, p.373).

박정수의 번역본에서는 '좋은 먹과 도끼와 톱'으로 표현되고 있는데, 리상호 번역본에서는 '먹'과 '연장'으로 표현되고 있다. 특히 여기서 '먹'은 지배층, 그리고 지식인의 상징이라 할 수 있다. 먹은 지금도 '먹물 든 사람'이라는 말로 여전히 지식인을 지칭하는 상징으로서의 이미지를 이어 나가고 있다.

다섯째, 일화와 역사에 해당하는 미란다를 분석해 보자. 여기에 해당하는 미란다는 단연 범이다. 그리고 북곽과 동리자의 일화 또한 여기에 해당하는 미란다이다. 「호질」 속에서 범은 최고의 찬미의 대상이다. 먼저 범에 대해 소개하는 부분을 인용해 보면 다음과 같다.

> 범이란 영특하고 갸륵하고 문무가 겸전하고 자애롭고 효성 있고 어질고도 슬기롭고 용맹이 놀랍고 장하여 천하에 적수가 없건마는(박지원, 리상호 옮김, 2005, p.367)

「호질」이라는 작품을 이끌어 가는 중심축은 범이다. 그리고 그 범은 누구도 당할 수 없는 절대적인 카리스마의 상징이다. 연암은 찬미의 대상으로서의 범을 상정하고 그 범이 질서를 바로잡는 역할을 훌륭히 수행하는 모습을 보여줌으로써 감탄하게 하고 있다.

메리엄에 의하면 미란다는 인적·물적 상징을 자유자재로 이용함으로써 사람들을 자기의 지도에 따르도록 만들려고 하는 것이므로 한국적 분위기에서 범은 자신의 지도에 따르도록 만들려는 조작을 하기에 적절하다. 범은 대체로 진보, 독립, 모험, 투쟁 등의 속성을 지닌 매우 현실적 동물이다. 연암은 범을 정치적 상징으로 내세움으로써 사람들을 메리엄이 의도한 바대로 자기의 지도에 따르도록 만들고 있다. 이것을 뒷받침하는 부분, 즉 북곽에 대한 일화를 인용해 보면 다음과 같다.

　　정나라 어떤 고을에 벼슬에 뜻이 없는 한 선비가 있어 북곽 선생
이라고 불렀다. 나이 마흔에 제 손으로 교열한 책이 만 권이나 되고
사서오경의 뜻을 풀어서 다시 지은 책이 1만 5천 권이나 되었다. 이
래서 천자는 북곽 선생이 이룩한 것이 놀랍다고 칭찬을 하고 제후들
까지도 북곽 선생이라면 한 번 찾아보기가 원이었다(박지원, 리상호
옮김, 2005, pp.370 - 371).

위와 같이 소개되는 북곽에 대한 일화는 북곽이라는 인물에 대
해 찬미하게 하는 부분, 즉 미란다와 관련이 깊다. 그렇다면 이렇
게 찬미받는 인물로서의 북곽이라는 이름도 지리적으로 어떤 특정
지역을 암시하는 것이 아닌가 하는 질문을 던지게 된다. 즉 북곽은
'북촌'과 관계가 깊지 않을까 하는 것이다. 북촌은 청계천과 종로
의 위쪽에 위치했다 하여 북촌이다. 북촌 마을은 북악산 자락 아래
동서로 펼쳐진 가회동, 삼청동, 원서동, 재동, 계동, 인사동, 사간동
등을 통칭한다. 북촌은 볕이 잘 들고 배수가 잘될 뿐 아니라 지리
적으로 도성의 중심에 놓여 있어, 주거지로서의 조건도 다른 어느
지역보다 뛰어나 예로부터 권문세가들의 주거지로 자리매김해 왔
다. 아울러 궁궐이 가까이 있어 재동 일대는 팔도 각지에서 올라온
양반들의 주택들과 육조관아에 근무하던 관리들과 이들에 딸린 하
인들이 살던 작은 집들이 모여 있었다. 북곽은 북촌의 또 다른 이
름으로 읽을 수 있다. 그리하여 '천자는 북곽 선생이 이룩한 것이
놀랍다고 칭찬을 하고 제후들까지도 북곽 선생이라면 한 번 찾아
보기가 원이었다' 할 때 그 표현은 어색하지 않다. 북곽은 고매한
선비를 상징하고 있다. 선비는 한국적 전통에서 좋은 사람의 상징
이다.

　　선비정신은 의리와 지조를 중요시하는 정신이다. 어떻게 인간으로
서의 떳떳한 도리인 의리를 지키고, 그 신념을 흔들림 없이 지켜내는
지조(志操)를 일이관지(一以貫之)하게 간직할 수 있느냐가 최대 관심
사였다. 인간이 짐승의 무절제한 욕망이라는 차원에서 벗어나 인간다
운 삶을 영위하기 위한 방법론으로서의 인성론(人性論)을 발전시킨
것도 그러한 맥락에서 이해된다. 조선 전기의 인심도심설(人心道心
說)이나 후기의 인물성동이론(人物性同異論)은 인간학에 대한 이론
적 심화 과정이며 정신적 가치에 대한 인식 체계였다(정옥자, 1993,
p.83).

　　그리고 동리자에 관한 일화 역시 동리자를 찬미의 대상으로 보
게 하기에 충분하다. 사회의 질서를 유지하기 위해서는 '절개'를
관리하는 능력이 요구된다. 그야말로 충절 이데올로기라는 것은 권
력을 오래도록 지속하고 승계하는 데 매우 중요한 역할을 수행하
는 미란다이다.

　　천자는 동리자를 절개의 상징으로 칭찬하여 지배 이데올로기를
굳건히 하고자 한다. 이러한 천자의 칭송은 고도의 통치 기술로서
자신의 권력을 유지해 가고자 던져놓은 포석이다. 왜냐하면, 절개
는 의리의 표현이고 충성의 다른 표현이기 때문이다.

　　이러한 일화, 즉 이야기들은 누군가를 동경하게 하고 찬미하게
하는 데 기여한다. 지배층은 기존 질서를 강화하기 위한 미란다로
서 일화와 역사를 활용하는데, 연암은 이를 포착한 것이다. 북곽이
라는 인물과 그의 일화, 그리고 동리자라는 인물과 그의 일화는 지
배층을 찬미하고 기존의 지배 질서를 잘 따르도록 만드는 미란다
로서 복무하고 있다.

　　여섯째, 교묘한 성격의 의전에 해당하는 미란다를 분석해 보기로

하자. 「호질」은 전체적으로 범에 대한 교묘한 의전과 밀접하다. 본문을 분석해 보면 이러한 의전이 세 가지 나온다. 다음 인용문을 보자.

> 범은 첫 번째 사람을 잡아먹으면 죽은 사람의 혼은 '굴각'이라는 창귀가 되어 범의 겨드랑 밑에 붙어서 범을 끌어다가 남의 집 부엌으로 들어가 범이 그 집 솥전을 핥으면 그 집 주인은 그만 배가 고파지면서 그 아내에게 밥을 시키게 된다고 한다(박지원, 리상호 옮김, 2005, p.368).

> 범이 두 번째 사람을 잡아먹으면 죽은 사람의 혼은 '이올'이란 창귀가 되어서 범의 광대뼈 위에 붙어서 높은 데 올라가 망을 보다가 덫이나 함정이 있을 때는 앞질러 가서 덫틀을 풀어 놓아 버린다고 한다(박지원, 리상호 옮김, 2005, p.368).

> 범이 세 번째 사람을 잡아먹으면 죽은 사람의 혼은 '육혼'이란 창귀가 되어 범의 턱에 붙어 있다가 제가 아는 친구들의 이름을 죄다 주워섬겨 바친다고 한다(박지원, 리상호 옮김, 2005, pp.367 – 368).

위의 세 문장 내용은 범에 대한 소개이면서 범에 대한 교묘한 의전이라 할 수 있다. 범의 위엄을 누구도 당할 자가 없다는 것, 즉 천하에 적수가 없다는 것, 아내에게 밥을 시키게 된다는 것, 앞질러 가서 덫틀을 풀어 놓아 버린다고 하는 것, 그리고 마지막, 범의 턱에 붙어 있다가 제가 아는 친구들의 이름을 죄다 주워섬겨 바친다고 한다로 귀결된다. 이것은 범 앞에서는 모두 정직하지 않으면 안 될 정도로 범의 카리스마가 대단하다는 것 또는 범의 위용 때문에 범 앞에서는 모두 비굴해진다는 것 등을 암시하고 있다. 이보다 더 교묘한 의전은 북곽이 범 앞에서 보여주는 모습이다.

일곱째, 「호질」에서는 메리엄이 말하는 행진, 웅변, 음악을 동원한 군중 시위 등의 미란다 요소는 발견되지 않는다.

지금까지 메리엄이 말하는 미란다 일곱 가지 요소를 준거로 하여 연암의 작품 「호질」을 분석하여 일곱 가지의 미란다에 해당하는 미란다를 알아보았다. 위에서 기술한 내용을 다시 요약하면, 「호질」 속의 공공광장과 기념관과 같은 미란다는 양반을 상징하는 동문과 서문, 유학을 상징하는 정나라, 열(烈)의 상징 동리 과부의 마을로 나타난다. 깃발, 훈장, 의장, 조형물과 제복의 문양과 같은 미란다는 선비의 상징으로서의 먹, 일화와 역사로서의 미란다는 천하무적 범, 그리고 천자가 칭찬하는 학자 북곽, 천자가 칭찬하는 과부 동리자이다. 그리고 범 앞이라면 벌벌 떠는 교묘한 의전을 표현함으로써 권력 유지 존속을 위한 미란다를 보여주고 있다.

이제 「호질」에서의 미란다를 종합적으로 정리해 보자. 「호질」에서는 유교 정치 체제에 대한 정서적인 동조 성향을 목적으로 하는 미란다를 드러내 보인다. 즉 연암은 유교 정치 체제가 양반과 선비 중심 체제임을 설파하면서 이를 대표하는 사람으로 북곽을 내세우고 있다. 그리고 유교에서 열 이데올로기를 강조하기 위해서는 열녀 동리자를 내세우고 있다. 이렇게 하여 연암이 유교 질서 유지를 꾀하고자 함을 알 수 있다. 연암은 기존 정치 질서인 유교를 수호하고자 하는 것이다. 그리고 천하에 적수가 없는 범은 유교 국가에서 군왕이자 정부이자 국가를 상징한다. 범은 내성외왕과 천인합일의 경지에 있다는 천자를 의미하는 질서 속에서의 최정점에 있는 상징이다.

다음으로, 연암의 작품 「호질」 속에서 크레덴다를 분석해 보기로 하자. 제1장에서 정치적 상징과 문학에 대하여 기술하며 살펴보았듯이, 크레덴다는 인간의 지적인 면이 정치권력이나 권위에 어쩔 수 없이 동의하지 않으면 안 되도록 하는 상징적 조작이다. 이러한 상징은 권력을 사람들에게 합리적으로 납득시켜 그 유지와 존속에 동의하도록 하려는 측면이 강하다. 분석틀을 중심으로「호질」속에서 크레덴다를 분석해 보도록 하자.

메리엄이 말하는 크레덴다를「호질」속에서 잘 드러내고 있는 상징은 범이다.「호질」속의 범은 "영특하고 갸륵하고 문무가 겸전하고 자애롭고 효성" 있으며, "어질고도 슬기롭고 용맹이 놀랍고 장하여" 천하에 적수가 없는 존재로 등장하고 있다(박지원, 리상호 옮김, 2005, p.367).

그리하여「호질」속의 범은 메리엄이 말하는 세 가지 크레덴다를 충족시키고 있는 존재로 보인다. 그러므로 범은 이성에 호소하여 존경을 받는 상징으로 표현되고 있다. 이러한 성격의 크레덴다를 드러내는 부분을 찾아보자.

> ……범이 맹용이란 짐승을 만나면 눈을 감아 감히 쳐다보지를 못한다. 그러나 사람들이 맹용은 무서워하지 않고 범을 무서워하고 보니 범의 위엄이란 대단하지 않은가. 범은 개를 잡아먹으면 취하고, 사람을 잡아먹으면 귀신이 붙는 법이다(박지원, 리상호 옮김, 2005, p.368).

범의 위엄을 기술하는 부분이다. 이러한 부분이 범에 대한 존경심을 조성하는 크레덴다로 작용하고 있다. 즉 범을 존경해야 한다는 정치적 상징 조작과 관련이 깊다. 맹용이나 개 혹은 사람 등은 범과 연관된 존재에 대한 은유이다. 여기서 맹용, 개, 사람이라는 구체적 실체를 파악하거나 거론하기는 어렵지만, 연암은 이러한 은유를 활용하여 우언의 기법으로 범을 표현하고 있다.

사실 「호질」은 '범의 꾸중'으로 범이 맹용을 무서워하지만 개를 먹으면 취하고 사람을 먹으면 귀신이 붙는 존재이기 때문에 성스러운 존재도 아니다. 그럼에도 불구하고 범에 대해 경의를 표하는 태도를 취하는 북곽의 모습은 범이 신뢰받는 존재의 상징이라는 사실을 더욱 굳건히 해 주고 있다. 그 내용은 다음과 같다.

> 북곽 선생은 머리를 조아리고 엉금엉금 기어 범 앞으로 나와 절을 세 번 하고는 꿇어앉아 고개를 젖히고 하는 말이, "범님의 덕이야말로 참말 지극하오이다. 세상에 큰 인물들은 당신이 변화하는 재주를 본받고, 제왕들은 당신의 걸음걸이를 배우고, 사람의 자식 된 자들은 당신의 효성을 법도로 삼고, 장수들은 당신의 위엄을 취하오이다.
>
> 당신의 이름은 신령스러운 용님과 짝이 됩시와 한 분은 바람을 맡고 한 분은 비를 맡으신지라. 인간 세상의 천한 이 몸은 감히 당신의 아랫자리에서 삼가 모실까 하오이다." 하니(박지원, 리상호 옮김, 2005, pp.372－373)

이렇게 정중하고 공손하게 고개를 숙여 예를 갖추어도 범은 꾸짖는다. 찬미를 받아야 하는 북곽이 도리어 꾸중을 들으니 이 부분은 범의 크레덴다를 더욱더 견고하게 드러내 보이는 정치적 상징 조작이라 할 수 있다. 그리고 이렇게 강력한 크레덴다에 둘러싸여 있는 범에게는 복종하지 않는 존재가 없다. 또, '……그만 배가 고파지면서 그 아내에게 밥을 시키게 된다.'고 하는 부분과 '……높은 데 올라가 망을 보다가 덫이나 함정이 있을 때는 앞질러 가서 덫틀을 풀어 놓아 버린다.'는 부분에서도 범에게 경의를 표하는 태도를 보여준다. 그리고 동시에 복종의 모습도 보여주고 있다. 더나아가 '제가 아는 친구들의 이름을 죄다 주워섬겨 바친다.'는 경우처럼 희생의 모습을 동시에 드러내 보이는 부분도 있다. 범은 모두를 제압하는 강력하고 신비한 크레덴다로 자신을 둘러싸고 있다. 부조리한 북곽을 꾸짖고 체제 유지의 카리스마를 지닌 존재로서 절대복종을 연출하여 합법성의 독점을 상징함을 보여준다.

위의 분석을 정리하면, 「호질」에서의 크레덴다는 신성하고 초능력적인 범에 대한 존경, 그리고 신성한 범에게 경의를 표하는 태도로 나타난다. 그리고 유교 질서 최정점의 군왕과 같은 범에 대한 복종, 유교 질서 최정점의 군왕과 같은 범을 위한 희생으로도 나타난다. 마지막으로 그 크레덴다는 신성한 위력을 지닌 존재로서의 합법성의 독점으로도 나타난다.

다음으로, 위의 분석을 종합적으로 정리해 보면, 「호질」에서의 크레덴다 가운데 범은 신성한 군왕의 상징으로서 기존 정치 질서인 유교를 수호하고 유지하고자 한다. 이상으로 「호질」에서의 미란다와 크레덴다에 대하여 알아보았다.

2) 대항 미란다와 대항 크레덴다

다음으로, 대항적인 개념을 도입하여 「호질」 속에서 기존 지배체제 및 정치 질서에 대항하는 미란다와 크레덴다, 즉 대항 미란다와 대항 크레덴다를 분석해 보기로 하자. 그 분석을 위한 준거는 앞의 제3장에서 제시한 분석틀과 같다. 먼저 대항 미란다를 분석해 보도록 하자. 첫째, 대항 미란다로서, 대항적인 기념일과 기념 기간 설정은 나타나지 않는다.

둘째, 기존의 공공광장과 기념관 파괴 또는 새로운 공공광장과 기념관 설립에 해당하는 대항 미란다는 동리 과부의 마을을 파괴하는 것으로 나타난다. 유학사상으로 나타나는 크레덴다의 구체적 항목들 가운데 가장 중요시되는 상징은 충, 효, 열이다. 이 상징 가운데 열의 상징인 동리 과부의 마을은 동리자의 변절로 인하여 파괴가 된다. 연암은 기존 성리학에서의 모순되고 부조리한 측면을 파괴하고 성리학 본연의 세계를 복원하고 싶은 것이다. 즉 연암은 북곽과 동리자의 밀회를 고발하는 방식으로 이들의 불륜에 대하여 호통을 치는 범을 등장시키고 있지만, 실상 그의 사상은 지키지도 못하는 법과 찬미의 상징은 파괴되어야 마땅함을 표현한 것이다. 그리하여 연암은 북곽에 대해서는 그를 '똥구덩이'에 빠뜨리는 처방을 내리면서도 동리자를 처벌하고 있지는 않다. 사실상 신성한 상징, 찬미의 대상으로서의 열부의 땅, 동리 과부의 마을을 파괴함으로써 연암은 기존 정치 질서를 유지하고자 하는 세력에 대항하는 면모를 은유적으로 드러내고 있다고 보아야 할 것이다.

셋째, 대항적인 음악과 노래는 나타나지 않는다. 넷째, 대항적인 깃발, 훈장, 의장, 조형물과 제복의 문양 등도 나타나지 않는다. 그런데 연암이 만든 추상적 의장이 있다. 「호질」은 본래 우화이다. 이 우화 속에서 연암이 창조한 추상적 의장은 범이다. 범이라는 추상적 의장으로 부조리한 세상을 타파하고자 하는 것이 연암의 의도이므로 이는 대항 미란다로 분석할 수 있다. 범, 즉 호랑이는 우리의 전통적 사유 안에서 집안에 들어오는 '잡귀를 쫓아내는 영물'

을 상징한다.

　우리의 옛사람들은 호랑이를 산신령(山神靈) 또는 산군(山君)이라 불러왔다. 그리고 백두산 인근에서는 노야(老爺) 또는 대부(大父)로 불렀다. 12세기 문헌에는 호랑이를 '호왈감(虎曰監)'이라 하였는데 '감'은 호랑이의 고어이다. 한반도에 호랑이가 살기 시작한 것은 대략 3만 년 전이라고 추정한다. 그리하여 호랑이가 우리 민족의 관심의 대상이 된 것은 선사시대부터라 할 수 있다. 지금까지 연구된 바에 의하면 그러한 관심을 최초로 표현한 유물은 경남 울주군 언양면 대곡리 암벽의 바위그림이다. 이 암벽화에 나타난 호랑이는 풍요를 기원하는 주술적인 의도로 해석되고 있는데 여러 동물들과 함께 나타나고 있다. 그러므로 호랑이는 수렵의 대상이라는 단순한 의미를 뛰어넘어 주술적 의미, 어떤 신앙의 대상이었을 가능성이 높다. 이러한 호랑이의 상징성은 고구려 고분벽화에도 나타나 있다. 즉 '사신도' 가운데 '백호'는 음양오행에 따라 서쪽의 금성을 상징하는 것이다. 게다가 호랑이는 고대의 능이나 묘, 그리고 토우, 12지신상, 석호 등에도 자주 등장하고 있다. 대개의 문헌이나 전설 또는 설화에서 호랑이는 백수(百獸)의 영장(靈長)이다. 그리하여 한국의 상징에 등장하는 호랑이는 언제나 인간에게 강렬한 신비성을 가지고 나타난다. 백수의 영장인 호랑이는 만물의 영장인 사람과의 교류에서도 영적인 측면을 강하게 발휘하는 것이다.

　　만물의 영장인 호랑이는 인간에게 상당히 많은 신비성과 절대성을 가지고 나타난다. 사람과의 영적 교류에서도 다른 야수의 추종을 불허하고 있다(한상수, 1974, p.7).

인간의 힘으로는 호랑이를 이길 수 없었던 시대에 호랑이의 위력은 인간을 굴복하게 했고, 그 굴복은 호랑이에게 가무나 공물을 바치거나 공손한 대접을 하게 했다. 이러한 양상은 산신제와 같은 의례로 나타나는데, 이는 민중의 의존의식을 엿보게 한다. 그리하여 의례에 등장하는 호랑이는 때로는 원조자로, 때로는 징계자로서의 기능을 하고 있다. 「호질」에서 북곽을 질타하는 호랑이는 원조자 또는 징계자의 의미를 포함하고 있다고 할 수 있다.

반면에, 본능의 원리에 충실하게 포식의 욕구를 채우기 위해 애쓰다가 인간에게 패배당하고야 마는 호랑이도 있다. 호랑이는 대체로 거대한 위력을 이용해 횡포를 부리는 통치자, 부자, 강자의 속성을 지닌 존재로 부각되어 있으므로 그의 패배는 한바탕 통쾌한 웃음을 선사한다. 이러한 해학 혹은 풍자는 강력한 왕권과 봉건적 신분 체제하에서 직설적인 비판을 할 수 없었던 사회 구조 때문이었을 것이다. 정공법이나 직설법으로는 비판과 물리적 도전이 금지된 사회에서 지배자 계층의 부도덕이나 권력 남용과 같은 악덕을 고발하는 지혜가 호랑이라는 '백수의 영장'을 동원하게 했을 것이고, 그를 패배자로 만들어 웃음거리로 삼는 재미를 창조하게 했을 것이다. 물론 「호질」에서는 북곽이 호랑이에게 패배하는 모습을 보인다. 하지만 「호질」의 서두에서 묘사되는 호랑이는 완벽하게 신성한 산신의 모습을 지닌 호랑이는 아니다. 포식의 욕구를 채우기 위해 횡포를 부리는 모습 또한 교묘하게 연출되어 있다. 그러므로 지배층을 질타하기 위한 범은 그 자체로서 민심을 응원하는 대항적인 의장, 곧 대항 미란다라 할 만하다. 짓밟히는 민심은 판타지를 활용하여서라도 강렬한 원조자를 갈구하며 불가능한 줄 알면서도

구원을 기다리는 법이다.

다섯째, 대항적인 일화와 역사라 할 만한 일화를 분석해 보기로 하자. 「호질」 속에는 어떤 음담패설과 관계가 있는 대목이 나온다. 리상호 번역본에 등장하는 이 부분은 다음과 같다.

> "병풍 위엔 원앙 한 쌍, 반딧불은 반짝반짝, 오롱조롱 살림 그릇, 누구누구 본떴다지. 흥야라."
> 다섯 아들은 서로 수군거리기를,
> "북곽 선생은 어진 분이라 예절로 보아 설마 과부의 문간에 발길을 들여놓을 리가 만무할 터요. 내가 일찍이 들으니 정나라 성문이 무너진 데 여우굴이 있다더라. 여우가 천 년을 묵으면 사람 두겁을 쓴다는 말을 들었는데 이것은 필시 여우가 북곽 선생의 탈을 쓰고 나온 것이 틀림없구나!" 하면서, 서로 쑥덕공론을 하기를,
> "내 들은 말로는 여우 갓을 얻으면 만부자가 되고, 여우 신을 얻으면 대낮에도 제 몸이 다른 사람 눈에 안 보인다 하고, 여우 꼬리를 얻으면 남을 잘 호려 반하도록 만든다는데, 어째서 이놈의 여우를 잡아 죽여 우리끼리 나눠 가지지 않을 것인가?"
> 하고는, 이내 다섯 아들은 안방을 둘러싸고 덤벼 들이쳤다(박지원, 리상호 옮김, 2005, pp.371－372).

그런데 위의 '오롱조롱 살림 그릇'은 박정수 번역본에서는 가마솥과 세발솥을 가리키고 있다. 가마솥과 세발솥은 남녀상열지사를 넌지시 암시하는 상징이다. 그러므로 위의 인용문 속에 들어 있는 북곽의 시는 고고한 학자라는 겉모습을 지닌 이중인격 소유자의 음담패설이라 할 수 있다. 그런데 동리자의 다섯 아들이 엿들으면서 '이 놈의 여우를 잡아 죽여 우리끼리 나눠 가지지 않을 것인가?'라고 한다. 여우를 잡아 죽이겠다고 했지만, 사실은 여우 같은 북곽을 죽이겠다는 것이다. 위선적인 학자를 파괴하겠다는 대항 미

란다가 적용되고 있는 부분이다.

그리고 동리자의 역사 또한 열 이데올로기를 파괴하는 대항적인 미란다가 된다. 동리자의 행실은 기존 성리학 질서에 매우 대항적인 성격을 내보인다. 물론 기존 질서의 입장에서 동리자의 행실은 지탄의 대상일 수 있지만, 동리자의 파계는 성리학적 질서를 유지하고자 하는 지배 계층으로서는 도저히 용납할 수 없는 도전이다. 동리자는 표리부동한 존재인데, 그럴 수밖에 없는 상황은 조선 사회의 지배 질서가 이미 그 모순을 내부에 안고 있었다고 볼 수 있는 것이다. 「호질」은 억지로 준수하고 있는 준법 사상의 위선을 비웃는다고 볼 수도 있지만, 차라리 폐지하고 개혁하는 것이 낫지 않겠느냐 하는 식의 기존 질서에 대한 파쇄 요구이기도 하다. 조선 사회 유학적 풍토에서 지탄받아야 마땅한 동리자의 부조리는 그 내용이 다음과 같다.

> 동리자가 수절은 잘한다지만 아들 오형제가 모두 각성바지였다(박지원, 리상호 옮김, 2005, p.371).

위의 내용은 성의 문제에 국한하여 민간 습속을 파괴하는 풍기문란으로 파악할 수도 있지만, 중대한 미풍양속의 파괴로서 지배 계층에 대한 신랄한 저항이자 조롱의 뜻을 우회적으로 펼친 것이라 볼 수도 있다.

조선시대의 실학자들도 열 이데올로기를 찬미하며 이를 '중화의 풍속이 미치지 못하는 우리의 미속'이라 하여 받들었다. 이러한 분위기 속에서 열녀의 양상은 더욱더 심해져 남편이 사망하면 자살을 하기도 했다. 심지어 외간 남성에게 손을 잡힌 사건 정도로도 투신자살을 감행하거나, 배우자 측 혹은 친정으로부터 가문의 명예를 훼손하거나 파괴한 일이라 하여 자살을 권유받거나 강제당하는 상황으로까지 치달았다.

이러한 열 이데올로기를 찬미하는 조선의 기존 질서 수호를 위해서는 동리자를 음탕한 여성이라고 매도하는 것이 정상적 사고이다. 그러나 동리자의 입장에서 보면 수절은 명목, 각성바지 아들의 획득은 실질적인 소득이므로, 기존 질서를 얼마든지 조롱하며 비판할 수 있다. 동리자의 다섯 아들은 기존 질서에 대한 조롱과 파괴의 결과물이다. 이들은 '여우가 북곽 선생의 탈을 쓰고 나온 것'이라고 북곽을 조롱하고 선비 사회의 찬미받을 만한 기존 미란다를 파괴하고자 한다. 동리자와 동리자의 다섯 아들과 관련한 이야기는 일화와 역사를 드러내 보이는 대항 미란다이다.

여섯째, 대항적인 교묘한 성격의 의전에 해당하는 대항 미란다를 분석해 보자. 북곽과 범의 행위는 의전과 관계가 깊다. 북곽을 기존의 지배층 상징으로 보는 경우, 이미 범의 등장부터 심상치 않을 뿐만 아니라, 북곽에게 큰 굴욕을 주는 분위기의 교묘한 의전은 대항 미란다로 볼 수 있다.

정치는 복잡한 인간 사회의 수많은 갈등과 질서를 바로잡는 원리라 할 수 있다. "정치는 바로잡는다는 뜻이니, 그대가 바름으로써 솔선수범한다면 누가 감히 바르지 않겠는가?"[14] 이것이 공자의 정명사상이다. 그리하여 공자는 이러한 정치의 정(政)에 대하여 정(正)이라고 단호하게 규정하였다. 공자의 정치사상은 군주 자신이

---

14) 『論語』 「顔淵」 제17장: 季康子問政於孔子 孔子對曰 政者 正也 子帥以正 孰敢不正.

처신을 바르게 하면 그 정(正)이 널리 파급되어 정치가 이루고자 기획하는 바를 이룬다고 한 것이다. 이것이 바로 명(名)을 바로잡는 다는 뜻의 정명 사상인데 주로 명실 관계에 대한 정치 윤리적 개념 으로서 서양의 정의 개념과 통한다고 볼 수 있다.

정명은 명의 의미에 따라 사물의 실상에 대응하는 이름을 가리 킨다. 즉 정명은 사물의 실제와 그 명을 일치시킨다는 뜻으로 동이, 시비, 진위를 분별한다는 논리학의 사실 판단과 상통한다. 또한, 정 명은 인간 내면의 덕에 대응하는 명분의 의미이기도 하다. 이 경우 의 정명론은 인간의 덕과 그 명분을 일치시킨다는 뜻으로 명분, 귀 천, 선악을 구별하는 윤리학의 가치 판단에 해당한다. 논어의 한 부분을 살펴보자.

> 명분과 관련하여 자로가 "자로가 위나라 왕께서 선생님을 맞아들 여 정치를 하게 된다면 무엇부터 시작하시겠습니까?"라고 물어보니, 공자는 "꼭 명분을 바로 세우라."라고 했다. 명분이 바르게 서지 않으 면 말이 통하지 않고, 말이 통하지 않으면 일이 이루어지지 않고, 일 이 이루어지지 않으면 예와 악이 일어나지 않고, 예와 악이 일어나지 않으면 형벌이 알맞게 적용되지 않고, 형벌이 알맞게 적용되지 않으 면 백성은 손발을 둘 곳이 없다고 했다. 그러므로 군자가 이름을 붙이 면 반드시 말할 수 있으며, 말할 수 있으면 반드시 행할 수 있는 것이 니, 군자는 그 말에 있어 조금도 구차함이 없어야 한다는 것이다.[15]

그렇다면 정명은 어디서부터 시작되어야 하는가? 공자는 "정사란 바로잡는다는 뜻이니 그대가 바름으로써 솔선수범한다면 누가 감

---

15) 『論語』「子路」제3장: 子路曰 衛君 待子而爲政 子將奚先. 子曰 必也正名乎. 子路曰 有是哉 子之迂也 奚其正. 子曰 野哉 由也 君子於其所不知 蓋闕如也. 名不正 則言不 順 言不順 則事不成. 事不成 則禮樂不興 禮樂不興 則刑罰不中 刑罰不中 則民無所措 手足 故 君子名之 必可言也 言之 必可行也 君子於其言 無所苟而已矣.

히 바르지 않겠는가?"라고 대답했다. "그대가 선하고자 하면 백성들이 선해지는 것이니, 군자의 덕은 바람이요, 소인의 덕은 풀이다. 풀에 바람이 가해지면 풀은 반드시 쓰러진다."[16]는 것이다. 이 말은 곧 백성들은 정사를 하는 자의 덕을 본받는다는 것이다. 즉 위정자가 선행을 행하면 백성들도 선해진다는 것이다. 뿐만 아니라 공자는 솔선하며 부지런히 해야 한다고 하였다.[17] 다시 말하면, 정(正)이란 정치를 하기에 앞서 모든 인간이 자신의 도덕적 활동을 완성하는 것을 의미한다고 볼 수 있다. 범이 북곽을 굴복시키고 민심을 시원하게 긁어주면서 한바탕 웃게 만드는 의전은 매우 교묘하다. 이는 「호질」이라는 작품이 교묘히 숨기고 있는 전체적인 의전인데 대항 미란다의 측면이라 할 수 있다.

마지막으로 대항적인 행진, 웅변, 음악을 동원한 군중 시위에 해당하는 대항 미란다를 분석해 보기로 하자. 행진이나 음악을 동원한 군중 시위라 할 수 있는 대항 미란다는 나타나지 않는다. 하지만 「호질」에서는 '범의 꾸중'이 매우 중요한 소재이자 주제로 나타난다. 이는 연암이 하고 싶은 말을 범이 대신하여 하고 있는 것인데, 범의 꾸중은 그야말로 긴 웅변이다. 범의 꾸중은 현재 권력을 유지하고 있는 지배 계층의 미란다를 공격하는 대항 미란다로서 강력한 정치적 상징이라는 면모를 지닌다. 그 내용은 다음과 같다.

범이 꾸짖는다.
"아예 가까이 오지 말라. 내 일찍이 들으매 '선비 유' 자는 '아첨

---

16) 『論語』「顔淵」 제19장: 李康子問政於孔子曰 如殺無道 以就有道 何如 孔子對曰 子爲
    政 焉用殺 子欲善 而民善矣 君子之德 風 小人之德 草 草上之風 必偃.
17) 『論語』「子路」 제1장: 子路問政 子曰 先之勞之.

유' 자와 통한다더니 과연 그렇구나. 네가 어느 날에는 천하에 못된 이름은 다 끌어모아다가 함부로 내게 가져다 붙이더니, 오늘은 정 급해 맞고 보니 얼굴 간지러운 아첨을 하는구나. 그래 누가 네 말을 믿을 것이냐? 무릇 천하에 이치는 하나이어든, 범의 성품이 나쁘다면 사람의 성품도 역시 나쁠 것이요, 사람의 성품이 착하다면 범의 성품도 역시 착할 것이다.

네가 주절대는 천만 마디 말이 오상을 떠나지 않고 남을 훈계하거나 권고할 때는 으레 삼강을 둘러메고 나오지마는 사람 많이 사는 대처 바닥 거리에 돌아다니는 코 떨어진 놈, 발뒤꿈치 없는 놈, 상판에 먹침을 맞은 놈들은 죄다 무지막지한 망나니 놈들로서 날마다 먹을 아무리 갈아대고 연장을 아무리 벼려대도 그놈의 나쁜 버릇들을 막아 낼 재주는 없을 것이다. 그러나 범의 집안에는 이런 형벌이란 것이 본디부터 없다. 이로써 보건대 범의 성품이 역시 사람의 성품보다는 어질지 않은가! ……(중략)……

어디 그뿐인가? 뾰족 창, 넓적 창, 긴 창, 삼지창, 도끼, 환도, 비수, 쇠꼬챙이가 있지 않나, 또 한 방만 터뜨리면 소리는 산악을 무너뜨리고 불길을 번쩍번쩍 토하면서 벼락보다도 더 무서운 대항구까지 있다. 이것도 제 신대로 포악을 부리기에는 부족하다고 하여 이번에는 부드러운 털을 아교풀로 붙여 길이는 한 치도 못 되게 대추씨처럼 뾰족하게 만들어 먹물에 덤뻑 찍어서는 이것으로 가로 찌르고 모로 찌르면 굽은 놈은 갈구리창 같고, 날이 선 놈은 칼 같고, 뾰족한 놈은 검 같고, 갈라진 놈은 가장귀창 같고, 곧은 놈은 화살 같고, 둥그스레한 놈은 활같이 생겨 이놈의 병기들이 한번 움직이는 곳에는 뭇 귀신들이 밤 울음을 울게 되는 판이다. 참혹하게 서로를 잡아먹는 데야 누가 너희 놈들보다 더 심할 것이냐?"(박지원, 리상호 옮김, 2005, pp.373－377)

범의 긴 호통은 연암이 범이라는 동물 상징을 원용하여 기존 권력과 정치 질서 그리고 정부라 할 수 있는 조정에 대하여 쓴소리를 퍼부으며 대항하는 의식의 표현이라 할 수 있다.

위의 내용을 요약하면, 기존의 공공광장과 기념관의 파괴 및 대

항적인 새로운 공공광장과 기념관의 설립으로서의 대항 미란다는
열의 상징으로서의 동리 과부의 마을 파괴로 나타난다. 대항적인
깃발, 훈장, 조형물과 제복의 문양으로서의 대항 미란다는 범이라
는 추상적 의장으로 부조리한 세상 타파로 나타난다. 대항적인 일
화와 역사로서의 대항 미란다는 동리자의 다섯 아들 획득이라는
열의 이데올로기 파괴로 나타난다. 대항적인 교묘한 성격의 의전으
로서의 대항 미란다는 범에 대한 북곽의 비굴한 의전으로 나타난
다. 그리고 대항적인 행진, 웅변, 음악을 동원한 군중 시위로서의
대항 미란다는 위선적인 선비에 대한 웅변으로 나타난다.

이를 다시 종합적으로 정리해 보면, 연암은 「호질」을 통하여 유
교 질서 속에서 이 질서를 파괴하고 있는 위선적인 선비와 위선적
인 열녀를 사회적으로 고발함으로써 정명이라는 유교 질서 체제의
건강한 복원을 꾀하고 있다.

다음으로, 「호질」속에서 대항 크레덴다를 분석해 보자. 먼저, 북
곽에 대해 경멸을 표하는 부분부터 분석해 보자.

> 똥이 가득 찬 구뎅이 속에서 간신히 버둥거리면서 기어올라 대가
> 리를 내밀고 바라본즉 범 한 마리가 길을 가로막고 서 있었다.
> 범은 얼굴을 찡그리고 구역질이 나 코를 쥐고 고개를 외로 돌리면
> 서, "푸우!" 하고는,
> "이놈의 선비, 에이, 구린 냄새야!" 했다(박지원, 리상호 옮김,
> 2005, p.372).

범의 꾸짖음 전체가 북곽을 경멸하는 내용으로 구성되어 있다.
그런데 북곽 또한 유학자의 상징이기 때문에 북곽에 대한 경멸과

불경을 표하는 태도는 유학, 그 가운데서도 성리학에 대한 경멸과 불경을 논의하는 것이라고 볼 수 있다. 「호질」 속에 나타나는 오상(五常), 삼강(三綱), 먹[墨]은 유학, 즉 당시의 성리학과 깊은 관계가 있다. 이들 또한 정치적 상징으로서 크레덴다일 수 있는 것이다. 오상은 유교 도덕의 기본으로 삼는 부자, 군신, 붕우, 부부, 장유 사이에서 취해야 마땅할 실천 도덕이다. 즉 유교에서 말하는 인(仁)·의(義)·예(禮)·지(智)·신(信)의 다섯 가지 기본적 덕목이다. 이는 사람이 항상 지켜야 할 다섯 가지 도리로서 오륜(五倫)과 함께 유교 윤리의 근본을 이룬다. 한대(漢代)의 동중서(董仲舒)가, 앞서 맹자(孟子)가 주창한 인·의·예·지에 신 덕목(德目)을 첨가하여 완성하였다. 이 다섯 가지 덕목은 모든 덕을 집약한 것이라 하여 유학에서는 오상의 덕이라고 불리는 부동의 설이 되었다. 그런데 이 밖에도 오상은 옛 『서경(書經)』의 부(父)는 의(義), 모(母)는 자(慈), 형(兄)은 우(友), 제(弟)는 공(恭), 자(子)는 효(孝)라고 하는 오전설(五典說)이나 또는 『맹자(孟子)』에서 말하는 오륜을 가리킬 때도 있다. 그리고 삼강은 유교(儒敎)의 도덕사상에서 기본이 되는 3가지의 강령(綱領)으로 군위신강(君爲臣綱)·부위자강(父爲子綱)·부위부강(夫爲婦綱)을 말한다. 이것은 글자 그대로 임금과 신하, 어버이와 자식, 남편과 아내 사이에 마땅히 지켜야 할 도리를 가리킨다.

「호질」은 이러한 기본을 어기고 있는 기존 지배층에 대하여 존경 대신 경멸을, 경의 대신 불경의 태도를 보이고 있다. 이것은 크레덴다에 대하여 비판을 가하고 있는 것이다. 이는 대항 크레덴다이다. 즉 격물(格物), 치지(致知), 성의(誠意), 정심(正心)은 명덕(明

德)의 공부이며 수신(修身)의 공부이다. 격물치지(格物致知)할 수 있으면 지식이 풍부해지고, 성의 및 정심할 수 있으면 덕이 충만해진다. 지와 덕을 겸비해야지 그렇지 못하다면 수신했다 할 수 없는 것이다. 지와 덕을 겸비하고 수신을 이루고 나아가 제가(齊家), 치국(治國), 평천하(平天下)해야만 '정자정야'에 이르는 것이다. 그런데 기존 지배층이 그리하고 있지 않으니 이들에 대한 존경은 달아나고 경멸과 불경만이 자리 잡게 되는 것이다.

다음으로, 북곽에 대한 불복종에 해당하는 대항 크레덴다를 분석해 보자. 다음의 내용은 범이 북곽을 안중에 두지 않고 홀연히 사라짐으로써 북곽의 말을 전혀 수용하지 않는다는 크레덴다를 드러내어 보인다. 이는 범이 북곽에게 불복한다는 의미도 있지만 범이 부패한 기존 크레덴다인 성리학에 대하여 불복한다는 대항 크레덴다, 즉 대항적인 정치적 상징 조작이 이루어지고 있는 부분이다.

> 북곽 선생은 자리를 옮겨서 머뭇머뭇 땅에 코를 박고 두 번씩 머리를 조아렸다(박지원, 리상호 옮김, 2005, p.377).

위의 인용문은 범이 북곽을 거의 매장하는 수준으로 꾸중을 한 이후를 보여주고 있다. 이는 위엄 있는 범의 태도와 비굴한 북곽을 교차시켜 놓음으로써 북곽을 공식적으로 격하시키는 효과를 낳고 있다. 북곽은 북곽이기만 한 것이 아니고 범은 범이기만 한 것이 아닌 것은 연암의 작품이 비유와 상징을 동원하고 있기 때문이다. 유교 질서가 바람직한 질서인데, 이 질서가 부패했으니 이에 저항하는 대항 크레덴다에 의하여 기존 크레덴다는 파괴되고 있다.

　　마지막으로 북곽의 굴욕은 양반 계급이 유교라는 규범 속에서
가지고 있었던 합법성에 대한 독립이 파괴되고 있음을 보여주는
크레덴다이다. 그는 조목조목 구체적으로 부조리를 들춰내 가며 호
통치는 범 앞에서 코를 박고 머리를 조아릴 수밖에 없는 존재로 격
하된다. 북곽의 처음은 매우 장대하다. 그런데 찬미의 대상으로서
유명세를 누리며 천지를 흔들던 정나라 학자 북곽은 「호질」의 중
간 부분에서 자신의 흠결이 탄로 날까 두려워 도망을 친다. 그 부
분은 다음과 같다.

> 　　북곽 선생은 깜짝 놀라 허겁지겁 도망질을 치는 판인데, 행여나
> 제 얼굴이 탄로날까 봐 겁이 나서 한 다리를 목에다 걸고는 귀신 춤
> 에 귀신 웃음을 웃으면서 문밖으로 튀어나와 달아나다가 그만 들판
> 에 파 놓은 똥구덩이에 빠졌다(박지원, 리상호 옮김, 2005, p.372).

　　북곽과 같은 인물, 즉 기존 권력과 지배 질서의 중심에 있던 자
들에 대해 반감을 가진 대항자와 대항 세력은 한바탕 시원하게 웃
을 수 있는 대목이다. 이러한 웃음은 카타르시스를 준다. 그런데
여기에 더하여 「호질」의 말미에는 북곽이 범에게 경멸당하는 처절
한 모습으로 등장하여 더욱더 큰 카타르시스를 준다. 그 내용은 다
음과 같다.

> 　　"옛글에도 있지만 아무리 악한 놈이라도 목욕재계를 하고 나면 하
> 느님이라도 모실 수 있다고 했습니다. 인간 세상에 천한 이 몸이지마
> 는 감히 당신의 아랫자리에서 삼가 모셔 받들까 하오이다."
> 　　북곽 선생은 숨소리를 죽이고 가만히 귀를 기울이고 있었지마는
> 아무런 분부가 없었다. 황송해서 조심조심 손길을 잡고 머리를 조아

렸다가 고개를 들어 보니 날은 훤히 샜는데 범은 벌써 가고 말았다. 새벽에 밭일 나온 농부가,

"선생님! 이 꼭두새벽에 벌판에 대고 절은 왠 절이십니까?" 하니 북곽 선생은,

"내 들으매 하늘이 높다 해도 머리를 맘대로 못 들고, 땅이 두텁다 해도 발을 맘대로 못 디딘다고 했거든!" 한다(박지원, 리상호 옮김, 2005, pp.377－378).

이상으로 연암의 작품 「호질」에서 대항 크레덴다를 분석해 보았다. 위의 분석에서 정부에 대한 경멸과 같은 대항 크레덴다는 북곽에 대한 경멸과 불경을 표하는 태도로 나타난다. 불복종과 같은 크레덴다는 위선적인 선비 계층 및 관념적인 성리학에의 불복종, 희생에 대한 거부와 같은 크레덴다는 타성에 젖은 성리학 질서에 의한 희생 거부, 합법성의 독점 파괴와 같은 크레덴다는 현 지배 질서의 합법성의 독점 파괴로 나타난다.

위의 요약에서 정리한 내용을 종합해 보면, 연암은 이미 부패한 유교 사회에 대해 느끼고 있는 염증을 범이라는 동물을 등장시켜 저항하고 불복종함으로써 부조리에 싸여 있는 기존 사회 질서를 파괴하고 본연의 유교 사회를 복구하고자 한 의지를 비유와 상징에 의해 표현하였다고 볼 수 있다.

3. 지향

「호질」은 '환자로서의 국가' 혹은 '환자로서의 상류 사회'를 생각하게 한다. 우리는 늘 '좋은 사회'에 대해 고민해 보아야 할 필요

성이 있다. 그렇다면 좋은 사회란 어떤 사회인가?

동양 문화권에서는 자신의 이익보다 사회와의 조화를 추구하고, 개인의 권리보다 집단에 대한 의무를 우선시하는 경향을 보여 왔다. 이러한 경향은 조선 사회에도 그대로 적용되는 면모를 보여 공동체의 목표 달성을 위한 개인의 희생은 명예이며 숭고한 의무라고 여겼다. 그리하여 공동체를 우선시하는 사람을 군자라 칭송하였는데, 연암은 개혁적인 인물임에도 불구하고 체제 유지적인 군자에 대하여 좋은 사람 그리고 이상적인 인간상으로 표현했다. 연암은 북곽에 대하여 범의 입을 빌려 신랄하게 질타함으로써 참다운 군자 및 선비에 대하여 지향하는 정신을 드러내보였다.

군자 또는 선비는 인·의·예·지·신을 갖춘 사람이다. 「호질」은 군자와 선비의 조건을 갖추지 못하고서 군자와 선비 행세를 하는 북곽을 호랑이를 활용하여 질타하고 있다. 특히 「호질」은 '의(義)'를 갖추지 못함에 대해 호통치고 있는 것이다. 다시 말해 「호질」은 좋은 사람과 좋은 사회를 갈구하는 연암이 지배층의 부조리한 측면을 우화의 기법으로 폭로하여 '정의'의 실현을 공론의 장에 상정한 것이라 볼 수 있다.

이제 정의를 뜻하는 '의(義)'에 대해 살펴보자. '의' 자는 '옳을 의' 자로서, '양 양(羊)' 자와 '나 아(我)' 자를 결합시켜 만든 글자이다. 즉 '좋은 것'을 가리키는 양(羊) 자와 '집단'의 뜻을 가진 아(我) 자를 결합시켜 만들어 낸 글자이다. 그러므로 '의'는 '모든 사람에게 좋은 것'을 가리키는 글자라고 할 수 있다. 이 글자는 '옳음, 마땅함, 도, 도리, 의미' 등의 뜻을 지니고 있다. 이는 용모와 행동거지가 마땅한 것, 다시 말해 당위규범, 사회적 행위의 기준과 매우 관계가 깊다. 즉 '의'는 사람이라면 마땅히 걸어가야 할 길, 올바른 길, 올바른 도리를 가리킨다.「호질」속에 등장하는 인물, 북곽과 동리자는 '의'의 측면에서 볼 때 그 기준에 어긋난다. 그들은 위선적이고 부조리하여 정의에 위배되는 것이다. 연암은 이를 바로잡기를 간절히 소망하나 이를 바로잡을 수 없는 처지이다. 그러므로 호랑이를 동원하여 질책하는 우화적인 방법으로 그가 바라는 이상적인 사회, 그러니까 좋은 사회와 좋은 사람을 표현하려 했던 것이다.

연암시대엔 무엇이 좋은 사람의 기준이었을까? 연암은 실학자 그리고 개혁자였을 뿐, 혁명가는 아니었으므로 그는 유교적 가치관을 고수했다고 볼 수 있다. 그가 유지하고자 했던 그의 가치관 속에는 최고의 인격자가 군자였을 것이다. 유교에서는 이상적인 인간으로 성인과 군자를 상정한다. 공자는 인격 완성의 최고 경지에 이른 사람을 성인이라 하였다. 그리고 성인에는 못 미치지만 완전한 인격자 혹은 도덕적 인격자를 군자라고 하였다. 공자는 성인이 되기는 매우 어렵지만 군자는 누구나 노력하면 될 수 있다고 하여 그 스스로 군자를 교육의 목표로 삼아서 제자들을 가르쳤다. 군자라는 말은 원래 임금의 아들을 가리키는 단어였으나 그 의미가 확대되어 지배층의 신분을 지칭하는 말로 변화하였다. 그런데 공자는 군자를 거의 '도덕적 인격자' 그리고 '덕을 지닌 사람'이라는 의미로 사용했다. 이 군자가 동양에서는 이상적인 인간, 즉 좋은 사람이다. 그리고 이들이 사는 공동체가 좋은 사회인 것이다. 좋은 사람들이 사는 공동체로서의 좋은 사회는 의로운 사회여야 마땅하다. 공동체가 부조리로 가득할 때 그 사회는 결코 좋은 사회라 할 수 없다.

이제 의로운 사회로서의 좋은 사회에 대해 살펴보자. 공자는 인과 마찬가지로 의에 대해서도 역시 중시한다. 공자는 의에 대하여 '행위를 정당화시켜 주는 기준', 즉 '행위의 기준이 되는 최고의 원리'라고 역설한다. 그는 "군자는 의를 으뜸으로 삼는다. 군자가 용맹하면서 의가 없으면 난을 일으킬 것이요, 소인이 의가 있고 용맹이 없으면 도적질을 한다."고 한다. 또, "군자는 의에 밝고 소인은 잇속에 밝다."고 하고, "군자는 의로써 바탕을 삼고, 예에 따라서 행동한다."고 한다. 그리고 공자는 의에 대하여 이로움에 반대되는 정의 혹은 절제의 의미로도 사용한다. 공자는 의를 육체적 물질적 욕망을 추구하려는 마음을 억제하는 작용을 수행하기 위한 바탕으로 보고 있다. 욕망이 인간을 타락시키는 원인이기 때문에 의로써 욕망을 절제하도록 해야 한다는 것이다. 공자는 의롭지 못한 부귀는 뜬구름과 같다고 하였고, '이로운 것을 보거든 의로운가를 생각하라'고 하였다. 그리하여 이로움은 의로움과 함께일 때만 받아들일 수 있는 것임을 역설하였다.

맹자도 공자와 마찬가지로 의를 중요시하고, 여러 곳에서 의를 언급하고 있다. 그는 특히 의가 인을 동반할 때에만 중요한 덕이라 했다. 맹자는 "인은 사람의 마음이요, 의는 마땅히 가야 할 길이다."라고 하고 "인에 의거하고 의에 따른다면 대인으로서 할 일을 다 한 것이다."라고 했다. 인이 내면적 바탕이라면 의는 인간으로서의 삶에서 인간이 지녀야 할 외면적인 실천 원리라는 것이다. 그리하여 맹자는 의롭지 못한 마음을 갖게 되면 수오지심(羞惡之心)이 일어난다고 하면서 부끄러워하는 마음에 대해 설명하였다.

「호질」은 한 측면으로는 군자 또는 선비로 행세하면서 다른 측면으로는 수많은 부조리와 위선을 행하고 있는 파렴치한 지배층을 향해 '교정'을 촉구하는 비수와 같은 메시지이다. 물론 이는 부조리로 인하여 불편한 사회에 대하여 돌을 던지는 행위이자 조롱이기는 하다. 그러나 의롭지 않은 사회를 각성하게 하고 지배층이 모범을 보이며 마땅히 가야 할 길을 가야 함을 강조한 이문위희, 그리고 정치에의 참여였던 것이다.

또, 맹자는 천명사상(天命思想)을 펼쳤다. 그리고 그 천명사상의 주제는 천(天)이다. 천은 우주만물의 주재로서 만물을 창조하고 지배한다. 그러므로 사람은 모두 천의 자식들이 되는 것이다. 그런데 천은 자식 가운데 가장 덕이 많은 사람에게 통치권을 부여한다. 이 사람이 곧 민의에 의해 결정된 통치자로서 통치권을 행사하게 되는 것이다. 맹자가 만장의 질문에 '天與之'라고 한 것이 바로 그것이다.[18]

하늘의 뜻은 유동적이다. 백성의 뜻도 역시 불변이 아니다. 백성의 뜻은 덕으로 향해지는 것이며 덕은 인간 개개인의 마음속에 내재한 보편적 도덕성을 의미한다. 덕을 잃은 군주는 민의에 따라 천명이 거두어지는 것이므로 국가 권력의 정당성은 민의에 있다고 할 수 있는 것이다. 여기서 민의는 보편적 도덕성을 지향하므로 국가 권력의 진정한 근거 역시 인간에 내재되어 있는 보편적 도덕성에 있다고 할 수 있겠다.

맹자는 천명을 운명론적으로 보아, 주어진 운명을 인간의 힘으로는 어찌할 수 없는 것으로 생각하였다. 그러나 그의 천명사상이 숙명론적으로 타락하는 것을 막고 있는 것은, 그의 도덕에의 의지이다. 인간의 도덕적 노력이 천명의 도리에 결합하면서 그 노력을 천

---

18) 『孟子』「萬章章句 上」 제5장: ……然則舜有天下也 孰與之 曰 天與之.

명의 도리에 반영 결합시킬 수 있다는 소신을 그는 버리지 않았다.
그는 인(仁)하면 영화롭고, 인하지 않으면 치욕을 받는다고 했다.[19]
도덕주의가 천명사상과 일치되어 있었음을 보여주는 것이다. 천명
사상은 민본사상과 결합하여 하나의 이론체계를 이루고 있다. 천명
사상의 요체는 하늘의 속성과 백성의 속성이 일치되는 것으로서
인간의 본성은 요와 순 같은 성인처럼 모두 선한 것이나 그 기질이
각기 다르기 때문에 모두 그 본성을 다하지 못한다. 그러므로 천은
백성들 가운데서 그 본성을 최대한 발현할 수 있는 사람을 골라서
백성의 왕으로 명하고 백성들은 다스리고 가르쳐 그들의 본성을
회복시키도록 한다. 이처럼 천과 군과 민은 상호 통일된 하나의 체
계를 형성하여 민본사상의 바탕을 이루게 된다. 천명을 받드는 사
회, 즉 민의를 천명으로 아는 사회가 좋은 사회인 것이다. 다시 말
하면, 좋은 사회란 백성의 소리를 신의 소리로, 천의 소리로 받드
는 사회인 것이다.

원래 민본이라는 말은 서경의 "백성은 나라의 근본인 것이니 근
본이 견고하여야 나라가 편안하다."라는 말에서 연유되는 것이다.
이는 맹자의 정치사상 가운데 핵심으로 평가되고 있다. 맹자는 왕
도정치의 이상을 구현하기 위해서는 먼저 민본이 우선해야 한다는
민위귀(民爲貴)의 사상을 주장하고 있다.

맹자는 백성이 가장 귀중하고 그 다음이 사직이며 군주는 가볍
다고 했다. 또한 그는 민심의 지지를 얻어야만 왕이 될 수 있다고
하였는데 이는 곧 주권자가 왕이 아니라 민이라는 주장이다. 맹자
는 민생을 위해서는 사직도 다시 세울 수 있다고 하였다. 이것은

---

19) 『孟子』「公孫丑章句 上」 제4장: 孟子曰 仁則榮 不仁則辱…….

민생을 위해서는 국가의 통치체제도 바꿀 수 있다는 뜻이 된다. 이와 같은 맹자의 주장에 따르면, 왕은 통치권자에 불과한 것이다. 그리하여 맹자는 민심의 지지를 얻어 통치권자가 되기 위해서는 민의 소망을 실현해 주어야 한다고 하였다. 위민의식은 맹자의 민본주의 정치사상에서 가장 핵심이 되는 요소이다. 그러므로 맹자의 민본주의 정치는 위민의 정치이며 이 위민의 정치는 민심을 바르게 살피는 왕의 바른 판단에서 비롯된다(이상익, 2004, p.292).

맹자의 민본주의는 인정을 베푸는 도덕적 군주가 민의에 따라 천명에 의해 통치하는 것을 뜻한다. 맹자는 이를 가리켜 인정(仁政) 또는 왕도(王道)라 하였는데, 이것은 맹자가 바라는 정치의 이상이었다. 맹자가 주장하는 민본주의의 밑바탕에는 항상 백성의 고통을 덜어주고 백성을 위하고자 하는 정신을 발견하게 된다. 맹자의 민본주의는 한갓 탁상공론에 그치는 것이 아니라 실현하기를 원한 실천적인 것이다. 따라서 도덕적 이상국가의 실현을 위한 구체적 방안으로서 왕도와 패도를 엄격히 구분하여 왕도의 진정한 의미를 강조하고 유덕자 군주론을 바탕으로 인정을 행하는 것이 민심을 얻는 것이라 역설하고 있다. 이는 곧 덕치주의를 이루는 지름길임을 강조하고 있는 것이다. 맹자가 강조하는 바를 이루면 '좋은 사회'가 실현된다.

또 맹자는 항산항심론(恒産恒心論)을 전개하면서 정전제를 실시하여 토지의 균등분배를 이룩할 것과 세법제도의 개선으로 민의 부담을 덜어줄 것을 주장하고 있다. 이는 정의로운 사회에 대한 언급이며 정의로운 사회는 좋은 사회이다.

제7장

「양반전」에서의 정치적 상징

연암에게는 자신이 추구했던 양반의 모델이 있었다. 그러나 그의 추구와는 거리가 너무나 먼 양반도 많았다. 이에 그는 이러한 군상을 「양반전」을 통하여 풍자하였다. 그리고 신분 질서가 와해되는 조선 후기라는 시대적 배경을 등에 업고 부로써 양반의 존귀를 구하겠다는 정선 부자의 무지 또한 해학적으로 드러냈다. 그리하여 연암이 살던 시대를 배경으로 하여 「양반전」을 깊이 들여다보면 거기에는 기존 정치권력을 수호하겠다는 미란다와 크레덴다, 그리고 그 역방향, 즉 기존 정치권력을 파괴하려 하는 대항 미란다와 대항 크레덴다가 모두 내재해 있다. 이 책은 이들을 분석틀로 하여 연암이 지향하고자 한 바가 무엇인지 탐색해 본다.

1. 정치적 현실

양반전에는 건륭 10년, 9월이라는 시간이 나온다. 이는 청나라 제6대 고종 황제시대, 조선은 제21대 영조 21년(1745년)과 같은 시기이다. 연암이 생존했던 18 – 19세기, 조선 후기 사회는 봉건 질서가 서서히 붕괴되면서 근대적 사회로의 점진적 변화 과정을 밟고 있었다. 도시 상공업의 발전과 새로운 농경법의 개발 등 경제 여건의 변화와 더불어 신흥 부상(富商)과 부농(富農)이 출현하면서, 경제력의 유무에 따라 양반과 상민 간의 실질적 지위가 역전되기도 하는 등 봉건적 신분 질서도 크게 흔들리고 있었다. 지배 이념이던 성리학은 현실 대응력에 한계를 드러내면서 한층 경직되어 갔고, 관념적 학문에 매달려 있던 많은 향반(鄕班)이나 잔반(殘班)들은 시대의 흐름에서 낙오되어 경제력을 상실한 채 궁핍한 생활에 시달렸다. 이런 상황에서 재물을 위해 양반 신분을 팔아먹는 현상 등이 나타나게 되었으며, 이는 선비의 자기정체성(自己正體性)을 근본적으로 훼손시키는 결과를 낳았다. 또한 소수 벌열의 장기적인 권력의 독점과 세도 정치로 인하여 지배 이념이 그 정당성을 상실하고, 권력을 잡은 양반들은 자신들의 지위를 이권 챙기기의 수단으로 삼음으로써, 또 다른 측면에서 선비의 정체성을 손상시키는 결과를 초래하고 있었다.

「양반전」은 바로 이러한 시대적 상황 속에서 청년 연암이 느끼던 선비로서의 자기정체성에 대한 심각한 위기의식을 담고 있다. 관습적인 학문과 구태에 매몰되어 자기 자신의 삶도 제대로 꾸려 가지 못하는 무능력하고 궁핍한 잔반들, 선비로서의 자존심도 버린

채 재물이나 권세 앞에 비굴해지기만 하는 선비들, 제자리를 상실한 채 사리사욕만 좇고 있는 선비들, 선비가 선비를 대접할 줄 모르고 돈만 있으면 선비의 신분까지도 살 수 있다고 여겨지는 세태, 선비를 도둑놈 취급하는 상민들의 경멸적 시각 등이 바로 그것이다. 이처럼 선비는 선비대로 자기정체성을 스스로 훼손시키고 있고, 상민은 상민대로 선비를 도둑놈 취급하며 경멸하고 있는 상황에서, 선비로서의 절대적 자부심을 지니고 있던 연암이 자기정체성에 대해 심각하게 고민하고 반성하며 위기의식을 느끼게 되었음은 당연하다. 거짓 선비들은 신분을 특권 삼아 자신의 욕심만을 채우고 있고, 독서에만 전념하는 선비는 기초 생활도 못 할 만큼 궁핍하여 상민에게까지 경멸의 대상이 되는 현실을 보며 연암은 「양반전」을 쓴 것일까?

2. 정치적 상징

「양반전」은 연암 당대의 정치적 모순과 사회적 모순 및 신분제의 모순을 풍자한 작품으로서 다양한 은유와 상징이 중첩되어 있다. 이에 대하여 메리엄이 말하는 미란다와 크레덴다 그리고 대항 미란다와 대항 크레덴다를 원용하여 살펴보고자 한다.

1) 미란다와 크레덴다

「양반전」은 연암이 당시 지배계층인 양반 사회의 모순을 지적하고 그 명예를 복원하고 유지 존속해야 한다는 뜻을 드러내며 기존 양반 사회의 선비에 대한 절대적 자부심을 표현한 글이라 할 수 있다. 이 책이 설정한 분석 방향으로서의 미란다와 크레덴다에 대해 거론할 수 있는 기반이 구비되는 것이다.

「양반전」에 대해서도 메리엄이 말하는 미란다 요소가 기념일과 기념 기간, 공공광장과 기념관, 음악과 노래, 깃발, 훈장, 조형물과 제복의 문양, 일화와 역사, 교묘한 성격의 의전, 행진, 웅변, 음악을 동원한 군중 시위 등의 틀을 가지고 분석해 보도록 하자.

첫째, 기념일과 기념 기간은 나타나지 않는다. 둘째, 공공광장과 기념관에 해당하는 미란다는 강원도 정선 마을로 분석된다. 본문을 보자.

> 정선 고을에 한 양반이 있었는데 어질고 글 읽기를 좋아하였으므로(박지원, 신호열·김명호, 2007, p.186)

그렇다면 왜 강원도 정선 마을인가? 이 마을은 예로부터 청정 지역으로 소문이 난 곳이다. 고결한 선비의 이미지를 전달하는 기념 지역이라 할 수 있겠다. 선비에 해당되는 말에는 '사(士)'와 '유(儒)'가 있다. 후한(後漢) 반고(班固)의 『백호통(白虎通)』에 "士者, 事也, 任事之稱也."라는 대목이 있는데, '선비는 일이라는 뜻이니, 일을 맡는 사람을 일컫는 말이다.'는 것이다. '사'는 능히 일다운 것을 일삼을 줄 알아서 그 일을 맡아 행하는 사람을 일컫는다는 뜻에서 한 말이고 반고의 『한서(漢書)』에 "士農工商四民有業, 學以居位曰士.", 즉 사농공상의 사민이 일삼는 바가 있으니, 배워서 지위에 앉는 사람을 일러 '사'라고 한다 했다. 『시경(詩經)』, '주송(周頌)' 편에는 '濟濟多士', 즉 '위엄 있고 의젓한 많은 선비들'이라고 하고, 그 「소(疏)」에는 "士謂朝廷之臣也", 즉 '선비란 조정의 신하를 일컫는 말'이라 했다. 그리고 또한, 조선 후기 다산(茶山) 정약용(丁若鏞)의 「오학론(五學論)」에 "古者學道之人, 名之曰士, 士也者仕也", 즉 "옛날에 도(道)를 배우는 사람을 이름 하여 '사'라고 하였으니, '사'라는 것은 벼슬한다는 뜻이다."라고 했다. 담헌은 선비를 출세지향주의 선비와 글을 잘 짓는 선비, 그리고 성현의 글에 밝은 선비로 구분하여 각각 재사(才士), 문사(文士), 경사(經士)라 이름 붙였다. 연암은 "책을 읽는 이는 선비가 되고, 정계에 나가면 대부가 되며, 덕이 있으면 군자가 된다."고 하였다. 연암 스스로가 피력하고 있는 선비에 대한 견해는 다음과 같다.

> 선비는 아래로 농공과 같으며 위로는 왕공과 벗하는데, 지위로 말하면 등급을 매길 수 없고, 도덕으로 말하면 아사와 같다. 한 선비가 글을 읽어 그 은택이 세상에 미치며, 그 공로는 세상에 수법이 된다. 주역에 이르기를 용이 나타나 전야에 있으면 천하가 문명한다고 하였는데 이는 독서하는 선비를 두고 한 말이다. 그런 까닭으로 천자는 원사이다. 원사는 사람을 살리는 근본이 되고 그것을 작위로 말한다면 천자라 하고 그 신분으로 말하면 선비라고 하겠다. 그러므로 작위의 높고 낮음은 있지만 그 사람의 신분이 바뀌는 것은 아니다. 또한 지위는 귀하고 천함이 있지만 선비라는 신분이 그 지위를 만드는 것이 아니다. 그러므로 작위가 선비에게 내려지는 것이지 선비라는 신분의 바탕이 작위를 받게 되는 것이 아니다(박지원, 『연암집』 1979, 권10, 별집, 잡서, 원사, 최봉영, 1997, pp.47 – 48).

그런데 조선시대 중기 이후 선비에 대한 인식은 그 의미가 확대되면서 변질되었다. 즉 선비는 개인적인 학자로서의 선비적 의미보다는 집단으로서의 선비의 의미를 지니게 된 것인데, 선비들의 집단으로서의 '유림(儒林)'이라는 용어의 사용이 그것이다. 이는 화합하는 어진 사람들의 의미를 포함하는 경향도 있다. 그리고 글을 읽는 선비를 가리켜 '독서왈사(讀書曰士)'라 하여 유학을 공부하는 사람을 선비라고 지칭하였다. 이러한 선비들이 사는 청정한 지역이 정선 마을이라 한다면 정선 마을은 어진 사람, 어진 선비들의 마을이다. 이는 이인(里仁)과 관계가 깊은데, 논어 이인편(里仁篇)에 '이인'에 대한 이야기가 나온다.

> 공자께서 말씀하셨다. "마을이 어진 것이 아름다운 것이 되는 것이니 (마을을) 선택하되 어진 마을에 처하지 아니하면 어찌 지혜로울 수 있겠는가?"[20]

위의 대목에 대한 이기동의 강설은 다음과 같다.

> 마을에는 부자마을, 가난한 마을, 좋은 집이 많은 마을, 산마을, 시장 마을 등 여러 종류가 있으나 어진 마을이 가장 아름다운 것이다. 경치 좋은 산 밑의, 공기 좋고 물 좋은 마을에 사는 사람들은 늘 유쾌하므로 인심이 좋지만 교통이 나쁘다. 그러나 들 마을에는 교통이 좋기 때문에 사람들의 왕래가 빈번하고 그 때문에 시장이 형성되므로 그러한 곳에 살면 집값이 올라가고 돈을 벌게 되지만, 사람들은 서로 경쟁하게 됨으로써 인심이 나빠진다.
> 어진 마을에 살면 우선 수입이 적다하더라도 자녀들이 건실하게 자라며 조용한 분위기에서 공부도 열심히 하게 되므로 장래가 밝지만, 번화한 마을에 살면 돈을 벌기 좋을지 모르나 인심이 각박해지고 불량한

---

20) 子曰里仁 爲美 擇不處仁 焉得知.

환경 때문에 자녀들이 건실하게 자라지 못하여 시끄러운 환경 속에서 공부도 제대로 할 수 없으므로 장래적으로 보면 좋을 것이 없다.
그러므로 지혜로운 사람이 자기가 살 마을을 택할 때에는 어진 마을을 택한다(이기동, 2001, pp.133 - 134).

이러한 시각은 치열한 경쟁이 삶의 환경을 불량하게 만드는 원인이라는 것을 파악하여 정신적 삶의 질을 우선 선택한 부분은 이인사회와 맥락을 같이한다고 볼 수 있다. 그렇다면 이제 '어진 마을'에 대해 알아보기 위해 '인'의 의미를 좀 더 자세히 다루어보자.

공자께서 말씀하셨다. "인하지 못한 자는 오랫동안 곤궁한 데에 처할 수 없으며 장시간 즐거움에 처할 수 없으니, 인한 자는 인을 편안히 여기고 지혜로운 자는 인을 이롭게 여긴다."[21]

역시 이기동의 강설을 참고해 보자.

인자는 남과 나를 하나로 생각하는 경향이 있으므로 남과 식사를 하거나 술을 먹을 때도 그 비용을 내가 다 지불할 수도 있고 그 결과 가난하게 되어도 슬퍼하지 아니한다. 항상 전체의 입장에서 판단하므로 나 개인의 죽음이 전체의 입장에서 도움이 될 때는 기쁘게 죽을 수도 있다. 그러나 불인자는 남과 나를 구별하여 각각 남남으로 생각하는 경향이 있으므로, 친구와 식사를 하거나 술을 먹을 때는 각각 자기가 먹은 것에 해당하는 비용을 나누어 낸다. 늘 남과 나를 남남으로 생각함으로써 경쟁하게 되어 남에게 지는 것을 참지 못한다. 남보다 가난하거나 빈천하면 견디지 못하고 수단과 방법을 가리지 않고 벗어나려고 노력하게 된다. 또한 부귀하게 되어도 '나의 돈을 훔쳐가지 않을까' '내 지위를 누가 뺏으려 하지 않을까' 늘 걱정함으로써 그 즐거움을 누리지도 못한다.

---

21) 子曰不仁者 不可以久處約 不可以長處樂 仁者 安仁 知者 利仁.

남과 나를 하나로 생각하는 경향이 있는 인자는 불인한 행동을 하게 되면 마음이 편하지 않다. 불쌍한 사람을 도와주지 못했을 때, 친구와 같이 식사를 하고 내가 돈을 내지 못했을 때 마음이 불편한 것이다. 인한 행동을 한 후에라야 마음이 편하게 된다.

남과 나를 구별하며 모든 것을 분석하여 잘 따질 수 있는 지자는 남에게 인으로 대하는 것이 나에게 유리하다는 것을 안다. 남과 나를 구별하면서도 지혜롭지 못한 사람이 장사를 하게 되면, 이익을 많이 취하기 위하여 비싸게 팔며, 자기의 상품을 사주지 아니하는 손님에게는 불친절하게 대하거나 화를 내지만, 지혜로운 사람은 인으로 대하는 것, 즉 사는 사람과 나를 하나로 생각하여 사는 사람의 입장에서 좋은 물건을 저렴하게 팔며, 늘 친절하게 대하며, 자기의 상품을 사주지 아니하는 손님에게는 마음에 드는 상품을 갖다놓지 못한 것에 대하여 미안하게 생각하고 사과를 하는 것이 결국에 가서는 더 이롭다는 것을 안다. 그렇게 해야만 손님들이 점점 많아져 장사가 번창해질 것이기 때문이다(이기동, 2001, pp.134 – 135).

어진 마을은 어진 사람들로 구성된다. 즉 인자가 이인사회를 구성하는 것이다. 오직 인자만이 남을 좋아할 수 있고 남을 미워할 수 있다.[22] 다음은 이기동의 강설이다.

인하지 아니한 사람은 자기에게 유리한 사람을 좋아하고 자기에게 불리한 사람을 미워하므로, 참으로 좋아해야 될 사람(훌륭한 사람)을 좋아할 수 없고 참으로 미워해야 될 사람(나쁜 사람)을 미워할 수 없다(이기동, 2001, p.136).

또다시 인에 대한 공자의 말씀을 살펴보자. 진실로 인에 뜻을 두면 나쁜 것이 없다.[23] 위의 부분에 대한 이기동의 강설은 다음과 같다.

---

22) 子曰惟仁者 能好人 能惡人.
23) 子曰苟志於仁矣 無惡也.

여기에서 인에 뜻을 둔다는 것은 지를 무시하고 인에만 뜻을 둔다
는 말이 아니다. 학문의 과정에서 보면 먼저 예를 배우고 도를 닦고
덕을 밝혀야 인에 도달하는 것이므로 인에 뜻을 둔다는 것은 학문의
완성을 뜻한다. 그러므로 인에는 이미 예를 실천할 수 있는 지혜로움
이 전제되어 있다. 만약 학문하는 사람이 예만 배우고 인에 뜻을 두
지 않는다면 남과 하나가 될 수 있는 본질을 터득하지 못하므로 형
식적인 예만 실천하게 되고 그 결과 남과 경쟁하는 삶에서 벗어나지
는 못함으로써 개인적으로는 불행한 삶을, 사회적으로는 혼란한 삶을
초래하는 것이다(이기동, 2001, p.136).

인을 중시하는 사회는 저절로 사람이 어질어지고 또 어진 사람
들이 모여들게 되므로 어진 마을이 된다. 이 어진 마을이야말로 좋
은 사회라 할 수 있다.

셋째, 음악과 노래는 나타나지 않는다. 넷째, 「양반전」에서 깃발,
훈장, 의장, 조형물과 제복의 문양이라는 미란다 요소와 상통할 수
있는 상징은 홍패라 할 수 있다. 관련 내용은 다음과 같다.

> 농사, 장사 아니 하고, 문사 대강 섭렵하면, 크게 되면 문과 급제,
> 작게 되면 진사로세, 문과 급제 홍패라면 두 자 길이 못 넘는데, 온
> 갖 물건 구비되니, 이게 바로 돈 전대요, 서른에야 진사 되어 첫 벼
> 슬에 발 디뎌도, 이름난 음관 되어 웅남행으로 잘 섬겨진다(박지원,
> 신호열 · 김명호, 2007, p.190).

위의 인용문에 언급된 홍패는 과거를 치른 최종 합격자에게 내
어주던 증서이다. 과거는 국왕이 자신에게 충정을 다할 인재를 선
발하는 시험이었으므로 국왕이 과거 합격증을 자신의 이름으로 발
행하는 것은 자신의 충신을 확보하는 일이었다. 이러한 일을 위해
상징적으로 발급되는 합격증은 홍패와 백패가 있었다. 홍패는 붉은

바탕의 종이에 합격자의 성적·등급·성명 등을 먹으로 썼다. 이수광의 『지봉유설』에 의하면 과거 합격자에게 붉은 종이에 이름을 쓴 합격 증서를 하사하는 일은 송나라 때부터 이미 있었다. 게다가 『고려사』를 참고하면 홍패는 고려 숙종 7년(1102년)부터 제작 보급되었음을 알 수 있다. 반면에 백패는 백지에 합격자의 성명과 성적의 등급을 써 넣어 주던 것으로 조선 세종 20년부터 소과 합격자에게 수여하였고, 조선 후기에 이르면 잡과 합격자에게도 수여하였다. 이와 관련한 내용은 다음과 같다.

> 과거를 설치한 이래로 급제한 자에게 홍패를 하사하였는데 전폭 종이를 사용하였습니다. 잡과 또한 유사(有司)로 하여금 홍패를 주게 하되 반폭 종이를 사용하였습니다. 그러나 유독 생원과 진사만은 패가 없었습니다. 옛 제도를 자세히 참고하니 오직 급제만을 급제출신이라 칭하고 패를 하사한다 하였습니다. 그러나 생원, 진사도 벼슬에 들어가게 되면 실제로는 문음(門蔭)과 같으니 패를 주지 않을 수 없습니다. 어찌 그 제도를 잡과와 동일하게 할 수 있겠습니까만 백지 반폭에다 제기인(第幾人) 모성명(某姓名)을 쓰고 그 날짜까지 쓴 다음 대보(大寶) 속에 넣어 주는 것은 사리에 합당하게 따르는 일이라 하겠습니다(『세종실록』, 권80, 20년 무년 3월 정유조).

그러므로 홍패는 국왕이 선발한 조정 일꾼으로서의 자격을 말해주는 증서였다. 「양반전」에서 이러한 홍패에 대한 언급을 한 것은 조선이라는 국가가 권력을 정당화하고 수호하기 위해 다양한 상징 조작을 했다는 사실을 보여주며 하나의 의장으로서의 홍패는 미란다 요소로 분석하기에 부족함이 없다.

다섯째, 또 다른 미란다 요소로서 일화와 역사를 분석하고자 할 때 발견되는 요소는 정선 양반 이야기 그 자체이다. 즉 어떤 경우에도 양반은 양반이라는 것이다. 가령, 정선 양반은 관청에서 대여해 먹은 환곡만도 1천 섬, 빚이 많아 경제적 위신이 낮다. 그리하여 정선에 사는 천한 신분의 부자가 대신 갚아주었는데, 이것은 양반 신분 매매의 양식이었다. 그럼에도 불구하고 정선 양반은 양반이라는 것이다.

연암은 「양반전」을 통해 조선 후기 양반들의 경제적 무능과 허례허식적인 생활 태도를 폭로하고 있다. 연암이 이 작품을 통해 양반이라는 특권 계급 자체를 부정한 것이 아니라 양반이 양반답지 못한 현실을 개탄하고 있다는 해석의 방향을 수용한다면, 정선 양반이야기는 양반의 일화로써 미란다 요소로 분석할 수 있다.

> 부자가 그 문서 내용을 듣고 있다가 혀를 내두르며,
> "그만두시우, 그만두시우. 맹랑한 일이군요! 장차 날더러 도적이 되란 말이오?"
> 하고는, 머리를 절레절레 내두르며 가버렸다. 그리고 죽는 날까지 다시는 양반에 관한 이야기를 입 밖에 내지 않았다(박지원, 김명호 편역, 2007, p.47).

연암의 초기 작품 「양반전」은 바로 이러한 부패한 시대적 상황을 반영하고 있다. 그런데 위의 인용문 마지막 문장에 주목할 필요가 있다. '그리고 죽는 날까지 다시는 양반에 관한 이야기를 입 밖에 내지 않았다.'는 것, 이것은 양반이 되고자 희망하는 이를 철저히 차단하는 특별한 묘책과 관계가 깊다. 즉 '양반은 아무나 하나?' 하는 식의 조롱일 수도 있다. 이는 양반을 비판하면서도 양반이 되고자 하는 이의 양반 계급으로의 진입을 차단하는 이중효과를 낳고 있는 것이다. 그러므로 정선 양반 이야기는 양반이란 돈뿐 아니

라 어떤 것으로도 넘볼 수 없는 매우 특별한 천작임을 못 박는 일
화로 받아들일 수 있다. 정선 양반 이야기는 어떤 경우에라도 신분
변경이 불가능하다는 것을 강조하는 듯한 일화로도 읽을 수 있는
것이다.

여섯째, 「양반전」에는 교묘한 성격의 의전과 관련한 미란다 요소
도 나타난다.

> 그리고 군수는 관사로 돌아와, 고을 안의 사족 및 농부, 장인, 장
> 사치들을 모조리 불러다 뜰 앞에 모두 모이게 하고서, 부자를 향소의
> 바른편에 앉히고 양반은 공형의 아래에 서게 하고 다음과 같이 증서
> 를 작성했다(박지원, 신호열·김명호, 2007, p.190).

군수는 증서 수여식을 하기 위하여 증서를 작성하는데, '부자를
향소의 바른편에 앉히고 양반은 공형의 아래에 서게' 하는 교묘한
방식으로 양반이라는 신분이 찬미받는 천작임을 이미지화한다. 즉
'양반의 자리'는 어떤 계급의 자리보다 높은 곳에 있어야 한다는
것을 강조하기 위해 새로 양반이 된 천한 부자의 자리를 양반의 자
리를 박탈당한 정선 양반의 자리보다 더 높은 곳에 위치시켰다. 자
리가 사람을 말해 준다고 할 때, 시각적으로 이미 신분이 변화했음
을 알리는 상징적 표현이라 할 수 있다.

인간은 사회적 동물이자 정치적 동물이다. 즉 사람은 혼자서는
살아갈 수 없기 때문에 사람과 사람의 교류를 통해 보다 더 완전한
존재가 되기 위해 노력한다. 이때 필요한 것이 의전이다. 다시 말
해 교류와 접촉에서는 반드시 상식에 준하는 인간의 도리로서의
예의범절이 따르기 마련인데 이것이 곧 의전인 것이다. 의전의 목

적은 의식을 거행하고 행사를 진행하는 과정에서 야기될 수 있는 혼란을 미연에 방지하기 위하여 관습(customs)과 의례(courtesy), 형식(form)과 절차(procedure), 그리고 규범(rules) 등을 동원하여 인간 관계를 원만히 하고 의식과 행사의 효율성을 극대화하는 데 있다.

이러한 의전의 정의를 기저로 하여 위의 인용문을 분석하면, 새롭게 양반 신분이 된 부자와 양반 신분을 부자에게 양도하고 천한 신분이 된 기존의 양반 자리를 뒤바꿈으로써 양반 신분증서 수여식의 효율성을 극대화한다고 할 수 있다. 어떤 자리에 누가 앉아 있느냐 하는 것 그 자체만으로도 어떤 변화의 신호를 알리는 일이 되므로 위 부분은 정치적 상징과 그 상징 조작으로서의 미란다가 내재된 장면이라 하겠다.

일곱째, 행진, 웅변, 음악을 동원한 군중 시위와 같은 미란다 요소 역시 「양반전」에서 분석해 낼 수 있다. 관찰사의 순행이 그것이다. 물론 관찰사의 순행에 대하여 정밀하게 묘사한 부분은 없다. 조선시대의 왕의 거리 행차, 능행, 온천 행차 등은 메리엄이 말하는 미란다 요소와 절묘하게 맞아떨어진다. 암행어사가 아닌, 관찰사의 순행은 이러한 왕의 행차에 비할 바가 아닌 축소판이었겠지만 관찰사의 행차 또한 행진, 웅변, 음악을 동원한 군중 시위와 깊은 관련이 있다. 관찰사의 보무도 당당한 행차는 권력의 상징이라 할 만하다.

그러나 「양반전」에 관찰사의 행차가 직접적으로 묘사되는 부분은 없다. 본문에는 다음과 같이 아주 간단하게 '순시'를 소개하고 있는데, '……그 양반을 잡아 가두라고 명했다.'에서 알 수 있듯이 그의 '움직임'이 예보하는 권력은 막강하다.

위의 인용문에서는 고관의 '행차'에 대한 정밀한 묘사가 결여되어 있어 '순시'가 상징하는 권력의 강약은 상식적으로 유추할 수밖에 없다. 그러나 관찰사와 직접적인 연관은 없는 듯 묘사되어 있기는 하여도 수령의 행차 부분과 연결 지을 수 있는 대목은 「양반전」의 후반부에 위치해 있다.

위의 인용문에 등장하는 '일산'은 수령이 행차할 때 쓰는 햇빛 가리개이다. 즉 햇볕을 가리기 위하여 세우는 큰 양산으로 우산보다 크며 놀이할 때에 바깥에다 세우는 도구이다. 황제 혹은 황태자 그리고 왕세자들이 행차할 때 받치던 의장 양산을 가리키기도 하는데, 이는 자루가 길고 황색, 적색, 흑색의 비단으로 제작하였다. 또, 감사, 유수, 수령들이 부임할 때 받치던 양산도 일산이라 한다. 이는 자루가 길고 흰 바탕에 푸른 선을 둘렀다. 그러니까 이 도구는 얼굴에 그늘을 드리우게 하여 햇볕에 그을리지 않도록 해 준다. 이에 연암은 이 현상의 결과로 '귀가 희어지고'라고 표현한 것이다.

그리고 양반은 사람에게 일을 시킬 때 설렁줄을 당겨 그 사람을 부르므로 움직이지 않아도 되는 편안함 때문에 배에 살만 찐다는 뜻으로 '설렁줄 소리에 배가 나오며'라고 표현했다. 설렁줄은 설렁을 울리는 줄이며 설렁은 방울이다. 이는 처마 끝이나 그 같은 곳에 매달아 놓아 사람을 부를 때 줄을 잡아당기면 소리를 내도록 한 방울이다. 이 역시 사람을 부리는 원격 조종의 힘이니 권력의 상징이라 할 만하다.

위와 같이 기술한 「양반전」에서의 미란다 분석을 다시 종합해 보면, 연암은 「양반전」을 통해 표리부동 그리고 무능한 양반 사회의 모순을 지적하고 있음을 알 수 있다. 즉 양반 계급의 절대적 우위가 사라져 가고 있는 현실 속에서 겨우 잔반 혹은 향반 또는 토반 정도의 양반으로 살아가는 이들은 양반 중심 사회라고 하는 조선의 정체성을 수호하지 못했다. 그러나 양반 신분을 획득하기 위해 과감하게 도전한 부자 역시 결국 양반 신분을 내던지고야 마는데, 여기에 더 짙은 모순 또한 내재해 있다. 연암은 노동하지 않고 고결하게 사는 양반을 무위도식하는 계급으로 해석하였고, 이러한 현실을 마땅하지 않다고 보았으며, 신분과 홍패가 가진 폭력성과 가학성을 풍자함으로써 무능한 집권층을 과감히 구조 조정해야 함을 역설하였다.

다음으로, 「양반전」에 나타난 크레덴다를 분석해 보자. 첫째, 양반에 대한 존경, 그리고 경의를 표하는 태도에 해당하는 크레덴다는 다음과 같이 나타난다.

양반이란 사족을 높여 부르는 말이다. 정선 고을에 한 양반이 있

있는데 어질고 글 읽기를 좋아하였으므로, 군수가 새로 도임하게 되
면 반드시 몸소 그의 오두막집에 가서 인사를 차렸다(박지원, 신호
열·김명호, 2007, p.187).

신분이 법인 사회를 드러내 보여주는 대목이다. 어질고 글 읽기
를 좋아하는 사람, 정선 양반을 새로 부임하는 군수가 몸소 찾아가
인사를 차렸다는 것은 공식적인 경의의 표현이다.

조선은 양반이 집권하는 사회였고, 양반이란 관직에 있는 사람을
통틀어 부르는 말이었다. 조선은 왕권을 확고히 하고, 관료조직을
정비해 가면서 관료들의 지배층으로서의 양반의 사회적 지위를 굳
혀 갔다. 그리하여 마침내 양반은 향리 또는 농민과 뚜렷하게 구별
되는 신분으로서의 절대적 권위를 유지하게 되었다. 위의 인용에서
분석할 수 있는 크레덴다는 이 신분에 대한 경의를 표한 것이라 볼
수 있다.

둘째, 「양반전」에 나타난 양반 계급에 대한 복종의 크레덴다는
다음과 같이 나타난다.

> 양반은 아무리 가난해도 늘 높고 귀하며(박지원, 신호열·김명호,
> 2007, p.187)

귀속 지위로서의 양반은 늘 높고 귀하므로 그 아래를 다른 사람
들이 채운다. 양반이라는 이름만으로도 복종을 이끌어 내게 된다.

조선의 신분 계급은 세습되어 특별한 경우가 아니고서는 신분
변화가 이루어지지 않았다. 관직의 수가 한정되어 있어서 일부의
양반만 관직에 오를 수 있었고, 관직에 종사해야만 국가로부터 경

제적 혜택과 사회적 특권을 누릴 수 있었기는 하지만, 그렇게 할 수 있는 자격은 양반이라고 하는 귀속 지위의 소유 여부와 관계가 있었다. 이 귀속 지위는 조선 건국 이후 만들어진 관습과 현재의 특권 및 앞으로의 가능성으로 인하여 양반이 아닌 계급으로부터 높이 떠받들어졌다.

셋째, 양반 계급을 위한 희생이라는 크레덴다 현상은 양반전 전문에 걸쳐 벌어지는 사건과 관련이 깊다. 그 가운데 아무 말 없이 희생할 수밖에 없는 부분은 다음과 같다.

> 궁한 선비 시골 살면 나름대로 횡포 부려, 이웃 소로 먼저 갈고, 일꾼 뺏어 김치고 귀얄수염 다 뽑아도, 감히 원망 없느니라(박지원, 신호열·김명호, 2007, p.191).

양반의 막강한 힘을 보여주는 대목이다. 양반이라는 신분만으로도 가만히 앉아 얻을 것이 많다. 즉 무위도식 혹은 불로소득의 대명사가 양반이 된다.

연암이 연암골에 은둔하며 활동하던 시대는 조선 사회가 급격한 사회적 경제적 가치 변화가 이루어지고 있던 시기였다. 경제적으로는 토지 제도가 문란해지면서 대토지 소유가 점점 확대되어 빈부 격차가 심해지고 일반 평민들의 세금 부담이 가중되면서 불만도 대폭 증가하였다.

사회적으로는 신분 제도가 극도로 문란해져, 일부 지배층에서는 노비 소유가 대량으로 이루어졌다. 이러한 상황에서 노비들은 신분의 굴레를 벗기 위해 끊임없이 도망하였다. 많은 노비를 소유한 대

지주와 국가는 도망간 노비를 잡아들이기 위해 온 힘을 기울였다. 양반 아래에는 하급 관리, 지방행정실무자, 기술관 등은 별도로 중인 신분을 이루었고 농업, 상업, 수공업에 종사하는 사람들은 이른바 상민이 되었다. 그 밑에는 천민 신분으로 노비, 광대, 사당, 무당, 창기, 백정 등이 이 신분에 속하였다. 특히, 노비는 공공기관이나 양반 개인에 소속되어 매매, 증여, 상속의 대상이 되었다. 이러한 증여와 상속은 양반의 무위도식과 불로소득을 지원하는 자산이자 희생의 기반이 되었다.

넷째, 양반이라는 합법성의 독점과 관계 깊은 크레덴다 현상은 다음과 같다.

> 이상의 모든 행실 가운데 양반에게 어긋난 것이 있다면 이 문서를 관청에 가져와서 변정할 것이다(박지원, 신호열·김명호, 2007, p.190).

양반 중심 사회는 유교 질서 사회이다. 양반에게 어긋난 것이 있다면 이를 변정하겠다는 것은 양반적인 것과 합법적인 것이 동일함을 으름장 놓는 것이다. 이는 합법성의 독점을 상징하고 있다.

합법성의 독점이란 법령이나 규범에 일치하는 성질을 특정한 존재가 홀로 취한다는 것이다. 이 합법성의 독점이 양반이라는 특정 신분에 의해 이루어지고 있다면 이때의 양반의 절대성은 무조건이 되었음을 뜻한다. 본래 독점은 시장 전체에 대한 총공급을 오직 하나의 기업만이 담당하는 시장 형태를 말하는 경제 용어이다. 어떤 시장에서 독점이 가능하려면 몇 가지 조건을 갖추어야 하는데, 그것은 첫째, 단일 기업이 전체 시장을 점유하고 있을 것, 둘째, 공급하는 상품이 독특할 것, 셋째, 타 기업의 시장 진입과 참여가 저지되어 있을 것, 그리고 넷째, 특정 산업 전 분야에 걸쳐 시장 정보가 불완전할 것 등이다.

위에서 상정한 경제적 의미의 독점과 정치적 의미를 혼합하면 양반 신분의 합법성의 독점은 양반 신분의 합법적인 독재라 할 만하다. 즉 양반 신분의 지배자급으로서의 의미는 국가 전체를 장악하고 있고, 양반 이외의 신분 소유자는 진입과 참여가 완전 봉쇄되어 있으며 정보 교류 또한 완전히 불완전하다. 그러므로 양반 이외의 신분에 속하는 존재들은 양반이 그저 천작인 줄로만 알지 양반의 존재에 대해 묻고 따지고 도전하고 거역하지 않는다. 양반 계급 자체가 합법성을 창출하며 합법성을 설정하는 자들의 집합이므로 이들은 불합리한 특권을 누리지만 조선 사회 전체의 이성으로 자리매김 되어 있는 까닭에 어떤 도전에도 응전하고 진압하며 사회와 국가 전체를 쥐고 있다.

위에서 기술한 내용을 요약하면, 「양반전」에서의 크레덴다는 첫째, 고결한 정선 양반에 대한 존경의 표현으로 새로 부임하는 군수가 경의를 표하는 태도이다. 그 밖에 둘째, 청빈한 양반 계급에 대한 복종, 셋째, 무능하고 가난해도 신뢰받는 양반을 위한 희생, 넷째, 유교 질서 속에서 신뢰받는 양반이라는 합법성의 독점 등으로 각각 추출할 수 있다.

다시 크레덴다를 종합해 보면, 새로 부임하는 군수가 경의를 표하기 위해 양반의 오두막을 방문하고, 무능하고 가난해도 횡포를 부려도 이의 제기가 불가능한 양반 사회를 드러내 보여준다. 기존의 유교 사회를 유지하고 존속시키기 위해 정치적 상징 조작이 동원되고 있음을 볼 수 있다.

2) 대항 미란다와 대항 크레덴다

앞에서 미란다와 크레덴다에 대하여 살펴보았다. 이제 무너진 유교 질서를 바로 세워 본연의 좋은 세상을 복원하려고 하는 대항 미란다와 대항 크레덴다에 대하여 분석해 보기로 하겠다.

첫째, 대항적인 기념일과 기념 기간은 나타나지 않는다. 둘째, 공공광장과 기념관 파괴 및 대항적인 새로운 기념관 설립 또한 나타나지 않는다. 셋째, 대항적인 음악과 노래 역시 나타나지 않는다. 넷째, 대항적인 깃발, 훈장, 의장 및 조형물과 제복의 문양은 벙거지와 잠방이로 다음과 같이 나타난다.

> 그런데 그 양반이 벙거지를 쓰고 잠방이를 입고 길에 엎드려 소인이라 아뢰며 감히 쳐다보지도 못하는 것이 아닌가(박지원, 신호열·김명호, 2007, p.187).

위와 같이 벙거지를 쓰고 잠방이를 입고서 소인이라 하는 것은 이제 양반의 제복을 뺏겼다는 것을 의미한다. 잠방이는 가랑이가 짧은 한복 홑 고의(袴衣)이다. 이는 낮은 신분으로 변화한 양반의 모습을 상징적으로 표현한 부분이다. 고결한 양반이 천한 신분의 제복을 입은 것이다.

그리고 '양반 증서'는, 그야말로 닫힌 사회의 카스트에서 상승 이동의 불가능성을 파괴하고 특권을 누리는 신분과 권력을 쥐게 하는 의장이다. 즉 인생에서 특권을 누릴 수 있는 특허를 획득하는 증서이다. 이러한 증서는 하나의 비유이자 상징이므로 그 자체가 의장일 수도 있다. 이는 양반의 제복이라는 협의의 뜻을 넘어서서 인생 그 자체가 제복을 입은 광의의 상징을 보여주고 있다.

다섯째, 대항적인 일화와 역사는 천한 부자가 양반이 되겠다는 뜻을 품고 이를 현실로 만들어 가는 과정 및 결과와 맥을 같이한다.

> 우리는 아무리 잘살아도 늘 낮고 천하여 감히 말도 타지 못한다. 또한 양반을 보면 움치러들어 숨도 제대로 못 쉬고 뜰아래 엎드려 절해야 하며, 코를 땅에 박고 무릎으로 기어가야 하니 우리는 이와 같이 욕을 보는 신세다. 지금 저 양반이 이 환곡을 갚을 길이 없어 이만저만 곤욕을 보고 있지 않으니 진실로 양반의 신분을 보존 못 할 형편이다. 그러니 우리가 그 양반을 사서 가져 보자(박지원, 신호열·김명호, 2007, p.187).

정선 마을의 천한 부자는 '우리가 양반을 사서 가져 보자'라고 한다. 이것은 양반을 어떤 상품으로 명명하여 조롱하는 대항 미란다이다.

상품은 매매의 대상이 될 수 있는 유형 혹은 무형의 모든 재산을 말한다. 즉 상품은 인간의 물질적 욕망을 만족시킬 수 있는 실질적 가치를 지닌 유형물 혹은 무형물이다. 하지만 이는 매매를 위해 이동이 가능한 유체재산을 가리키는 것으로서, 유가증권, 부동산, 상표권 등은 제외된다. 경제학의 입장에서 보면 상품이란 가치 혹은 사용가치, 그리고 효용을 지닌 노동생산물이다. 어느 재화가 아무리 인간의 생활에 유용하고 사용가치를 지니고 있다 하더라도, 천연의 공기나 물과 같이 노동의 생산물로서의 가치를 가진 것이 아니면 상품이라고 할 수 없다. 그러나 사용가치가 없는 무용의 것이라면, 노동생산물이라 하더라도 상품이 될 수 없다. 또 상품이 사용가치나 효용을 지닌다고 해도 이것은 상품생산자의 물질적 욕망을 만족시키는 사용가치가 아니라 타인을 위한 사회적 사용가치여야 한다. 노동생산물이 상품으로 불리게 되는 데는, 그것이 교환되어 타인의 물질적 욕망을 만족시켜야만 한다. 그런데 「양반전」에서는 노동생산물도 아닌 양반이라는 신분이 상품으로 통용되고 있다. 양반이라는 신분이 재화로 상정되고 매매할 수 있는 유체재산으로 등장한 것이다. 천작으로서의 양반이라는 신분이 거래의 대상이 될 수 없다는 것을 조선 사회 전체가 인식하고 있음에도 불구하고 시대적 상황은 이러한 매매를 통해 매관매직하는 현상을 묵인하거나 공공연히 권장하고 있다. 연암은 이에 자신의 의견을 직설로 전달하지 못하고 풍자 기법으로 대항한 것이다.

여섯째, 대항적인 교묘한 성격의 의전은 다음과 같이 나타난다.

> 그리고 군수는 관사로 돌아와, 고을 안의 사족 및 농부, 장인, 장사치들을 모조리 불러다 뜰 앞에 모두 모이게 하고서, 부자를 향소의 바른편에 앉히고 양반은 공형의 아래에 서게 하고 다음과 같이 증서를 작성했다.
> "건륭 10년 9월 모일 위에 명문은 양반을 값을 쳐서 팔아 관곡을 갚기 위한 것으로서 그 값은 1천 섬이다.
> 대체 그 양반이란, 이름 붙임 갖가지라. 글 읽은 인 선비 되고, 벼슬아친 대부 되고, 덕 있으면 군자란다. 무관 줄은 서쪽이요, 문관 줄은 동쪽이라 이것이 바로 양반, 네 맘대로 따를지니(박지원, 신호열·김명호, 2007, p.187).

위의 인용문에서는 '네 맘대로 따를지니' 부분이 매우 우스꽝스 럽다. '무관 줄은 서쪽이요, 문관 줄은 동쪽이라 이것이 바로 양반' 인데, '네 맘대로' 하라니, 이것은 새로 양반이 되는 부자를 매우 교묘하게 무시하고 있음을 읽어내도록 한다. '네 맘대로' 양반이 될 수 있다는 것이다. 물론 얼핏 보면 새로 양반의 지위를 획득하 는 부자에게 크게 선심을 쓰는 듯 읽히기도 하지만, 이 같은 선심 의 바탕에는 군수의 양반 신분 양도와 취득에 대하여 못마땅해하 는 의식 또한 깔려 있다. 즉 의전에 임하고 있기는 하지만, 군수의 교활함은 부자의 도전을 어떻게든 방어해 보려는 선민의식을 감추 고 있기도 한 것이다. 그리하여 정선 부자의 양반 신분 취득 의지 와 그 의전은 대항 미란다로 분석될 수 있겠고, 군수의 '부자를 향 소의 바른편에 앉히고' 양반이 되었다는 사실을 알리는 의전 또한 원래 양반이 아니었던 자가 양반이 한 번 되어 출연하는 것이니 대 항 미란다로 분석할 수 있겠다.

일곱째, 대항적인 행진, 웅변, 음악을 동원한 군중 시위와 같은 미란다는 다음과 같은 대사를 통해 나타난다. 정선 양반의 아내가 그에게 호통을 치는 부분이다. 이는 대항적인 웅변이다. 유교 사회 질서가 혼란에 빠져서 양반을 팔 수밖에 없고 부자라면 누구나 양 반을 살 수 있다는 것은 대항적 의미를 갖는다.

그의 아내가 몰아세우며,
"당신은 평소에 그렇게도 글 읽기를 좋아하더니만 현관에게 환곡
을 갚는 데에는 아무 소용이 없구려. 쯧쯧 양반이라니, 한 푼짜리도
못 되는 그놈의 양반."이라 했다(박지원, 신호열·김명호, 2007,
pp.186－187).

 제3부 연암 풍자 문학 작품에서의 정치적 상징 분석

이렇게 양반의 아내가 남편을 향하여 호통을 치는 것은 연암 당시로서는 매우 놀라운 대항이다. 아내는 남편의 무능력을 이유로 양반을 폄하한다. 이것은 매우 강렬한 대항 미란다이다.

대체로 조선시대 여인들은 무조건 '여필종부'의 인생을 살아내야 했다. 그럼에도 불구하고 연암은 양반의 아내가 자신의 귀한 남편을 향하여 욕설을 하는 상황을 표현하고 있다. 사실 조선시대 여인들은 수동적이고 순종적이도록 강요당해서 거의 식물인간에 비유해야 할 만큼 있는 듯 없는 듯한 존재들이었다. 이들은 자신의 목소리를 내는 일을 할 수 없었고 어떤 능력계발을 위한 투자도 할 수 없었으며 더군다나 경제적으로도 전혀 독립이 허용되지 않았다. 이러한 신분의 여인이 분통을 터뜨리며 일격을 가한 것이므로 조선 후기 양반 신분의 몰락이라는 것은 훨씬 더 심각한 것으로 해석할 수 있는 것이다. 그리고 이러한 표현은 너무나 미약하여 존재감조차 없던 소외 계층에게 '양반도 별것 아닌 것'이라는 뜻으로 전달되어 카타르시스를 낳고 있다.

그리고 또 다른 웅변이 있다. 천한 부자가 첫 번째 양반 증서 내용을 듣고 실망하여 하는 말이다.

> "양반이라는 것이 겨우 이것뿐입니까? 제가 듣기로는 양반은 신선 같다는데, 정말 이와 같다면 너무도 심하게 횡령당한 셈이니, 원컨대 이익이 될 수 있도록 고쳐 주옵소서."(박지원, 신호열·김명호, 2007, p.190)

위의 인용문에서 천한 부자는 양반이 자신에게 하나도 도움이 안 된다는 식으로 자신의 견해를 당당히 밝히고 수정까지 요구하고 있다. 이는 기존 질서의 유지 존속에 대하여 대항하고 있다는 표현이다. 천한 부자는 지금까지 유지 승계되어 온 양반의 정체성을 아무 이익이 안 되는 것으로 받아들이고 있다. 즉 무위도식하는 신분에 대한 아주 분명한 대항 미란다이다. 그래서 더욱더 단호하게 양반을 거부해 버린다. 그 발언은 다음과 같다.

> "그만두시오. 그만두시오. 참으로 맹랑한 일이오. 장차 날더러 도적놈이 되란 말입니까?"(박지원, 신호열·김명호, 2007, p.191)

천한 부자가 1천 섬으로 구매한 양반을 그만두겠다니, 이것은 양반을 찬미할 수 없다는 상징을 담고 있다. 찬미의 대상으로서의 양반, 그 미란다가 천한 부자에 의해 이제부터는 찬미받지 못할 미란다, 즉 파괴되어야 할 미란다로 변화한 것이다. 천한 부자의 발언은 웅변과도 같은 강렬한 대항 미란다이다. '그만두시오'라는 말을 더욱 거칠게 표현하여 '집어치워라'라고 표현했다고 가정해 본다면 양반 신분에 대한 천한 부자의 태도는 천작으로서의 양반의 권위에 치명적 타격을 가하는 폭탄과도 같은 웅변이 되었을 것이다.

위의 내용을 통해 요약할 수 있는 「양반전」에 나타난 대항 미란다는 그 요소의 첫째, 둘째, 셋째는 추출되지 않으며, 넷째, 해학적인 양반 증서를 활용하여 양반의 위선 파괴, 다섯째, 양반을 파는 정선 양반 이야기로 양반의 절대성 파괴, 여섯째, 양반 증서 수여식에 나타난 군수의 잔꾀와 교묘한 의전으로 양반 체통 파괴, 일곱째, 양반의 처와 정선 부자의 양반 폄하 발언에 의한 양반의 고결성 파괴 등으로 나타난다.

다시 위에서 정리 요약한 내용을 종합해 보면, 양반전에서는 양반 증서를 활용하여 양반의 위선을 해학적으로 파괴하고 있고, 또 양반을 파는 정선 양반 이야기를 통해 양반의 천작으로서의 절대성을 파괴하고 있으며, 양반 증서 수여식에 나타난 교묘한 의전을 통해 양반의 생명과 같은 체통까지도 파괴하고 있다. 그리고 양반의 처와 정선 부자의 양반 폄하 발언은 아주 강렬하고 명징하게 양반의 고결성을 파괴하고 있다. 이와 같이 대항 미란다는 집권층인 양반 계급이 세상의 모든 복을 누리는 특권의 관성을 파괴하고 있다.

다음으로, 대항 크레덴다 현상을 분석해 보도록 하자. 첫째, 양반 계급에 대한 경멸, 즉 불경을 표하는 태도와 같은 크레덴다 현상이 나타나는 부분은 다음과 같다.

그러나 집이 가난하여 해마다 관청의 환곡을 빌려 먹다 보니, 해마다 쌓여서 그 빚이 1천 섬에 이르렀다. 관찰사가 고을을 순행하면서 환곡의 출납을 조사해 보고 크게 노하여,
"어떤 놈의 양반이 군량미를 축냈단 말인가?" 하고서 그 양반을 잡아 가두라고 명했다(박지원, 신호열·김명호, 2007, p.186).

위의 내용 속의 '어떤 놈의 양반이 군량미를 축냈단 말인가?'는 양반을 향해 뱉는 시원한 욕이다. 그 말을 듣는 상민들은 매우 큰 카타르시스를 느낄 수 있다. 그리고 양반을 잡아 가두라고 할 때는 더 큰 카타르시스를 느낀다. 그 밖에 경멸을 표현하는 내용은 더 많이 있다. 가령, 양반의 아내가 양반을 폄하하는 발언, 양반이라는 것이 겨우 이것뿐이냐고 하는, 더 나아가 그만두라는 천한 부자는 양반에 대한 경멸을 보다 더 우회적으로 표현하고 있는 것이다. 이

는 대항 미란다와 중복되는 부분일 수 있으나 본래 미란다와 크레덴다는 중복될 수 있으므로 양반 계급에 대한 경멸을 표현하는 태도로도 분석할 수 있겠다.

둘째, 위선적인 양반에 대한 불복종과 같은 크레덴다 현상은 다음과 같이 나타난다.

"하느님이 백성 내니, 그 백성은 사농공상 넷이로세. 네 백성 가운데는 선비 가장 귀한지라, 양반으로 불리면 이익이 막대하다. 농사, 장사 아니 하고, 문사 대강 섭렵하면, 크게 되면 문과 급제, 작게 되면 진사로세, 문과 급제 홍패라면 두 자 길이 못 넘는데, 온갖 물건 구비되니, 이게 바로 돈 전대요, 서른에야 진사 되어 첫 벼슬에 발디뎌도, 이름난 음관 되어 웅남행으로 잘 섬겨진다. 일산 바람에 귀가 희고 설렁줄에 배 처지며, 방 안에 떨어진 귀걸이는 어여쁜 기생의 것이요, 뜨락에 흩어져 있는 곡식은 학을 위한 것이라. 궁한 선비 시골 살면 나름대로 횡포 부려, 이웃 소로 먼저 갈고, 일꾼 뺏어 김치고 귀얄수염 다 뽑아도, 감히 원망 없느니라."
부자가 그 문서 내용을 듣고 있다가 혀를 내두르며,
"그만두시오. 그만두시오. 참으로 맹랑한 일이오. 장차 날더러 도적놈이 되란 말입니까?"
하며 머리를 흔들고 가서는 종신토록 다시 양반의 일을 입에 내지 않았다(박지원, 신호열·김명호, 2007, p.191).

군수는 '네 백성 가운데는 선비가 가장 귀한지라' 하며 양반이 되면 어떤 이득이 있는가를 구구절절 읊는데, '이익이 막대하다'는 식으로 표현하여 선비라는 신분이 만들어 온 청빈한 이미지와 상반되게 '이익이 막대하다'로 공격을 가한다. 즉 청빈과는 다르게 이익을 좇으니 위선적이라는 것이다. 그리고 매 문장마다 역설법을 활용함으로써 선비들의 위선에 대하여 묘한 대항의식을 드러내고 있다. 다시 말해 궁한 선비가 시골 살아도 자기 배를 먼저 불리고 횡포를 일삼는다는 것을 폭로함으로써 양반 계급이 그들 스스로 드러내 놓고 싶지 않은 위선에 대하여 시위를 하는 것이다.

또 위의 문장 가운데 '그만두시오'는 압권이다. 양반 신분 하기 싫다는 것으로, 이는 양반의 자존심을 건드리는 대항 크레덴다이다. 즉 양반을 신뢰하지 못하겠다는 것인데, 천한 부자의 이 발언으로 인하여 양반이 아무것도 아닌 것이 되어 버린다.

셋째, 무능한 양반 계급을 위한 희생의 거부와 같은 대항 크레덴다 요소는 다음과 같다.

> 이에 통인이 여기저기 도장을 찍는데, 그 소리가 엄고 치는 것 같았으며, 모양은 북두칠성과 삼성의 종횡으로 늘어선 것 같았다. 호장이 문서를 다 읽고 나자 부자가 어처구니없어 한참 있다가 하는 말이,
> "양반이라는 것이 겨우 이것뿐입니까? 제가 듣기로는 양반은 신선 같다는데, 정말 이와 같다면 너무도 심하게 횡령당한 셈이니, 원컨대 이익이 될 수 있도록 고쳐 주옵소서."(박지원, 신호열·김명호, 2007, pp.190 – 191)

천한 부자는 양반이 되고 싶어 1천 섬을 관가에 지불했다. 그런데 양반의 가치가 1천 섬이 안 된다는 생각을 하게 되고 횡령당한 것이라며 이익이 될 수 있도록 고쳐 달라 한다. 기존의 양반들은 상상할 수 없는 일이다. 외부인이 양반 계층을 객관적으로 파악한 것이다. 이는 경제력은 있으나 위신이 낮아 여전히 존엄성을 인정받지 못 하는 신흥 상공인 계층의 울분을 연암이 대신 표현한 것으로 볼 수도 있다. 그리하여 계산이 빠른 천한 부자의 위와 같은 발언은 아웃사이더의 시선이 발견해 낸 대항 크레덴다로 분석할 수

있는 것이다.

넷째, 체면치레만 하는 양반 계급이 갖는 합법성의 독점 파괴와 같은 대항 크레덴다 현상은 「양반전」 전체가 나타내 보여주고 있다. 그 가운데 좀 더 강력한 합법성의 독점 파괴로서의 대항 크레덴다는 다음과 같다.

　　그리고 군수는 관사로 돌아와, 고을 안의 사족 및 농부, 장인, 장사치들을 모조리 불러다 뜰 앞에 모두 모이게 하고서, 부자를 향소의 바른편에 앉히고 양반은 공형의 아래에 서게 하고 다음과 같이 증서를 작성했다.
　　"건륭 10년 9월 모일 위의 명문은 양반을 값을 쳐서 팔아 관곡을 갚기 위한 것으로서 그 값은 1천 섬이다.
　　대체 그 양반이란, 이름 붙임 갖가지라. 글 읽은 인 선비 되고, 벼슬아친 대부 되고, 덕 있으면 군자란다. 무관 줄은 서쪽이요, 문관 줄은 동쪽이라 이것이 바로 양반, 네 맘대로 따를지니.
　　비루한 일 끊어 버리고, 옛사람을 흠모하고 뜻을 고상하게 가지며, 오경이면 늘 일어나 유황에 불붙여 기름등잔 켜고서, 눈은 코를 줄줄 외어야 한다. 눈은 코끝을 내리 보며 발꿈치를 괴고 앉아, 얼굴 위에 박 밀듯이 『동래박의』를 줄줄 외어야 한다. 주림 참고 추위 견디고 가난 타령 아예 말며, 이빨을 마주치고 머리 뒤를 손가락으로 퉁기며 침을 입 안에 머금고 가볍게 양치질하듯 한 뒤 삼키며 옷소매로 휘양을 닦아 먼지 털고 털무늬를 일으키며, 세수할 땐 주먹 쥐고 벼르듯이 하지 말고, 냄새 없게 이 잘 닦고, 긴 소리로 종을 부르며, 느린 걸음으로 신발을 끌듯이 걸어야 한다.
　　『고문진보』, 『당시품휘』를 깨알같이 베껴 쓰되 한 줄에 백 자씩 쓴다. 손에 돈을 쥐지 말고 쌀값도 묻지 말고, 날 더워도 버선 안 벗고 맨상투로 밥상 받지 말고, 밥보다 먼저 국 먹지 말고, 소리 내어 마시지 말고, 젓가락으로 방아 찧지 말고, 생파를 먹지 말고, 술 마시고 수염 빨지 말고, 담배 필 젠 볼이 움푹 패도록 빨지 말고, 분 나도 아내 치지 말고, 성 나도 그릇 차지 말고, 애들에게 주먹질 말고, '뒈져'라고 종을 나무라지 말고, 마소를 꾸짖을 때 판 주인까지 싸잡

아 욕하지 말고, 병에 무당 부르지 말고 제사에 중 불러 재를 올리지
말고, 화로에 불 쬐지 말고, 말할 때 입에서 침을 튀기지 말고, 소 잡
지 말고 도박하지 말라.
　　이상의 모든 행실 가운데 양반에게 어긋난 것이 있다면 이 문서를
관청에 가져와서 변정할 것이다.
　　성주 정선군수가 화압하고 좌수와 별감이 증서함(박지원, 신호
열·김명호, 2007, pp.188－190).

　조선 후기, 특히 17세기 말기 이후부터는 정치 경제 사회 문화
등 다양한 측면에서 근대지향적인 움직임이 일어났다. 이 가운데
주목할 만한 변화는 실학사상의 전개이다. 이러한 성향은 문학에도
지대한 영향을 주어 기존의 귀족적이고 도학적인 문학에 대항하여
실생활을 표현하고 현실을 비판하는 문학이 대두하게 되었다. 연암
은 이러한 문학과 밀접한 인물이라 할 수 있는데, 현실에서는 가히
역모가 될 만한 일을 글쓰기를 활용하여 기존의 지배층에 대하여
반격을 가하고 변혁과 개혁을 실행하여 보인다.

　이 시기의 신분체제는 정권을 잡은 양반층으로서의 사족, 지방의
향반, 몰락한 잔반 등으로 구분되는데, 잔반은 빈궁한 양반의 후예
로서 농민과 크게 다를 바가 없었다. 반면에 토지 경영의 변화와
농업기술의 발달로 인하여 일부 농민이 부농이 되고 상공업의 발
달로 인하여 신흥 상공인 또한 거상이 되어 납속과 공명첩으로 양
반행세를 하기 시작하였다. 이러한 현실을 직시한 연암은 양반과
평민 간의 신분질서가 이제 더 이상 엄격하지 않음을 「양반전」을
통해 꼬집어 보인 것이다. 즉 양반이라 존중되는 지배층과 농공상
이라 불리며 천시되고 소외되는 피지배계층의 철저한 구별이 점차
사라지면서 그간 양반에게만 허락되었던 합법성의 독점이 파괴되

고 있음을 보여주고 있는 것이다. 그야말로 '그들만의 리그'에 참여하고자 줄을 선 새로운 부농과 거상이 등장하여 '그들만의 광장'에 함께 서 있으려 하는 것이다.

요약해 보자. 「양반전」에서의 크레덴다는 첫째, 양반 계급에 대한 경멸이다. 이는 도둑이라고 하여 불경을 표하는 태도로 나타난다. 둘째, 착취와 반칙을 일삼는 위선적인 양반 계층 및 신분 제도에 대한 불복종, 셋째, 무능한 양반 계급을 위한 희생의 거부, 넷째, 무위도식만 하는 양반 계급이 갖는 합법성의 독점 파괴 등이다.

위의 요약 내용을 다시 종합하면, 연암은 첫째, 「양반전」을 통해 양반 계급에 대한 경멸 그리고 도둑이라고 하여 불경을 표하는 태도를 드러내 대항적인 크레덴다를 표현하고 있으며, 둘째, 착취와 반칙을 일삼는 위선적인 양반 계층 및 신분 제도에 대한 불복종을 통해 기존 지배층의 크레덴다에 대항하고 있으며, 셋째, 무능한 양반 계급을 위한 희생의 거부, 넷째, 무위도식만 하는 양반 계급이 갖는 합법성의 독점 파괴 등을 통해 기존의 특권층을 파쇄하고 부조리를 제거하여 본래의 정신과 본연의 선비 계층이 이끄는 좋은 사회를 갈구하고 있음을 보여주고자 했다 할 수 있다.

3. 지향

「양반전」에서 연암은 참다운 양반으로서의 선비를 지향하고 있다. 『연암집』 제8권 『방경각외전』 「자서」에는 연암이 「양반전」을 지은 이유를 다음과 같이 소개하고 있다.

　　선비는 하늘이 준 벼슬이다. 선비의 마음이 지자(志字)가 되는데, 그 지는 어떠한가? 권세와 이익을 꾀하지 않으며, 영달해도 선비 됨을 벗어나지 않고, 곤궁해도 선비 됨을 잃지 않는다. 명절(名節)은 닦지 않고, 한갓 문벌과 지체만을 기화(奇貨)로 삼아 세덕(世德)을 팔고 산다면 장사꾼과 무엇이 다르랴? 이에 「양반전」을 짓는다(『연암집』 권8, 『방경각외전』 「자서」).

　창작 동기를 밝힌 부분이 드러내듯이 연암은 선비라는 신분이 천작(天爵), 즉 하늘이 준 벼슬이라 믿고 있다. 그리고 연암은 자신이 품고 있던 선비라는 신분에 대한 절대적 자부심과 절대적 비판을 「양반전」에서 동시에 보여줌으로써 참다운 선비에 대해 지향하고 있는 것이다. 그러므로 본 저자는 「양반전」 속에서 양반 신분에 대한 절대적 자부심을 표현하는 내용을 바탕으로 미란다와 크레덴다를 읽어낼 수 있었고, 양반 신분에 대하여 풍자를 활용하여 강렬하게 비판을 가하는 내용을 바탕으로 대항 미란다와 대항 크레덴다를 읽어낼 수 있었다.

　그리하여 이 책은 「양반전」 속에서 다양한 정치적 상징, 그리고 상징 조작으로서의 미란다와 크레덴다 및 대항적 미란다와 대항적 크레덴다를 분석하게 된 것이다. 「양반전」 속에서 발견된 미란다는 조선 사회의 유교 질서와 관계된 것이었다. 유교 질서 속에서 살았던 연암은 이러한 미란다에 저항하는 상징을 등장시켜 기존의 미란다를 파괴하고 새로운 질서가 서서히 도전해 오고 있음을 「양반전」을 통하여 드러내었다. 즉 기득권을 남용하는 양반에게 문장으로 타격을 가하여 부패한 사회 현실에 대한 개혁 의지를 표현한 것이다. 그리고 크레덴다에 있어서도 그 의지는 다르지 않다. 기존의 유교 질서를 바로 세워 복원하려는 의지를 가진 그의 눈에는 언제나 부조리와 부패의 고리가 보였다. 가령 부조리한 현실을 정당화하고 있는 지배 계층의 미란다와 크레덴다가 연암에게는 한낱 웃음거리에 지나지 않았을 것이다. 그러나 연암은 정국에 참여하여 현실을 개혁하는 역할을 수행하는 데 있어서 타의에 의해 제한이 가해졌고 더 이상 그가 현실에서 할 수 있는 좁은 의미의 정치는 없었다. 그리하여 연암은 넓은 의미의 정치에 해당하는 담론 행위로써 그가 확인한 추악한 환경을 정의로운 환경으로 바로잡고자 「양반전」을 지었던 것이다.

즉 연암은 문학 작품을 통해 '정치'를 논했다고 할 수 있다. 그리고 정치에 참여했다고 볼 수 있다. 넓은 의미의 정치의 개념을 도입하면 연암의 문학은 정치적 의제를 상정한 '공개장', 즉 '공론의 장'인 셈이다. 그리고 연암의 문학 작품은 공론화를 위한 '담론'이라 할 수 있겠다. 연암은 연암 이전의 정치 사회 경제 문화 현상에 대한 관찰과 탐구 및 발언 방법의 구속에서 벗어나 정치 경제 사회 문화 현상에 대한 비평과 기안의 패러다임을 바꾸어 놓았다. 공론장은 공론에 따라 형성될 수 있는 사회생활의 영역이다. 이는 공론 창출 능력이 있는 시민들이 아무런 제약 없이 집회결사의 자유, 의사표현의 자유, 출판의 자유 등을 보장받아 일반적 관심사에 대해 협의할 수 있는 상호교류의 마당이다.

정치는 정치도덕(political morality)과 불가분의 관계에 있다. 그리고 정치생활은 공공선·명예·시민의식·애국심 같은 덕목들을 중요한 도덕적 가치로 여긴다(김비환, 2001, p.329). 정치의 정당성이 다양한 의견의 자유로운 표출과 교류에서 산출된다고 볼 때, 정치란 다양한 의견들이 자유롭게 표현되는 공동체 속에서 사람들이 겪게 되는 다양한 경험들로 구성된다. 대체로 정치의 본질은 서로 다른 생각들이 교환되는 과정이면서 더 나아가서는 의견 교환을 통해 문제 해결을 위한 결정을 도출해 나가는 삶의 과정이다. 연암은 우언과 풍자를 활용한 문장으로써 그가 가졌던 다양한 의견을 드러내보였다. 이는 그가 지향하는 세상과 교정하고자 하는 현실을 자유롭게 개진한 것으로써 이것은 하나의 정치적 행위로 볼 수도 있다. 다시 말해 연암은 공론장에 참여한 것이다.

연암이 「양반전」을 통하여 꾀한 것은 체제부정과 체제전복이 아니다. 연암은 개혁적 성향을 지닌 인물로서 실학을 적극적으로 실천하려 했던 인물이기는 하지만, 연암 또한 지배계층으로서의 양반이었으므로, 그가 반체제적인 사유로 국가의 기강이나 기존의 질서를 완전히 폐지하고 새로운 국가를 건설하고자 꿈꾼 것은 아니다. 연암은 기존의 체제 내에서 개혁을 도모하고자 했고 실천궁행하고자 했다. 유교에서 좋은 사람이나 좋은 사회는 자신의 도리를 다하고 예를 다하는 인물이자 공동체이다. 즉 유교에서는 "임금은 임금의 도리를 다하고, 자식은 자식의 도리를 다하고, 어버이는 어버이의 도리를 다해야 한다."고 하였고, "예의를 가지고 기강으로 삼아서, 이것으로 군신을 바르게 하고, 부자를 돈독하게 하고, 형제를 화목하게 하고, 부부를 화합하게 한다."고 하였다. 그리고 "군자는 근본이 되는 일에 힘쓴다. 근본이 서야 도가 생기는 것이다."라고 하였고, 순자는 "예가 없으면 다투게 되고, 다투면 사회가 혼란해지고, 혼란해지면 사회는 곤궁해진다."고 하였으며 "예가 국가를 바르게 함은 비유하면 저울이 물건에 경중을 매김과 같고, 먹줄이

곡직을 표시함과 같다. 그러므로 사람은 예가 없이 살 수가 없고, 일은 예가 없이 이룰 수 없고, 국가는 예가 없이 편안할 수가 없다.”고 하였다. 연암은 「양반전」을 통하여 신분제 타파나 폐지를 주장하고자 했던 것이 아니다. 즉 모두가 자신의 본분을 다하는 세상이 좋은 사회인데, 그 균형이 파괴되고 있는 데 대하여 풍자한 것이다.

　이제 정리를 해 보자. 연암은 「양반전」에서 양반이 양반의 본분을 다하지 못하여 천한 부자에게까지도 동정을 받아야 하는 처지를 풍자하였다. 그리고 돈으로써 새로운 힘을 획득하기 시작한 천한 부자까지도 하늘이 내린 지위로서의 양반 신분을 넘보는 현상을 표출하였다. 그리하여 지배계층인 양반 계급이 이미 피지배계층에게 존중받지 못하는 하찮은 존재가 되어 버렸음을 날카롭게 드러냄으로써 양반의 본분을 다하지 못하는 양반 계급에게 문장으로 타격을 가하는 일로 그 부조리를 경고하고 있다. 이러한 경고를 통하여 연암은 납속과 공명첩이 판치는 세상을 은근히 드러내 보이며 조롱하는 것으로 양반 계급의 반성과 교란된 가치관을 바로잡고자 했다. 그러므로 연암은 자신의 본분을 다하지 못하는 인간, 부조리한 인간, 허약한 지배계급 등이 권력을 남용하는 현실에 대해 풍자를 활용하여 개탄하면서 궁극적으로는 반듯한 사람으로서의 좋은 사람, 그리고 구조적으로 모순이 없는 사회로서의 좋은 사회를 염원했다고 볼 수 있다. 그리고 그가 염원한 좋은 사람은 선비, 그리고 좋은 사회는 선비가 선비다운 세상이었다고 하겠다.

제8장

「허생전」에서의 정치적 상징

이 책은 연암의 작품 「허생전」을 텍스트로 하여 읽어가며 메리엄이 말하는 미란다와 크레덴다를 준거로 하여 그 요소들을 탐색함으로써 보다 더 새로운 정치적 해석을 시도하고자 한다.

1. 정치적 현실

「허생전」은 1650년대를 이야기의 배경으로 하지만 실제 상황은 연암이 살았던 1780년대 전후이다. 당시는 상업이 크게 발달하기 시작하였고, 이를 통하여 거부들이 많이 등장한다. 이 시기는 임진왜란과 병자호란을 겪고 나서 조선 사회의 내부 모순이 드러나고, 의식의 각성에 의해 일대 변혁이 일어나기 시작한 근대정신의 형성기라 할 수 있다. 제주도의 갑부인 김만덕(金萬德) 이야기나, 인삼 무역으로 갑부가 된 임상옥(林尙沃) 이야기 등 재산을 통한 신분 상승이 이루어지는 일이 빈번해진 시기이기도 하다.

이렇게 18세기를 전후로 하여 조선에도 자본주의적 요소들이 등장하고 있었다고 볼 수 있다. 조선조 후기 실학의 학풍을 배경으로 하면서 나타난 이와 같은 근대적 사회여건은 1770년대와 1780년대를 계기로 보다 이론적으로 설명될 수 있는 발판도 구축한다.

북학사상으로 불리는 그의 주장은 비록 적대적 감정이 쌓여 있기는 하지만 청의 문명이 조선의 현실을 풍요롭게 한다면 과감하게 받아들여야 한다는 내용을 골자로 하고 있다. 또한 청이 조선에 대해 가지고 있는 잘못된 인식을 비판하면서 그 개선책을 제시하고 있으며, 역대 중국인들의 한민족 및 조선에 대한 왜곡된 시각을 바로잡는 방법을 서술하기도 했다(박영규, 2008, p.445).

경제의 피폐화와 사회의 구조적 모순으로 인하여 평민들은 기본적인 생계조차 꾸리기 어려운 실정으로 변하였다. 그리하여 평민들이 종전까지 존경의 대상으로 여기던 양반 사대부가 야유와 풍자의 대상이 되었다. 부농이 생기고, 소작농으로 전락하는 양반이 생겼다. 신흥 상인 계급이 등장하여, 화폐가 전국적으로 유통되고, 상업 자본도 집적되었다. 몰락한 남인을 중심으로 실사구시(實事求是)와 이용후생(利用厚生)으로 구세제민(救世濟民)을 주창하는 새로운 학풍이 등장했다.

특히, 연암은 「허생전」 속의 허생을 통하여 중세를 극복하고 근대를 지향한 자신의 의지를 담아내고 있다. 그는 18세기 조선 사회가 서구적인 시민 사회로 전환된 것은 아니라 할지라도 이미 그 이전 사회와는 다른 성향의 사회의 도래에 순응해야 하는 지식인의 고뇌를 상징적으로 형상화하고 있는 것이다. 물론 그러한 진입 이후에도 여전히 기존 사회가 상속한 유가적 덕목과 선비의 기득권을 포기하지 못해 결국 그가 건축하고자 했던 새로운 사회는 꿈꾼 듯이 사라지고 말았지만 말이다. 그러므로 연암은 근대와 전근대 사이에서 근대에 대한 동경과 전근대에 대한 향수를 동시에 지닌 인물이라 할 수 있겠다. 개혁을 시도하긴 했으나 현실 정치에 반영할 수 없어 신세계를 구축하지 못하고 문장으로 세상을 희롱하기는 했으나 결국 그 판타지 안에서도 과거로의 회귀, 즉 고매한 선비정신을 수호하려고 하였던 인물인 것이다. 그러하기에 연암이 그의 작품 「허생전」을 통해 드러내 보이는 면모는 더욱더 의미가 있다.

연암의 페르소나 또는 아바타라고 할 수 있는 허생은 한낱 잔반, 즉 몰락한 양반이다. 연암 작품에 등장하는 대부분의 주인공은 연암의 페르소나 또는 아바타일 수 있는데, 그 가운데 허생은 가장 유력하다. 허생은 독서십년서생의 지위를 가지고 있다. 하지만 그는 일조에 상매(商賣)로 진출한다. 이러한 허생의 변신은 사회 변화와 맥을 같이한다. 농업만을 천하의 대본으로 여기는 전근대 사회에서 상업을 수용하는 근대사회로의 진입이 필수 불가결한 요소로 등장한 것이다. 이렇게 상매의 신분, 즉 상인이 된 허생은 다시 빈민구제자가 된다. 부국강병을 꾀하는 근대 국가 논리를 수용한 것이다. 물론 고구려 진대법 이후 빈민구제에 대한 지배자의 관심은 계속되어 왔으나 주류사회에서 소외된 계층으로서의 도적들에 대한 빈민구제를 '투자'로 인식하게 하는 것은 연암 사상의 독특성이다. 빈민을 구제하는 과정에서 연암은 허생을 통해 대정략가로 다시 변신한다. 변신의 변신을 통해 허생은 신분의 변화를 거듭하며 자신이 직면하고 있던 중요한 사회문제를 제시하고 그러한 문제점의 원인을 분비한 지배자 계층의 각성을 치열하게 촉구한다. 그리고 특정 부분은 어느 정도 공상에 가까우나, 그 문제에 대한 해결책까지 구체적으로 제안한다. 연암은 허생을 내세워 구시대의 모순과 정치적 부조리에 대항하고 현실적 개혁을 주장함으로써 최초의 근대인으로서의 실학자로 보기에 손색이 없다.

2. 정치적 상징

「허생전」도 「양반전」, 「호질」과 같이 미란다와 크레덴다, 대항 미란다와 대항 크레덴다를 분석틀로 하여 그 정치적 상징을 분석해 보도록 하겠다.

1) 미란다와 크레덴다

「허생전」은 「옥갑야화(玉匣夜話)」 편에 나오는 몇 가지 이야기 중의 하나이다. 즉 '옥갑'이라는 여관에서 밤늦도록 비장들과 둘러 앉아 나눈 이야기들 중의 하나라 하겠다. 「허생전」을 연암이 손수 창작한 단편 소설이라고 봐야 할지에 대해서는 갸우뚱하는 이들이 많은 듯하다. 왜냐하면, 윤영이라는 사람에게 들은 이야기를 옮겼다고 연암 스스로 표현하고 있기 때문이다.

먼저 미란다 요소를 분석해 보도록 하자. 첫째, 기념일과 기념

기간은 나타나지 않는다. 둘째, 공공광장과 기념관은 묵적골 초가
집, 그리고 운종가로 나타나고 있다.

> 허생은 묵적골에서 살았다. 바로 남산 밑까지 곧추 닿고 보면(박지
> 원, 리상호 옮김, 2006, p.254)

위의 단락 속의 묵적골과 남산은 조선과 한성의 상징이라 할 수
있다. '許生居墨積洞'에서 알 수 있듯이 묵적골은 '묵적동(墨積洞)'
이다. 묵적(墨積)은 먹 묵(墨), 쌓을 적(積)으로 먹을 쌓아둠을 의미
한다. 여기서 좀 더 자세하게 '적(積)'에 대해 살펴보면, 쌓다·많
다·머무르다·울적하다·병이 들다·심하다·더미·곱하여 얻은
수·부피·넓이·자취·병 이름·주름·저축·모으다 등의 뜻을
지니고 있음을 알 수 있다. 그리고 적(積)이라는 글자는 형성문자의
뜻을 나타내는 벼 화(禾, 곡식) 부(部)와 음(音)을 나타내는 책(責)이
합(合)하여 이루어져 있다. 음(音)을 나타내는 책(責), 적은 변음(變
音)으로 여기에서는 똑같이 생긴 것이 많이 모임을 뜻한다. 화(禾)
는 곡식(穀食), 적(積)은 곡식을 거두어들여 많이 비축하는 일, 이후
에는 곡식(穀食)에 한하지 않고 물건(物件)이 모이다, 쌓이다 따위
의 뜻으로도 쓰이고 있다. 그러므로 묵적골은 먹이 쌓여 있으니 양
반이 사는 마을의 상징이 된다. 그리고 같은 단락 안에 남산이 나
오는데 남산은 한성을 한눈에 내려다볼 수 있는 꼭대기이다. 그러므
로 이 남산은 지배자 혹은 지배계층을 상징하고 남산 묵적골은 남
산골을 다르게 표현하기 위해 연암이 만든 지명이라 할 수 있겠다.
　셋째, 음악과 노래는 나타나지 않는다. 넷째, 깃발, 훈장, 의장 및

조형물과 제복의 문양과 같은 미란다 역시 나타나지 않는다. 다섯째, 일화와 역사는 허생 이야기, 즉 허생의 일화로서, 허생전 속의 이야기 전체와 관련이 깊다. 허생은 시대가 찬미하는 선비정신 소유자이다. 선비정신은 뜻을 세워, 경건한 마음으로, 학문과 덕을 쌓아, 올바른 길로 지조를 지켜 살아가려는 정신이라 할 수 있다. 첫째, 선비정신의 근저는 입지(立志)에 있다. 대의를 위하여 봉사하겠다는 뜻을 세워, 그 뜻을 굽히지 않고, 그 몸을 욕되게 하지 않는 것을 철칙으로 삼아야 했다. 이황은 "선비가 병폐를 일으키는 것은 입지, 즉 뜻을 세우지 못한 때문"이라고 하였다. 선비가 세운 뜻이 확고하면 하는 일이 정의롭고 공론을 그르칠 염려가 없다. 둘째, 선비정신은 의를 위해 목숨을 바치는 것이다. 선비는 국난을 당하면 목숨도 바치며, 득을 보면 취하기 전에 먼저 그 의를 생각한다. 자기를 알아주면 자기 몸을 버릴 수 있는 정신, 정의를 위하여 싸우다가 죽음을 당할지언정 구차하게 살기 위해 몸을 욕되게 하지 않았다. 셋째, 선비정신은 예의와 염치를 지키는 것이다. 비록, 빈궁한 생활을 하더라도 도덕을 숭상하고 실천했으며 반드시 예의와 염치를 지켜 자신의 책무를 다하였다.

이제 허생과 선비정신을 연결 지어 허생 이야기를 해 보도록 하자. 첫째, 허생은 뜻을 세운다. 즉 대의를 위해 봉사하겠다는 뜻이다. 그 대의는 부국과 개혁이라 할 수 있다. 둘째, 허생은 의를 위해 목숨을 내놓는다. 국난을 당하여 목숨도 바친다는 선비 정신의 또 다른 실천으로서의 '무인공도의 개발'이 그것이다. 변산의 도적들을 모아 그들을 새로운 사회 구성원으로 육성하고 자본주의적 요소를 수용하였다. 이는 국난에 해당하는 경제 위기에 대한 해결책일 수 있으나 기존 권력에 대해서는 모반이다. 그러나 그는 정의를 위해 싸우다가 죽음을 당할지언정 몸을 욕되게 하지 않는 선비 정신의 측면에서 보면 매우 허약하지만, 허위의식이 되어 버린 북벌론의 상징 인물인 이완을 목숨을 걸고 공격하였다. 물론 결말에 가서 자신의 몸을 감추어 버리는 것으로 이끈 처방은 선비 정신을 강렬하게 준수하는 모습은 아니다. 이는 연암의 한계이자 선비 정신을 실현하고자 하는 선비들의 현실적인 한계로도 이해할 수 있다. 그러나 그럼에도 불구하고 허생의 존재와 그의 입지를 욕되게 하지는 않는다. 즉 아내로부터 거세게 비판당한 이후 자신의 뜻을 펼치기 위해 부자 변씨를 찾을 당시의 허생의 기세등등한 패기는 말미에 가서 조금은 현실도피적인 형태로 변질되었다. 가령 도교적인 분위기를 동반하는 듯, 자신의 집에서 사라져 버리는 것으로 허생의 몸가짐을 얼버무려 버린 것이 그것이다. 하지만, 허생은 가난한 국가를 구하기 위한 부국론을 펼쳐 보인 매우 새로운 인물상임에는 틀림없다. 이 이야기 자체가 영웅의 일화와 역사를 상정하는 미란다이다.

여섯째, 교묘한 성격의 의전은 허생이 아내를 대하는 태도와 변씨에 대한 허생의 초면 인사, 그리고 이완과의 접촉 장면 및 변씨와 허생의 재회 장면에 각각 나타나고 있다. 먼저 허생이 아내를 대하는 태도에 관해 분석해 보도록 하자.

하니, 허생은 책을 덮고 일어서면서,
"아깝다! 내가 본래 십 년을 기약하고 글을 읽어 이제 칠 년이 되었건만."
하고는, 집을 나와 버렸다(박지원, 김명호 편역, 2007, p.103).

위의 인용문 앞에는 "밤낮으로 글을 읽으면서 겨우 '어찌하오?' 만 배웠구려! 장인 노릇도 못 한다. 장사질도 못 한다. 그럼 어찌 도적질이라도 하지 않수?"(박지원, 김명호 편역, 2007, p.103)라는 대사가 있다. 이 대사는 허생의 아내의 것이다. 허생의 아내가 귀한 남편을 향하여 감히 아녀자로서 발칙하게도 양반 신분을 괄시하는 목소리를 내고 있는 것이다. 이에 허생은 아무 반응도 하지 않고 집을 나와 버린다. 여성과 동격이 될 수 없다는 남성으로서의 태도 및 양반으로서의 처신이다.

다음은 변씨에 대한 허생의 초면 인사를 분석해 보도록 하자. 이에 해당하는 장면의 내용은 다음과 같다.

> 허생이 크게 읍하면서,
> "나의 집이 가난하여, 조금 시험해 보고 싶은 게 있어 그대에게
> 만 냥을 빌리고 싶소."
> 하니, 변씨는
> "그러시지요."
> 하고, 즉시 만 냥을 빌려주었다. 그러자 그 손님은 끝내 감사하다
> 는 말도 하지 않고 가버렸다(박지원, 김명호 편역, 2007, pp.103 –
> 104).

위의 인용문에서 주목해야 할 부분은 '그 손님은 끝내 감사하다는 말도 하지 않고 가버렸다.'이다. 이를 통해 파악할 수 있는 교묘한 의전은 양반이란 향반이건 잔반이건 간에 당당함 그 이상의 우월감과 자신감을 지닌 존재라는 것이다. 허생은 비록 가난하여 '조금 시험해 보고 싶은 게 있어' 돈을 빌리러 왔지만 결코 양반으로서의 오만함을 버리지 않는다. 허생을 연암의 아바타로 동일시한다

할 수도 있다. 즉 그들은 끼니를 잇지 못할 정도로 가난이 극에 달하는 인물이다. 그러나 그들은 오만한 자아를 소유한 양반으로서의 태도를 버리지는 않는 것이다. 여기에 교묘한 의전이 숨어 있다. 양반은 어떤 경우에라도 양반이라는 미란다가 이러한 교묘한 의전 속에 도사리고 있는 것이다.

이제 변씨와 허생의 재회 장면을 살펴보자. 그 내용은 다음과 같다.

> "이걸로 변씨에게 진 빚을 갚을 수 있겠구나."
> 하고는, 변씨를 만나러 가서,
> "그대는 나를 기억하겠소?"
> 하였다. 그러자 변씨가 깜짝 놀라며,
> "당신의 얼굴빛이 조금도 나아지지 않았으니, 혹시 만 냥을 거덜
> 내지 않았소?"
> 하였더니 허생은 비웃으면서,
> "재물로 인해 얼굴이 번지르르해지는 것은 당신네들에게나 해당하
> 는 일이오. 만 냥이 어찌 도덕적으로 나를 살찌게 하겠소?"
> 하였다(박지원, 김명호 편역, 2007, pp.109 – 110).

위의 인용문에 등장하는 허생과 변씨는 신분이 다르다. 허생은 가난하여 변씨에게 돈을 빌러 갔던 사람, 즉 채무자임에도 불구하고 은근히 자신의 양반신분을 가지고 양반이 아닌 부자 변씨를 누른다. 양반이 부자보다 격이 높다는 것을 비웃음으로 표현하고 있다. 만 냥을 거덜내었을 것이라는 변씨의 예측에 대한 비웃음은 양반인 허생이 그보다 훨씬 더 탁월한 성과를 획득하고 돌아왔음을 말하기 직전의 냉소에 해당한다. 양반이 재물에 욕심이 없어서 그렇지 마음만 먹으면 어떤 상공인보다 더 탁월한 능력을 발휘할 수

있다는 자긍심을 은근슬쩍 방자하게 드러내 보이는 장면이다. 특히 '나'와 '당신네'라고 하는 이분법의 동원은 허생의 뇌리에 철벽과도 같은 양반으로서의 선민의식이 자리하고 있다는 것을 말해 준다. 이것은 어떤 경우에라도, 누구도 따라잡을 수 없는 특별함과 우성을 지닌, 하늘이 내린 신분으로서의 양반이라는 우월감, 지배계급으로서의 자존감을 보여주는 미란다이다.

마지막으로 이완과의 접촉 장면을 살펴보자. 그 내용은 다음과 같다.

> 변씨가 이공을 문밖에 세워두고 혼자 먼저 들어가 허생을 만나서, 이공이 찾아온 까닭을 상세히 말하였다. 그러나 허생은 못들은 척하면서,
> "그대가 차고 온 술병을 얼른 풀어 놓으시오!"
> 하고는 서로 즐겁게 술을 마셨다. 변씨는 이공을 오랫동안 노천에서 있게 하는 것이 민망하여 자꾸 말을 했건만, 허생은 대꾸도 하지 않았다. 밤이 깊어지고 나서야 허생은,
> "손님을 불러도 되겠소."
> 하였다. 이공이 들어오자, 허생은 편안히 앉은 채 일어나지 않았다
> (박지원, 김명호 편역, 2007, pp.113 - 114).

위의 인용문에서 허생은 한때 자신의 채권자였던 변씨에게 굽히는 태도를 보이지 않는다. 오히려 변씨를 불편하게 한다. 즉 변씨가 허생을 소개시켜 주기 위해 동행한 어영대장 이완을 허생이 푸대접하고 있는 것이다. 북벌을 위해 국가가 총력을 기울이고 있는 시대에 그 정책의 중심인물인 어영대장을 그리 대할 수 있는 자는 조선 천지에 없었을 것이다. 그런데 허생은 변씨의 말에 대꾸도 하

지 않고 이완을 노천에 오랫동안 세워둔다. 이는 강직한 선비로서의 허생의 면모를 이미지화한 교묘한 의전으로서의 미란다라 할 수 있다.

일곱째, 행진, 웅변, 음악을 동원한 군중 시위와 같은 미란다는 허생의 웅변으로서의 세 가지 요구 사항 가운데 와룡 선생 추천과 변씨의 재물 수수에 대한 허생의 반응으로 나타나고 있다. 먼저 와룡 선생 추천 관련 내용을 살펴보자.

> "그러면 당신은, 즉 국가의 신임받는 신하이구려, 내 마땅히 와룡
> 선생을 추천할 터이니 당신이 능히 임금께 청하여 세 번씩 그 오막
> 살이를 찾도록 할 수 있겠소?"(박지원, 리상호 옮김, 2006, p.265)

위의 인용문을 보면 '임금께 청하여 세 번씩 그 오막살이를 찾도록' 해달라는 부분이 있다. 이는 매우 중요한 미란다 요소이다. 이 말은 삼고초려(三顧草廬), 초려삼고(草廬三顧), 삼고지우(三顧知遇), 삼고지례(三顧之禮)를 연상시키는데 『삼국지(三國志)』의 「촉지 제갈량전(蜀志 諸葛亮傳)」에 나오는 말이다. 즉 이는 초가집을 세 번 찾아간다는 뜻으로 진심을 다해 예를 갖추어 사람을 맞이함을 의미한다. 후한(後漢) 말기 관우(關羽: ?~219), 장비(張飛: 166?~221)와 의형제를 맺고 무너져 가는 한(漢)나라의 부흥을 위해 애를 쓴 유비는 능력을 발휘할 기회를 잡지 못하고 세월만 보낸 채 탄식하면서 유표(劉彪)에게 몸을 맡기는 신세로 전락하고 말았다. 관우와 장비와 같은 강한 군사력이 있음에도 불구하고 그는 조조(曹操)에게 여러 차례 패하였다. 유비는 이러한 패배가 유효적절

한 전술을 활용해 지혜를 발휘해 줄 참모가 없는 것이 그 이유라는 것을 깨닫고 유능한 참모를 물색하기 시작하였다. 그러던 중 유비는 우연히 사마휘(司馬徽)를 만나게 된다. 사마휘에게 유능한 책사를 천거해 달라고 부탁하자 사마휘는 "복룡(伏龍)과 봉추(鳳雛) 가운데 한 사람만 선택하라."고 말하였다. 유비는 복룡이 제갈량임을 알고 그를 맞으러 관우, 장비와 함께 예물을 싣고 양양(襄陽)에 있는 제갈량의 초가집으로 갔는데, 세 번째 갔을 때 비로소 만날 수 있었다. 이 때 제갈량은 27세, 유비는 47세였다. 이러한 사례처럼 임금이 예를 갖추어 와룡 선생을 맞이한다면 이는 큰 정치적 상징으로서의 미란다 요소가 되는 것이다. 다음으로 변씨의 재물 수수에 대한 허생의 반응을 살펴보자.

> 다음날 변씨가 그 은을 모두 가지고 가서 주었다. 허생은 사양하면서,
> "내가 부자가 되고자 했으면 백만 냥을 버리고 십만 냥만 가졌겠소? 나는 이제부터 그대의 힘을 빌려 생활하겠소. 그대가 가끔 나의 형편을 살펴보아서, 식구 숫자만큼 식량을 보내주고 몸의 치수만큼 베를 주시오. 평생을 이와 같이만 하면 충분하오. 누군들 재물 때문에 근심하기를 좋아하리오?"
> 라고 하였다. 변씨는 허생을 온갖 방법으로 설득했으나, 끝내 어쩔 수가 없었다. 그래서 변씨는 이때부터 허생이 궁핍한 듯싶으면 곧 몸소 필요한 재물들을 가져다주었으며, 허생은 이를 흔쾌히 받았다. 그런데 변씨가 어쩌다 필요 이상으로 주면, 허생은 좋아하지 않으면서,
> "그대는 어째서 내게 재앙을 끼치려 하오?"
> 하였다. 하지만 변씨가 술을 가지고 찾아가면 더욱 몹시 기뻐하여, 취할 때까지 서로 술잔을 주고받았다(박지원, 김명호 편역, 2007, pp.110－111).

위의 인용문을 보면 허생은 치부 그 자체에 대해 매우 초연한

인물이다. 그는 상공업에 종사할 뜻도 없고 상인으로 살아갈 생각도 없다. 물론 도적들을 모아 상업 행위를 시작할 무렵, 즉 처음부터 그럴 생각이 없었다. 그는 상업 활동을 하여 돈을 번 이후에도 남루했던 본래의 모습으로 돌아가 여전히 가난한 선비로 살아간다. 분노한 아내에게 자극을 받아 집을 나서서 이루기 시작한 새로운 사업이었으나 그 성과를 집으로 가지고 가지도 않는다. 즉 아내에게 수수하지도 않는 것이다. 그러므로 그는 상인으로 신분을 변화시키려는 것이 아니다. 오히려 상인이 아니라 양반, 즉 선비인 신분으로도 마음만 먹으면 상업 활동의 지도자가 되어 그 행위로 이윤을 창출하여 백성의 가난한 삶을 구제하여 복을 누리게 해 줄 수 있다는 것을 드러내려 하고 있음을 알린다. 그리고 그리하여야 마땅하다는 것이다. 그러므로 허생은 개인적인 부귀영화에는 관심이 없다. 오히려 그는 개인적인 부귀영화를 위해 재물을 가져다주는 변씨에게 '그대는 어째서 내게 재앙을 끼치려 하오?' 하며 호통을 친다. 이 호통은 시위의 일종으로 볼 수 있다.

이렇게 그는 부자인 변씨에 대해 지나칠 정도로 오만하고 선비와 장사꾼을 철저히 구분 짓고 있다. 그는 선비로서의 우월감과 자부심을 일관되게 유지하고 있는 것이다. 그는 양반 계급, 즉 선비들이 해야 할 일들의 범위가 확대되고 있음을 감지하고 그것을 깨닫게 해 주려는 의지를 전달하고 있는 것이지 신분 제도를 바꾸자는 것은 아니다. 이는 허생이 '조금 시험해 볼 것이 있다'고 한 것과 연관이 되며 '이제 조금 시험해 보았다'고 한 것과도 관계가 깊다. 다시 말해 양반 그리고 선비들이 현실적인 상업 활동에 참여할 경우 어떤 성과가 있겠는가에 대하여 몸소 실험한 결과로 대답한 것이다.

이렇듯 대체로 허생의 이야기는 '실험'으로 구성되어 있다. 그러므로 이는 허생이라는 인물을 통해 연암이 공론장으로 진출하는 효과를 창출하고 있는 것으로 볼 수 있다. 즉 비현실적인 이야기를 하면서 현실을 개탄하고 교정하고자 하는 욕구를 강렬히 표출하면서 계몽하려 하는 것이다. 동조자가 많은 경우 매우 허황하다 할 수 있는 판타지적인 허생 이야기는 공론화될 수 있으므로 연암의 글쓰기는 순수한 개인적 차원의 문학을 넘어 정치적인 광장에 나서는 지식인의 개혁안이라 할 수 있다.

위의 분석에서 각 요소별로 정리한 내용을 종합해 보면, 「허생전」에서는 묵적골과 운종가가 양반의 미란다를 표현하고 있고, 허생전으로 전개되는 허생의 이야기가 일화를 말해 주고 있는 사례가 되며 교묘한 의전은 허생이 아내를 대하는 태도, 변씨에 대한 허생의 초면 인사와 변씨와 허생의 재회 장면에서의 오만한 태도, 그리고 허생이 이완을 접하는 태도를 통해 분석해 낼 수 있다. 그리고 행진, 웅변, 음악을 동원한 군중 시위와 같은 미란다 요소는 허생의 와룡 선생 추천과 관련한 이야기를 그의 웅변으로 볼 수 있으며, 변씨의 재물 수수에 대한 허생의 반응 또한 시위로 분석하여 미란다 요소로 추출할 수 있다.

위에서 분석해 낸 이러한 미란다 요소를 모두 종합하면, 첫째, 연암은 허생이라는 인물을 자신의 아바타로 내세워 선비들이 급변한 국제 정세에 대처해야 함을 말해 주고 있다. 즉 먹과 책만 쌓아놓고 무위도식하는 무능력한 선비들에게 새로운 세상이 오고 있음을 알리고 그 세상에 참여하는 일에 대해 계몽하는 것이다. 둘째, 세상이 변화하여 양반 신분이 아닌 부자들과 양반이 서로 협력하여 현실 문제를 해결한다 하더라도 양반 신분인 선비들은 선비 본래의 정체성을 상실해서는 안 됨을 역설한다. 이것은 모두가 승리자가 되는 윈-윈 게임이기는 하지만 선비는 선비다움을 잃어서는 안 된다는 것이다. 그러므로 허생 이야기는 개혁을 이야기하는 것이지 역모나 반란 혹은 세상을 뒤집는 일을 하자는 것이 아니다. 셋째, 그러므로 연암은 숭유정책을 배반하지 않고 유교사회를 파괴하지 않고 기존의 체제를 전복하지 않고 자본주의를 수용하여 결합시키는 방법을 논한 것이다. 그리하여 기존 사회에서 유통되는 미란다 요소의 유용성 또한 퇴색시키지 않고 있다.

다음은 「허생전」에 나타난 크레덴다를 분석해 보기로 하자. 첫째, 정부에 대한 존경, 경의를 표하는 태도와 같은 크레덴다 현상은 허생에 대한 존경 그리고 경의를 표하는 태도를 동반한다.

허생이라는 인물상은 "연암 자신의 허구화"(김영동, 1993, p.197)라고 평가되고 있기도 하고, "새로운 역사의 주역이 될 수 있는 사(士)로서 연암이 창조한 주체적 인간상의 전형(典型)"(강인수, 1990, p.249)으로 해석되기도 한다. 여러 해석과 평가가 이어지고 있음에도 불구하고 연암이 허생을 통하여 자신의 정치적 입장과 정치의식 그리고 정치적 목표를 드러내고 있음은 분명하다 할 수 있겠다. 허생은 글만 읽었던 바보이기는 하지만 아내로부터 쓴소리를 들은 이후, 완전히 달라졌다. 즉 선비이면서 공(工)과 상(商)에도 밝은, 그러니까 새로운 자본주의의 등장에 적응하는 실학자로서의 면모를 보여준다. 허생이 아내의 바가지를 견디지 못해 집을 나가는 것으로 보일 수도 있지만 아내의 압력은 허생의 인생에서 매우 중요한 기로를 제공한다. 그는 출가하여 자신의 인생을 반전시키고 나아가 국가의 구조도 반전시킨다. 이것은 어떤 계시를 수용한 한 학자가 뜻한 바를 성사시키는 다큐멘터리의 축소판이라 할 수 있다. 그리고 이 이야기는 전혀 현실에 관심을 갖지 않고 무위도식하는 양반을 계몽하고자 하는 풍자이기도 하다.

둘째, 복종 크레덴다는 유학과 북벌에 대한 복종으로 분석할 수 있다. 조선은 유학이 질서를 주관하는 사회이다. 건국 당시부터 숭유정책을 펼쳤고, 수도인 서울의 남대문이 숭례문이다. 이러한 상징은 유학에 대한 복종을 보여주는 가시적인 구조물이다. 그런데 조선은 병자호란 이후부터 명나라가 아닌 청나라와 외교에 임해야 했고, 이에 대해 긍정적이지 않았던 정권 및 집권층은 북벌론을 내놓았다. 숭유와 북벌은 국력이 분산되는 가운데 구심점 없이 혼란한 조선을 지탱하는 기둥이 되었고 집권층은 이를 이용했다.

셋째, 희생과 같은 크레덴다 현상은 유학을 수호하고 북벌하기 위한 희생과 관계가 깊다. 집권층이 선택한 정책과 집권층의 명분을 위해 집권층이 아닌 계층 모두가 희생을 할 수밖에 없는 상황에 대하여 연암은 직시한 것이다.

숭유와 북벌은 당시 조선 사회에서 일종의 슬로건 역할을 했다고 볼 수 있다. 슬로건이란 대중의 행동을 조작하는 선전에 쓰이는 짧은 문구를 가리킨다. 본래 어떤 위기 상황이 발생했을 때 집합 신호로 '외치는 소리(sluagh – ghairm)'를 슬로건이라 했는데, 스코틀랜드에서 가장 먼저 사용했고, 이 말은 여기에 기원을 두고 있다. 대중의 태도가 동요적이고 미확정적일 때일수록 슬로건의 호소력은 크게 나타나는데, 조선왕조가 이러한 용어를 사용하지는 않았다 하더라도 민심을 수습하는 방책으로 활용한 것이 숭유와 북벌이다.

물론 이러한 명분 때문에 민간의 왕실과 집권층을 제외한 모든 백성의 희생이 강요당했음은 두말할 나위 없다. 그러나 조선 사회에서 숭유와 북벌은 매우 강력한 크레덴다이다. 넷째, 합법성의 독점이라는 크레덴다 현상은 북벌론이라는 합법성의 독점과 관련이 된다.

북벌론은 소중화사상에 입각하여 병자호란, 삼전도의 굴욕 등의 수치를 씻고, 임진왜란 당시의 조선을 도와준 명나라에 대한 의리를 지켜 명을 대신하여 청에 복수하자는 주장이다. 이 주장의 발단은 삼학사에 있으며, 뒤에 효종의 북벌 계획에 영향을 미쳤는데 주로 노론에서 주창하였다. 중국에 대한 사대주의적 가치관을 가졌던 서인계 붕당은 후금과의 실리외교를 추진하던 광해군을 패륜정책으로 규정하고 인목대비 폐모 사건과 함께 광해군을 축출하였는데 북벌론은 여기에 필요한 중요 명분으로 이용되었다. 이후 북벌론은 조선을 이끌어 가는 주요 명분이 되었으나 시간이 갈수록 허위의식으로 변모하였다.

즉 1674년 청에서 오삼계(吳三桂)의 난이 일어나자 청 내부혼란을 이용하여 숙종 초에도 남인을 중심으로 북벌론이 다시 제기되어 북벌을 담당할 기구로서 도체찰사부를 설치하였다. 그 뒤 산성을 축조하고 무과 합격자를 늘리고 전차를 제조하는 등 병력과 군비를 증가시켰다. 그러나 청이 삼번의 난을 진압하고 1680년 남인이 실각함에 따라 사실상 실행에 옮겨지지는 못하였다. 여기에 일방적으로 백성의 희생은 가중되어 국력은 더욱더 쇠잔하여지는 어려움에 빠진다. 그러나 그럼에도 불구하고 북벌론은 조선 사회의 맥락을 장악하여 집권층의 기득권 유지의 도구가 된다.

위와 같이 「허생전」에 나타난 크레덴다는 허생에 대한 존경과 그에게 경의를 표하는 태도, 유학과 북벌이라는 명분에 대한 복종, 유학을 수호하고 북벌하기 위한 희생, 그리고 북벌론이라는 합법성의 독점이다.

위의 요약을 통해 정리한 크레덴다를 다시 종합해 보면, 명분을 중시하는 유교 사회로서의 조선 사회가 북벌론이라는 명분으로 권력을 독점하고 있음을 파악할 수 있다.

2) 대항 미란다와 대항 크레덴다

이 책은 앞에서 미란다와 크레덴다를 틀로 하여 「허생전」을 분석하였다. 「허생전」은 미란다와 크레덴다 요소보다 대항 미란다와 대항 크레덴다 요소를 더 많이 포함하고 있는 작품이다. 허생이라는 인물 자체가 자본주의적 성향을 드러내고자 하는 연암의 기획 의도를 매우 특별하게 반영하고 있다. 그러므로 허생은 매우 개혁적이며 미래 지향적인 인물이다. 이러한 성향은 전통적으로 유지 존속되어 온 부분을 파괴하는 면모를 갖추고 행위하게 되는데, 허생은 그렇게 하고 있다. 즉 대항적인 요소를 매우 다양하게 겸비한 인물인 것이다.

다음으로, 이 책이 정의한 대항 미란다와 대항 크레덴다를 틀로 하여 「허생전」을 분석해 보기로 하겠다.

첫째, 대항적인 기념일과 기념 기간은 나타나지 않는다. 둘째, 대항적인 공공광장과 기념관 파괴 및 대항적인 새로운 기념관 설립은 새로운 공공 광장으로서의 무인도로 나타난다. 메리엄이 말하는 공공장소의 설립과 기념비적인 건조물의 건립이라는 미란다에 가장 근접하는 것이 무인도이다. 이때 연암이 설정한 무인도는 현실에 존재하지 않는 새로운 영역이기 때문에 현실 세계의 불만족을 반영한다고 볼 수 있다. 그러므로 이 무인도는 대항 미란다라 할 수 있겠다. 즉 이상사회로서의 무인도는 공공장소의 설립과 기념비적인 건조물의 건립이라는 동일화의 상징을 보여준다. 허생에게 사공이 소개해 준 무인도는 "꽃과 잎이 저절로 피며, 과일과 오이가 저절로 익고, 사슴들이 떼를 이룬데다 노니는 고기들로 놀라지 않는 곳"이다(리가원·허경진, 1994, pp.129－130). 이곳은 물질적인 측면과 정신적인 측면이 조화와 균형을 이룬 풍요로운 세상을 갈망하는 연암의 의식을 대변해 주는 상징으로서 사회가 품고 있는 개혁의 지향점이라고도 할 수 있다. 시대가 요구하는 '좋은 사회'의 상징, 즉 이상향인 것이다. 물론 이러한 이상향은 어디에도 없다.

대체로 이상향은 팍팍한 현실을 도피하고자 하는 의지를 반영하거나 부패한 현실을 바로잡는 좋은 사회의 모형으로 제시되거나 하는데, 연암이 허생을 통해 보여주는 섬은 이상향으로서의 유토피아에 가깝다. 이는 토마스 모어가 제안한 유토피아가 갖는 이상적 사회의 요건 수렴과 사회 비판적 면모를 함께 지니고 있는 점에서 그러하다.

셋째, 대항적인 음악과 노래는 등장하지 않는다. 넷째, 대항적인 깃발, 훈장, 의장 및 조형물과 제복의 문양과 같은 대항 미란다는 붉은 깃발, 그리고 사대부의 옷차림이다. 붉은 깃발이야말로 대항의 의미 및 이미지가 그곳에 그대로 묻어 있다고 볼 수 있다. 다음을 보자.

여러 도적들은,

"어째서 그 짓을 마다하겠소? 다만 돈이 없다오." 했다. 허생은 웃
으면서 말했다.

"자네들은 도적질을 하면서 어째서 돈 걱정을 하나? 내가 자네들
을 위해 변통해 주겠네. 내일 바다에 나가 보면 붉은 깃발을 단 배가
모두 돈을 실은 배일 터이니, 마음대로 가져들 가게!"(박지원, 리상호
옮김, 2006, p.258)

붉은 깃발은 혁명을 상징하는 경우가 많다. 자유를 상징하는 경
우도 많으므로 이 깃발은 연암의 중요한 메시지가 포함된 깃발이
라는 것을 말해 준다. 왜 깃발이 붉은색인가? 붉은색은 피의 빛깔
이다. 이는 생명을 상징하는 동시에 죽음이나 공포를 의미하기도
한다. 빨강은 동양에서 태양을 상징하는 색으로 주로 사용되었다.
특히 중국에서는 붉은색을 부귀와 복을 가져다주는 상서로운 색이
라고 생각하였다. 옛날 중국인들은 붉은색은 양(陽)이며 양에는 음
(陰)을 몰아내는 주력(呪力)이 있어서 액운을 제거하고 잡귀나 악령
(惡靈) 등의 침범을 막아준다고 믿었다. 그리하여 붉은색의 꽃에도
악을 쫓는 주술력이 있다고 믿을 정도였다.

대체로 음양(陰陽)은 고대 중국의 철학적 사고의 틀이다. 고대
중국인들에 의하면 음(陰)은 여성적인 요소, 양(陽)은 남성적인 요
소였으므로 대개 모든 환경은 음양을 가지고 해석되는 경우가 많
았다. 그리하여 음양은 중국 특유의 의미 중첩 방법으로 확장되었
고, 다양한 분류 기준과, 그 분류법으로서의 양분, 즉 두 부분의 총
칭이 되었다.

또 붉은색은 흔히 정열이나 분노, 힘, 혁명 등을 연상시키는 색
이라고 한다. 그 대부분은 격렬하고 공격적인 감정을 상징하는 색

으로 되어 있다. 그리고 붉은 색깔의 꽃은 절개와 충절을 상징하기도 한다. 꽃에 관한 전설 가운데 절개를 지키다가 죽은 여인의 넋으로 피어난 꽃은 한결같이 핏빛처럼 붉은 꽃이다. 그것은 붉은색이 일편단심 또는 절개를 상징하기 때문이다.

연암이 「허생전」 속의 허생을 통하여 드러내 보이는 상징으로서의 붉은 깃발도 이러한 의미를 중첩적으로 포함하고 있다고 볼 수 있다.

「허생전」에서는 허생을 비롯한 사대부의 옷차림에 대해 언급한다. 이러한 사대부의 옷차림은 권력의 정당화를 위한 미란다와 통한다. 옷이 날개이자 신분증이므로 이는 그 자체의 정서만으로도 타인에게 찬미할 만한 심리를 조작하며 경배하게 만드는 힘을 발휘시킬 수 있다. 그러나 연암의 경우는 그것을 비판하며 미란다를 조롱하고 있다. 그 내용과 분위기는 다음을 읽으면서 파악할 수 있다.

> "소위 사대부란 대체 어떤 놈들이냐? 이맥(彝貊)의 땅에 태어나서 제멋대로 사대부라 하니 얌통머리가 없지 않느냐? 바지저고리를 온통 희게만 해 입으니 이건 장사를 지내는 사람의 옷차림이요, 머리를 묶어서 송곳처럼 상투를 트니 이건 남만(南蠻)의 방망이 상투가 아니냐. 그러면서 어찌 예법을 압네 주둥이를 놀리는 거냐? ………"(박지원, 박정수 옮김, 2000, pp.47 - 48)

위의 인용문 가운데 '소위 사대부란 대체 어떤 놈들이냐?' 하는 부분은 양반 계급에 대하여 뭔가를 따지겠다는 표현이다. 연암 자신이 양반 계급임에도 불구하고 크게 호통을 치고 있는데, 여기에 연암의 양반 계급에 대한 가치관이 잠복하고 있다 하겠다. 연암은

'사(士)'를 인간의 법통, 그리고 인간을 살리는 바탕으로 생각한다. 즉 연암은 만민의 근본이 바로 '사'이며 '사회를 유지 발전시키는 원동력을 제공하는 존재'라고 생각하는 것이다. 그러므로 '사'는 사민(四民), 즉 사농공상 중 가장 으뜸인 신분이고 가장 우월한 존재가 된다. 이러한 연유로 '사'는 학문의 목적을 개인의 영달에 둘 것이 아니라 국가와 백성을 위한 문제 해결과 봉사에 두어야 하며 그들 스스로 현실적 안목을 갖춘 '사'의 모습을 지니고 실천해야 하는 것이다. 위의 인용문은 이러한 요건을 갖추지 못한 채 그저 양반 신분을 상속받아 무위도식하는 선비들을 허생이 호되게 질타하는 방식을 취한다. 즉 연암은 '사'의 본분을 망각한 자들을 일깨우고자 그 본분을 다하지 못하는 '사'에 대하여 자신의 가치관을 쏟아내고 있는 것이다.

다섯째, 대항적인 일화와 역사 관련 대항 미란다는 단연 허생의 이야기이다. 허생은 소설의 도입부에서 비루한 양반으로 나오는데, 소설의 후반부에는 조선의 장시를 장악하고 조선을 손에 움켜쥔 인물이 된다.

사농공상의 서열을 신법으로 여기는 경직된 사회에서 가장 천한 상업을 양반이 도모한다는 것은 그야말로 조선 당대 사회에 대한 극렬한 저항이다. 물론 사족인 양반으로서의 허생은 많은 도적떼, 즉 천한 자들의 우두머리가 된다. 이런 변화를 제안하는 연암의 사회 변화 의지는 당대를 장악하고 있는 사회 구조를 파괴하고자 하는 것이므로 기존 사회의 신분 질서에 대항하는 미란다라 할 수 있다. 즉 허생은 민생을 돌보지 않는 연암 당대의 위정자들과는 상반된 새로운 인물이다. 허생은 국가 경제의 부를 증대시키는 일에 참여하였고 양반이 민생고를 해결하기 위하여 그리고 부국을 위하여 어떻게 변화하고 개혁하고 실천해야 하는지를 보여주었다. 다시 말해 연암은 허생을 등장시켜 당대의 집권층에게 하나의 모델을 제시함으로써 '허생처럼 해 봐라'는 메시지를 전달하고 있다. 즉 '벤치마킹'을 유도한 것이다. 물론 그 의도가 현실적인 시도 및 실현과 관계없이 오히려 연암에게 어떤 화근을 낳는 일이 되었다 하여도 그 자체는 기존의 미란다에 대항하는 강력한 미란다로 분석할 수 있다.

게다가 이는 자칫 다른 측면에서 보면 체제전복의 축소판이라는 오해를 살 수도 있다. 양반의 상업 행위가 금지된 것은 아니라 할지라도 기존 정권으로부터 생업을 보장받지 못하여 이미 대항적인 세력으로 흩어져 있는 도적 무리를 설득하여 새로운 세계의 구성원으로 자리를 잡게 하는 능력은 기존 정권이 위협을 느낄 수도 있는 부분이다. 이렇게 위험한 제안은 소설이라는 형식, 즉 판타지를 빌려서나 가능한 것이 된다. 그리하여 연암 스스로 허생이라는 인물과 그의 이야기를 언젠가 들었던 바를 글로 옮긴 것이라 고백하고 있는데, 이는 그만큼 기존 사회의 신분 구조와 산업 구조에 대하여 대항하는 강도가 큰 것임을 드러내고 있는 것이다.

여섯째, 대항적인 교묘한 성격의 의전 미란다는 허생에 대한 존경심을 표현하는 태도이다. 다음을 보도록 하자.

허생이 도적떼와 약속을 하고 간 후에 도적들은 모두들 미친 사람이라고 비웃었다. 그 이튿날이 되어 도적들이 바다에 나가 보니 허생이 돈 30만 냥을 싣고 왔다. 모두들 눈이 휘둥그레져 죽 늘어서서 절을 하면서,

"그저 장군의 명령대로 하오이다."
하였다(박지원, 리상호 옮김, 2006, p.258).

허생이 돈이 없다고 하는 도적들에게 돈을 변통해 주겠다는 약속을 하지만 도적들은 허생을 미친 사람이라고 비웃었다. 그런데 그 이튿날 도적들이 바다에 나가보니 돈 30만 냥과 함께 허생이 있었다. 도적들은 허생을 잘 따르겠다고 절을 한다. 즉 "그저 장군의 명령대로 하오이다." 하는 것이다. 이는 양반을 보고 기존의 신분 질서에 의해 복종을 강요당하여 절을 한 것이 아니다. 몰락한 양반, 가령 경제적으로 궁핍한 잔반에 대해 미친 사람이라고 비웃는 도적들이 '돈'을 공급하며 약속을 이행하는 허생이라는 새로운 인물에게 갖추는 교묘한 의전인 것이다. 이는 이미 조선 후기 사회의 저변에 숨겨진 차원으로 공공연히 자리 잡고 있는 대세를 거스를 수 없다는 신호를 보내는 일이기도 하다. 즉 천작이라는 양반, 그 신분 앞에 절을 하는 것이 아니라, 돈 앞에 절을 하는 의전을 명확히 함으로써 기존 사회에 대한 대항적 측면을 드러내고 있다. 이제 생계에 위협을 받고 사회에서 추방되거나 일탈한 도적들이 허리를 구부려 존경심을 표현하는 대상은 '돈', 즉 자본이며, 명색만 양반인 존재가 아니다. 세상은 이미 자본주의를 도입하지 않고는 퇴보할 수밖에 없는 시점에 이른 것이다. 그리하여 연암은 허생을 통해 무능한 사족에 대한 능력 계발을 요구하며 정서적으로 대항하고 있다.

일곱째, 대항적인 행진, 웅변, 음악을 동원한 군중 시위 미란다는 허생과 도적들의 무인도행, 허생과 도적들의 귀환, 허생에 대한 허생

처의 웅변, 허생의 이완을 향한 웅변이다. 항목별로 살펴보기로 하자.

「허생전」에서 대항적인 행진이라 분석할 수 있는 부분은 허생과 도적들의 무인도행이다. 허생은 새로운 일을 기획함에 앞서 빈 섬을 찾는다. 이 때 그가 가고자 하는 섬은 이렇게 묘사된다.

> "바다에서 멀리 떨어져 나가 살 만한 빈 섬이 없을까?"
> "있소이다. 일찍이 제가 풍랑에 불려 바로 서쪽으로 사흘 동안 표류해 가서 어떤 빈 섬에서 밤을 묵었는데, 아마도 사문과 장기 어간인 듯합니다. 꽃과 나무가 저 혼자 피고 나무 열매, 풀 열매가 저 혼자 익고 사슴이 떼를 짓고 물고기가 놀라지 않았습니다."
> "자네가 길잡이를 하게나. 나와 같이 부귀를 누릴 걸세."(박지원, 리상호 옮김, 2006, pp.256 – 257)

허생은 위에서 묘사한 '빈 섬'으로 변산에 흩어져 있던 도적들을 모아 떠난다. 이러한 행위는 기존 정권에 의해서는 부귀를 누릴 수 없는 이들의 돌파구 개척이라 할 수 있다. 그리고 이러한 무인도행은 경제적 궁핍을 이유로 도적이 된 자들에게 부귀를 누릴 수 있게 해주는 이동이 된다. 다소 도교적인 색채도 띠고 있는 섬의 모습과 신세계로의 진입이라는 정서적 기호는 기존 정권에 대한 실망을 판타지로 드러내고 있으므로 대항 미란다로 분석할 수 있다. 또, 다음을 보자.

> 허생은 스스로 이천 명의 일 년치 식량을 마련하고 그들을 기다렸다. 급기야 도적들이 도착했는데 뒤떨어진 자가 아무도 없었다. 드디어 도적들을 모두 싣고 그 무인도로 들어갔다. 이와 같이 허생이 도적들을 몽땅 매수하니 국내에는 위급한 상황이 사라졌다(박지원, 김명호 편역, 2007, 108).

위의 문장에 행진하는 모습이 상세히 묘사되어 있지는 않다. 그러나 도적들을 모두 싣고 무인도로 간다는 의미는 현재의 상황이 구원이 되지 못하니 다른 곳으로 향한다는 복선을 깔고 있다 볼 수 있겠다.

그리고 「허생전」에서 대항적인 행진이라 분석할 수 있는 또 다른 부분은 허생과 도적들의 귀환과 관련한 내용이다. 무인도행에서 본토로의 귀환은 기존 정권이 시도하지 못한 자본주의 시험을 해 본 경험을 가지고 돌아오는 것을 말한다.

> 허생은 탄식하면서 말했다.
> "내가 이제는 시험을 좀 해 보았구나!"
> 이때야 허생은 남녀 2천 명을 죄다 불러 놓고,
> "내가 처음 자네들과 함께 이 섬에 들어온 후 먼저 살림살이부터 풍족하게 만든 뒤에 따로 글자도 만들고 제도도 장만할 작정을 했더니, 땅은 작고 또 내 덕이 박한지라 나는 오늘로 떠나겠네. 아이를 낳거든 오른손으로 수저를 잡도록 가르치고, 하루라도 먼저 난 이에게는 사양해서 먼저 먹게 하도록 가르치게."(박지원, 리상호 옮김, 2006, p.259)

위의 인용문은 시험을 해 본 것을 역설하고 있다. '살림살이부터 풍족하게' 만들고자 시험한 것 또한 민생을 돕지 못하는 무능한 지배자 계급에 대한 대항이다. 그리고 '따로 글자도 만들고 제도도 장만할 작정'을 한 것 역시 기존의 글자와 관련한 부조리가 많고 기존의 제도가 지닌 불합리함이 많아서 다시 정비해야 한다는 개혁을 의미하므로 기존 지배 계급에 대한 대항이라 할 수 있다.

「허생전」에서 대항적인 웅변으로 분석할 수 있는 부분은 허생에 대한 허생 처의 바가지이다. 다음을 보자.

> 안해는 화를 바락 내면서 바가지를 긁었다.
> "그래! 밤낮없이 글을 읽어 배웠다는 것이 고작 '어떻게 하겠소?'
> 란 말 뿐이오? 장인바치질도 못 한다. 장사도 못 한다. 그러면 도적
> 질이라도 못 할 것이 뭐요?"(박지원, 리상호 옮김, 2006, pp.254－
> 255)

허생의 처는 연암 이전에는 등장하지 않았던 매우 억센 여성이
다. 남존여비 사상에 입각하여 하늘같은 남편에게 순종과 복종 이
외에는 어떤 발언이나 태도를 드러내지 않았던 여성만이 기존 사
회의 구성원으로서의 여성이었다. 그런데 이제 「허생전」에는 하늘
같은 남편에게 드세게 바가지를 긁는 여성이 등장하고 있는 것이
다. 이는 대항적인 웅변이라 할 만하다.

마지막으로 대항 미란다로서의 허생의 이완을 향한 웅변에 대해
기술해 보도록 하자.

> "그러면 당신은, 즉 국가의 신임받는 신하이구려. 내 마땅히 와룡
> (臥龍) 선생을 추천할 터이니 당신이 능히 임금께 청하여 세 번씩 그
> 오막살이를 찾도록 할 수 있겠소?"
> 이 대장은 고개를 드리우고 한참 있다가는 대답하였다.
> "어렵습니다. 다음 계책을 말씀해 주십시오."
> "나는 아직 다른 계책은 배운 것이 없소"
> 이 대장은 그래도 자꾸만 물었다. 허생은,
> "명나라 장사들이 조선에 대하여는 묵은 은혜가 있다 하여 그 자
> 손들이 많이들 조선으로 와서 홀아비 신세로 이리저리 유랑하고 있
> 으니, 그대가 조정에 청하여 종실의 딸들을 그들에게 고루 시집보내
> 고 훈척 세가들의 저택을 빼앗아 그들에게 살도록 할 수 있겠소?"

하니, 이 대장은 고개를 늘이고 한참 있다가는 대답하였다.

"어렵습니다."

……(중략) …

"…… 무엇이 예법이란 말인가? 번오기(樊於期)는 자기의 사사 원
수를 갚기 위하여 자기 머리를 아끼지 않았고, 무령왕(武靈王)은 자
기 나라를 강하게 하기 위하여 되복 입기를 부끄러워하지 않았다. …
그놈의 넓은 소매를 그대로 두는 것이 소위 예법이란 말인가? …"

(박지원, 리상호, 2006, pp.265 - 266)

허생의 첫 번째 계책은 임금이 직접 삼고초려를 해달라는 것이
다. 이완은 불가능하다고 대답하였다. 허생이 이렇게 임금의 삼고
초려를 제안한 것은 진정한 인재가 선발되지 않는 시대상황에 대
한 대항 의식을 담아낸 것으로 당시 조선의 문제점을 지적한 것이다.

허생의 두 번째 계책은 명나라 군인들에게 종실의 딸들을 시집
보내고 훈척 권귀의 집을 빼앗아서 그들에게 나누어 주게 하자는
것이다. 허생이 이완에게 이러한 대항적인 계책을 제안한 것은 당
시의 시대적 배경과 관련이 깊다. 즉 당시의 시대적 배경은 두 가
지로 나누어 볼 수 있는데, 하나는 조선의 친명 배청 사상, 그리고
다른 하나는 훈척 권귀 세력의 기득권이 지배하는 조선 사회의 실
상이다. 연암은 허생을 통하여 이러한 시대적 특성을 바꾸자고 대
항하고 있는 것이다.

허생의 세 번째 계책은 사대부 자제들을 뽑아 변발을 하고 되놈
의 옷을 입혀 빈공과에 응시하고 호걸들과 결탁하게 할 수 있게 하
자는 것이다. 이 제안은 조선이 부강해지려면 청나라와 친해져야
한다는 웅변이라 할 수 있다. 하지만 이완은 어렵다고 대답하였다.
그 이유는 바로 예법을 지키는 데 문제가 있다는 것인데, 바로 이

부분이 조선이 부강할 수 없는 이유이자 문제점이라고 말해 주고 있는 대목이다.

이렇게 허생의 세 가지 계책은 조선의 문제점을 지적하고 개혁을 제안한 것이므로 기존 사회에 대한 저항의 표현이 된다. 즉 실학파로서의 연암의 북학사상이 당시의 북벌론에 도전하여 개혁을 열망하는 이상주의적 미래파와 그러한 개혁을 저해하는 정치 현실의 대결 구도를 문장을 통해 표현해 보인 것이라 할 수 있다. 이는 당시의 위정자들이 상공업을 천시함으로써 낳은 다양한 결핍과 상실 그리고 경제적 후진성을 극복할 수 없는 세계관에 대한 강력한 대항 미란다인 것이다.

위의 분석에서 나타나는 대항 미란다는 기존의 유학 중심의 무위도식 지배층을 비판하여 이용후생을 실천하고자 하는 연암의 의지가 포함되어 있다. 연암은 실학사상을 바탕으로 작품을 창작했고 그 창작된 문학으로써 실학사상의 정신을 실천하고자 했다. 그런데 연암의 실학사상은 이용후생이다. 이용후생이란 사물을 그 본성에 따라 유익하게 활용하여 생활을 편리하게 하자는 뜻이다. 그러므로 자연스럽게 도덕만을 앞세우고 음풍농월하며 무위도식하는 유학의 이론을 거부하게 된다. 그리하여 연암은 생산하는 것도 없으면서 말로만 잘살겠다는 건 있을 수 없는 일이라 판단한다. 이에 봉건제도를 타파하고 이용후생을 실천하여 피폐한 현실을 구제하자는 것인데, 그것을 실현하기 위한 대항 미란다는 새로운 공공광장으로서의 무인도, 허생 이야기, 허생에 대한 존경심을 표현하는 의전, 허생과 도적들의 무인도행, 허생과 도적들의 귀환, 허생에 대한 허생처의 바가지, 허생의 이완을 향한 웅변으로 분석되었다.

그리하여 위의 요약에서 나타나는 대항 미란다를 종합해 보면, 연암은 허생을 통하여 명분론에만 치중하며 민생을 돌보지 않는 지배계층의 무능 때문에 낙후된 조선의 경제 현실을 개탄하고 부국을 위한 방법을 제안함으로써 이용후생의 개혁 사상을 드러내 보이고 있음을 추출할 수 있다.

다음으로, 대항 크레덴다에 대해 분석해 보도록 하겠다.

첫째, 정부에 대한 경멸, 불경을 표하는 태도와 관련한 대항 크레덴다는 민생을 피폐하게 만드는 정부에 대한 경멸, 불경을 표하는 태도로 나타난다.

다음을 보자.

이공이 들어오자, 허생은 편안히 앉은 채 일어나지 않았다. 이공은 몸 둘 바를 몰라 하다가, 마침내 나라에서 어진이를 구하는 의도를 설명하였다. 그러자 허생은 손을 내저으며 말하였다.
"밤은 짧은데 말이 길어 듣기에 몹시 지루하도다. 자네는 지금 무슨 말을 하고 있는가?"(박지원, 김명호 편역, 2007, p.114)

위의 인용문에서 허생은 이완에 대하여 '몹시 지루하도다.' 하는 표현을 통해 그의 권력과 지위에 합당한 예를 갖추지 않고 있다. 이완이 북벌정책의 중심인물을 대변하는 캐릭터라고 할 때 허생의 이러한 태도는 정부의 정책에 대해 불신과 경멸을 표하는 태도라 하겠다. 즉 이는 정부에 대한 경멸의 표출이자 불경의 태도를 몸소 드러내 보이는 장면이다. 그리고 또 다음과 같은 장면에서도 정부에 대한 경멸 및 불경을 표하는 태도는 나타난다.

> "이것도 어렵다, 저것도 어렵다 하면, 무슨 일을 할 수 있다는 건
> 가? 가장 쉬운 계책이 있는데, 자네가 할 수 있겠는가?"(박지원, 김명
> 호 편역, 2007, p.115)

위의 인용문은 허생이 현재의 인사 정책이 급변하는 정세에 대
처하지 못하는 무능한 양반을 등용하는 맹점을 보이고 있는 것에
대해 저항하는 내용이다. 즉 와룡 선생을 천거하였으나, 어렵다 했
고, 명나라 장병들에게 종실의 딸들을 시집보내자 청했으나 이도
어렵다 했고, 훈척과 권귀의 저택을 빼앗아 그들이 거처하게 해 주
자 했는데 이도 어렵다 한 것에 대하여 던진 말이다.

둘째, 불복종과 관련한 대항 크레덴다는 위선적이고 구태의연한
지배 계급 및 북벌론에 대한 불복종으로 나타난다.

> "……그런데 이제 대명을 위해 복수하고자 하면서 도리어 머리털
> 한 올도 아까워하고, 이제 장차 말을 치달리고 칼로 치며 창으로 찌
> 르고 활을 당기고 돌을 던져야 할 터인데도, 그 헐렁한 옷소매를 고
> 수하면서 스스로 예법을 행한다고 여긴단 말인가?"(박지원, 김명호
> 편역, 2007, p.117)

위의 인용문에는 먹이나 갈고 글공부만 하는 무능한 양반들 때
문에 사람 노릇도 못 해 보고 인생을 희생하며 세월을 허비하는 백
성들을 헤아린 연암의 마음을 담아낸 것이라 하겠다. 여기에 무능
한 지배계급에 대한 연암의 불복종 사상이 담겨 있는 것이다.

셋째, 희생에 대한 거부와 관련한 대항 크레덴다는 무능한 지배
계급을 위한 희생의 거부로 나타난다. 무능한 지배 계급 때문에 도
적이 되어 변산을 떠도는 선량한 백성들을 허생은 계몽하여 새로

운 길을 모색하고자 한다. 다음을 보자.

> 당시 변산에 도적들이 수천 명이나 되었다. 관할 고을에서 포졸을
> 풀어 뒤쫓아 잡으려 했지만 잡지 못하였다. 그러나 도적들 역시 감히
> 나다니며 약탈하지는 못하여 한창 굶주리며 고생하고 있었다. 허생은
> 도적 소굴에 들어가서 그 두목을 설득하였다(박지원, 김명호 편역,
> 2007, p.106).

위의 인용문을 보면, 떠돌고 있는 도적들을 관할 고을에서도 붙잡지 못하고 있다. 그런데 허생은 도적 소굴에 들어가 그 두목을 설득한다. 허생이 도적이 되는 것이 아니라 도적들이 허생에게 계도되는 것이다. 무능한 정부에게는 회유되지 않으면서 새로운 지도력을 발휘하여 부국을 시험하여 도적들에게도 인간다운 삶을 실현시키고자 노력하는 허생에게는 설득되는 것이다. 이는 현재 정부가 대책 없이 백성을 희생시키기만 하고 북벌이라는 명분을 앞세워 백성의 기초생활조차 보살피지 못하고 있으므로 변화하는 시대에 걸맞은 대책을 내놓는 허생을 구세주로 받아들이고 있음을 표현한 것이므로 이는 기존 정부에 대한 희생의 거부를 우회적으로 표현하고 있는 부분이라 할 수 있다. 또 다음을 보자.

> 그리고 글자를 읽을 줄 아는 자들을 배에 태워 함께 섬에서 나오
> 면서,
> "이 섬에 화근을 끊기 위해서다."
> 라고 하였다(박지원, 김명호 편역, 2007, p.109).

「허생전」 서두에 묵적골이 나온다. 그런데 위의 인용문에는 글자

를 읽을 줄 아는 자들을 배에 태워 섬에서 함께 나온다는 표현이 있다. 그리고 위의 인용문에서 연암의 아바타인 허생은 이 행위를 '화근을 끊기' 위해서라고 한다. 연암은 허생을 통하여 글만 읽은 선비들의 무능함이 조선의 후진성의 화근임을 암시한다. 먹을 쌓고 그리도 많은 책을 읽었으면서도 백성의 기본적인 끼니조차 해결하지 못하는 위정자의 무능이 화근이므로 글을 읽는 능력은 그다지 쓸모 있는 능력이 되지 못했다. 그리하여 연암은 허생을 통하여 백성의 참담한 가난을 외면하며 현실과 동떨어진 글공부에만 열중하는 양반 계급의 외집단 의식을 지적하고 있다. 즉 백성을 배불리 먹이고 복지를 지원해야 할 계급, 즉 양반 계급이 그러한 능력을 계발하기 위해 묘책으로 글 읽기에 주력하였음에도 불구하고 그들이 오히려 국력 쇠퇴를 조장하는 원인을 만들어 냈음을 '글자를 읽을 줄 아는 자'에 비유하여 조롱하고 있는 것이다. 그리고 그들이 화근이므로 제거해야 함을 역설하고 있는 것이다. 이는 먹이나 갈고 글공부만 하는 무능한 양반들 때문에 사람 노릇도 못 해 보고 인생을 희생하며 세월을 허비하는 백성들을 헤아린 연암의 마음을 담아낸 것이라 하겠다. 여기에 무능한 지배계급에 대한 희생을 거부해야 함을 강조하는 연암의 사상이 내재해 있는 것이다. 또 다음을 보도록 하자.

"바야흐로 지금 사대부들이 병자호란 때 남한산성에서 청나라에 항복한 치욕을 씻고자 하니, 지사들이 분노하여 팔을 걷어붙이고 지략을 발휘할 때입니다. 그대의 재능으로 어찌 고생을 사서 하면서 자취를 감추고 은거하다가 일생을 마친단 말이오?"(박지원, 김명호 편역, 2007, p.112)

위의 인용문은 연암을 대신하여 변씨가 사대의 문제점을 지적하고 있다. 즉 능력 있는 자가 등용되지 못하여 난세를 극복하는 데 쓰이지 못하고 고생만 하다가 삶을 마친다는 탄식을 하고 있는 것이다. 이는 무능한 자들이 자리를 차지하고 있는 바람에 유능하고 지혜로운 자가 국난 극복과 부국을 위해 기여할 기회가 이미 박탈되어 있음을 지적하는 것이라 하겠다. 그리고 이것은 무능한 자들이 권세를 누리고 조정의 중심에서 국력을 낭비하고 있으므로 이 때문에 빚어지는 희생을 거부하고 개탄한 것이라고도 하겠다.

넷째, 합법성의 독점의 파괴와 관련한 대항 크레덴다는 백성을 기만하는 북벌론의 합법성의 독점 파괴로 나타난다. 당시 조선사회에서 합법성을 독점한 계급은 양반들이었다. 그리고 그중에서도 북벌 정책을 둘러싼 핵심 세력들만이 합법성을 독점하고 향반이나 잔반에게는 기회조차 주어지지 않았다. 이에 대하여 연암은 다음과 같은 문장으로 저항하고 있다.

한 번은 그가 변씨와 함께 이야기하다가,
"서민들이 사는 동네에도 큰일을 함께할 만한 특출한 인재가 있을까?"
하기에, 변씨는 허생에 관해 이야기해 주었다(박지원, 김명호 편역, 2007, p.113).

이러한 내용은 국가 혹은 국왕 그리고 인사 정책을 담당하는 관료가 전국을 누비며 잘 찾아내면 은거 중인 귀한 인재를 찾아낼 수 있다는 것을 역설하는 것이다. 다시 말해 급변하는 시대와 정세에 잘 대처할 수 있는 인재를 찾아 등용해 보려는 새로운 시도도 하지 않고 있는 정부에 대해 완만하게 저항하는 표현이다. 이러한 완만한 저항 이후 강렬한 대항을 표현하는 것이 다음의 문장이다.

> "……이런 자는 베어죽여야 한다!"
> 이어서 좌우를 둘러보며 칼을 찾아서 그를 찌르고자 하니, 이공은 몹시 놀라 일어나서 뒤쪽 들창을 뛰어넘어 제 집으로 줄달음을 놓았다(박지원, 김명호 편역, 2007, p.117).

위의 인용문은 합법성을 독점하고 있는 현재의 세력가들을 퇴출시키고 새로운 질서를 도입하여 급변하는 정세에 대처해야 한다는 자신의 견해를 매우 극단적인 방법으로 표현해 보이고 있는 부분이다. 북벌론과 양반의 합법성 독점은 어려운 민생과 국내 문제도 해결하지 못하면서 명나라를 위한 청나라 정벌은 허위론이라는 것이다. 여기에 대해 직언을 고하며 지혜로운 대책을 마련할 길이 없으므로 연암은 판타지를 활용한 글쓰기를 통하여 기존의 크레덴다에 대항하고 있다.

위의 분석에 나타난 「허생전」에서의 대항 크레덴다는 첫째, 민생을 피폐하게 만드는 정부에 대한 경멸로 표현되고 있고, 둘째, 위선적이고 구태의연한 지배 계급 및 북벌론에 대한 불복종으로 표출되고 있다. 그리고 셋째, 무능한 지배 계급을 위한 희생을 거부한다는 의식과 넷째, 백성을 기만하는 북벌론의 합법성의 독점을 파괴하고자 하는 의식도 표현되고 있다.

위의 요약에 나타난 「허생전」에서의 대항 크레덴다를 다시 종합적으로 정리해 보면 정치의 가장 기본인 민생 안정을 위해 노력하지 않는 기존 정권에 대한 불경을 꾸짖는 연암의 사상이 포함되어 있다.

3. 지향

　연암은 「허생전」에서 한 노인, 윤영으로부터 들은 이야기를 활용하여 상업 활동을 장려하자는 중상주의와 자아 성찰의 선비 사상, 그리고 지배층 비판 등을 시도하고 있다. 이때 연암이 내세우는 허생은 이러한 주제를 잘 반영하는 캐릭터이며 그는 연암의 시대가 요구하는 가장 이상적인 인물상이라 할 만하다. 그러므로 연암은 허생과 같은 인물을 당대가 필요로 하는 좋은 사람이라 설정하고 구민적인 사상을 문학 작품을 통해 펼쳤다고 볼 수 있다. 허생은 당시의 연암에게 있어서 현실적으로 착수할 수 없는 개혁을 이문위희(以文爲戱)를 통해 이루게 한 아바타, 페르소나였고, 그의 지향이었던 것이다. 그러므로 여기서 허생을 평가해 보는 것은 매우 큰 의미가 있다.

　연암이 근대를 지향한 지식인이었다는 사실을 연암의 페르소나인 허생을 통해 구체적으로 논의해 보자.

　첫째, 허생을 통해 신분에 대한 귀천의식을 타파하고자 하는 사상을 가졌음을 파악할 수 있다. 허생은 몰락한 선비이다. 그러나 그는 고결한 양반이므로 그 신분에 대한 자존심을 유지하고 있었고 그 자존감은 십년독서로 이어진다. 하지만 그는 아내의 모진 추궁에 비천한 직업이라고 인식되던 상매가 된다. 이는 시대가 변하고 있다는 것을 암시하며 허생은 그 변화의 추이를 따라가는 행위를 함으로써 근대를 수용한다는 것이다.

　이러한 수용은 연암이 상공업 발전에 대해 긍정적인 자세를 가지고 있었다는 것을 드러낸다. 나아가 연암은 허생이라는 캐릭터를 내세워 외국과의 무역을 개진함으로써 국익을 도모하자는 '국부론'을 전개하는 데까지 이른다. 이는 국제사회가 도래할 미래를 제시하고 개방형 관리자의 면모를 갖춘 국가경영자를 제안하는 목소리를 담은 것이다. 이것은 근대를 지향하는 시민의 목소리이다.

둘째, 허생을 통해 빈민구휼정신을 파악할 수 있다. 허생은 사회 구조적 모순이 낳은 가난 때문에 도적이 된 자들을 모아 그들의 민생문제에 관여한다. 일종의 빈민구제운동이다. 이는 가히 메시아적인 행위로서, 도저히 치유 불능인 당시 사회를 조롱하는 연암의 사상을 반영한다. 사회 구조를 수술하여 빈민을 구제하자는 역발상인 것이다.

셋째, 허생을 통해 구시대의 부조리를 청산하고자 하는 의지를 엿볼 수 있다. 프랑스 대혁명이 구시대적 질서를 타파하는 시민의 봉기로부터 시작된다는 것은 누구나 다 아는 사실이다. 연암은 극도로 곪아 어디서부터 손을 대야 할지 모르는 '국가의 환부'에 대하여 거대한 환멸을 느낀다. 즉 '환자로서의 국가'를 읽어내게 된 것인데, 이 병은 불치에 가깝다. 심장까지 교체해야 하는 위기에 처한 국가에 대해 연암은 치국책에 대해 할 말이 매우 많아 아예 할 말을 잃을 지경이다. 그러므로 그는 새로운 섬, 즉 '무인공도'를 찾는 것이다. 이곳은 구시대적 부조리와의 연결고리가 없는 신천지이다. 서구 사회가 신대륙의 발견으로 인해 시대 전환의 획을 그었듯이 연암은 무인공도의 창조를 통해 연암 이전 사회와 그 이후 사회 사이에 획을 긋고 그 이전 사회와 단절하려 하였다. 그러나 이전 사회와의 완전한 단절이 불가능하다는 것을 깨달은 허생은 귀환하였다. 그리고 '어디에도 없는 곳'이 아니라 현실에서 직접 부딪쳐 개혁을 단행하려고 이완에게 몇 가지 제안을 하였다. 그 제안이 무시되자 이완을 죽이려고 하는 등 매우 극단적인 방법까지 동원하여 부조리한 구시대 질서의 구심점을 제거하려 하였다.

위에서 논의한 세 가지는 연암의 페르소나인 허생을 통해서 읽어낼 수 있다. 판타지적 기법 그리고 페르소나를 통해서 발언할 수밖에 없는 연암 당대의 현실은 연암이 근대 시민 정신을 소지하고 있음에도 불구하고 그 목소리를 낼 수 있는 '공론의 장'이 부재함을 여실히 보여준다. 언로는 막혔고, 언로가 있다 한들 무시되었고, 구시대적 기득권을 수호하고자 하는 문벌 세도가들은 철통같기만 하고, 비정부적 기구는 오로지 역모의 그룹으로 분쇄의 대상이기만 했을 시대에 '세상이 마음에 안 드니 바꾸자'고 저음으로 카랑카랑하게 부르짖은 근대인이 있었다면 그가 바로 연암이다. 그리고 근대를 지향하는 판타지적인 절규가 있었다면 그것은 바로「허생전」일 것이다.

호메로스가 『일리아드』를 통해서 주장하는 바는 복수의 정당화가 아니라 오히려 복수의 자제라는 점, 그것이 주목할 만하다. 복수는 또 다른 복수를 유발하며 끝없는 보복의 연결고리를 만들어 낸다. 복수하는 자는 언제나 자신이 법과 정의의 편에 서 있다고 믿는 것이다. 복수의 연결고리를 적당한 선에서 매듭짓는 가장 좋은 방법은 화해다. 잘못한 자는 비록 자신의 소신과 다르더라도 남들이 자신의 잘못을 지적하면 이를 인정하여 피해를 보상하고, 피해자도 다소 분에 차지 않더라도 이를 받아들이는 것이 관용과 화해의 미덕이다. 으뜸 덕목이란 싸움을 통한 자신만의 정의의 실현이 아니라 화해를 통한 평화인 것이다(안경환, 1995, pp.41 - 42).

연암은 허생이라는 인물을 통하여 진보를 억압하는 사회, 개혁에 장애물이 많은 사회에 도전하고 있다. 현실에서 연암이 직접 허생이 되어 개혁을 시도한다는 것은 불가능한 일이다. 그러므로 그는 이문위희로써 문장 속에서 조선 사회를 리모델링하고자 하는 기원을 표현했다. 위에서 언급했지만 그는 자신을 배척하는 세력들에게 호메로스의 방식을 빌려 권유하고 복수를 자제하고 화해하는 거시적인 정의 실현을 제안한 것이다. 연암에 의하면 윤영이 들려준 이야기를 다시 들려주는 것이지만, 「허생전」 속의 허생은 연암이 살아 있던 시대에 가장 절실했던 메시아 캐릭터였다. 이는 연암의 당대로서는 도저히 수용하여 소화할 수 없는 황당한 인간상이었으나, 현재는 설득력을 획득한 인간이므로 연암 역시 당대의 대다수 사람들 가운데 기득권층에게는 크게 환영받지 못한, 그야말로 대항 미란다와 대항 크레덴다와 관계 깊은 인물이었다 할 수 있다. 그러하기에 연암의 지향은 오히려 더 선명해 보인다. 닫혀 있는 조선 사회를 열린사회로 변화시키는 것, 그리고 좋은 사람과 좋은 사회에로의 길을 모색하여 그러한 사회를 이룩하는 것, 하지만 동서고금을 막론하고 언제나 어떠한 새로운 인물들의 새로운 시대는 순교 이후 100년 정도는 지나고서야 아주 느린 속도로 각광받기 시작한다는 것이다.

제9장

풍자 문학의 정치적 낭만을 위하여

이 책의 목적은 연암이 창작한 「호질」, 「양반전」, 「허생전」을 중심으로 그 작품 속에 나타난 정치적 상징을 분석하며, 그 당시의 정치적 현실과, 그 지향에 대하여 논의하는 것이었다. 「호질」은 『열하일기』 중 「관내정사」에, 「허생전」은 『열하일기』 중 「옥갑야화」에, 「양반전」은 『연암집』 제8권인 『방경각외전』에 수록되어 있으므로 이 책은 『열하일기』와 『연암집』 속의 『방경각외전』을 중심으로 연암의 사상을 살폈다.

이 책의 연구 범위는 「호질」, 「양반전」, 「허생전」 속에 어떠한 정치적 상징들이 제시되고 있는가를 탐색하는 것으로 설정하였다. 동시에 이러한 정치적 상징들이 어떤 정치적 현실 속에서 제시되고 있는가, 그리고 이 작품들이 지향하고 있는 바가 무엇인가를 그 범위로 하였다.

이 책의 연구 방법은 메리엄의 미란다와 크레덴다 그리고 연구자가 정의한 대항 미란다와 대항 크레덴다를 가장 중요한 분석 틀로 하여, 「호질」, 「양반전」, 「허생전」 속에서 정치적 상징이 어떻게 제시되고 있는지를 분석하는 것이었다. 동시에 이러한 정치적 상징들이 제시되고 있는 그 당시의 정치적 현실은 어떠하였는가를 밝히며, 각 작품에서 지향하고자 하는 이상향은 무엇인가를 분석하는 것이었다.

이 책이 연암의 많은 작품 가운데 「호질」, 「양반전」, 「허생전」 이 세 작품을 분석 대상으로 삼은 것은 연암의 작품 중 이들이 조선 후기의 사회 현실과 인간상, 특히 선비관을 가장 직접적으로 문제 삼고 있기 때문이다.

이 책이 얻은 결론은 다음과 같다. 「호질」에서는 첫째, 유교 정치 체제에 대한 정서적인 동조 성향을 목적으로 하는 미란다를 드러내 보이고 있다.

둘째, 「호질」에서의 크레덴다는 신성하고 초능력적인 범에 대한 존경, 그리고 신성한 범에게 경의를 표하는 태도로 나타나고 있다. 또 유교 질서 최정점의 군왕과 같은 범에 대한 복종, 유교 질서 최정점의 군왕과 같은 범을 위한 희생으로도 나타나고 있다. 마지막으로 그 크레덴다는 신성한 위력을 지닌 존재로서의 합법성의 독점으로도 나타나고 있다.

셋째, 「호질」에서의 대항 미란다는 부패한 유교 사회에 대하여 그 병리를 극복하고 원형을 복원하고자 하는 저항을 보여주고 있다.

넷째, 대항 크레덴다는 위선적인 선비 계층 및 관념적인 성리학에 대한 불복종 등을 보여줌으로써 본연의 유교 사회를 복원하고자 하는 의지를 드러내고 있다.

「호질」에서의 미란다와 크레덴다, 대항 미란다와 대항 크레덴다 모두는 기존의 유교 질서를 수호하기 위해 동원된 정치적 상징 조작들임을 알 수 있다. 즉 연암은 유교 정치 체제가 양반과 선비 중심 체제임을 설파하면서 이를 대표하는 사람으로 북곽을 내세우고 있다. 그리고 유교의 열 이데올로기를 강조하기 위해서 열녀 동리자를 내세우고 있다. 이렇게 하여 연암이 유교 질서 유지를 꾀하고자 함을 알 수 있다. 연암은 기존 정치 질서인 유교를 수호하고자 하는 것이다. 그리고 천하에 적수가 없는 범은 유교 국가에서 군왕이자 정부이자 국가를 상징한다. 범은 내성외왕과 천인합일의 경지에 있다는 천자를 의미하는 질서 속에서의 최정점에 있는 상징이다. 결국 연암은 「호질」을 통하여 유교 질서 속에서 이 질서를 파괴하고 있는 위선적인 양반과 열녀를 사회적으로 고발함으로써 유교 질서 체제의 건강한 복원을 꾀하고 있다.

「양반전」에서는 양반에 대한 동경과 양반 계층의 몰락이 시사하는 바가 크다. 즉 「양반전」은 자본주의의 기원으로 새로이 등장하는 지위불일치 현상이 심하여 기존 사회가 부패하고 있음을 풍자로써 경고하고 있다. 연암에게 있어 「양반전」은 유학 숭배 사상에 기반을 둔 기존 사회가 자본주의의 성장으로 인하여 와해 상황에 봉착하고 있음에 대한 예보이며 저항하는 한 방식이다. 「양반전」을 통해 얻은 결론은 다음과 같다. 첫째, 「양반전」에서의 대항 미란다는 현실 속에서 겨우 잔반 혹은 토반으로 살아가는 양반들을 보며 양반 중심 사회라고 하는 조선 사회에 대하여 그 정체성을 수호하지 못한 데 대하여 풍자하는 방식으로 나타난다. 둘째, 「양반전」에

서의 대항 크레덴다는 양반 계급에 대한 경멸 그리고 불경을 표하
는 태도 등으로 드러내어 기존 지배층의 크레덴다에 대항하는 방
식을 교묘하게 보여주고 있다.

「허생전」에서는 시대가 달라져도 여전히 기존의 숭유 정책과 유
학 질서 속에 시대착오적으로 안주하여 무위도식하며 쇠퇴하고 있
는 지배층 및 잔반들을 비판하고 있다. 그리고 선비라 할지라도 상
공에 종사하여 변화하는 시대 정세에 대처하는 유연성과 민첩성을
발휘해야 함을 강조하고 있다. 또 규모의 경제와 국제 무역에 대해
풍자적인 기법으로 안내하고 설득하며 이상향까지 제안함으로써
북학파 정신과 이용후생 사상을 설파하고 있다. 「허생전」을 통해
얻은 결론은 다음과 같다. 첫째, 「허생전」에서의 대항 미란다는 새
로운 공공광장으로서의 무인도, 허생 이야기, 허생에 대한 존경심
을 표현하는 의전, 허생과 도적들의 무인도행, 허생과 도적들의 귀
환, 허생에 대한 허생 처의 바가지, 허생의 이완을 향한 웅변 등을
통하여 부국강병을 실현하지 못하는 지배계층의 무능을 꼬집는 방
식으로 나타나고 있다. 둘째, 「허생전」에서의 대항 크레덴다는 명
분에만 매달려 백성을 기만하고 민생 안정보다는 부조리한 권력
유지에만 총력을 기울이는 지배층에 대한 경멸과 불복종, 그리고 희
생의 거부, 합법성의 독점 파괴 의지를 상징적으로 드러내고 있다.

요컨대 연암은 그의 풍자 문학 작품 「호질」, 「양반전」, 「허생전」
에서 범, 선비, 양반, 허생, 무인도 등 다양한 상징을 이용하여 좋
은 사회를 지향하였고, 범, 북곽, 동리자, 양반, 허생, 허생의 처, 도
적 등의 상징을 활용하여 좋은 사람을 지향하였다. 연암이 창작한
풍자 문학의 궁극에는 좋은 정치와 좋은 사회, 그리고 좋은 사람을

추구하는 연암의 정치사상과 철학이 담겨 있다. 그 증거들을 검토하면 첫째, 연암 박지원의 풍자 문학 작품은 그 당시의 사회상을 선비의 입장에서 비판하였다. 이러한 비판은 지배자 가까이서 지도자 역할을 하고 있는 선비가 좋은 사회의 균형을 파괴함을 우언과 풍자 및 유머로써 한바탕 웃은 일과 더불어 소개되었다. 그는 누구보다도 좋은 사람들이 더불어 사는 좋은 사회, 좋은 세상을 꿈꾸었다. 둘째, 그의 비판의 목적은 법고창신, 이용후생, 더 좋은 세상을 만들어 가기 위한 개혁 정신과 관계가 깊었고 그의 그러한 정신이 일관되게 지향한 것은 좋은 사람과 좋은 사회이다.

좋은 사람과 좋은 사회를 추구했던 연암의 풍자 문학은 동물과 가공의 인물, 그리고 비유와 상징 등을 활용하여 문학 작품을 창작함으로써 자신의 정치적 사상 및 철학을 다양하게 표현했다. 즉 우언, 우화, 해학, 풍자 기법을 동원하여 당시 엄격하게 금기시했거나 직접 거론하기 어려웠던 지배층에 대한 비판을 문학을 통해 시도했고 이것은 또 하나의 정치 참여의 길이 되었다. 그러므로 연암의 풍자 문학 작품은 사회 교정을 요구하는 정치적 시위를 웃음으로 담아낸 설전(舌戰)이다.

연암은 「호질」, 「양반전」, 「허생전」을 통하여 체제를 부정하려 했거나 체제를 전복하여 새 국가를 건국하려 했던 것이 아니다. 연암은 이용후생의 실학사상을 주장하면서 체제 내에서 구성원들이 더 좋은 삶을 살아갈 수 있도록 개혁을 도모했던 인물이다. 연암 또한 지배자 계층, 즉 양반이었던 탓에 그는 기존의 국가 기강이나 기존의 질서를 유지하는 가운데 개혁을 꾀하고자 했으나, 직접 정치할 수 없었으므로 이문위희, 우언과 풍자로써 이러한 정신을 표현하였다. 즉 지배자 계층의 본분과 사회 구성원의 삶의 질을 향상시키는 데 있어서 암초 역할을 하는 부조리 타파와 그 지배자 계층의 역할 혁신을 주장한 것이다. 가령, 연암이 「호질」, 「양반전」, 「허생전」을 통하여 신분제 타파나 기존 질서의 폐지 등을 주장하고자 했던 것은 아니다. 다시 말해 연암은 「호질」, 「양반전」, 「허생전」을 통하여 모두가 자신의 본분을 다하는 세상, 기존의 유교 질서 속에서의 정자정야의 회복을 꿈꾸었다 볼 수 있다. 그리고 시대의 변화에 따라 유교의 질서에만 안주하는 것이 아니라, 개인의 복지와 더 큰 규모의 국부를 창출하기 위하여 자본주의적 요소를 수렴하여 급변하는 국제정세에 지혜롭게 대처하는 방법 등을 제안하였다고 볼 수 있다.

연암의 작품은 자신의 작품들을 통하여 좋은 사람과 좋은 사회에로의 지향을 끝없이 보여주려 한다. 직접적인 표현 대신 그는 우회적으로 우언, 풍자 등의 기법을 활용하여 옳은 선비가 좋은 사람임을 깨닫게 하려 한다. 그리고 신분이나 계층에 관계없이 모든 사람을 존중하는 사회가 좋은 사회임을 일깨우게 한다. 이 책은 좋은 사람을 만들고 좋은 사회를 이룩하려는 새로운 정치, 그리고 그러한 정치를 문학을 통해 시도했던 연암의 정신을 높이 평가한다. 나아가 이 책은 시민 사회가 생략된 난국에서 좋은 사람과 좋은 세상을 갈망했던 연암이 당대 사회의 지식인 그룹에 미친 영향과 그의 문학에 장착된 정치적 상징이 오늘날에도 유의미함을 확인할 수 있다.

정치는 더불어 살기 미학의 실현, 나눔의 미학 실현, 배려의 미학 실현, 행복을 추구하는 과정에서 발생하는 세심한 갈등 관리이며, 모두가 인간답게 사는 아름다운 세상 건설, 그 로망이어야 한다.

참고문헌

〈국내문헌〉

저서

강만길. 1993. 『조선 후기 상업 자본의 발달』. 서울: 고려대학교출판부.
______ · 이동환 · 김영호. 1983. 『한국의 실학 사상』. 서울: 삼성출판사.
강재언. 1988. 『한국 근대사 연구』. 서울: 청아출판사.
______. 2003. 『선비의 나라 한국 유학 2천년』. 서울: 한길사.
강정인. 2004. 『서구 중심주의를 넘어서』. 서울: 아카넷.
______ 외. 2007. 『서양 근대 정치 사상사』. 서울: 책세상.
강준만. 2005. 『나의 정치학 사전』. 서울: 인물과 사상사.
강혜선. 1999. 『박지원 산문(散文)의 고문(古文) 변용 양상』. 서울: 태학사.
고미숙. 2003. 『열하일기, 웃음과 역설의 유쾌한 시공간』. 서울: 그린비.
______. 2007. 『공부의 달인, 호모 쿵푸스』. 서울: 그린비.
______. 2007. 『삶과 문명의 눈부신 비전, 열하일기』. 서울: 아이세움.

곽차섭. 1996. 『마키아벨리즘과 근대 국가의 이념』. 서울: 현상과 인식.

구미래. 2002. 『한국인의 상징 세계』. 서울: 교보문고.

국립국어연구원. 2000. 『표준국어대사전』. 서울: 두산동아.

김경동·이온죽. 2003. 『사회 조사 연구 방법』. 서울: 박영사.

김광순 편저. 1988. 『한국 구비 전승의 문학』. 서울: 형설출판사.

김근. 2005. 『여씨 춘추』. 서울: 살림.

김기동. 1984. 『고전 한문 소설선』. 서울: 교학연구사.

김달진 역해. 1994. 『장자』. 서울: 고려원.

김만권. 2005. 『그림으로 이해하는 정치사상』. 서울: 개마고원.

김만흠 외. 2003. 『한국의 언론 정치와 지식 권력』. 서울: 당대.

김명호. 1990. 『열하일기 연구』. 서울: 창작과 비평사.

김비환. 2001. 『축복과 저주의 정치사상』. 서울: 한길사.

김상봉. 1999. 『호모 에티쿠스』. 서울: 한길사.

김선욱. 2001. 『정치와 진리』. 서울: 책세상.

김선풍 외. 1995. 『열두 띠 이야기』. 서울: 집문당.

김성언. 2004. 『문학과 정치』. 부산: 동아대학교출판부.

김세균·백창재·임경훈. 2003. 『현대 정치의 이해』. 서울: 인간사랑.

김수업. 2007. 『박지원의 한문 소설』. 서울: 나라말.

김열규 외 3인. 1997. 『민담학 개론』. 서울: 일조각.

김영동. 1993. 『증보 박지원 소설 연구』. 서울: 태학사.

김영명. 2007. 『정치를 보는 눈』. 서울: 개마고원.

김영한. 1989. 『르네상스 휴머니즘과 유토피아니즘』. 서울: 탐구당.

______·임지현 엮음. 1994. 『서양의 지적 운동』. 서울: 지식산업사.

김용환. 2005. 『리바이어던』. 서울: 살림.

김욱동. 2002. 『수사학이란 무엇인가』. 서울: 민음사.

김웅권. 2004. 『말로와 소설의 상징 시학』. 서울: 동문선.

김재환. 1999. 『우화 소설의 세계』. 서울: 박이정.

김정용. 2008. 『국제 정치의 이해』. 서울: 동화출판사.

김정호. 2003. 『근세 동아시아의 개혁사상』. 서울: 논형.

김종대. 2003. 『우리 문화의 상징 세계』. 서울: 다른 세상.

김재환. 1999. 『우화 소설의 세계』. 서울: 박이정.

김지용. 1994.『박지원의 문학과 사상』. 서울: 한양대학교 출판부.

______. 2000.『박지원의 문학과 사상』. 서울: 한양대학교 출판부.

김지원. 1983.『해학과 풍자의 문학』. 서울: 문장사.

김태곤. 1994.『한국 민간 신앙 연구』. 서울: 집문당.

김태준, 정해렴 편역. 1997.『김태준문학사론선집』. 서울: 현대실학사.

김학성 외. 1990.『한국 근대 문학사의 쟁점』. 서울: 창작과 비평사.

______. 1997.『한국 고전고시가의 거시적 탐구』. 서울: 집문당.

______. 2002.『한국 고전 시가의 정체성』. 서울: 성균관대학교대동문
    화연구원.

______. 2003.『한국고전시가의 연구』. 서울: 한국학술정보.

______. 2004.『한국 시가의 담론과 미학』. 서울: 보고사.

김학주. 1978.『공자의 생애와 사상』. 서울: 신태양사.

김학준. 1984.『한국정치론: 연구의 현황과 방향』. 서울: 한길사.

김한식. 2006.『한국인의 정치사상』. 서울: 백산서당.

김한원·정진영. 2006.『자유주의: 시장과 정치』. 서울: 부키.

노태준 역해. 1984.『도덕경』. 서울: 홍신문화사.

동아대백과 백과사전부. 1988.『동아대백과사전』. 서울: 동아출판사.

두산동아편집부. 2002.『두산동아세계대백과사전』. 서울: 두산동아.

리가원·허경진 옮김. 1994.『연암 박지원 소설집』. 서울: 한양출판.

문영오. 1993.『연암 소설의 도교 철학적 조명』. 서울: 태학사.

문승익. 1984.『정치와 주체』. 서울: 중앙대학교출판부.

문재윤 외. 2007.『지배의 정치 저항의 정치』. 서울: 인간사랑.

민경국. 2007.『자유주의: 시장과 정치』. 서울: 부키.

민현기. 1984.『풍자 소설의 이론, 한국 근대 소설론』. 대구: 계명대학
    교출판부.

박기석. 1984.『박지원 문학 연구』. 서울: 삼지원.

박민영. 2008.『이즘』. 서울: 청년사.

박상섭. 2002.『국가와 폭력: 마키아벨리의 정치사상 연구』. 서울: 서울
    대학교출판부.

박세일 외. 2003.『정치 개혁의 성공 조건: 권력 투쟁에서 정책 경쟁으
    로』. 서울: 동아시아연구원.

박영규. 2008.『한 권으로 읽는 조선 왕조 실록』. 서울: 웅진지식하우스.
박영수. 2007.『색채의 상징, 색채의 심리』. 서울: 살림.
박영신. 1983.『현대 사회의 구조와 이론』. 서울: 일지사.
______. 1984.『사회 변동과 사회 운동: 사회학적 설명력』. 서울: 세경사.
박제가 저·이익성 역. 1980.『북학의』. 서울: 을유문화사.
__________·안대회 옮김. 2000.『궁핍한 날의 벗』. 서울: 태학사.
박종채 저·박희병 옮김. 2008.『나의 아버지 박지원』. 서울: 돌베개.
박종현. 1985.『희랍 사상의 이해』. 서울: 종로서적.
박지원. 1974.『연암집』. 서울: 경인문화사.
박지원 저·민족 문화 추진회 옮김. 1990.『국역 열하일기』(1)(2). 서울:
    민문고.
__________·1997.『연암선생문집』. 서울: 경인문화사.
__________·박정수 옮김. 2000.『호질/양반전 외』. 서울: 청목.
__________·2001.『연암집, 한국문집총간』. 제253권. 서울: 경인문화사.
__________·고미숙 외 역. 2008.『세계 최고의 여행기, 열하일기』(상).
    서울: 그린비.
__________·고미숙 외 역. 2008.『세계 최고의 여행기, 열하일기』(하).
    서울: 그린비.
__________·기획출판부. 2004.『연암 박지원』. 서울: 거송미디어.
__________·김명호 편역. 2007.『지금 조선의 시를 쓰라』. 서울: 돌베개.
__________·김혈조 역. 1999.『그렇다면 도로 눈을 감으시오』. 서울:
    학고재.
__________·이가원 역. 1977.『국역 열하일기』. 고전국역총서18. 민족
    문화추진회.
__________·이동환 역. 1983.『한국의 실학사상』. 서울: 삼성출판사.
__________·리상호 옮김. 2005.『열하일기』(상). 서울: 보리.
__________·리상호 옮김. 2005.『열하일기』(중). 서울: 보리.
__________·리상호 옮김. 2005.『열하일기』(하). 서울: 보리.
__________·신호열·김명호 옮김. 2007.『연암집』(상). 서울: 돌베개.
__________·__________________. 2007.『연암집』(중). 서울: 돌베개.
__________·__________________. 2007.『연암집』(하). 서울: 돌베개.

________·홍기문 역. 2004.『나는 껄껄 선생이라오』. 서울: 보리.

서울대학교 정치학과 교수. 2008.『정치학의 이해』. 서울: 박영사.

설흔·박현찬. 2007.『연암에게 글쓰기를 배우다』. 서울: 예담.

성태제·시기자. 2007.『연구방법론』. 서울: 학지사.

손동인. 1984.『한국 전래 동화 연구』. 서울: 정음문화사.

손민규. 2007.『신동아』 4월호. 서울: 월간 신동아.

송복. 1986.『사회 불평등 갈등론: 사회 계급 연구』. 서울: 전예원.

____. 1987.『사회 불평등 기능론: 사회 계급과 계층의 전개』(Ⅰ). 서울: 전예원.

손종묵. 1988.『조선 시대 도시 사회 연구』. 서울: 일지사.

송재소 외. 1983.『이조후기 한문학의 재조명』. 서울: 창작과비평사.

________ 외. 1994.『이조후기 한문학의 재조명』. 서울: 창작과비평사.

송정숙. 1993.『시대의 초상』. 서울: 동아출판사.

신용하. 1997.『조선 후기 실학파의 사회사상 연구』. 서울: 지식산업사.

심우섭. 2005.『한국 전통 윤리 사상의 재조명』. 서울: 이회.

안경환. 1995.『법과 문학 사이』. 서울: 까치.

안대회. 2007.『선비답게 산다는 것』. 서울: 푸른 역사.

오상태. 1988.『박지원 소설 작품의 풍자성 연구』. 서울: 형설출판사.

오창영. 1972.『동물기』. 서울: 창조사.

유미림. 2002.『조선 후기의 정치사상』. 서울: 지식산업사.

유봉학. 2005.『한국 문화와 역사의식』. 서울: 신구문화사.

윤사순·한국사상사연구회. 1996.『실학의 철학』. 서울: 예문서원.

윤승준. 1999.『동물 우화의 전통과 우화 소설』. 서울: 월인.

윤은숙. 2007.『비유와 상징으로 풀어보는 철학 이야기』. 서울: 삼양미디어.

윤충의. 2001.『한국 문학의 직관과 상황』. 서울: 국학자료원.

윤치부. 1994.『한국 해양 문학 연구』. 서울: 을유문화사.

윤태림. 1985.『한국인』. 서울: 현암사.

은희경. 2000.『은유, 그 형식과 의미 작용. 마르그리트 뒤라스의 소설을 중심으로』. 서울: 서울대학교출판부.

이가원. 1965.『연암 소설 연구』. 서울: 을유문화사.

______. 1977. 『연암 소설 연구』. 서울: 을유문화사.

______편. 1993. 『조선 호랑이 이야기』. 서울: 학민사.

이극찬. 1983. 『민주주의』. 서울: 종로서적.

______. 1985. 『프롬의 자유사상』. 서울: 연세대학교출판부.

______. 1985. 『민주주의와 한국 정치』. 서울: 법문사.

______. 1994. 『정치학』. 서울: 법문사.

______. 2005. 『정치학』. 서울: 법문사.

이기동. 2001. 『논어강설』. 서울: 성균관대학교출판부.

______. 2005. 『곰이 성공하는 나라』. 서울: 동인서원.

______ · 이종은. 1995. 『고전한문소설선』. 서울: 교학연구사.

______. 2008. 『시경강설』. 서울: 성균관대학교출판부.

이남석. 2007. 『참여하는 시민 즐거운 정치』. 서울: 책세상.

이덕일. 2000. 『송시열과 그들의 나라』. 서울: 김영사.

______. 2008. 『정조와 철인 정치의 시대 1』. 서울: 고즈윈.

______. 2008. 『정조와 철인 정치의 시대 2』. 서울: 고즈윈.

이민수 역. 1979. 『삼국유사』. 서울: 을유문화사.

이민수 역해. 1997. 『장자(외편)』. 서울: 혜원출판사.

이부영. 1983. 『분석심리학과 민담』. 서울: 일조각.

이상각. 2007. 『조선의 이노베이터 이산 정조 대왕』. 서울: 추수밭.

이상섭. 2001. 『문학비평용어사전』. 서울: 민음사.

이승구. 1984. 『민주정치론』. 서울: 대왕사.

이상백. 1965. 『한국사 - 근세 후기 편』. 서울: 혜원출판사.

이상익. 2004. 『유교 전통과 자유 민주주의』. 서울: 심산문화.

이성원. 2008. 『천년의 선비를 찾아서』. 서울: 푸른역사.

21세기정치연구회. 2005. 『정치학으로의 산책』. 서울: 한울.

이암. 1995. 『연암 미학 사상 연구』. 서울: 국학자료원.

이용범. 2004. 『선비 1』. 서울: 바움.

______. 2004. 『선비 2』. 서울: 바움.

이을호 편. 1983. 『실학 논총』. 광주: 전남대학교출판부.

이종란. 2007. 『박지원이 들려주는 이용후생이야기』. 서울: 자음과 모음.

이진우. 2000. 『이성 정치와 문화 민주주의』. 서울: 한길사.

이창식. 2002.『민속학적으로 본 열두 띠 이야기』. 서울: 한국학술정보.

이택선, 홍성민 엮음. 2008.『지식과 국제정치』. 서울: 한울.

이화용 외. 2007.『서양 근대 정치사상사』. 서울: 책세상.

임동권. 1977.『한국의 민담』. 서울: 서문당.

장을병. 1985.『삶을 위한 정치학』. 서울: 지학사.

장자, 김학주 역. 1990.『장자』. 서울: 을유문화사.

장주근. 1984.『한국문화사 대계』. 서울: 고대민족문화연구소.

전영진 편. 1996.『열하일기』. 서울: 홍신문화사.

정기용. 2008.『서울이야기』. 서울: 현실문화.

정기철. 2002.『상징, 은유 그리고 이야기』. 서울: 문예출판사.

정민. 2002.『초월의 상상』. 서울: 휴머니스트.

____. 2007.『18세기 조선 지식인의 발견』. 서울: 휴머니스트.

정병헌・이지영. 2003.『선비의 소리를 엿듣다』. 서울: 사군자.

정석종. 1994.『조선 후기 정치와 사상』. 서울: 한길사.

정약용. 1995.『다산시문집』. 서울: 민족 문화 추진회.

정약용 저・장승희 역. 2003.『목민심서』. 서울: 풀빛.

________・김영우 역. 2006.『목민심서』. 서울: 삼성출판사.

정옥자. 1993.『조선 후기 역사의 이해』. 서울: 일지사.

______. 2006.『우리가 정말 알아야 할 우리 선비』. 서울: 현암사.

______외. 2008.『한국사특강』. 서울: 서울대학교출판부.

정윤재. 2006.『세종의 국가 경영』. 서울: 지식산업사.

정재서 역. 1984.『산해경』. 서울: 민음사.

______. 1994.『불사의 신화와 사상』. 서울: 민음사.

______. 1995.『동양적인 것의 슬픔』. 서울: 살림.

정종. 1975.『공자사상의 인간학적 연구』. 서울: 동국대학교출판부.

정현백. 2007.『여성사 다시 쓰기』. 서울: 당대.

조재룡. 2007.『앙리 메쇼닉과 현대 비평』. 서울: 길.

주강현. 2007.『100가지 민족 문화 상징 사전』. 서울: 한겨레출판.

주은우. 2003.『시각과 현대성』. 서울: 한나래.

酒井忠夫 외 저・최준식 역. 1990.『도교란 무엇인가』. 서울: 민족사.

眞野隆也 저・임희선 역. 2002.『낙원』. 서울: 들녘.

진원숙. 1996. 『마키아벨리와 국가 이성』. 서울: 신서원.

차용주 편. 1978. 『연암 연구』. 대구: 계명대학교 출판부.

________. 1989. 『한국 한문 소설사』. 서울: 아세아 문화사.

최운식 편. 1980. 『충청남도 민담』. 서울: 집문당.

최창록. 1997. 『한국도교문학사』. 서울: 국학자료원.

하영선·남궁곤. 2007. 『변환의 세계 정치』. 서울: 을유문화사.

하시모토 마사루 저·고경대 옮김. 1990. 『만화 채플린』. 서울: 오월.

한국 도교 사상 연구회 편. 1987. 『도교와 한국 사상』. 서울: 아세아문
    화사.

______________________. 1988. 『도교와 한국 문화』. 서울: 아세아
    문화사.

______________________. 1989. 『도교 사상의 한국적 전개』. 서울:
    아세아문화사.

한국정신문화연구원. 1990. 『한국민족문화백과대사전』. 성남: 한국정신
    문화연구원.

한국정치학회. 1975. 『정치학대사전』. 서울: 박영사.

한국철학회. 1999. 『한국철학사』 하권. 서울: 동명사.

한국철학사상연구회. 2000. 『박지원의 열하일기』. 서울: 삼성출판사.

한상수. 1974. 『한국 민담선』. 서울: 정음사.

______. 1982. 『충남민담』. 서울: 형설출판사.

한정숙. 2008. 『여성은 이렇게 말했다』. 서울: 길.

한정주. 2007. 『조선을 구한 13인의 경제학자들』. 서울: 다산초당.

한흥수·황주홍 편역. 1998. 『현대 정치와 국가』. 서울: 연세대학교출
    판부.

허경진. 2002. 『허균 평전』. 서울: 돌베개.

허세욱. 2008. 『속 열하일기』. 서울: 동아일보사.

홍성민. 2008. 『지식과 국제 정치』. 서울: 한울.

홍영환. 2006. 『정치학의 이해』. 서울: 형설출판사.

황경식. 1996. 『사회 정의의 철학적 기초』. 서울: 문학과 지성사.

번역서

Anati, Emmanuel 저·이승재 옮김. 2008.『예술의 기원』서울: 바다출판사.

Anderson, Perry·Boggs, Carl 저·김현우 역. 1995.『안토니오 그람시의 단층들』. 서울: 갈무리.

Arendt, Hannah 저·홍원표 옮김. 2004.『정신의 삶 1』. 서울: 푸른 숲.
________________________. 2004.『정신의 삶 2』. 서울: 푸른 숲.
________________ · 김선욱 역. 2007.『정치의 약속』. 서울: 푸른 숲.

Aristoteles 저·나종일 역. 1982.『정치학』. 서울: 삼성출판사.
__________ · 천병희 역. 1982.『시학』. 서울: 삼성출판사.
__________ · ______. 1988.『시학』. 서울: 문예출판사.
__________ · 최명관 옮김. 2001.『니코마코스윤리학』. 서울: 서광사.

Aron, Raymond 저·이종수 옮김. 1980.『사회사상의 흐름』. 서울: 홍성사.

Badie, B.·Birnbaum, p. 저·최장집·정해구 편역. 1987.『국가 형성론의 역사』. 서울: 열음사.

Baylis, Jhon·Smith, Steve 저·하영선 외 역. 2006.『세계정치론』. 서울: 을유문화사.

Benoist, L. 저·박지구 역. 2006.『기호, 상징, 신화』. 대구: 경북대학교 출판부.

Bergson, Henri 저·최석규 역. 1964.『웃음』. 서울: 신구문화사.
____________ · 정연복 역. 1992.『웃음』. 서울: 세계사.

Borges, Jorge Luis 저·황병하 옮김. 1998.『불한당들의 세계사 1』. 서울: 민음사.

Botton, Alain de 저·정영목 옮김. 2006.『불안』. 서울: 이레.

Bourdieu, Pierre 저·최종철 역. 1995.『자본주의의 아비투스』. 서울: 동문선.

Cassirer, Ernst 저·오향미 역. 2002.『인문학의 구조 내에서 상징 형식 개념 외』. 서울: 책세상.

Casting, Wolfgang 저·전지선 옮김. 2006.『홉스』. 서울: 인간사랑.

Cicero, Marcus Tullius 저·김창성 옮김. 2007.『국가론』. 서울: 한길사.

Cohen, Elliot D. 저·김우열 옮김. 2006. 『미친 시대를 이성적으로 사는 법』. 서울: 21세기북스.

Cooper, J. C. 저·이윤기 역. 2000. 『그림으로 보는 세계 문화 상징 사전』. 서울: 까치글방.

Dator, James Allen·우태정 옮김. 2008. 『다가오는 미래』. 서울: 예문.

Dedelman, Murray·이성헌 역. 1996. 『상징의 정치 시대』. 서울: 고려원.

Doris Schroder - Kopf·박종대 역. 2003. 『청소년을 위한 정치 이야기』. 서울: 다른 우리.

Durkheim, Emile 저·노치준 외 역. 1992. 『종교 생활의 원초적 형태』. 서울: 민영사.

Edwards, Michael 저·서유경 옮김. 2005. 『시민사회』. 서울: 동아시아.

Elder, Charles D.·Cobb, Roger 저·유영옥 역. 1993. 『상징의 정치적 이용』. 서울: 홍익제.

Eliade, Mircea 저·이재실 역. 1998. 『이미지와 상징』. 서울: 까치글방.

Field, G. C. 저·양문흠 역. 1989. 『플라톤의 철학』. 서울: 서광사.

Fontana, David 저·최승자 역. 1998. 『상징의 비밀』. 서울: 문학 동네.

Foucault, Michel 저·이규현 역. 1976. 『성의 역사 1』. 서울: 나남.

_________________·오생근 역. 2003. 『감시와 처벌』. 서울: 나남출판.

Fromm, Erich Pinchas 저·최혁순 역. 1981. 『인간을 위한 인간』. 서울: 서암출판사.

_________________·문국주 역. 1987. 『불복종에 관하여』. 서울: 범우사.

Fuller, Robert W. 저·안종성 옮김. 2004. 『신분의 종말』. 서울: 열대림.

Genty, Gilles 저·신성림 역. 2002. 『상징주의와 아르누보』. 서울: 창해.

Goldman, Daniel·장석훈 옮김. 2006. 『SQ 사회지능』. 서울: 웅진지식하우스.

Gramsci, Antonio·Lawner, Lynne 엮음·양희정 옮김. 2000. 『감옥에서 보내는 편지』. 서울: 민음사.

Habermas, Jurgen 저·황태연 옮김. 2000. 『이질성의 포용』. 서울: 나남.

Hall, Edward T. 저·최효선 옮김. 2002. 『숨겨진 차원』. 서울: 한길사.

Heywood, Andrew 저·조현수 옮김. 2003. 『정치학』. 서울: 성균관대학교출판부.

___________________ ·이종은 역. 2007. 『현대 정치 이론』. 서울: 까치글방.

Hobbes, Thomas 저·박완규 풀어쓰기. 2007. 『리바이어던, 근대국가의 탄생』. 서울: 사계절.

Honneth, Axel 저·문성훈·이현재 옮김. 1996. 『인정 투쟁』. 서울: 동녘.

Jung, Carl Gustav 저·이윤기 역. 1996. 『인간과 상징』. 서울: 열린 책들.

La Rouchefoucauld, François de 저·강주헌 역. 2003. 『인간 본성에 대한 풍자』. 서울: 나무 생각.

Lebacqz, Karen 저·이유선 역. 2006. 『정의에 대한 6가지 철학적 논쟁』. 서울: 간디서원.

Locke, John 저·강정인·문지영 옮김. 1996. 『통치론』. 서울: 까치.

Lord, Carnes 저·이수경 옮김. 2008. 『통치의 기술』. 파주: 21세기북스.

Machiavelli, Niccolo 저·강정인·문지영 옮김. 2003. 『군주론』. 서울: 까치사.

___________________ ·안선재 옮김. 2003. 『로마사 논고』. 서울: 한길사.

Merriam, Charles E. 저·신복룡 옮김. 1987. 『정치 권력론』. 서울: 청아.

___________________ · ________. 2006. 『정치 권력론』. 서울: 선인.

Mill, John Stuart 저·김민예숙 옮김. 1995. 『여성의 예속』. 서울: 이화여자대학교출판부.

___________________ ·서병훈 역. 2006. 『여성의 종속』. 서울: 책세상.

___________________ ·김형철 옮김. 1992. 『자유론』. 서울: 서광사.

Morgan, K. O. 저·영국사학회 옮김. 1997. 『옥스포드 영국사』. 서울: 한울 아카데미.

Morris, Dick 저·홍대운 옮김. 2002. 『신군주론』. 서울: 아르케.

Mosher, Steven W. 저·심재훈 옮김. 2003. 『헤게몬』. 서울: 모티브.

Mueck, D. C. 저·문상득 역. 1986. 『Irony』. 서울: 서울대학교출판부.

Paco, Thierry 저·조성애 역. 2002. 『유토피아』. 서울: 동문선.

Pascal, Blaise 저·신상초 역. 1959. 『팡세』. 서울: 을유문화사.

Pierson, Christopher 저·박형신·이택면. 2003. 『근대국가의 이해』. 서

울: 일신사.

Poulantzas, Nicos 저·홍순권 옮김. 1986. 『정치권력과 사회 계급』 서울: 풀빛.

Popper, Karl 저·이한구 옮김. 2006. 『열린사회와 그의 적들 I』. 서울: 민음사.

__________________________. 2006. 『열린사회와 그의 적들 II』. 서울: 민음사.

Plamenatz, John Petrov 저·김홍명 옮김. 1993. 『정치사상사: 마키아벨리에서 몽테스키외까지』. 서울: 풀빛.

Redhead, Bryan 엮음·황주홍 옮김. 1993. 『서양 정치사상』. 서울: 문학과 지성사.

Ricoeur, Paul 저·양명수 역. 1999. 『악의 상징』. 서울: 문학과 지성사.

Ridolfi, Roberto 저·곽차섭 옮김. 2000. 『마키아벨리 평전』. 서울: 아카넷.

Root – Bernstein, Robert 저·박종성 역. 2007. 『생각의 탄생』. 서울: 에코의 서재.

Rousseau, Jean – Jacques 저·이환 옮김. 2004. 『사회계약론』. 서울: 서울대학교출판부.

Rullmann, Marit 저·이한우 옮김. 2005. 『여성철학자』. 서울: 푸른숲.

Sartre, Jean – Paul 저·정명환. 1998. 『문학이란 무엇인가』. 서울: 민음사.

Sabin, George 저·성유보 역. 1997. 『정치사상사 1』. 서울: 한길사.

__________________________. 1997. 『정치사상사 2』. 서울: 한길사.

Schmitt, Carl 저·김효전 옮김. 1992. 『정치적인 것의 개념』. 서울: 법문사.

Skinner, Quentin 저·박동천 옮김. 2004. 『근대 정치사상의 토대』. 서울: 한길사.

__________________외, 강정인 엮고 옮김. 1993. 『마키아벨리의 이해』. 서울: 문학과 지성사.

Sontag, Susan 저·홍한별 옮김. 2007. 『문학은 자유다』. 서울: 이후.

Strauss, Leo 저·함규진 옮김. 2006. 『마키아벨리』. 서울: 구운몽.

Thiong'O, Ngugi wa 저·김윤진 역. 1998. 『아이야 울지 마라』. 서울: 벽호.

Tiemey, Brian 저·페인터·시드니, 이인규 옮김. 2000. 『서양 중세사: 유럽의 형성과 발전』. 서울: 집문당.

Tilly, Louise A.·Scott, Joan W. 저·김영·박기남·장경선 역. 2008. 『여성 노동 가족』. 서울: 후마니타스.

Tressider, Jack 저·김병화 역. 2007. 『상징이야기』. 서울: 도솔.

Turk, Richard 외, 강정인 옮김. 2003. 『홉의 이해』. 서울: 문학과 지성사.

Weber, Max 저·전성우 역. 2007. 『직업으로서의 정치』 서울: 나남출판.

진입부 저·정인재 역. 1986. 『중국철학의 인간학적 이해』. 서울: 민지사.

논문

강봉근. 1985. "연암 소설의 사상적 배경." 『국어문학』 25집.

강인수. 1990. "연암 소설에 있어서 역설의 미학." 『한문교육연구』 제4집.

강일천. 1999. "박지원 '이용후생' 실학의 심층 내포와 그 현대적 지향." 『한국실학연구』 1집.

김대영. 2003. "법과 정치: 리프만의 정치 평론에 나타나는 보통법적 관점." 『한국정치학회보』 제37집 1호.

김명호. 1983. "연암문학과 사기." 『이조후기 한문학의 재조명』. 서울: 창작과 비평사.

김문식. 2005. "박지원이 파악한 18세기 동아시아의 정세." 『한국실학연구』 10집.

김영. 2006. "연암을 읽는 두 가지 코드 『사기』와 『장자』." 『민족문학사 연구』 30호.

김영일. 2001. "구스타프 란다우어(Gustav Landauer)의 연방주의: 민주주의와 사회주의의 새로운 관계 모색." 『한국정치학회보』 제35집 1호.

______. 2007. "권력현상에서 생활현상으로: '정치'에 대한 란다우어(G. Lanauer)와 아렌트(H. Arendt)의 이해와 현대적 의미." 『한국정치학회보』 제41집 1호.

김은정. 2009. 『연암 박지원의 풍자문학에 나타난 정치적 상징』. 경상대학교 교육학 박사학위 논문.

김인규. 2002. "연암 박지원의 음양오행론 연구."『동방학』 8집.

김일근. 1984. "연암소설의 근대적 성격." 차용주 편.『연암 연구』. 대구: 계명대학교출판부.

김일만. 1994. "연암 박지원의 사회사상과 사회개혁론."『21세기정치학회보』 4호.

김재환. 1999. "고소설의 동물도움 모티브 연구."『어문학』 제66집.

김정호. 2000. "연암 박지원의 개혁사상에 대한 재조명."『한국정치외교사논총』 제22집 2호.

______. 2005. "한국 민족주의와 동아시아 공동체 담론의 모색."『동아세아 3국의 자기인식과 공동의식에 관한 국제학술회의 논문집』.

______. 2006. "박지원의 소설『허생전(許生傳)』에 나타난 정치의식."『대한정치학회보』 제14집 2호.

김지용. 1984. "「실사구시」사상과 박연암의 문학." 차용주 편.『연암연구』. 대구: 계명대학교출판부.

김한식. 2001. "「옥갑야화」를 통해서 본 연암의 근대사상."『교수논총』 22집.

맹택영. 1998. "호질의 인물성격 연구."『인문과학논집』 제18집.

문범두. 1994. "<장자> 우언의 이야기형식과 <호질>."『영남어문학』 제26집.

문승익. 1979. "한국정치학의 정립 문제."『한국정치학회보』 제13집.

박종채. 1982.「과정록」권1.『한국한문학연구』 제6집, 민족문화사.

______. 1982.「과정록」권1.『한국한문학연구』 제6집, 한국한문학회.

배병삼. 1999. "연암 박지원의 문학과 정치." 동양고전학회 연례학술발표대회 발표문.

______. 2002. "다산의 유학세계: 고적제(考績制)의 정치학."『동양정치사상사』 제1권 제1호.

______. 2002. "조선후기 유자(儒者)의 꿈: 박지원의 이상향." 한국정치사상학회 연례발표문.

______. 2003. "한국 정치학의 기원과 정체성 탐색."『한국정치학회보』 제37집 2호.

______. 2003. "박지원의 유토피아:「허생전」의 정치학적 독해."『정치

334

사상연구』제9집.

백승렬. 1992. "「허생전」에 나타난 작가의식의 양면성." 『복현한문학』 제8집.

윤승준. 1999. "한·중 우언의 비교 연구(1)." 『국문학논집』. 『단국대학교 국어국문학과』 제16집.

이규영. 1999. "G. E. Lessing의 우화이론 고찰." 『어문학연구』 제8집. 서울: 상명대학교 어문학연구소.

이우성. 1976. "실학연구서설." 역사학회 편. 『실학연구입문』. 서울: 일조각.

______. 1988. "연암 박지원 선생 탄신 250주년 기념 학술회의: 인사말씀." 『한국한문학 연구』 제11집.

전수연. 1975. "우화소설고." 『한국어문학연구』 제15집.

정명자. 2007. "끄르일로프의 우화시(On Kylov's Fable: A Study on Fable of Political Satire)." 『러시아연구』 제17집 1호.

차용주. 1982. "허생전의 모순과 한계성에 대한 고찰." 『한국학논집』 제9집.

최재준. 1993. "풍자문학론." 『목멱어문』 제5집.

한인섭. 1995. "법과 문학의 행복한 만남." 『법과 사회』 제12집 1호.

홍영환. 1987. 『정치참여의 변수에 관한 연구』. 경북대학교 정치학 박사 학위 논문.

______. 2005. "동양의 의리와 서양의 정의의 비교." 『중등교육연구』 제53집 제2호, 경북대학교 사범대학 부속 중등교육 연구소.

______·공영립. 2001. "사서에서의 시민자질." 『우리사회연구』 제8집, 우리사회문화학회.

홍태영. 2008. "문화적 공간의 정치학: 재현에서 표현으로." 『한국정치학회보』 제42집 1호.

황원구. 1982. "한국에서의 유토피아의 한 시도: 판미동 고사의 연구." 『동방학지』32호, 연세대 국학연구원.

〈국외문헌〉

저서

Arnold, Thurman. 1962. *The Symbols of Government*, New York: Harcourt, Brace & Jovanovich.

Abramson, Paul. 1983. *Political Attitudes in America*, Sanfransisco: W. H. Freeman.

Arendt, Hannah. 1958. *The Human Condition*, Chicago: Chicago University.

______, ______. 1994. *Über die revolution,* trans. R. Piper & Co. Verlag. Munchen / Zurich.

Aristoteles. 1946. *The Politics*, London: Oxford Univ. Press.

__________. 1952. *Nicomachean Ethics*, London: Encyclopaedia Britannica, Inc.

Augustinus, Aurelius, *De civitate dei*, The City of God   , 21.

Bakhtine, M., 1978. *L'Esthétique et la théorie du roman*, Gallimard.

Berlin, Isaiah. 1969. *Four Essays on Liberty*, Oxford: Oxford Univ. Press.

Boulding, Kenneth. 1961. *The Image*, Ann Arbor: University of Michigan Press.

Brinton, Crane. 1952. *The Anatomy of Revolution*, New York: Alfred A. Knopf.

Compbell, W. E., 1973. *More's Utopia and His Social Teaching*, New York: Russell & Russell.

Comte－Sponville, André. 2002. *Petit Traité des Grandes Vertus,* A Metropolitan: Owl Book.

Conway, M., 1985. *Political Participation in the United States*, Washington: Congressional Quarterly Inc.

Dahl, Robert A., 1956. *A Preface to Democratic Theory*, Chicago: University of Chicago Press.

________________. 1991. *Modern Political Analysis*, 5th ed. Englewood

336

Cliffs, N.J.: Prentice－Hall.

Deutsch, Karl W. 1968. *The Analysis of International Relations,* Englewood Cliffs, N. J.: Prentice Hall.

__________________. 1975. *Politics and Government: How People Decide Their Fate,* 3rd ed. Boston: Houghton Mifflin Co.

Dewey, John. 1991. *How We Think,* New York: Prometheus.

Durkeim, Emile. 1951. *Suicide,* Glencoe, Ⅲ: The Free Press.

Easton, David. 1953. *The Political System: An Inquiry into the State of Political Science,* New York: Alfred Knopf.

________________. 1965. *A System Analyis of Political Life,* New York: John Willy and Sons, Inc.

Edelman, Murray. 1964. *The Symbolic Uses of Politics,* Urbana: University of Illinois press.

__________________. 1971. *Politics as Symbolic Action,* Chicago: Markham.

__________________. 1975. *Political Language,* New York: Academic.

Firth, Raymond. 1973. *Symbols: Public and Private,* Itacha: Cornell University Press.

Foucault, M. 1979. *Omnes et Singulatim: Toward a Criticism of Political Reason,* Tanner Lectures.

Fromm, Erich. 1955. *The Sane Society,* New York: Rinehart & Company, Inc.

________________. 1968. *The Heart of man,* New York: Harper & Row Publisher.

________________. 1968. *The Heart of man,* New York: Harper & Row Publisher.

Grazia, Alfred de. 1956. *The Elements of Political Science,* New York: Alfred A. Knopf, Inc.

Held, D., 1995. *Democracy and the Global Order,* Cambridge: Policy.

Henri Meschonnic. 1999. *Poétique du traduire,* Verdier.

Hobbes, T., 1968. *Liviathan,* Harmdsswrth: Penguin.

________, (edit) Gaskin, J. C. A. 1996. *Leviathan,* New York: Oxford

University Press.

John Baylis · Steve Smith · Patricia Owens. 2008. *The Globalization of World Politics*, New York: Oxford University Press.

Knörrich, Otto. (Hrsg.). 1981. *Formen der Literatur in Einzeldarstellungen*, Stuttgart.

Laski, Harold J. 1951. *Introduction to Politics*, London: George Allen & Unwin Ltd.

Lasswell, Harold. 1950. *Politics: Who Gets What, When and How*, New York: McGraw – Hill.

______________. 1960. *Psychopathology and Politics*, New York: Viking.

______________. 1965. *World Politics and Personal Insecurity*, New York: Free Press.

Lessing, Gottfried Ephraim. 1992. *Fabeln. Abhandlingen über die Fabel*, Hrsg. v. Heinz Rölleke: Stuttgart.

Merriam, Charles E. 1964. *Political Power,* New York: Collier.

Mills, C. Wright. 1956. *White Collar*, New York: Oxford University Press.

Mitchell, William. 1962. *The American Polity*, New York: Free Press.

More, Thomas, *Utopia*, G. M. Logan · R. M. Adams(eds.) Cambridge: Cambridge Univ. Press.

Morgenthau, H. J., 1978. *Politics Among Nations: The Struggle for Power and peace*, 2nd edn. New York: Knopf.

______________. 1967. *Politics Among Nations,* 4th ed. New York: Alfred Knopf.

Platon. 1993. *République(Du Régime politique)*, traduit par P. Pachet, Gallimard Ⅹ 607 d, *e.*

Popper, Karl. 1971. *The Open Society and Its Enemies*, vol. 1, Princeton: Princeton University Press.

Rousseau, J. J., 1968. *The Social Contract*, Harmondsworth: Penguen.

Russell, Bertrand. 1938. *Power*, London: Geoge Allen & Unwin, Ltd.

______________. 1938. *Power: A New Social Analysis,* New York:

Norton.

Sartoti, Glovanni. 1962. *Democratic Theory*, Detroit: Wayne State Univ. Press.

__________. 1976. *Parties & Party Systems: A Framework for Analysis*, vol. 1, Cambridge Univ. Press.

Thucydides. 1982. *The Peloponnesian War*, Harmondsworth: Penguen.

Tocquevill, Alexis De. 1960. Democracu in America, vol. Ⅰ and Ⅱ, New York: Alfred A. Knopf, Inc.

Verba, Sdney and Nie, Norman H. 1972. *Participation in America: Political Democracy and Social Equality*, New York: Harper & Row Publishers.

Weber, Max. 1972. *Wirtschaft und Gesellschaft*(fünfte, revidierte Aufglage), Tübingen: J. C. Mohr.

__________. 1978. *Economy and Society: Volume Ⅰ*, New York: Bedminster.

White, Leslie. 1949. *The Science of Culture*, New York: Grove Press.

논문

Arendt, Hannah, 1978. "Truth and Politics." reprinted in *Philosophy, Politics and Society*, 3rd Series, edited by Peter Laslett and W. G. Runciman, Oxford: Basil Blackwell, 104 – 133.

Foucault, M., 1991. "Governmentality." in G. Burchell, C. Gordon and p.Miller, The *Foucault Effect*, London: Harvester – Wheatsheaf.

Friedrich, Carl J., 1967. "An Introductory Note on Revolution." in Friedrich(ed), *Revolution*, New York: Atherton Press, 5.

Godelier, M., 1980. "Process of the Formation, Diversity and Bases of the State." *International Social Science Journal*, vol. ⅩⅩ , no.4, Unesco.

Hintze, O., 1973. "The state in historical perspective." in R. Bendix(ed.), *State and Society: A Reader in Comparative Political Sociology*,

Berkeley: University of California Press, 154.

Jung, Hong－joon. 2002. "The Ouing Chinese World in Yorha ilgi(Rehe Diary)." 『한국사상사학』 18집, 437－462.

Landauer, Gustav. 1918. "Die vereinigten Republiken Deutchlands und ihre Verfassung." ed. Ruth Link－Salinger(Hyman). *Erkenntnis und Befreiung. Ausgewählte Reden und Aufsätze.* Frankfurt a. M. (1976), 79－87.

Otte, Karl August. 1982. "La Fontaine als Vorbild Einflüsse französischer Fabeldichtung auf die deutschen Fabeldichter des 18. Jahrhunders." in: Die Fabel, Theorie, Geschichte und Rezeption einer Gattung, hrsg. v. Peter Hasubek, Berlin, 76.

Sitton, John F., 1987. "Hannah Arendt's Argument for Council Democracy." *Polity. The Journal of the Northeastern Political Science Association* Vol. 20, No. 1(Fall), 80－100.

Turner, B. S., 1990. "Outline of a theory of citizenship." *Sociology* 24, 2:189－217.

Weber, Max. 1970. "Politics as a Vocation." in H. H. Gerth and C. W. Mills, *From Max Weber,* London: Routledge & Kegan Paul, 77－78.

＿＿＿＿＿＿. 1972. "olitics as a Vocation." Hans Gerth and C. Wright Mills, eds., *From Max Weber: Essay in Sociology,* New York: Oxford University Press, 78.

색 인

마키아벨리 25
말라르메 86
맹자 126, 162, 163, 165, 188,
  230, 236~239
메리엄 6, 8, 10~12, 19, 21, 33,
  37, 38, 40~42, 44~53,
  117~120, 201, 203, 207,
  208, 211, 212, 216, 217,
  242, 243, 252, 275, 292, 315
모겐소 28
모어 82, 88, 193, 293
몰리에르 102
무솔리니 76
무위사상 93
묵자 31, 128
문학 5, 81~83, 86~88, 102, 103,
  105, 115~117, 129, 138, 160,
  161, 166, 171, 204, 207, 269,
  272, 288, 303, 310, 314,
  317~319
물적 상징 37, 42, 212
미란다 6, 8, 10, 12, 21, 37~39,
  41, 43, 44~51, 53, 59, 60,
  61, 116~120, 201, 208~210,
  211~214, 301, 303, 313,
  315, 316
민담 99
민본주의 239
민심 68, 77, 189, 222, 227, 238,
  239, 290

(ㅂ)

바투 95
바흐친 179
박지원 6, 8, 85, 86, 123, 125,
  127, 137, 144, 165, 173,
  176, 178, 180, 181, 183,
  184, 188, 193, 195, 196,
  206, 207, 209, 210~213,

  215, 217, 218, 223, 224,
  228, 229, 231~233, 243,
  244, 248, 250, 251, 253,
  255~257, 259, 304~308,
  318
반정치 33
방경각외전 11, 89, 90, 165, 168,
  270, 271, 314
백치 아다다 116
버틀러 102
법가 31
법고창신 173~175, 318
베르그송 106
벤담 156
보댕 54, 189
보마르셰 102
보울딩 33
보통 79, 92, 104, 109, 110, 142,
  154
복종 23, 24, 33, 34, 39, 40, 46,
  56, 57, 58, 61, 62, 73, 74,
  112, 118~121, 218, 219,
  255, 258, 290, 292, 298,
  301, 315
볼테르 102
부당성 64, 65, 69
부르주아 150, 190
부신 34
부알로 102, 178
북곽 168, 171, 177, 209, 212~
  216, 218~220, 222, 223, 225,
  227, 229, 231~234, 316, 317
북벌론 123, 172, 176, 187, 193,
  281, 290, 291, 292, 303,
  305, 308, 309
북촌 213
북학사상 12, 144, 184, 185, 276,
  303
북학파 129, 137, 185, 188, 204,

김은정

▌약 력

경남 사천에서 태어났다. 경상대학교 사범대학 사회교육과를 졸업한 후, 같은 대학 대학원 사회교육학과에서 석사학위 취득, 이후 「연암 박지원의 풍자 문학에 나타난 정치적 상징」이라는 논문으로 박사학위(교육학 박사)를 취득하였다. 1996년 『현대시학』을 통해 문단에 등단하여 『현대문학』, 『문학사상』, 『현대시』, 『시인세계』, 『시안』, 『시평』, 『문학들』, 『시와 사람』, 『천년의 시작』 등 문학 전문지의 지면에 다수의 시를 발표하였고, 『현대시학』에는 다수의 시와 평론 등을 발표하였으며, 한국경제신문과 경남일보에도 글을 썼다. 2006년 시집 『너를 어떻게 읽어야 할까』를 출간한 바 있다.

현대시학회 회원, 한국시인협회 회원, 경상대학교 경영행정대학원 최고관리자 과정 수료, 남부사회과교육학회 간사를 역임하였고, 경상남도교육청 산하 경남교육인터넷방송 경남교육뉴스 진행자 역임, 경남교육영상축제 운영위원 역임, 경남교육정책개발 현장자문단으로 활동한 바 있으며, 2003년부터 경상대학교에 출강, 사회과교육학회 섭외이사, 삼천포고등학교 교사로 재직하며 현재에 이르고 있다.

연암 박지원의
풍자정치학

초판인쇄 | 2010년 3월 2일
초판발행 | 2010년 3월 2일

지은이 | 김은정
펴낸이 | 채종준
펴낸곳 | 한국학술정보㈜
주 소 | 경기도 파주시 교하읍 문발리 파주출판문화정보산업단지 513-5
전 화 | 031) 908-3181(대표)
팩 스 | 031) 908-3189
홈페이지 | http://www.kstudy.com
E-mail | 출판사업부 publish@kstudy.com
등 록 | 제일산-115호(2000. 6. 19)

ISBN   978-89-268-0806-1 93810 (Paper Book)
        978-89-268-0807-8 98810 (e-Book)

내일을여는지식 은 시대와 시대의 지식을 이어 갑니다.